Landon & Shay

Obras da autora publicadas pela Editora Record

ABC do amor
Um amor desastroso
Arte & alma
As cartas que escrevemos
Um encontro com Holly
Eleanor & Grey
Landon & Shay (vol. 1)
No ritmo do amor
Sr. Daniels
Vergonha

Série Elementos
O ar que ele respira
A chama dentro de nós
O silêncio das águas
A força que nos atrai

Série Bússola
Tempestades do Sul
Luzes do Leste
Ondas do Oeste
Estrelas do Norte

Com Kandi Steiner
Uma carta de amor escrita por mulheres sensíveis

BRITTAINY CHERRY

Landon & Shay

VOLUME UM

Tradução de
Carolina Simmer

3ª edição

EDITORA RECORD
RIO DE JANEIRO • SÃO PAULO
2025

CIP-BRASIL. CATALOGAÇÃO NA PUBLICAÇÃO
SINDICATO NACIONAL DOS EDITORES DE LIVROS, RJ

C449L Cherry, Brittainy
3. ed.   Landon & Shay, vol. 1 / Brittainy Cherry ; tradução Carolina Simmer. - 3. ed. - Rio de Janeiro : Record, 2025.

Tradução de: Landon & Shay
ISBN 978-65-5587-287-3

1. Romance americano. I. Simmer, Carolina. II. Título.

23-87493   CDD: 813
                        CDU: 82-31(73)

Gabriela Faray Ferreira Lopes - Bibliotecária - CRB-7/6643

Título original:
Landon & Shay – Part One

Copyright © 2019 by Brittainy C. Cherry

Publicado mediante acordo com Bookcase Literary Agency

Texto revisado segundo o Acordo Ortográfico da Língua Portuguesa de 1990.

Todos os direitos reservados. Proibida a reprodução, no todo ou em parte, através de quaisquer meios. Os direitos morais da autora foram assegurados.

Direitos exclusivos de publicação em língua portuguesa somente para o Brasil adquiridos pela
EDITORA RECORD LTDA.
Rua Argentina, 171 – Rio de Janeiro, RJ – 20921-380 – Tel.: (21) 2585-2000, que se reserva a propriedade literária desta tradução.

Impresso no Brasil

ISBN 978-65-5587-287-3

Seja um leitor preferencial Record.
Cadastre-se no site www.record.com.br
e receba informações sobre nossos
lançamentos e nossas promoções.

Atendimento e venda direta ao leitor:
sac@record.com.br

Para qualquer pessoa que já se sentiu só:
Coloque a mão no peito, na altura do coração.
Você consegue sentir? Continua batendo.

Este é para você.

"Te amo como se amam certas coisas obscuras, secretamente, entre a sombra e a alma."

— *Pablo Neruda*

Landon & Shay

Segundo e terceiro anos do ensino médio

2003

1

Landon

Eu não pretendia ser um monstro, mas, de vez em quando, ficava me perguntando se algumas pessoas já nasciam assim, se nasciam com uma escuridão que se infiltrava por suas veias e contaminava suas almas.

Meu nome era a maior prova de que eu deveria ter me tornado uma pessoa melhor.

Eu vinha de uma linhagem de homens extraordinários. Minha mãe tinha me batizado em homenagem ao meu tio Lance e ao meu avô Don — duas das melhores pessoas que já existiram no mundo. O nome Don significava honrado, e Lance, servo. E eles faziam jus a esses nomes. Os dois lutaram em guerras. Os dois sacrificaram suas vidas e suas mentes pelos outros. Os dois se doaram por completo, de braços abertos, e permitiram que as pessoas sugassem sua generosidade até não sobrar mais nada.

A combinação dos seus nomes deveria ser um sinal de que eu me tornaria um servo honrado do mundo, mas eu passava longe disso. Se você perguntasse para a maioria dos meus colegas de escola o que meu nome significava, eles provavelmente responderiam babaca. E com razão.

Eu não era nem um pouco parecido com meu avô nem com meu tio. Eu era uma vergonha para o legado deles.

Havia um peso tão sombrio no meu peito, e eu não entendia por quê. Eu não entendia por que sentia tanta raiva. Só sabia que sentia.

Eu era um escroto, mesmo quando tentava não ser. As únicas pessoas que aturavam minha babaquice eram meu grupo de amigos mais próximos e Monica, a garota de quem eu queria me livrar a todo custo.

Não havia nem uma gota de honra ou servilidade em mim. Eu me importava apenas comigo e com as pouquíssimas pessoas que ainda tinham coragem de me chamar de amigo.

Eu odiava isso em mim. Odiava não ser uma boa pessoa. Eu não chegava a ser considerado nem aceitável. As besteiras que eu aprontava deviam fazer Lance e meu avô se revirarem em seus túmulos.

E por que eu era assim?

Bem que eu queria saber.

Meu cérebro era um quebra-cabeça, e eu não entendia muito bem como as peças se encaixavam.

Depois de uma manhã inútil de aulas inúteis, segui para o refeitório e peguei minha bandeja de almoço. Último ano do ensino médio, estou a um semestre de poder me livrar de Raine, Illinois, a cidade minúscula onde morava.

Quando me virei para minha mesa, fiz uma careta ao ver Monica sentada lá. Por um instante, cogitei ficar enrolando até Greyson, Hank ou Eric aparecerem, mas ela me viu e acenou para mim.

— Landon! Pega um leite para mim. Desnatado — ordenou ela em uma voz aguda demais.

Eu odiava aquele som. Ela parecia uma demônia, e juro que eu tinha pesadelos com aquela garota gritando meu nome.

No passado, acho que sua voz não me irritava tanto. Mas, por outro lado, naquela época, eu estava sempre bêbado ou chapado quando a gente interagia. Nós nos conhecíamos havia muito tempo. Eu e Monica éramos vizinhos e adolescentes com vidas meio complicadas. Eu tinha as minhas questões, e Monica, as dela.

Quando a vida ficava pesada demais, nós transávamos para não ter que pensar em nada. Não havia nada romântico entre a gente. Para falar a verdade, nós nem gostávamos tanto assim um do outro, e era por isso que esse esquema funcionava para mim. Eu não estava a fim de ter uma namorada nem qualquer rolo sentimental. Eu só queria transar de vez em quando para silenciar meu cérebro hiperativo.

Esse esquema deu certo por um tempo, até eu resolver largar a bebida e as drogas.

Desde que parei de me drogar, Monica não parou de me encher o saco.

— Você era mais legal quando estava doidão — havia me dito ela na última vez que trepamos.

E eu tinha respondido:

— Você era mais legal quando a sua boca estava no meu pau.

Isso nem era verdade. Eu nem gostava de transar com Monica. Só fazia aquilo para passar o tempo. Ela transava feito uma atriz pornô, o que, na teoria, deveria ser fantástico. Porém, na realidade, significava muita baba e várias manobras que não davam muito certo; no fim das contas, eu acabava tendo que encontrar meu final feliz por conta própria.

Na noite em que falei isso para ela, Monica me deu um tapa na cara, e uma parte de mim havia gostado da ardência. Minha pele corou e formigou com a sensação. Era um lembrete de que eu continuava vivo, de que ainda era capaz de sentir alguma coisa, apesar de sempre ter a sensação de que tinha me transformado em gelo — completamente congelado, causando dor em qualquer um que tentasse me segurar por tempo demais.

Monica havia me dito que só voltaria a transar comigo quando eu estivesse chapado.

Portanto nossa relação desastrosa tinha sido oficialmente encerrada — pelo menos para mim.

Ela não entendeu o recado. Fazia semanas que eu tentava arrancá-la da minha vida, mas, como um carrapato obstinado, ela permanecia grudada em mim, surgindo nos piores momentos.

— Você já tá doidão? Teve uma recaída? Quer tomar um shot nos meus peitos?

A última coisa que eu queria fazer nesta semana era lidar com Monica, mas sabia que fugir só faria com que ela me importunasse ainda mais.

Larguei a bandeja em cima da mesa e a cumprimentei com um aceno de cabeça.

— Mas que porra é essa? Cadê o meu leite? — perguntou ela.

— Não te ouvi — respondi, seco.

Ela esticou o braço, pegou o leite da minha bandeja sem nem pensar que eu poderia estar com sede e abriu a caixinha. A sorte dela era que eu não tinha forças para brigar. Eu não estava dormindo bem e preferia guardar minha raiva para coisas e pessoas que realmente importassem. Essa lista era bem pequena e não incluía o nome dela.

— Eu estava pensando... Você devia dar uma festa na sua casa no fim de semana — disse ela, bebendo meu leite. Vendo pelo lado bom, o leite era integral, então ela não conseguiu tudo o que queria.

— Você está sempre pensando nisso — rebati, atacando meu almoço.

Era a primeira semana de aula depois das férias de inverno, e foi bom ver que o refeitório continuava servindo a mesma gororoba de antes. Se havia uma coisa de que eu gostava na minha vida, era consistência.

— É, mas você devia mesmo dar uma festinha neste fim de semana, por causa do aniversário do Lance. A gente pode comemorar por ele.

Senti um fogo queimar dentro de mim ao ouvi-la falando de Lance como se o tivesse conhecido ou como se ela se importasse com ele. E era exatamente por isso que ela havia tocado no assunto — para me provocar. Para me alfinetar. Para me transformar no monstro de que ela sentia falta. Em sua cabeça, ela não poderia me usar para se esquecer das próprias cicatrizes se as minhas feridas não estivessem abertas.

Fazia quase um ano que Lance havia morrido.

Mas parecia que tinha sido ontem.

Trinquei os dentes.

— Não me irrita, Monica.

— Por quê? Eu adoro te irritar.

— Por que você não vai se distrair com o pau de algum coroa qualquer?

Eu bufei, e ela abriu um sorriso sinistro.

Ela gostava quando eu falava de suas saídas com homens mais velhos. Era assim que ela tentava se vingar de mim quando eu a ignorava. Ela pegava um velho aleatório e depois me contava.

Pena que era um plano idiota, porque eu estava pouco me lixando. Se muito, eu sentia pena de sua falta de autoestima.

Monica era o caso típico da garota rica com traumas paternos. O fato de o pai dela realmente ser um babaca de marca maior não ajudava. Quando Monica lhe contou que tinha sido apalpada por um dos sócios da empresa dele durante uma festa de fim de ano, ele a chamou de mentirosa. Mas eu sabia que não era mentira, porque a tinha visto ir para o próprio quarto naquela noite e desmoronar. Ninguém choraria daquele jeito se não estivesse falando a verdade. No fim das contas, aquele não havia sido o primeiro abuso que Monica sofrera nas mãos dos sócios do pai, mas ele a chamava de dramática e carente sempre que ela lhe contava o que acontecia.

Então Monica acabara se tornando exatamente tudo aquilo que seu pai dizia que ela era: uma pessoa dramática e carente.

Ela procurava os homens que, segundo seu pai, nunca a desejariam. Para lidar com seus traumas paternos, ela ia para a cama com caras da idade dele. E até os chamava de papai durante o sexo, algo perturbador em muitos sentidos.

Ela havia me chamado de papai na cama uma vez, e eu parei tudo que estava fazendo no mesmo instante. Não tinha intenção de alimentar os demônios dela; só queria fazer os meus calarem a boca por um tempo.

Verdade seja dita, eu estava feliz pelo fato de termos parado de transar.

Monica pressionou a língua contra a bochecha e levantou uma sobrancelha.

— O que foi? Você está com ciúme?

Só se fosse nos sonhos, nas esperanças e orações dela.

Eu não estava com ciúme.

— Monica, você sabe que a gente não tem nada, né? Você pode fazer o que quiser, com quem quiser. Nós não estamos juntos.

Eu tinha o dom de deixar bem claro para as garotas o que estava rolando entre nós — ou melhor, o que não estava rolando. Eu nunca iludia ninguém com a ideia de que teríamos algo sério, porque algo sério não era a minha praia. Havia pouco espaço livre na minha cabeça, e eu sabia que namorar não era para mim. Eu não tinha forças para ser a pessoa de outra pessoa — só um pau amigo.

Para falar a verdade, "amigo" seria forçar a barra. Eu não fazia amizade nem trocava confidências com as pessoas, e jamais faria isso.

Monica piscou para mim como se pensasse que eu era um gato e ela, o rato que eu tentava pegar. A culpa era minha, na verdade. A pior coisa que uma pessoa problemática pode fazer é se envolver com outra pessoa problemática. Dez em cada dez casos acabavam em desastre.

Monica pegou o celular e começou a digitar, tagarelando umas bobagens aleatórias, seus lábios abrindo e fechando. Ela falava sobre outras pessoas, comentando o quanto eram feias, burras ou pobres. Apesar de ser gostosa, ela era uma das pessoas mais horrorosas que eu já tinha conhecido.

Mas eu não podia julgá-la. Quando me drogava, eu conseguia ser mais babaca do que era sóbrio. Seu nível de compaixão pelos outros cai bastante quando você está alucinado. Eu já tinha falado e feito tanta merda que com certeza acabaria pagando todos os meus pecados mais cedo ou mais tarde.

— Ouvi falar que você vai dar uma festa no sábado — comentou Greyson ao se aproximar da mesa, na companhia de Hank e Eric.

Graças a Deus. Ficar sozinho com Monica era um pesadelo.

— Como assim? — perguntei.

Ele acenou com o telefone para mim, exibindo uma mensagem de Monica. *Claro*. Eu tinha certeza de que a mesma mensagem havia sido enviada para um monte de gente e que, independentemente do que eu fizesse, as pessoas apareceriam na minha casa em busca de diversão. Então não tinha jeito, eu daria uma festa.

Feliz aniversário, Lance.

Eu me virei parcialmente de costas para Monica e arregalei os olhos para Greyson enquanto sussurrava:

— Cara, ela é doida.

Ele riu e passou uma das mãos pelo cabelo cor de carvão.

— Não quero dizer que eu te avisei, mas... — Ele parou de falar e riu.

Desde o começo, Greyson me falou que seria uma péssima ideia ir para a cama com Monica, mas eu não havia escutado. Minha filosofia seguia mais a linha do *transe primeiro e veja no que dá depois*. Eu sempre pagava o preço logo depois.

Monica me cutucou nas costas.

— Vou ao banheiro. Toma conta das minhas coisas.

Dei de ombros, sem querer falar mais nada com ela. Conversar com Monica era quase tão cansativo quanto fazer dever de casa. Eu preferia resolver equações de álgebra a falar com ela, e eu era péssimo em matemática.

Quando Monica estava saindo do refeitório, Shay entrou, e senti um frio na barriga. Desde o ano anterior, esse frio sempre surgia quando Shay Gable aparecia. Eu não sabia muito bem o que significava aquilo, nem se havia mesmo um significado, mas a porcaria da sensação estava ali.

Devem ser gases, era o que eu dizia a mim mesmo.

Eu odiava Shay Gable.

Se eu tinha uma certeza na vida, era essa.

Fazia anos que nós nos conhecíamos. Ela era um ano mais nova do que eu, mas sua avó trabalhava como doméstica na minha casa e costumava levar Shay para lá quando os pais dela estavam ocupados.

Nunca fomos com a cara um do outro, desde o primeiro dia. Sabe quando as pessoas fazem amizades instantâneas? Nós fizemos uma inimizade instantânea. Eu odiava o jeito dela, toda certinha. Nem quando éramos mais novos, Shay nunca fez besteira. Ela sempre tirava notas boas, virava amiga de todo mundo. Não chegava perto de drogas, não bebia nas festas. Ela devia rezar e dar um beijinho de boa-noite na avó todo dia antes de dormir.

Tão perfeitinha.

Ou melhor, tão falsinha.

Eu não engolia aquela imagem de santa.

Nenhuma pessoa era capaz de ser tão boazinha assim. Não era possível alguém ter tão poucos problemas na vida.

Nós andávamos com as mesmas pessoas, tínhamos os mesmos amigos, mas não passávamos de inimigos. E eu me sentia confortável com nossa relação de ódio. Era uma sensação estranhamente agradável. Odiar Shay era a maior constante da minha vida. Odiá-la era tipo um vício que eu não conseguia largar, e, conforme os anos passavam, mais prazer eu sentia com o desprezo de Shay por mim. Havia certa energia no desprezo que compartilhávamos, e, quanto mais velhos ficávamos, mais eu ansiava por aquilo.

Shay havia crescido do jeito que a maioria das garotas sonhava em crescer. Seu corpo se desenvolvera tão rápido quanto sua mente. Ela tinha curvas em todos os lugares que nós, babacas, queríamos ver, olhos que brilhavam em todas as situações, e uma covinha tão profunda que você era capaz de desejar que ela passasse o tempo todo sorrindo. Às vezes, eu ficava olhando para ela, me odiando por gostar do que via. Naquele ano, Shay voltara para a escola parecendo muito adulta. Mais curvas, mais peito, mais bunda. Se eu não a odiasse tanto, até cogitaria trepar loucamente com ela.

Ela não só era bonita, como também era esperta. Ela era a melhor aluna do segundo ano. Inteligente e linda — mas eu jamais diria isso na cara dela. Até onde Shay sabia, tudo que eu sentia por ela era repulsa e raiva, mas, de vez em quando, eu a observava em seus momentos de distração. De vez em quando, eu a observava rir com as amigas. Eu prestava atenção no jeito como ela analisava as pessoas, como se fossem obras de arte, tentando compreender como haviam sido criadas. Ela também vivia escrevendo em cadernos, como se sua vida dependesse das palavras contidas naquelas páginas.

Nunca vi ninguém anotar os próprios pensamentos com a mesma intensidade que Shay. Ela já devia ter preenchido centenas de cadernos com suas habituais reflexõezinhas.

Monica parou para falar com Shay, provavelmente para convidá-la para a festa.

Para que fazer isso? Todo mundo sabia que eu e Shay nos detestávamos. Por outro lado, eu estava falando de Monica. Ela era tão focada no próprio umbigo que nunca se interessava pela vida dos outros. Ou então queria chamar Shay só para me provocar. Esse era um dos seus passatempos favoritos.

Shay estava com suas melhores amigas, Raine e Tracey. Eu também era próximo de Raine, já que ela namorava Hank, um dos meus melhores amigos. Raine era a piadista do grupo. Se você precisasse dar umas risadas, ela era a pessoa certa para isso. Ela sempre dizia, brincando, que tinha recebido o nome da nossa cidade natal porque os pais foram preguiçosos demais para inventar alguma coisa melhor. *"Ainda bem que não nasci em Accident, Maryland"*, zombava ela. *"Eu teria que gastar uma grana na terapia."*

E então havia Tracey. Ela era a princesinha do colégio Jackson. Se você estivesse em busca de uma garota com espírito escolar, Tracey o tinha para dar e vender, com porções extras de purpurina e arco-íris. No momento, parecia que Tracey queria jogar toda aquela alegria para cima de Reggie, mas, na minha opinião, ele não parecia muito interessado. Reggie era o novato da escola, que tinha acabado de se mudar, vindo do Kentucky, e a maioria das garotas estava caidinha por ele por causa do seu sotaque sulista. Sinceramente? Para mim, ele não passava de um escroto medíocre que falava juntando as vogais. Eu era especialista em identificar babacas.

A gente reconhece uns aos outros.

Tracey era inocente demais para um cara como ele. Apesar de ser um pouco irritante e de encher o saco com sua alegria purpurinada, ela era uma pessoa legal, no geral. Ela não fazia mal a ninguém, e era exatamente por isso que não precisava de um cara como Reggie em sua vida. Ele a faria de gato e sapato, então seguiria em frente como se os dois nunca tivessem se conhecido.

Era assim que nós, escrotos, agíamos: nós nos aproveitávamos das garotas boazinhas e as descartávamos depois que nos cansávamos delas.

Reggie precisava de uma Monica da vida. Os dois formariam um casal dos infernos.

As garotas continuaram conversando, e eu sabia que Monica devia estar tagarelando sobre a festa que eu não queria dar. Shay lançou um olhar desconfiado e desdenhoso na minha direção.

Olá, olhos castanhos.

Se havia algo que despertava mais o ódio daquela garota do que eu, eram as minhas festas, e ela fazia questão de não ir a nenhuma. No instante em que nossos olhares se encontraram, eu me virei. Nossos caminhos não se cruzavam com frequência, mas, quando isso acontecia, tentávamos falar o mínimo possível. E boa parte desse mínimo era uma troca de farpas. A gente seguia essa linha. Nós gostávamos de nos odiar.

Tirando aquela única vez, nove meses atrás.

A avó dela, Maria, tinha ido ao velório de Lance e levara Shay. As duas foram para uma recepção na minha casa depois, e Shay me pegara no flagra em um dos meus momentos menos másculos.

Eu queria que ela não tivesse me visto daquele jeito: destruído, arrasado, acabado, verdadeiro.

Eu também queria que Lance não tivesse morrido, mas sabe como é. Desejos, sonhos, esperanças — tudo isso é invenção da nossa cabeça.

— Você tem certeza de que quer dar uma festa? — perguntou Greyson, baixando a voz e me distraindo dos pensamentos sobre Shay. Os outros caras na mesa conversavam sobre basquete e garotas, mas

Greyson não parecia muito interessado no papo. — Já que é aniversário do Lance e tal.

Ainda bem que ninguém mais sabia sobre o aniversário do meu tio. Greyson só tinha tocado no assunto porque fazia questão de se lembrar das coisas importantes. Ele era esse tipo de amigo. Sua memória era imbatível, e ele a usava para o bem. Monica só se lembrava das coisas porque colecionava informações que poderiam ser usadas contra suas vítimas. Ela era o completo oposto de Greyson.

Dei de ombros.

— Acho melhor estar com outras pessoas do que sozinho. — Ele abriu a boca para argumentar, mas balancei a cabeça. — Não tem problema. Vai ser bom ter companhia. Além do mais, a Monica não vai desistir da ideia.

— Posso dar a festa na minha casa — ofereceu ele, mas eu recusei.

Uma coisa seria eu dar uma festa; com Greyson, o buraco era bem mais embaixo. Meus pais se irritariam quando descobrissem, mas esqueceriam rápido. Se Greyson fosse pego, seu pai o puniria de um jeito bem pior. Se tinha algo que eu sabia sobre o Sr. East era o fato de ele ser violento e não hesitar em agir dessa maneira com a esposa e o filho.

A sorte dele era que eu nunca o vira encostar um dedo no meu amigo. Senão esse dedo teria sido arrancado na mesma hora.

Algumas meninas se aproximaram da nossa mesa, rindo feito bobas, e acenaram para nós. Não era novidade que todas as garotas eram a fim de Greyson, e muitas eram a fim de mim também. Isso era curioso, porque nós dois tínhamos personalidades diferentes em quase todos os sentidos. Na escola, Greyson fazia a linha de bom aluno angelical. Eu era o capeta, mas, no fim das contas, algumas mulheres queriam amar anjos durante o dia e pecar com demônios durante a noite.

— A gente ficou sabendo que você vai dar uma festa no sábado, Landon — comentou uma das garotas, enrolando o cabelo em um dedo. — Podemos ir?

— Eu conheço vocês? — perguntei.

— Ainda não, mas a gente pode se conhecer na sua festa — respondeu ela em um tom sugestivo.

Para deixar suas intenções ainda mais claras, ela pressionou a língua contra a bochecha, movendo-a para a frente e para trás. *Nossa.* Fiquei meio surpreso por ela não enfiar logo a mão dentro da minha calça, puxar meu pau para fora e começar a babar nele.

Elas eram nitidamente mais novas do que nós — do primeiro ano, talvez. As garotas do primeiro ano eram as mais safadas. Parecia que elas de repente acordavam, se cansavam das brincadeiras inocentes de boneca e começavam a fazer a Barbie e o Ken treparem feito doidos. Eu entendia por que os pais se preocupavam com suas filhas adolescentes. O ensino médio era tipo um reality show de pegação. Se eu fosse pai, deixaria minha filha trancada no porão até ela completar trinta anos.

Dei de ombros, ignorando o gesto provocante.

— Se vocês conseguirem descobrir o endereço, podem ir.

Os olhos das garotas se iluminaram de animação, e elas riram, saindo correndo para tentar descobrir onde eu morava. Se tivessem me perguntado, era bem provável que eu respondesse. Eu estava me sentindo generoso naquela tarde.

— Então vai rolar mesmo a festa? — perguntou Greyson.

Dei uma mordida no meu sanduíche seco de frango e tentei tirar Lance da minha mente e do meu coração. Uma festa resolveria as coisas. Seria algo que poderia me distrair um pouco.

— Aham. — Concordei com a cabeça, totalmente decidido. — Vai rolar.

Olhei para o outro lado do refeitório e vi Shay conversando com um nerd da banda da escola ou algo do tipo. Ela sempre fazia essas merdas — falava com gente de todas as esferas sociais. As pessoas não simplesmente a amavam; elas a *amavam*.

Shay fazia parte do grupinho popular da escola Jackson, mas não de um jeito babaca e escroto feito eu e Monica. As pessoas gostavam de mim e da Monica porque tinham medo da gente. As pessoas amavam Shay porque ela era... Shay, a princesa Diana do ensino médio.

E era exatamente por isso que eu a detestava. Eu odiava sua felicidade inabalável, odiava seu jeito tão confiante e contente de ser. Aquela alegria toda me deixava revoltado.

Ela até parecia uma princesa: alta, com grandes olhos castanhos e inocentes, lábios carnudos sempre sorridentes. Sua pele tinha um tom quente, e seu cabelo era pretíssimo, levemente ondulado. Seu corpo era perfeitamente curvilíneo, e, mesmo sem querer, eu ficava me perguntando como ela seria sem roupa. Resumindo, Shay era linda. Muitos caras diziam que ela era gostosa, mas eu discordava. Chamá-la de gostosa parecia idiota e vulgar, porque ela não era só gostosa, como algumas garotas da escola, Shay era uma luz intensa. Ela era um brilho que iluminava a porra do céu. Uma estrela.

Por mais clichê e piegas que parecesse, todos os caras a queriam, e todas as garotas desejavam ser ela.

E ela era amiga de todo mundo — de cada pessoa ali. Mesmo quando namorava alguém, as coisas nunca acabavam de um jeito ruim. O término sempre parecia tranquilo. Não apenas Shay tinha a aparência de uma princesa, como se comportava feito uma. Serena, calma, controlada. Segura de si. Ela cumprimentava qualquer um que passasse pelo seu caminho. Nunca excluía ninguém. Se organizasse um evento, convidava os nerds, o pessoal da banda da escola e os jogadores de futebol americano.

Ela não diferenciava ninguém, e isso fazia com que fosse uma anomalia na escola e na vida como um todo. Era como se Shay tivesse nascido com uma mentalidade anos-luz à frente da nossa e soubesse que a posição de alguém no ensino médio não significava porra nenhuma no contexto geral da vida. Ela não era uma peça que se encaixava em um único quebra-cabeça. Ela se encaixava em todos. Ela conseguia fazer parte de todos os grupos e de uma forma muito natural. Os nerds e os góticos da escola falavam de Shay do mesmo jeito — com amor e admiração. Todo mundo a achava maravilhosa.

Todo mundo *menos* eu.

Mas não tinha problema. Na verdade, eu ficava com vontade de vomitar só de pensar em Shay sendo legal comigo.

Para mim, seus olhares raivosos eram mil vezes melhores do que sua postura de boa moça.

2

Landon

Uma vez por semana, eu era obrigado a conversar com a orientadora educacional depois do almoço. Eu não tinha aula nesse horário, mas, em vez de aproveitar o tempo livre, precisava bater papo com a Sra. Levi como se eu fosse muito problemático.

Eu queria ter fumado um antes de ir para a sala dela, porque isso tornaria os olhares compadecidos da Sra. Levi mais fáceis de suportar. Havia muitos dias em que eu me arrependia de ter largado as drogas e o álcool. Por um bom tempo, eles foram meu jeito favorito de ignorar meus pensamentos.

A Sra. Levi sentia pena de mim, e isso era esquisito. Eu tinha uma vida boa. Minha família era rica, e eu era um dos caras mais populares da escola. Minhas notas eram boas, e eu sempre conseguia tudo o que queria; duvido que ela pudesse alegar o mesmo.

No geral, minha vida era bem boa. Havia altos e baixos, mas isso era comum para todo mundo.

Na verdade, *eu* sentia pena *dela*.

Como orientadora educacional de uma escola de ensino médio, a Sra. Levi devia ganhar um salário de merda, porque não tinha talento suficiente para ser uma terapeuta de verdade. O marido dela a tinha largado, então eu imaginava que o único momento em que ela interagia com outros seres humanos era nas conversas com os alunos. Nós éramos a vida social dela — um bando de adolescentes babacas que preferiam ficar bem longe dela.

Mais patético do que isso, impossível.

Eu nem queria estar lá, mas sabia que meus pais iriam me encher o saco se descobrissem que não fui. Bom, minha mãe encheria o meu saco. Meu pai estaria pouco se lixando.

Na noite anterior, minha mãe deixara uma mensagem na minha caixa postal dizendo que queria que tivéssemos passado aquela semana juntos, porque sabia que eu poderia estar mexido com o aniversário de Lance, mas que não tinha conseguido mudar seus planos de viagem.

Acho que era compreensível. Era difícil mesmo cancelar uma viagem com as amigas para Maui. Ninguém nunca tinha ouvido uma coisa dessas. Além do mais, Rebecca só podia tirar férias no trabalho agora, Karen não tinha conseguido viajar antes por causa do bebê recém-nascido e, bom, Kim precisava de uma viagem com as amigas depois do divórcio.

— *Desculpa, Land. Eu queria estar aí. Deixei meu cartão de crédito para você pedir comida. Pode chamar o chef também. O número está na geladeira. Vou ligar de manhã e de noite, todos os dias. E tenta dormir direito. Você precisa descansar. E não esquece de tomar os remédios. Eu te amo muito, filho. Até logo. Te amo. Tchau.*

Ela sempre dizia "te amo" duas vezes.

Meu pai havia mandado uma mensagem de texto. O recado dele era muito mais animador.

Pai: Na nossa família não tem frouxos. Não abaixa a cabeça. Seja homem.

Pode deixar, pai.

Ralph Harrison jamais ganharia um adesivo de Melhor Pai do Mundo para colar no para-choque da sua BMW.

Eu sabia que a Sra. Levi me deduraria para os meus pais se eu não aparecesse, e minha mãe iria querer que eu voltasse a fazer terapia depois da escola. Eu não podia falar em nome de todos os adolescentes, mas a última coisa que eu queria depois de um dia longo de aulas era me sentar em uma sala abafada e fedida para conversar sobre os meus sentimentos com um cara de sessenta anos que provavelmente comia a secretária durante o horário de almoço.

Meu tipo favorito de terapia era jogar Mortal Kombat até meia-noite, tomando refrigerante e me empanturrando de pizza — vantagem de viver praticamente sozinho em casa.

Pelo menos a sala da Sra. Levi cheirava a rosas e tinha uma tigela cheia de M&M's de amendoim na mesa.

— Então, Landon — começou a Sra. Levi com um sorriso —, como estão as coisas nesta semana?

Ela sorria o tempo todo, o que era esquisito. Uma pessoa que ganha a vida lidando com os traumas dos alunos e ainda precisa lidar com os próprios problemas não deveria ser tão feliz. Talvez fosse um fetiche. Talvez ela sentisse tesão por tragédias. Ela provavelmente assistia a documentários sobre assassinatos e filmes de tragédias baseados em acontecimentos reais para se divertir.

— Igual à semana passada — respondi, afundando na cadeira diante dela.

A mesa dela era abarrotada de papéis e fotos dos sobrinhos. Ela devia ter mais fotos daquelas crianças na sua sala do que os pais delas tinham em casa.

No semestre anterior, havia rolado um boato de que a Sra. Levi tinha perdido um bebê. As pessoas diziam que o Sr. Levi pedira o divórcio por causa disso, que não tivera nada a ver com a amante dele. Depois disso, a sala dela meio que se tornou uma espécie de santuário dedicado aos sobrinhos. A fofoca era que ela havia ficado estranhamente obcecada pelas crianças porque não conseguia ter os próprios filhos. Falavam como se ela fosse uma doida solitária.

Mas eu nunca acreditei no falatório. Minha mãe tinha sofrido um aborto espontâneo no verão anterior e ficou arrasada. Foi o período mais longo que ela passou sem viajar. Por um lado, foi meio legal ter outra pessoa em casa por tanto tempo. Por outro, era uma tortura ouvi-la chorar todas as noites.

Você já viu sua mãe desmoronar?

Eu sofria com aquela porra de um jeito que não consigo nem explicar.

Meu pai estava ocupado demais com o trabalho, em uma conferência na Califórnia, para voltar para casa e cuidar da própria esposa, então éramos só eu e minha mãe em uma mansão grande demais. Eu não sabia como ajudá-la. E nunca tive muito talento para consolar os outros. Como ajudar uma pessoa que havia perdido uma parte de si mesma? Como dizer que está tudo bem quando é óbvio que isso não é verdade?

Eu não sabia consertar uma pessoa destruída. Se soubesse, teria me consertado muito tempo antes. Então, em vez de conversar com ela e tentar consolá-la falando bobagens genéricas, eu me sentava na porta do seu quarto todas as noites, esperando o choro se transformar em ronco.

Às vezes, só demorava algumas horas. Em outros dias, eu via o sol nascer.

Depois que melhorou, ela embarcou em um avião e sumiu de novo.

Eu sentia saudade toda vez que isso acontecia. Ela não era a melhor mãe do mundo quando estava longe, mas, nas épocas em que passava um tempo em casa, não existia pessoa mais comprometida. Parecia que ela tinha nascido para ser mãe. E mesmo quando estava fora, ela nunca deixava de ligar — uma vez de manhã e outra à noite.

Com meu pai, era diferente. Meu pai poderia estar no mesmo cômodo que eu e me ignorar completamente. Quando me notava, ele sempre apontava os problemas primeiro. Ainda assim, ter sua companhia era melhor do que nada. Mas isso era raro.

Era muito bizarro que eu desejasse mais tragédias só para conseguir ver meus pais? Talvez, mas era solitário viver numa casa tão grande quanto aquela. Meu cachorro, Presunto, era minha única companhia, e ele estava bem cansado de ficar me vendo jogando video game.

— E como você está? Tudo bem? — perguntou a Sra. Levi.

— Eu sempre estou bem. — Eu queria que ela fosse direto ao ponto, ao motivo principal para estarmos ali.

Algum pensamento muito, muito sombrio, Landon?

Não, Sra. Levi, mas me pergunte de novo amanhã, só para garantir.

— Sim, mas com as próximas semanas... — começou a Sra. Levi, e, pelo som da sua voz, eu sabia ao que ela se referia.

A Sra. Levi estava falando do acidente de Lance no ano anterior, e dava para perceber que o assunto a deixava meio desconfortável. Algumas pessoas não sabiam falar sobre assuntos difíceis, e a Sra. Levi era uma delas.

Sem dúvida, ela estava na profissão errada.

— Está tudo bem — respondi, me empertigando na cadeira. — Quer dizer, sei que fiquei mal nessa mesma época no ano passado, mas estou tranquilo agora. O tempo ajuda a tornar as coisas mais fáceis, né? E já faz um tempo que tudo aconteceu.

— O luto não segue um cronograma. Ele tem um ritmo próprio.

Nossa, mas que clichê sentimental de merda.

A Sra. Levi se inclinou para a frente e baixou um pouco a voz.

— Mas, sério, Landon, como você está se sentindo sobre o Lance? Você tem pensado nele?

Ele não saía da minha cabeça; era como fosse um cigarro que nunca se apagava. Eu sentia seu brilho e via suas faíscas trágicas sempre que fechava os olhos. Isso era bom e ruim, na minha opinião. Havia dias em que eu ficava agradecido por ele viver nas minhas memórias. Em outros, eu o odiava de verdade por estar nos meus pensamentos. E ele tinha mania de aparecer sem ser convidado, nos piores momentos. Você já esteve no meio de um amasso com uma garota que queria pegar havia semanas, e aí, BAM, seu tio morto surge na sua cabeça porque a garota usava um perfume cítrico, e ele adorava bala de limão?

É uma conexão aparentemente idiota, porque a garota nem estava chupando bala. Ela só tinha cheiro de limão, mas era assim que meu cérebro funcionava — fazendo um monte de conexões ridículas.

— Não. Quase não penso mais nele — menti.

A Sra. Levi abriu um sorriso meio triste.

— Por que eu tenho a impressão de que você está mentindo?

Porque eu estou mentindo, Sra. Levi. Podemos mudar de assunto?

— Tem gente muito pior do que eu por aí. Não tenho o direito de reclamar.

Dei de ombros e comecei a tamborilar os dedos no braço da cadeira. Meu olhar seguiu para o relógio que tiquetaqueava na parede, e eu mal podia esperar para a hora passar. Eu não queria falar sobre meus sentimentos. Eu queria ir para casa e fazer aquilo que a maioria das pessoas fazia — ficar deitado na cama, ruminando todos os aspectos da minha vida.

Ela franziu a testa.

— Não dá para comparar níveis de sofrimento.

Mas deveria dar. Deveria existir uma classificação baseada na quantidade de sofrimento ou no período de tempo que alguém passou sofrendo para determinar quanto uma pessoa pode reclamar. Havia pessoas no mundo que não tinham o que comer, que não tinham ninguém para amar. Porra, em algum lugar por aí, alguém havia acabado de perder a família inteira em uma tragédia. A tinta das certidões de óbito provavelmente ainda nem secou. Então quem era eu para ficar me lamentando?

A Sra. Levi analisou meu rosto como se tentasse entender meu raciocínio ou decifrar como minha mente funcionava, mas estava perdendo tempo. Ela não conseguiria entender como meu cérebro funcionava nem se varasse o dia e a noite me encarando. Eu não podia deixar as pessoas saberem tudo que se passava em minha cabeça, porque isso as transformaria para sempre.

— Landon, você sabe que as ações do Lance não tiveram nada a ver com você, né? Ele tinha depressão, e é muito difícil lidar com isso. Ele era um homem muito complicado.

Eu queria que ela parasse de falar de Lance como se o conhecesse. Ela só sabia aquilo que as histórias sobre a morte dele diziam. Ele não era complicado. Ele era meu melhor amigo. Minha família. Meu herói. Ele e minha mãe praticamente me criaram enquanto meu pai passava o tempo todo trabalhando. Lance era o irmão caçula da minha mãe, e os dois não se desgrudavam. Quando ele foi morar com a gente, parecia que nós éramos uma família de verdade. Lance me ensinou a andar de bicicleta, a fazer as pedras quicarem na água quando as jogávamos no lago. Ele me ensinou a ter princípios e também me fazia rir.

A Sra. Levi não sabia do que estava falando, mas continuou mesmo assim.

— Os atos dele não tiveram ligação alguma com você. Você sabe disso, né?

— Sei.

Isso também era mentira, mas eu não queria que fosse. Eu queria muito não associar o acidente de Lance comigo, mas, às vezes, era difícil separar as dores e as batalhas de outra pessoa das suas próprias. Acho que o amor faz isto — entrelaça corações. Ele aproxima tanto você da outra pessoa que passa a ser impossível distinguir seu sofrimento do dela.

Eu sabia que Lance estava deprimido e, sinceramente, achava que era o único que notava aquilo. As outras pessoas estavam preocupadas demais com os próprios problemas. Então eu carregava uma grande parcela de culpa. Eu devia ter feito alguma coisa. Devia ter contado para alguém. Devia ter dado mais apoio a ele.

Minha cabeça estava girando, e meus olhos começaram a se encher de lágrimas. *Na nossa família não tem frouxos. Seja homem.*

Ele nunca havia desabafado comigo que estava triste, mas não era preciso dizer aquilo com todas as letras, eu conseguia perceber. Talvez porque eu fosse parecido demais com meu tio.

Ele escondia tão bem, como se a felicidade fingida fosse uma armadura que mantinha todo mundo afastado. Se ninguém soubesse que ele estava triste, ninguém sentiria pena dele, e a última coisa que Lance queria era ser alvo da piedade dos outros.

Ele completaria quarenta e cinco anos no próximo sábado.

Eu não devia estar pensando nisso. Eu não devia ter permitido que ele entrasse na minha mente, mas, droga, lá estava ele, marcando presença nas minhas reflexões bizarras.

Para, falei para mim mesmo, balançando a cabeça quando meus pensamentos começaram a ficar altos demais e minhas emoções estavam se tornando aparentes. *Seja homem. Seja homem. Seja homem.*

— Você está prestando atenção, Landon? — perguntou Sra. Levi, me despertando dos meus pensamentos.

Eu me remexi na cadeira e pigarreei. A preocupação das pessoas me deixava desconfortável.

— Posso ir embora? Não se preocupa, vou dizer para os meus pais que a senhora fez um ótimo trabalho e curou minha alma.

— Land...

Ela foi interrompida pelo sinal da escola. *Liberdade*. Eu me levantei da cadeira com um pulo, pendurei a alça da mochila no ombro direito e segui para a porta.

— Landon, espera — chamou ela. Olhei para trás. Ela exibia aquele sorriso, e, quanto mais sorria, mais eu entendia que a expressão vinha de seu desconforto com conversas incômodas. — Talvez seja bom você se manter ocupado nos próximos meses. Arruma uma distração, pensa em outras coisas que vai dar tudo certo, tá?

Ela não precisava me dar esse conselho — meu plano já era me manter ocupado. Eu precisava encontrar algo grande em que me concentrar pelas próximas semanas infernais, alguma coisa que ocupasse meus pensamentos e me fizesse esquecer que a vida era um caos.

Eu precisava de um passatempo.

— Até segunda que vem — disse ela, mas eu não respondi.

Eu ficava exausto só de pensar em voltar àquele lugar. Mas a culpa não era dela.

Tudo me deixava exausto.

~

A luz arde em minha pele, e eu queria que ela sumisse.

Toda manhã, ainda deitado na cama, eu luto para me levantar

Estou cansado. Da ponta da minha cabeça até meus dedos dos pés, estou cansado.

Mas não tenho tempo para o cansaço. Tem tanta gente esperando que eu me levante, que eu sorria, que seja o homem que sabem que posso ser, mas é exaustivo. Sorrir dói, porque sei que é uma mentira. Sei que, para cada sorriso meu, cinco cenhos franzidos foram escondidos por trás da minha máscara. Isso é normal? É assim que todo mundo se sente? Como se carregasse um peso na alma?

Pesado.

Eu. Me. Sinto. Tão. Pesado.

Mas vou mesmo assim.

Vou me levantar hoje.

Vou sorrir. Vou rir. Vou ser a pessoa que precisam que eu seja, porque é isso que esperam de mim. As pessoas esperam que eu seja brilhante.

Mesmo quando a luz queima.

-L.

3

Shay

Meu pai era o rei do nosso castelo, e eu era sua princesinha favorita.

Sim, eu sua única filha, e isso limitava as opções de favoritismo, mas minha mãe sempre fazia questão de me lembrar:

— Seu pai tem muito amor para dar, apesar de nem sempre saber como demonstrar isso.

Isso era verdade. Meu pai não era um bom homem, mas, no geral, era um bom pai, apesar de nunca demonstrar seu amor de maneira clara e direta. Ele transmitia sentimentos através de gestos e críticas. Uma vez, quando eu era pequena, na época em que minha mãe estava estudando para se tornar enfermeira, ela havia pedido para meu pai ajudá-la a estudar. Ele fora curto e grosso ao dizer que não, que ela precisava aprender sozinha, porque, na hora da prova, ele não estaria lá.

Eu achava que ele estava sendo cruel sem necessidade.

Minha mãe discordava.

— Ele tem razão em não ajudar. Ele não vai fazer a prova comigo, então é melhor eu estudar sozinha.

Ela havia passado na prova sem ajuda de ninguém, e, quando nos deu a notícia, ele já tinha um colar de diamante para lhe dar de presente.

— Eu sabia que você ia passar sem ajuda de ninguém — dissera ele. — Você não precisa de mim para ser inteligente.

Os dois se amavam. Olhando de fora, provavelmente parecia que minha mãe o amava mais do que ele a amava, mas eu sabia que não era o caso. Meu pai era um homem complexo. Eu nem conseguia me lembrar da última vez que ele tinha dito que me amava, mas o amor estava presente em seus olhares, na forma como ele concordava rapidamente com a cabeça, nos seus sorrisinhos. Quando ele ficava feliz com alguma coisa que você fazia, concordava com a cabeça duas vezes. Quando ficava aborrecido, seus olhos azuis gélidos penetravam o fundo da alma. Quando ficava muito aborrecido, seu olhar era capaz de derrubar paredes. Quando ficava triste, ele sumia.

O romance dos meus pais sobrevivera a anos de desafios. Quando era mais novo, meu pai vivia se metendo em encrenca, vendendo drogas no antigo bairro deles. Eu sabia que era estranho se vangloriar disso, mas meu pai era ótimo no que fazia. Ele era um vendedor nato. Minha mãe sempre falava que ele seria capaz de vender cocô para uma pessoa dizendo que era xampu. Por um tempo, levamos uma vida bem luxuosa. Fora só quando ele passara a usar drogas que as coisas começaram a desmoronar. O pior erro que um traficante pode cometer é provar seu produto. Conforme o vício piorou, ele passou a beber também, ficando ainda mais frio do que antes. Distante. Duro.
Cruel.

Foram muitas as noites em que ele chegou em casa aos berros, bêbado e enlouquecido, falando arrastado. Em outras, ele nem aparecia.

Tudo havia mudado depois que um amigo dele morreu baleado e meu pai foi pego pela polícia, o que lhe rendeu alguns anos na prisão.

Ele já estava solto havia um tempo. Depois da cadeia, tinha parado de traficar, de se drogar e de beber.

Fazia mais de um ano que ele tinha voltado para casa.

Um ano, dois meses e vinte e um dias.

Mas que diferença fazia o tempo?

Minha mãe não gostava nem de falar dos antigos problemas do meu pai. Ela fingia que nada tinha acontecido. Minha avó, que eu chamava de Mima, não se fazia muito de rogada quando o assunto era o passado do meu pai. Ela viera morar com a gente quando ele foi preso por tráfico. Nós precisávamos de ajuda, e Mima tinha assumido parte das despesas da casa. Para falar a verdade, eu adorava a presença dela. Ela contrastava com a frieza do meu pai, minha avó era o completo oposto, na verdade. Ela era carinhosa, aberta, generosa. Mima tinha um coração de ouro e sempre fazia o possível para cuidar das pessoas que amava.

Quando éramos só as meninas, a casa tinha um clima tão leve, tão divertido, tão livre. Durante essa época, eu dormia muito melhor, sem o medo de tudo o que poderia acontecer com meu pai. Na prisão, pelo menos ele não tinha como arrumar mais problemas. Na prisão, pelo menos ele não acabaria morto por causa de alguma negociação que dera errado.

Não era segredo que minha avó e meu pai não se bicavam. Depois que foi solto, ele veio para casa achando que voltaria a mandar em tudo, mas Mima tinha uma visão diferente das coisas. Os dois viviam batendo boca. Minha mãe se esforçava para manter um ambiente pacífico. Na maior parte do tempo, dava certo. Mima evitava meu pai, e meu pai a evitava.

A não ser quando a gente se reunia para comemorar datas importantes. Minha família sabia comemorar eventos como ninguém, e o aniversário da minha mãe era um deles. Ela estava completando trinta e seis anos hoje, e juro que seria impossível dizer que ela tinha mais de dezoito. Era comum as pessoas acharem que nós duas éramos irmãs — nossa, ela adorava isso. Eu tinha certeza de que ficaria agradecida pela minha genética um dia.

Minha prima, Eleanor, e seus pais, Kevin e Paige, sempre passavam aniversários e outras datas comemorativas com a gente. O tio Kevin era o irmão mais velho do meu pai, mas parecia cinco anos mais novo do que ele. Por outro lado, Kevin não tivera a mesma vida aventureira e perigosa que meu pai. As rugas no seu rosto não se formaram por causa de estresse e dificuldades — e sim por risadas e alegria.

Mima colocou o bolo de aniversário na mesa e começou a cantar "Parabéns pra você", e todos a acompanharam. Minha mãe sorria de orelha a orelha enquanto berrávamos a música em um tom desafinado.

Ela estava sentada ao lado do meu pai, e observei a mão dele apertar de leve seu joelho.

Às vezes, eu pegava meu pai observando minha mãe com um olhar maravilhado. Quando eu zombava de sua cara de bobo, ele balançava a cabeça e dizia:

— Eu não mereço ela. Nunca mereci, nunca vou merecer. Sua mãe é uma santa, boa demais para mim. Boa demais pra este mundo.

Nesse ponto, nós dois concordávamos. Eu não conseguia nem imaginar tudo que ela havia passado com meu pai. Mas minha mãe nunca me contaria nada disso. Eu sabia que acabaria odiando meu pai se descobrisse todos os segredos dos dois, e provavelmente era por isso que ela não me contava. Minha mãe não queria destruir a ideia que eu tinha do homem que havia me criado. Mas eu entendia que amar alguém como meu pai não era algo fácil. Só um coração muito forte seria capaz disso, e o da minha mãe batia intensamente. Se havia uma força constante na minha vida, era o amor da minha mãe. Eu nunca o questionava de forma alguma, e duvidava que meu pai o questionasse também. Ela era a personificação da lealdade — fiel até o último fio de cabelo. Ela se doava por inteiro, mesmo que isso significasse perder a própria essência.

Mima começou a cortar o bolo, e Paige sorriu.

— Você precisa me passar a receita desse bolo, Maria. Está uma delícia.

— Ah, não, querida. Minhas receitas vão morrer comigo. Meu plano é ser enterrada com meu caderno de receitas — brincou Mima. Mas havia um fundo de verdade em sua fala.

Eu não tinha dúvida alguma de que ela levaria o caderno para o túmulo. Mas minha mãe provavelmente seria louca o suficiente para desenterrá-lo, só para ter mais um gostinho das enchiladas de Mima. E com razão.

A comida de Mima era divina, e eu estaria do lado da minha mãe, empunhando minha pá, em busca do ingrediente secreto das tortillas dela.

Depois que todo mundo tinha ganhado um pedaço de bolo, meu pai se levantou e então pigarreou. Ele não era muito de fazer discursos. Era um homem bem quieto. Minha mãe sempre falava que ele pensava tanto no que queria dizer que, quando as palavras finalmente estavam prontas para sair de sua boca, elas ficavam emudecidas.

Mas todos os anos, em todos os aniversários, ele fazia um brinde à minha mãe — com exceção da época em que esteve na prisão.

— Eu queria que todos nós erguêssemos nossas taças de champanhe — declarou meu pai — e de suco de uva com gás para as menores de idade. Camila, você é uma luz para esta família, para este mundo, e é um privilégio podermos passar mais um ano ao seu lado. Obrigado por apoiar nossa família e por me apoiar nos momentos bons e ruins. Você é o meu mundo, a minha força, o meu ar, e, hoje, comemoramos a sua vida. Parabéns por mais uma primavera, e que muitas outras venham ainda.

Todos nós brindamos, bebemos e rimos. Esses eram meus momentos favoritos, as memórias que criávamos com risadas e alegria.

— Ah, e faltou o seu presente, é claro — disse meu pai, saindo da sala de jantar e depois voltando com uma caixinha.

Minha mãe se empertigou um pouco.

— Kurt, não precisava comprar nada para mim.

— É claro que precisava. Abre.

Minha mãe se remexeu um pouco na cadeira ao perceber que era alvo de todos os olhares. A coisa que ela mais odiava na vida era ser o centro das atenções. Ao desembrulhar e abrir o presente, ela soltou um som de surpresa.

— Ai, nossa, Kurt. Não era para tanto.

— Você merece.

Minha mãe ergueu um par de brincos de diamante que brilhavam longe.

Mima ergueu uma sobrancelha.

— Parece bem caro — resmungou ela.

Meu pai deu de ombros.

— Nada é caro demais para minha esposa.

— A não ser quando é caro, sim, e você tem dois trabalhos de meio expediente, um nos correios e outro como zelador — rebateu ela.

— Que tal você se preocupar com seu próprio dinheiro, Maria? Do meu deixa que eu cuido — sibilou meu pai.

E lá estava ela, a tensão que habitava nossa casa. Juro que o ar ficava mais pesado sempre que os dois começavam a brigar.

— Bom, obrigada, querido — disse minha mãe, se levantando e dando um abraço no meu pai. — Mas eles parecem caros mesmo.

— Não se preocupa com isso. Estou economizando há um tempo. Você merece coisas bonitas — disse ele.

Estava estampado na cara da minha mãe que a cabeça dela agora estava cheia de dúvidas, mas ela nunca expressava seus pensamentos. Na maioria das vezes, só os remoía.

— Bom, então tá! Vamos comer bolo, tomar mais champanhe e continuar a festa.

Ninguém mais falou sobre os brincos de diamante, o que me fez ficar agradecida. O fato de termos convidados em casa provavelmente ajudou, porque, caso contrário, a briga entre Mima e meu pai logo ficaria exaltada.

Eleanor estava sentada à mesa com um livro, e seus olhos iam de um lado para o outro das páginas.

— Que bom que você está menos introvertida, Ellie — brincou Mima, entregando um pedaço de bolo para ela.

Eleanor fechou o livro, suas bochechas corando.

— Desculpa. Eu só queria terminar o capítulo antes de comer.

— Parece que você está sempre terminando um capítulo — falei, cutucando minha prima.

— Olha quem fala, a garota que está sempre terminando um roteiro — rebateu ela.

Realmente.

A única coisa que eu e Eleanor tínhamos em comum além do DNA era nosso amor por palavras e histórias, e isso bastava para sermos melhores amigas.

Ter Eleanor na minha vida era como receber um buquê de flores novo a cada dia. Ela era inteligente, bondosa e sarcástica de um jeito divertido. Eleanor era a pessoa no mundo que mais me fazia rir.

As quietinhas sempre têm os melhores comentários.

— Falando em roteiros — disse Eleanor, se virando para mim enquanto enfiava uma garfada de bolo na boca. — Quando vou ler o que você está escrevendo agora?

Eleanor lia todos os roteiros que eu escrevia — que eram muitos — e era, sem dúvida, minha maior fã. Ela também era minha maior crítica, e seus comentários me ajudavam a escrever melhor.

Na primeira vez que entreguei um roteiro para Eleanor ler, tinha feito com que ela prometesse que não falaria sobre ele com ninguém. E falou assim:

— Tá bom, Shay. Não vou contar para o Sr. Darcy e pra Elizabeth Bennet sobre a sua história. Mas vai ser difícil não comentar nada com o Harry, o Rony e a Hermione.

A piada estava no fato de que ela não tinha amigos além de mim, o que era uma pena. Muita gente estava perdendo a oportunidade de descobrir o quanto Eleanor Gable era maravilhosa.

Meu telefone apitou uma vez, depois de novo — e então apitou mais um bilhão de vezes. Minha mãe olhou para mim com um sorriso de quem já sabia quem era.

— É a Tracey?

— Com certeza — respondi.

A única pessoa que me mandava mensagens sem parar, mesmo sem ter recebido uma resposta, era minha amiga Tracey. Nós havíamos crescido juntas, e todo mundo sabia que Tracey falava pelos cotovelos. Ela era capitã da equipe de líderes de torcida e presidente do conselho estudantil, e tinha espírito escolar para dar e vender. Eu também gostava de participar das atividades do colégio, mas Tracey estava em outro patamar. Ela vivia, respirava e comia pensando na escola.

Não era à toa que ela era uma das meninas mais populares da escola. Ela era inteligente, bonita e engraçada. Pena que aquela empolgação toda intimidasse a maioria dos garotos.

Tracey: Para tudo! O Reggie vai na FESTA do Land no SÁBADO! SHAY A GENTE TEM QUE IR

Tracey: Antes de você dizer que não (sei o que vc tá pensando) eu PRECISO PRECISO PRECISO ir!

Tracey: Preciso que banque o Cupido

Tracey: Duas palavras: o Reggie vai

Tracey: Kk, foram três, mas você entendeu!

Tracey: POR FAVOOOR, SHAY! Preciso de você. O Reggie é O amor da minha vida, e a festa do Land vai fazer com que ele veja isso.

Tracey: Diz que sim?

Tracey: Prometo que você não vai nem ver o Landon, que dirá respirar o mesmo ar que ele.

Tracey: Também vou te dar um pônei de presente ou qualquer coisa assim. Pfvr?!

Eu ri ao ler as mensagens dramáticas de Tracey. Ela estava caidinha pelo aluno novo, Reggie. Ele era exatamente o tipo de cara de quem Tracey sempre ficava a fim: machão, convencido, tão bonito que chegava a ser ridículo e muito ciente da própria beleza. Eu não sabia quase nada sobre ele além do que Tracey havia me contado e das impressões que tive nas poucas vezes em que nos falamos na escola, mas Reggie com certeza exalava aquilo que eu chamava de TB — Tendências

Babacas. Eu ainda não tinha informações suficientes para saber se ele era um BC — Babaca Completo —, mas estava coletando dados aos poucos, na esperança de poupar minha amiga de ter o coração partido.

Eu era especialista em interpretar pessoas. Usar pessoas reais como estudo de caso para desenvolver os personagens dos meus roteiros era um dom. No geral, bastava um olhar para eu conseguir determinar se uma pessoa era heroína, vilã ou coadjuvante, porém algumas eram difíceis de classificar à primeira vista. Eu precisava passar mais tempo com Reggie para entender melhor qual era a dele.

Tracey: A falta de resposta quer dizer que sim?

Eu: Quero uma pônei dourada chamada Marcy.

Tracey: É por isso que você é minha humana favorita.

Seria estranho ir à festa de Landon. A gente não tinha dificuldade alguma em manter vivo nosso ódio mútuo, e isso significava que eu nunca ia às suas festas, apesar de ele ter dado várias no último ano. Desde a morte do tio, parecia que tinha uma festa a cada quinze dias na casa dele.

Eu fazia questão de nunca ir, mas como Tracey parecia desesperada por uma chance com Reggie, era óbvio que aquilo fazia parte dos meus deveres de amiga. Minha esperança era que a festa estivesse lotada o suficiente para eu nem precisar interagir com Landon.

Nós andávamos com o mesmo grupo de amigos, e eu amava todos eles, mas, por algum motivo, Landon e eu nunca tínhamos nos dado bem. Até quando éramos crianças, ele me detestava. Certa vez, ele tinha me chamado de *chicken*, porque achou que eu era covarde por não querer fumar maconha numa festa. Depois disso, *chicken* virou o apelido que ele usava para se referir a mim. Eu o chamava de Satanás — por motivos óbvios.

Nós só tivemos um único leve momento de conexão, quando Mima me levara ao velório de Lance. Houve uma recepção na casa dele depois do enterro, e eu acabei encontrado Landon sem querer, enquanto procurava pelo banheiro. Ele estava no seu quarto, sentado na cama, de terno e gravata, chorando tanto que mal conseguia respirar.

Eu não sabia o que fazer, porque não era amiga dele. Nós não éramos nem colegas. Se muito, eu era a vilã da história dele, do mesmo jeito que ele era o vilão da minha, mas ele parecia tão sozinho, tão desolado, naquele momento. Apesar do nosso relacionamento conturbado, eu sabia o quanto ele amava Lance. Não era segredo que Lance era uma figura paterna em sua vida. Na minha opinião, ele era basicamente o pai de Landon. Seu pai de verdade não passava de um homem que depositava dinheiro na sua conta bancária.

Eu não soube como reagir, vendo-o chorar daquele jeito, então fiz a única coisa em que consegui pensar. Entrei no quarto dele e me sentei ao seu lado. Afrouxei sua gravata e lhe dei um abraço enquanto ele chorava descontroladamente nos meus braços. Ele tinha desabado, e eu havia testemunhado o momento em que Landon se quebrou em mil pedacinhos.

No dia seguinte na escola, eu o vi pegando livros no seu armário e fui até ele para perguntar se estava tudo bem. Ele me olhou de cara feia e bateu a porta do armário. Sua cabeça baixou um pouco, e ele se recusou a olhar nos meus olhos enquanto falava em um tom baixo e controlado: "Não vem achando que agora vamos ficar de papinho, chicken. Você nunca se importou com os meus sentimentos antes, então não começa a ficar com pena de mim só porque o Lance morreu. Não quero a sua ajuda. Vai conversar com alguém que queira falar com você, porque eu não quero, nem vou querer."

Nós nunca mais tocamos no assunto. Era quase como se eu tivesse imaginado aquele momento, como se aquilo tivesse sido uma alucinação. Por mim, tudo bem. Se ele não queria falar sobre o que aconteceu, eu também não falaria. Nós tínhamos voltado a nos odiar, e esse retorno à normalidade me deixava satisfeita... apesar de, no fundo, de vez em quando, eu ainda pensar no que tinha acontecido. O cara mais popular da escola estava bem triste, mas ninguém tinha percebido.

Talvez fosse uma tristeza temporária, do tipo que passaria com o tempo. Talvez Landon já tivesse se recuperado. De qualquer forma, ele havia deixado claro que aquilo não era da minha conta.

Eu precisava bolar um plano para a festa — pensar em alguns comentários maldosos para ter na manga, meios de escapar se ele viesse na minha direção, e uma infinidade de rotas de fuga.

— Ei, Eleanor. — Eu a cutuquei no ombro. Ela já tinha devorado seu pedaço de bolo e voltado para o livro. — Você quer ir a uma festa comigo e com a Tracey no sábado?

— É uma festa de leitura? — perguntou ela, levantando uma sobrancelha.

— Uma festa de leitura?

— É, tipo quando um monte de gente se reúne, forma um círculo e passa horas em silêncio, só lendo o livro que escolheu? Vai ser numa biblioteca? Vão dar marcadores de páginas de brinde?

Eu ri.

— Bom, não.

— Ah. Então vou ter que recusar.

Ela voltou para o livro. Eu jurava que, um dia, ainda iria arrastá-la para alguma festa ridícula da escola, e ela detestaria tudo, igual a todos nós adolescentes.

E quem sabe? Talvez ela se apaixonasse. Bom, talvez ela *gostasse* de alguém. Minha mãe sempre dizia que o primeiro passo para o amor era gostar muito da outra pessoa. Então mergulhar de cabeça na paixão não pareceria ser algo tão perigoso assim. Mas Eleanor nunca se colocava em situações em que poderia sequer gostar de alguém. Minha prima só se interessava por caras fictícios, mas eu torcia de verdade para que alguém roubasse seu coração um dia. Talvez fosse meu lado escritora falando mais alto. Eu tinha mania de escrever finais felizes em todos os meus roteiros, e também desejava isso para as pessoas que amava.

Dito isso, eu tinha a impressão de que Eleanor teria uma vida completamente feliz se passasse a eternidade trancada em uma masmorra com cinco milhões de livros ao seu redor.

Ah? E como Eleanor Gable morreu?

Cercada por um milhão de felizes para sempre e meia dúzia de finais inesperados.

Enquanto Eleanor se perdia em sua história, tentei aceitar o fato de que eu iria a uma festa de Landon. Eu entraria na casa de um garoto que eu não suportava e que não me suportava também.

E eu, pelo menos, não me sentia nem um pouco pronta para isso.

4

Shay

Passei boa parte da manhã de sábado tentando acalmar Tracey. Minha amiga tinha um talento inato para fazer tempestade em copo d'água sobre qualquer coisa. Minha mãe tentou me convencer a ficar em casa e comer comida chinesa com o restante da família, mas eu sabia que Tracey me mataria se eu furasse em cima da hora.

Mas eu daria tudo para ficar e comer um rolinho primavera em vez de ir à casa de Landon.

— Ai, nossa, estou enjoada de tão nervosa — comentou Tracey na varanda de Landon.

Eu.

Na varanda de Landon.

Droga.

Por um segundo, cogitei ir embora. Pensei em dar meia-volta e esperar pela próxima festa na casa de outra pessoa, na semana seguinte. Desde que tinha aceitado ir à festa, estava com uma sensação esquisita. Eu sabia que estava exagerando, mas o fato de eu ter passado um tempo abraçada com Landon na última vez que tinha entrado ali estava mexendo com a minha cabeça.

O momento íntimo durante a trégua temporária do nosso ódio era tão vívido em minha mente que parecia que tinha acontecido no dia anterior. Eu via os olhos azul-escuros dele perdidos em um mar de tristeza, sentia seu corpo tremer contra o meu, e sentia seu sofrimento, tão puro e sincero. Ele tinha sido o completo oposto da pessoa que costumava ser na escola. Landon sempre parecia indiferente ao mundo, como se não pertencesse a ele, apesar de estar ali. Sua frieza, sua calma e seu autocontrole tinham um ar arrogante, como se nada nem ninguém pudesse abalá-lo. Naquela noite, sentada na cama dele, com meus braços ao seu redor, eu tinha visto seu coração, seu coração delicado e machucado, que tinha sentimentos como os de todo mundo.

Talvez até um pouco mais do que os da maioria das pessoas.

Olhei para minha amiga, esperançosa. Tracey não parava de falar da festa e de Reggie desde o dia em que tinha descoberto que haveria um evento para o qual os dois tinham sido convidados. Tracey achava que festas na casa dos outros eram a melhor oportunidade para dar mole para alguém. Ela dizia que fazer isso na escola era muito estressante. Nada melhor do que a combinação de iluminação fraca, música alta e tequila.

Tequila então...

— Não consigo ficar calma — repetiu ela, me distraindo dos pensamentos sobre Landon.

— Por quê? Você é maravilhosa, e o Reggie seria doido de não perceber isso — falei, enquanto ela passava batom. Quando ela acabou, o passou para mim para que eu fizesse a mesma coisa.

— É? Você acha que eu exagerei na roupa? Minha ideia era uma coisa meio piranha comportada. Uma vibe tipo *é, eu tenho peitos, mas você não pode me apalpar*.

— Mesmo que você estivesse pelada, nenhum cara teria o direito de te apalpar — expliquei. — Além do mais, essa coisa de roupa de piranha não existe. Isso é só um julgamento idiota da sociedade.

Assim que as palavras saíram da minha boca, tive certeza de que um dia eu seria igual à minha mãe e à minha avó — discursando sobre empoderamento feminino, consciente de tudo o que eu merecia ou não de um homem.

Ela riu e revirou os olhos.

— Tá, Madre Teresa, mas eu só quero saber o que você achou do meu decote.

Eu ri.

— Se eu fosse o Reggie, com certeza daria umas olhadas.

Tracey prendeu o cabelo atrás das orelhas e então o soltou do jeito como estava antes, tomada pelo nervosismo. Ela não parava quieta quando ficava ansiosa.

— Tá. Tá. Ele é da nossa turma. Não é como se fosse o cara mais gostoso do último ano. Ele só é, tipo, quatro meses mais velho que eu. Isso não é praticamente nada, né? Não preciso achar que essa situação é grande coisa, mas, por outro lado, se eu começar a agir como se não fosse grande coisa, talvez ele ache que não estou interessada, e não é essa a impressão que eu quero passar, e... e... e...

— Tracey — eu a interrompi.

— Oi?

— Respira.

Ela bufou uma nuvem de ar quente.

— Tá bom.

— Apenas seja você mesma. Se isso não for suficiente para o Reggie, então ele que se dane. Tem outros caras no mundo.

Ela soltou uma risada irônica.

— Para você é fácil falar essas coisas. Os caras fazem fila para te pegar, Shay. Nem todo mundo nasce linda pra cacete.

Não respondi ao comentário, porque Tracey vivia falando esse tipo de coisa, me deixando sem graça. Eu não queria ser conhecida só pela minha beleza, mas dizer essas coisas soava superfalso e irritante. Eu sabia que era bonita, mas, por algum motivo, tinha vergonha de admitir isso, apesar de a minha aparência não ter sido uma escolha minha. Ela era a coisa menos interessante sobre mim.

Eu preferia que os caras gostassem de mim pela minha criatividade, pelo meu senso de humor ou pelo meu conhecimento profundo sobre todos os detalhes de *Charmed: jovens bruxas*, e não só porque me achavam gata.

Eu tinha sido agraciada com a genética da minha mãe. Mima dizia que era a dádiva das Martinez. Juro que minha avó parecia estar mais perto de ter quarenta do que sessenta anos. Nossa pele tinha uma aparência jovem. Meu pai sempre brincava que minha mãe tinha me produzido sozinha e que não havia nada dele em mim. *"O lóbulo das orelhas com certeza veio de mim"*, comentava ele, *"e o anelar esquerdo é igualzinho ao meu"*.

Eu tinha os olhos castanho-escuros da minha mãe e seus lábios carnudos. Meu cabelo era cacheado e preto feito carvão, e meu corpo era curvilíneo como o dela, algo de que os meninos pareciam gostar. Mas essas mesmas características me deixavam desanimada com os garotos. Quando eles começavam a conversa falando do meu corpo, eu já sabia que nunca encostariam em mim.

"Você não se resume a um rostinho bonito, e só os meninos que perceberem isso podem ter alguma chance", Mima sempre me dizia isso, uma mensagem que ela com certeza também passara para a versão adolescente da minha mãe.

Eu e Tracey entramos na festa, e soltei o ar que nem percebi que estava prendendo.

Eu havia conseguido. Tinha passado pela porta do covil de Satanás e sobrevivido. E o mais surpreendente era que eu não havia pegado fogo. Anjos como eu não deviam frequentar os mesmos ambientes que o Demônio.

Fiquei aliviada quando olhei ao redor e vi que todo mundo ali era meu amigo. Isso facilitava as coisas. Eu podia me comportar normalmente e me sentir tranquila sabendo que estava cercada pelas minhas pessoas.

— Olha, ele está ali! — disse Tracey em um grito sussurrado, cutucando meu braço.

Ela apontou com a cabeça na direção da lareira, diante da qual Reggie conversava com alguns caras do time de futebol americano. Ele estava segurando uma cerveja e ria, provavelmente falava com aquele sotaque sulista que fazia metade do corpo estudantil perder a linha.

— Vamos lá dar um oi — sugeri, e Tracey ficou toda tensa. — Ah, fala sério, Trace, anda. Ele não morde, e, se morder, é bem capaz de você gostar — brinquei, puxando-a para a frente.

Quando nos aproximamos do grupo, a conversa masculina parou, e os caras sorriram para nós.

— Ora, ora, se não é a dona encrenca — observou Eric, me olhando de cima a baixo. — E a dona encrenquinha — complementou ele, assobiando baixo para mim e Tracey.

Abri um sorriso largo e dei uma cotovelada de brincadeira na lateral do corpo dele.

— E aí, amigo? Eu estava torcendo para encontrar você hoje e ouvir umas piadas sem graça — brinquei.

Eu e Eric chegamos a namorar durante um tempo, e por namoro quero dizer que nos beijamos um total de três vezes até ele me dizer que ficaria mais a fim de mim se eu tivesse um pênis. Justo. Mas Eric não tinha se assumido para ninguém além de mim, e seu segredo estava seguro. A melhor coisa que a gente tinha ganhado com nosso relacionamento de cinco meses havia sido uma bela amizade.

Sim, nós tínhamos passado cinco meses juntos e só nos beijamos três vezes. Eu devia ter desconfiado um bom tempo antes de que não estava dando certo, mas você não questiona muito as coisas quando se trata do seu primeiro namorado.

— Bom, você deu sorte — comentou Eric, passando um braço sobre meus ombros. — Estou me sentindo mais irritante do que o normal hoje.

Tracey ficou parada ali, parecendo nervosa e deslocada. Ela estava se afogando nas próprias inseguranças, e eu, sendo uma boa amiga, queria que ela conseguisse nadar até a superfície.

— Ei, Reggie, você joga beer pong? — perguntei.

— Só se for para ganhar — respondeu ele, todo arrogante, e juro que vi minha amiga se derreter com esse comentário.

Apesar de ele não ser minha pessoa favorita, eu precisava deixar meus sentimentos de lado em nome de Tracey.

— Bom, a Tracey é a nossa campeã invicta. Ela nunca perdeu uma partida.

Reggie se virou para Tracey e ergueu uma sobrancelha. Nossa, até as sobrancelhas dele eram arrogantes.

— Sério?

— Bom, hum, é, eu acho. Eu nunca perdi uma partida? — gaguejou Tracey, fazendo parecer uma pergunta.

Minha pobre borboletinha nervosa. Se ela abrisse um pouco as asas, lembraria que conseguia voar.

— É verdade. Vocês deviam formar uma dupla e começar um campeonato. Pode ser divertido — sugeri.

Reggie deu de ombros.

— É, pode ser. Vamos pegar uma cerveja e começar a brincadeira. Você se chama Tracey, né?

As bochechas dela ficaram mais vermelhas que uma maçã.

— Sim, Tracey com E. Não que faça diferença, porque o E é mudo, mas minha mãe achou que...

— Menos — tossi, cobrindo a boca com a mão, dando um cutucão de leve no ombro da minha amiga.

Ela ficou ainda mais corada e parou de falar.

— Sim, é Tracey. Vamos pegar a cerveja. — Antes de ir, ela se inclinou para mim e sussurrou: — Você já garantiu seu pônei hoje. Aliás, já que o Eric está aqui, você devia aproveitar e tentar cavalgar o pônei dele. — Ela deu um sorriso malicioso e piscou para mim, sentindo-se orgulhosa.

Ah, Tracey. Se ela soubesse que o pônei de Eric preferia não ser cavalgado por pessoas com cromossomos XX. Reggie teria mais chance do que eu.

Os dois se afastaram, e ouvi minha amiga tagarelando sobre tudo e mais um pouco enquanto Reggie olhava disfarçadamente para os peitos dela.

— Você sabe que ela só vai perder tempo ali, né? Ele é meio babaca — comentou Eric. — Tipo, ele passou o tempo inteiro com a gente contando que era o maior comedor da cidade dele.

Suspirei.

— É, bem que eu desconfiava, mas sabe como é: ninguém manda no coração.

E o coração de Tracey estava decidido a cometer o próximo erro.

— É assim que as pessoas pegam herpes — respondeu Eric, me fazendo rir.

Falando em corações, o meu deu uma acelerada esquisita quando Landon entrou na sala.

Eu estaria mentindo se dissesse que ele não era bonito. Com o passar dos anos, Landon tinha deixado de ser um garoto insuportável e se tornado um homem insuportável, e eu havia observado a transformação de longe. Preferia que ele tivesse passado mais tempo na fase "adolescente esquisito com aparelho", mas não dei essa sorte. Agora, seu sorriso perfeito fazia companhia aos olhos azuis perfeitos, ao cabelo castanho bagunçado e ao corpo malhado. Parecia que o garoto magricela tinha virado o Incrível Hulk do dia para a noite. Até seus músculos tinham músculos, e eu tinha a impressão de que eles me mostravam o dedo do meio sempre que eu olhava em sua direção.

Os olhos dele encontraram os meus, e sua expressão intensa parecia dizer: *Você teve mesmo coragem de aparecer, foi?*

Sim, Landon, estou aqui, e você não vai me intimidar com seus olhares idiotas.

Ele deve ter aceitado o desafio, porque veio na nossa direção segurando um copo de plástico vermelho e com aquele sorrisinho ridículo nos lábios.

Eu odiava o jeito como ele sorria para mim. Parecia tão sinistro.

Eu também odiava saber que uma partezinha de mim se sentia atraída por aquele sorriso. Uma parte de mim ansiava por aquele sorriso. Às vezes, eu observava Landon de longe, me perguntando quando seus lábios se curvariam para cima. Na maior parte do tempo, ele vivia de cara feia. Se ele fosse um Ursinho Carinhoso, seria o Zangadinho.

Landon veio gingando daquele seu jeito descolado e se posicionou entre mim e Eric. Eu detestava quando ele chegava perto demais. Os pelos nos meus braços sempre se arrepiavam.

— Eric, *chick*, é muito bom ver um de vocês — comentou Landon, tomando um gole do copo. Ele se virou para mim e encontrou meu olhar. — Estou meio surpreso por você ter tido coragem de aparecer.

Cruzei os braços e tentei ignorar o calafrio que ele sempre fazia subir pelas minhas costas.

— Pode acreditar, eu não tinha a menor vontade de estar aqui, mas a Tracey precisava de mim.

— Você não precisa inventar mentiras para vir na minha casa, *chick*.

— Eu não sinto a menor necessidade de mentir para você, Satanás — rebati.

Eu odiava quando ele me chamava de *chick*. De verdade, era melhor quando ele me chamava de *chicken*. Ser chamada só de *chick* parecia bem mais humilhante, como se eu não passasse de uma menina que não merecesse um nome de verdade, só uma garota que ele não suportava.

Chick.

Chick.

Chick.

Argh. Que babaca.

Ele se divertia vendo a minha irritação, e era por isso que eu me esforçava tanto para controlar minhas emoções sempre que chegava perto dele. Eu não queria lhe dar o gostinho de ver meu sofrimento. Sim, talvez meu coração perdesse o compasso quando eu estava perto dele, mas Landon não precisava saber disso.

— Não é melhor vocês dois treparem logo de uma vez e dar um tempo nessa implicância? — brincou Eric, revirando os olhos.

— Que nojo. — Fingi que estava vomitando.

— Prefiro a morte — argumentou Landon. — Além do mais, não quero os seus restos nojentos.

— Não tem nada de nojento nos meus restos. — Eric piscou para mim, e eu sorri. Ele sempre fazia com que eu me sentisse enturmada, enquanto pessoas como Landon me proporcionavam a sensação contrária. — Vou pegar uma cerveja. Landon, depois me avisa se você quiser jogar video game e tal. Shay, eu te convidaria também, mas...

— Ele te odeia tanto quanto eu — concluiu Landon, apesar de eu ter noventa e nove por cento de certeza de que não eram essas as palavras que sairiam da boca de Eric.

Ele devia saber que eu não queria passar mais muito tempo na presença de Landon.

Eric gesticulou para nós dois enquanto se afastava.

— Só uma rapidinha. Mete o pau, tira o pau. Estou dizendo, é a melhor maneira de acabar com esse ódio.

— Nunca — respondemos os dois ao mesmo tempo, e essa foi uma das poucas vezes em que concordamos.

Ficamos sozinhos por um instante, trocando olhares irritados, até que aquilo ficou esquisito demais.

Pigarreei.

— Dá licença, mas preciso ir para qualquer lugar que não seja aqui.

— Eu também — falou ele, e seguimos em direções completamente opostas.

5

Landon

Eu não devia ter dado uma festa.

Não demorou muito para que o arrependimento batesse. Assim que aquele monte de pessoas começou a chegar, cuja maioria dos rostos eu nem conhecia, meu estômago começou a se revirar. Um bando de gente aleatória tinha resolvido aparecer porque simplesmente ouviu que tinha drogas e bebidas, e as pessoas acharam que, com sorte, pegariam alguns peitos e paus. Além do mais, era bem provável que metade das pessoas ali nunca tivesse pisado em uma mansão antes.

Eu achava que me cercar de gente ajudaria a não pensar em Lance, mas a noite estava me provando o contrário. Mesmo com tanta gente ao meu redor, as lembranças do melhor homem que eu já tinha conhecido continuavam a me consumir.

Quarenta e cinco.

Ele faria quarenta e cinco anos hoje.

— Tem certeza de que você não quer chamar a polícia pra acabar com sua própria festa, expulsar essa gente toda daqui e ficar jogando video game? — perguntou Greyson quando estávamos apoiados na lareira da sala, observando dezenas de pessoas se empurrando para abrir caminho pelo cômodo, bagunçando tudo, mas eu não estava nem aí.

— Não, tá tranquilo. — Dei de ombros, esfregando a nuca. Greyson sorriu para mim, mas era aquele sorriso falso dele, o que ele abria

quando estava remoendo as coisas. Eu lhe dei uma leve cotovelada.
— Relaxa, tá? Bebe alguma coisa e para de se preocupar.
— Tá, tudo bem. É só que eu sei que hoje é...
Eu o interrompi, porque sabia o que ele ia dizer e não estava com a menor vontade de falar sobre aquele assunto.
— Beleza, depois a gente conversa.
Dei um tapinha nas costas do meu melhor amigo e fugi, principalmente porque não queria que ele ficasse me perguntando se eu estava bem a cada segundo. Eu estava ótimo, como sempre.

Mais tarde naquela noite, como sempre acontecia quando eu dava festas, fui para o meu quarto. Fiquei lá com Greyson, Eric e Hank. Ninguém mais podia entrar ali, e, se alguém insistisse, eu fazia questão de ser tão desagradável e grosso que a pessoa nunca mais se atrevia a voltar. Greyson sempre me chamava de Zangado depois que eu brigava com os outros, e fazia sentido. Eu não tinha um pingo de educação ao expulsar as pessoas do meu quarto, mas a última coisa de que eu precisava na vida era um casal bêbado trepando nos meus lençóis italianos.

Além do mais, meu quarto era o refúgio de Presunto, e eu não queria que nenhum doidão ficasse perturbando meu cachorro.

Eric e Hank estavam fumando um baseado e conversando sobre besteiras aleatórias, e isso impedia minha mente de vagar para lugares sombrios demais.

— Vocês vão comprar o *SimCity* novo? — perguntou Greyson com as mãos nos bolsos.

— Porra, é claro. Parece irado — disse Hank, dando um tapa no baseado antes de pular Greyson e passá-lo para Eric. Hank parecia mais animado do que de costume sobre o jogo. — Já avisei para os meus pais que a sala de cinema é minha por um mês inteiro depois do lançamento. Vou jogar até zerar.

Hank tinha uma voz grossa e era um cara masculino. Não havia muitas pessoas maiores do que eu, mas ele me deixava no chinelo quando o assunto era o tamanho dos ombros e bíceps. Além do mais, ele tinha mais barba do que qualquer cara da nossa idade. Eric o chamava de Homem-Gorila por causa dos pelos pretos que escapavam da gola de sua regata, mas Hank nem ligava. A gente vivia implicando um com o outro; era assim que nós demonstrávamos que nossa amizade era verdadeira.

Mas a questão com Hank, todo masculino e peludo, era que sua voz se tornava muito aguda sempre que ele ficava muito animado com alguma coisa, então ele começava a falar feito a Britney Spears. Acontecia a mesma coisa quando ele ria, e Hank sempre estava animado ou rindo, o que o tornava divertido demais. Mesmo nos meus dias ruins, bastava eu chegar perto de Hank para sua risada melhorar meu humor. O fato de ele e Raine estarem apaixonados fazia sentido. Raine adorava fazer piada, e Hank adorava rir.

Ele bateu palmas.

— Cara! Vai ser foda. — Ele continuou tagarelando sobre o jogo, como se *SimCity* fosse a oitava maravilha do mundo.

Eric deu de ombros.

— Achei que parece meio chato.

Isso foi o suficiente para deixar o pobre Hank totalmente ofendido, então os dois começaram a discutir, argumentando por que o outro era um idiota que não entendia nada sobre jogos bons e de qualidade.

De vez em quando, Greyson fazia um comentário ou outro, mas era bem capaz de ele estar pensando em estatísticas de basquete durante boa parte da conversa.

— Tá, tá, então, para você, qual jogo é bom?

Eric respondeu sem nem piscar:

— *Super Mario Sunshine*.

Hank gemeu, se inclinando para a frente, horrorizado.

— Ah, puta merda, que resposta mais gay. Não acredito que dividi meu baseado com você.

Eric se encolheu um pouco ao ouvir a palavra gay. Eu sabia o suficiente sobre as pessoas para perceber quando elas se sentiam desconfortáveis. Eric sempre parecia um pouco constrangido com palavras como gay ou veado, mas normalmente ria e mudava de assunto.

Eu ficava surpreso por ninguém mais ter percebido, mas acho que ninguém tinha nada com a vida dele. Quando ele estivesse pronto, conversaria com a gente. Até lá, restariam as risadas desconfortáveis e ele continuaria mudando de assunto. Às vezes, eu mesmo falava de outra coisa, só para aliviar aquela situação incômoda.

Ele nunca me agradeceu com todas as letras, mas nem precisava. Era isso que amigos faziam — se apoiavam quando as coisas ficavam esquisitas.

— Ei, posso dar um tapa? — perguntou uma voz atrás de mim.

Olhei para trás e vi o garanhão sulista parado, com os olhos vidrados no baseado que Hank segurava. Ele entrou no quarto como se fosse dono de tudo, pegou o baseado da mão de Hank, puxando-o com força.

Quando terminou, ele o passou para Eric e franziu a testa.

— Porra, que saudade da maconha do Kentucky. Sério, a parada daqui é misturada com mato e tal. Não bate do mesmo jeito. Lá em casa, dá para passar dias chapado.

Não é assim que a maconha funciona, Reggie. Ele só falava merda. Ninguém ficava chapado por dias por causa de maconha.

Ele se meteu na nossa conversa, mudou completamente de assunto e começou a dar uma palestra interminável sobre o maravilhoso Kentucky. A comida, a maconha, os esportes. Sério, nunca vi um cara sentir tanto tesão por um estado. Devia ser legal ficar de pau duro só falando de música country, uísque e KFC.

Se o Kentucky fosse um pau, Reggie seria o primeiro da fila para fazer um boquete.

— E o que vocês me contam das garotas daqui? — perguntou ele, olhando para nós.

— Como assim? — perguntou Hank.

— Ah, porra. Só quero comer alguém sem compromisso. Vocês sabem quem faz essa linha?

Olhei para o chão e revirei os olhos com vontade. Aquele cara era a personificação de um babaca. Eu mal estava me aguentando. Ele só podia estar de sacanagem, né? Não dava para ele ser tão descarado assim. Eu não conseguia acreditar que todas as garotas da escola estavam se jogando em cima dele.

Hank deu de ombros.

— Sei lá. As garotas daqui são bem legais. Mas estou com a Raine há quatro anos, então não sei direito quem você devia pegar — comentou Hank.

Quando Hank assumia um compromisso, se mantinha firme e forte. Ele e Raine provavelmente acabariam virando um daqueles casais que não saíam da pista de dança em casamentos, mesmo depois de sessenta anos ou sei lá quanto tempo juntos.

Hank continuou falando, e eu continuei desejando que Reggie fosse embora. Sempre que ele pegava o baseado e reclamava, eu tinha vontade de arrancá-lo das suas mãos e mandar aquele cara ir à merda. Sim, eu tinha parado de fumar, mas a maconha vinha de KJ — meu antigo fornecedor. Eu sabia que era coisa boa. Reggie não tinha a menor ideia do que estava falando.

Ele se aproximou para fazer carinho em Presunto, e Presunto rosnou.

Bom garoto.

— Mas se você quiser saber quem é boa de cama, devia perguntar para o Landon. Ele já comeu mais garotas que o Clinton — comentou Eric.

Eu gemi, sem querer ser arrastado para a conversa com Reggie.

— Ah, é? Então ajuda seu parça aqui — disse Reggie, me dando uma cotovelada no braço.

Parça. Aquele caipira do Kentucky, usando uma camisa larga como se fosse um rapper, tinha acabado de pronunciar a palavra parça, e essa foi a gota d'água — eu detestava o cara novo.

Dei de ombros.

— Você parecia estar se se dando bem com uma menina lá embaixo. Duvido que precise de ajuda.

— Aquela tal de Stacey? Não, ela é meio... demais para o meu gosto.

— Tracey — eu o corrigi, sem saber por quê.

Não era como se fizesse diferença para ele, mas fiquei incomodado com a cara de pau de chamá-la pelo nome errado. Ele devia ser o tipo de cara escroto que fingia não lembrar o nome das garotas só para parecer legal e indiferente.

Sabe o que mais me incomodava? Ele estar no meu quarto, fumando a minha maconha.

— Tracey, Stacey, tanto faz. É tudo a mesma coisa, né? — brincou ele, me dando uma cotovelada como se fôssemos melhores amigos.

É, aham, meu parça.

— Qual é a daquela piranha, a Monica? — perguntou ele.

— Ela não é piranha — rebati.

Mas que porra era essa? Agora eu estava defendendo gente como a Monica? Aquela noite precisava acabar.

— O Landon e a Monica tiveram... um lance. Acho melhor você não se meter com ela — comentou Hank.

— Você pode fazer o que quiser. Não tenho nada com a Monica — resmunguei.

Mas eu duvidava que ela se interessaria por alguém feito Reggie. Ele era novo demais e certinho demais. Monica preferia homens com filhos, ou pelo menos caras tão problemáticos quanto ela.

Reggie não era nada disso.

Ele esfregou as mãos feito um idiota precisando da próxima tragada.

— Anda, cara. Me dá umas dicas.

— Eu não sei mesmo — falei.

— O Land está sendo humilde. Se tem um cara que consegue pegar qualquer garota, é ele — disse Eric, e aquilo soou tão convencido, apesar de as palavras não terem saído da minha boca.

— Tirando a Shay — rebateu Reggie, me fazendo erguer uma sobrancelha.

Calma aí, o quê?

— Como é que é?

— A Stacey-Tracey comentou que vocês dois se odeiam. O que é muito doido, porque ela é gostosa pra caralho. Pena que você não conseguiria nada com ela.

Gostosa pra caralho.

É claro que ele diria que ela era gostosa pra caralho, porque ele tinha o cérebro do tamanho de um caroço de feijão, mas, independentemente disso, que porra era aquela? Quem aquele cara pensava que era para me dizer com quem eu tinha chance ou não?

— Se eu quisesse pegar a Shay, eu pegava — rebati em um tom indiferente.

Aquele babaca estava despertando o babaca-mor dentro de mim.

— Papo reto? Você é tão pegador assim? — perguntou Reggie, levantando a sobrancelha.

Sempre que ele usava uma gíria brega, eu sentia vontade de vomitar.

— É, papo reto, meu parça. Se eu quisesse dar uns pegas, eu dava. Na moral, se liga — zombei, usando todas as expressões irritantes em que consegui pensar, mas ele nem percebeu.

Idiota.

Greyson deu uma risada discreta, mas não se meteu na conversa. Ele sempre dava um jeito de ficar fora de qualquer confusão. Sua vida em casa já era complicada o suficiente, e eu entendia o fato de ele não querer saber de nada que não fosse relacionado a basquete.

— Que louco você pensar assim, irmão, porque do jeito que a Stacey-Tracey falou, a Shay nunca te daria mole — insistiu Reggie.

Juro que ele estava se esforçando para me irritar.

— É óbvio que eu conseguiria. Se eu quisesse, faria a Shay inclusive se apaixonar por mim — declarei, soando mais babaca do que pretendia, mas lá estava eu, falando feito um escroto porque não suportava aquele cara me desafiando.

— Hum, ei, pessoal... — Eric tentou interromper a discussão, mas eu não queria ser interrompido.

Aquele cara achava mesmo que podia aparecer na minha cidade, na minha casa, no *meu* quarto, se sentar nos *meus* lençóis italianos, e me dizer o que eu não seria capaz de fazer?

— Beleza, então que tal a gente fazer uma apostinha? — sugeriu Reggie, se empertigando. — Aposto que você não consegue fazer a Shay se apaixonar por você.

— Gente — chamou Greyson, pigarreando.

Nós o ignoramos também.

— É claro que eu consigo — afirmei, estendendo a mão para ele.

— Já é.

Droga, agora era eu que estava falando coisas tipo "já é", parecendo tão idiota quanto o garanhão sulista.

Nós apertamos as mãos.

— Fala sério, meninos, se vocês querem apostar por quem eu vou me apaixonar, talvez devessem me incluir nisso — disse Shay, imediatamente tirando meu foco de Reggie e passando-o para a porta.

Ela estava com os braços cruzados, sustentando seu ar atrevido de sempre. Seu quadril estava inclinado para o lado esquerdo, e seus lábios exibiam um sorrisinho irritado.

— Nossa, gente, vocês podiam ter avisado — reclamei com meus amigos.

Eric jogou as mãos para cima.

— Chega, eu desisto.

— A gente estava falando por falar — expliquei para Shay, como se aquilo não tivesse importância. — Foi só uma conversa idiota entre homens. Deixa pra lá, *chick*.

— Ah, tá. Não tenta se fazer de santo depois de ser pego no flagra, Satanás. Se você acha que consegue fazer com que eu me apaixone por você, pode tentar. Mas, agora, eu também quero brincar.

— Brincar? Como assim? — perguntou Reggie.

— É isso mesmo. Aposto que consigo fazer o Landon se apaixonar por mim primeiro.

Todo mundo caiu na gargalhada, porque todos sabiam que a ideia de eu me apaixonar era ridícula. Eu não amava ninguém. Eu mal gostava das pessoas.

A possibilidade de eu me apaixonar pela pessoa que mais me irritava na face da Terra era mais do que absurda.

— Escuta, sério, a gente só falou por falar. Para com isso, *chick*.

— Qual é o problema, Satanás? — perguntou ela, se aproximando de mim, parando com o nariz diante do meu. — Tá com medo de ficar apaixonadinho por alguém que você detesta?

Havia uma coisa sobre Shay que eu jamais questionaria — ela não tinha medo de mostrar suas garras. E eu apostaria que aquelas garras faziam coisas bem interessantes também.

— Nunca, mas não vou desperdiçar meu tempo dando atenção para você.

— Ah, mas quem está com medo agora? Cocoricó. — Ela abriu um sorriso pretensioso quando os caras começaram a rir baixinho.

Traidores.

— Você quer mesmo brincar com fogo, Shay?

— Quero ver você tentar me queimar — respondeu ela, ainda sorrindo.

Eu estaria mentindo se dissesse que não achava esse lado autoritário dela meio sexy. Minha calça jeans ficou um pouco mais apertada com a proximidade dela, nem tentei esconder o fato de que ela era responsável por aquilo. Mas o desafio não era deixar meu pau duro. Era deixar meu coração mole.

Hank esfregou as mãos.

— Esse, sim, é um desafio que me interessa. Dois arqui-inimigos em uma batalha pelo amor, e quem vencer...

— Vai poder passar o resto da vida jogando isso na cara do outro. — Shay manteve os olhos castanhos fixos nos meus, sem recuar, e, droga, eu não também não pretendia recuar.

— E se ninguém se apaixonar? — perguntou Hank.

— Então a aposta termina no fim do ano letivo. Temos quatro meses e meio para conseguir — explicou Shay.

Eu me aproximei dela.

— Tem certeza de que você quer se colocar nessa situação, *chick*? — perguntei, arqueando uma sobrancelha. — Porque, quando você começar a me amar, todos os outros homens com quem você sair pelo resto da vida vão ser uma decepção.

— E quando você começar a me amar, nunca mais vai conseguir me tirar da cabeça — disse ela, aproximando-se ainda mais de mim.

Nós estávamos tão próximos que seu peito quase batia no meu. Com um metro e oitenta e sete de altura, eu era bem mais alto que ela. Mesmo assim, ela manteve a cabeça erguida.

Se eu não a detestasse tanto, teria achado fofo o jeito como ela acreditava em si mesma. Shay tinha certeza de que eu perderia a aposta. Mas ela não sabia que não existia espaço para amor na minha vida. Minha mente rejeitava esse tipo de coisa. Então, para eu vencer? Seria moleza. Fácil. Tranquilo.

— Fala sério. — Eu sorri, baixando a cabeça na direção do rosto dela. Nossos lábios estavam a centímetros de distância. — Eu vou ganhar seu corpo e seu coração, e adorar cada segundo.

— Sei. — Ela ficou na ponta dos pés, e seus lábios se aproximaram ainda mais. Dava para sentir seu hálito quente roçando minha pele. — Vou fazer você se apaixonar por mim sem nem chegar perto da minha boca.

— Vou fazer você se apaixonar por mim enquanto eu continuo sendo um escroto.

— Duvido muito, Satanás. — Ela ofereceu uma das mãos.

— Já é, *chick*.

Já é, já é, já é, já é.

Apertei a mão dela com firmeza, e ela reproduziu a intensidade. Provavelmente era a primeira vez que tocávamos um no outro desde que ela havia entrado no meu quarto no ano anterior e me abraçado.

Por um segundo, cogitei segurá-la por mais tempo. Minhas mãos eram sempre um gelo, enquanto as dela pareciam o sol.

— Porra — assobiou Reggie baixinho antes de se virar para os caras. — A gente tem certeza de que eles já não tão trepando?

— Sinceramente, é difícil saber — comentou Eric, mas nós os ignoramos.

Eu já estava pensando em todas as coisas que poderia fazer para Shay se apaixonar por mim. Maneiras de fazer com que ela ficasse obcecada por mim, de deixá-la maluca, de me tornar irresistível aos olhos dela. Essa parecia a tarefa pela qual eu estava esperando, o desafio de que eu precisava para manter minha cabeça ocupada pelas próximas semanas.

Fazer Shay Gable se apaixonar por mim seria a distração perfeita.

As pessoas continuaram enchendo a cara e fazendo mais barulho do que deveriam, e fiquei surpreso pelos vizinhos ainda não terem chamado a polícia. Algumas coisas se quebraram, e eu mal podia esperar para contar aos meus pais sobre os danos, porque esse era meu passatempo favorito — descobrir o que os deixaria tão irritados ao ponto de brigarem comigo. Seria a porcelana cara? Os tapetes manchados? Alguns vasos valiosos? Vai saber.

Eu tinha noção de que aquilo era imaturo e ridículo, mas sentia uma necessidade estranha de irritar meus pais. Principalmente meu pai. Quando ele perdia a paciência, pelo menos falava comigo. Correção: gritava comigo.

Às vezes, minhas burradas faziam minha mãe voltar para casa. Ela se preocupava comigo e com meu bem-estar. Meu pai dizia que eu só queria atenção.

Os dois estavam certos.

— Vamos brincar de garrafa no céu — gritou alguém na sala.

Algumas pessoas resmungaram enquanto outras aplaudiram a ideia.

Eu achava que era uma brincadeira infantil, mas era moda nas festas. Garrafa no céu era uma mistura de gire a garrafa e de sete minutos no céu. O jogo funcionava assim: um grupo de pessoas se sentava em um círculo e alguém girava a garrafa no meio da roda. A pessoa para quem a garrafa apontasse passaria sete minutos trancada com a outra.

A musiquinha infame começava sempre que um casal era escolhido e levado até o armário. *"Mão naquilo, aquilo na mão, mão naquilo, aquilo na mão."* Era impressionante como nós, adolescentes, éramos muito maduros. O legal era saber que, um dia, seríamos os líderes da nação. Se bem que, levando em consideração os políticos atuais, *mão naquilo, aquilo na mão* continuava sendo cantarolado por aí.

Eu não costumava participar dessa brincadeira, mas, quando vi Reggie perguntar se Shay iria participar e ela balançar a cabeça, resolvi aproveitar a oportunidade para fazê-la olhar para mim.

— Por que você não vai brincar, *chick*? Está com medo? — perguntei.

Sempre que olhava para mim, Shay parecia um pouco surpresa com a minha coragem de me dirigir a ela.

Então ela estufou o peito.

— Não tenho um pingo de medo. Só não quero — rebateu ela, dando de ombros.

— Cocoricó... — sussurrei para que só ela ouvisse, e notei que consegui irritá-la. Ela sempre ficava irritada quando eu a chamava assim.

— Não estou vendo você sentado na roda — disse ela, passando as mãos pelo cabelo antes de tirar o elástico do pulso e prendê-lo em um coque bagunçado.

Aquilo parecia um desafio.

Eu me sentei na mesma hora e gesticulei para o círculo.

Ela revirou os olhos.

— Tanto faz, Landon. Eu não preciso provar nada para você.

Meus olhos azuis se fixaram nos castanhos dela enquanto eu abria a boca e articulava, sem emitir nenhum som:

— Cocoricó.

Ela queria resistir. Ela queria dar de ombros e ir embora, mas não era assim que as coisas funcionavam entre nós. Quando um provocava, o outro fazia ainda pior.

Ela se sentou, abriu um sorriso como quem dizia "vai se ferrar" e entrou no jogo.

Algumas pessoas passaram seus sete minutos no armário, sempre voltando com uma cara atordoada e confusa, rindo como os adolescentes idiotas que eram.

Na minha vez, peguei a garrafa com um ar despreocupado, como se não importasse para quem a garrafa apontasse. Aos catorze anos, eu tinha aprendido a girar a garrafa na direção da garota que queria beijar.

Porém, desta vez, não iriam rolar uns amassos. Talvez uns gritos.

A garrafa de cerveja girou e girou, dando voltas e voltas. Os olhos de Shay permaneceram grudados nela. Assim que a velocidade começou a diminuir, observei seus lábios se abrirem e murmurarem "Não, não, não" antes de a garrafa apontar diretamente para ela.

A roda soltou vários sons de surpresa diante da ideia de dois arqui-inimigos passarem sete minutos trancados em um armário. Todo mundo queria assistir ao espetáculo, e eu sabia que, no instante em que fechássemos a porta, ela seria cercada por pessoas sussurrando e pressionando a orelha contra o armário, tentando ouvir o que acontecia lá dentro.

Eu me levantei da roda e gesticulei para Shay.

— Por favor — ofereci. — Covardes primeiro.

Ela fez uma careta, suas sobrancelhas grossas franzindo ligeiramente antes de ela se levantar do chão e seguir apressada para o armário. Nós dois entramos e ficamos cara a cara.

— Tudo bem, amigos, vocês conhecem as regras — disse Eric, segurando a maçaneta. — Vão ser sete minutos de alegria. Ou de sofrimento, nesse caso. Divirtam-se!

Ele bateu a porta com força, e Shay grunhiu de irritação na mesma hora.

— Não acredito que preciso passar sete minutos trancada aqui com você. Eu preferia estar fazendo um milhão de outras coisas — resmungou ela, provavelmente fazendo biquinho.

— Tipo o quê?

— Ah, sei lá... assistir à tinta fresca secar.

— Bom, já que nós estamos aqui, é melhor aproveitarmos o tempo — brinquei, começando a abrir o cinto, sabendo que isso a incomodaria.

Bem que eu queria ver sua cara de irritação. Eu adorava implicar com ela a ponto de fazer suas narinas dilatarem.

— Ah, pode tirar seu cavalinho da chuva, Landon, e para de mexer no cinto, porque não existe a menor possibilidade de eu encostar em você.

— Já pensei nisso antes — falei, minha voz baixa e calma.

— Pensou no quê?

— Em beijar você.

Ela bufou, sarcástica.

— Tenho certeza de que isso é mentira.

— Você tem razão, é mesmo.

— Eu sei.

Só que era verdade. Aconteceu uma vez — e só uma vez —, depois do enterro de Lance. Eu tinha passado várias semanas muito doido, usando a bebida para lidar com todas as merdas dentro da minha cabeça, e estava meio instável. Se meus amigos não estivessem cuidando de mim, era bem provável que eu tivesse acabado indo longe demais. Eu me lembrava de entrar na escola um dia e ver Shay parada na frente do armário dela com algumas amigas. Ela estava rindo, jogando a cabeça para trás de um jeito tão despreocupado, e eu não conseguia parar de olhar para ela.

Fiquei pensando na maneira como ela havia me abraçado semanas antes e me feito companhia durante o pior momento da minha vida. Ela havia ficado lá — minha inimiga —, cuidando das minhas feridas. E, enquanto eu a observava no corredor, pensei em agradecer — em ir até ela, abrir a boca e expressar minha gratidão. Eu não estava acostumado a receber favores de gente que não queria nada em troca, e Shay tinha feito aquilo sem qualquer expectativa.

Eu me lembro de observar seus olhos, depois passar para seu nariz fino, seguir para as bochechas e parar naqueles lábios carnudos.

Eu tinha ficado me perguntando qual seria o gosto daqueles lábios quando eu os tocasse com os meus para lhe agradecer. Se ela teria o gosto das balas que vivia chupando. Se ela era feita de pecado angelical, como sempre afirmei. Eu fiquei me questionando essas coisas por um milésimo de segundo... cogitado aquela hipótese por um breve instante... então ela acabou fechando o armário e indo embora, e eu voltei à realidade.

Mesmo assim, eu havia cogitado a hipótese.

Nós dois ficamos em silêncio por um tempo até que eu pigarreei de novo. Eu não gostava do silêncio. Eu não lidava bem com o silêncio.

— Só um beijo, *chick*. Vou guardar segredo.

— Você guardaria esse segredo por tanto tempo quanto fica com a mesma garota. Ou seja, nada. A menos que seja a Monica.

— A Monica não é nada minha.

— Isso não muda o fato de ela achar que é.

Abri um sorrisinho.

— Você está com ciúme dela?

— Ciúme por ela ter que lidar com um cara que nem você? Jamais.

— Até parece, *chick*.

— Para de me chamar de *chick* — reclamou ela. — Odeio quando você faz isso.

— Você quer um apelido novo, delicinha? Posso te dar um apelido novo, delicinha.

Ela estremeceu de nojo. Ótimo. A maior diversão da minha vida era irritá-la.

— Esse também não.

— Vou pensar em outra coisa.

— Ou você pode simplesmente me chamar pelo meu nome.

— Não, Shay é um nome feio demais para sair da minha boca.

— Eu te odeio.

— Eu te odeio ainda mais.

— Tá, e eu te odeio mais que tudo.

Soltei uma risada.

— Você acha mesmo que consegue fazer um cara como eu se apaixonar por você?

— Sim. Tenho certeza, na verdade. É muito fácil interpretar as pessoas, e isso inclui você.

— Você não consegue me interpretar, Shay.

— Consigo, como se você fosse um livro aberto.

— Tudo bem. — Enfiei a mão no bolso, peguei o celular e liguei a lanterna, iluminando o espaço apertado. — Me interpreta.

Ela ergueu uma sobrancelha.

— Tem certeza de que você quer que eu faça isso? Interpretar as pessoas é meio que um dom, e talvez você não goste do que vou dizer.

— Eu nunca gosto de nada do que você diz, e isso não vai mudar agora. Pode falar.

Ela se empertigou e esticou os braços, como se estivesse se preparando para me levantar.

— Tá bom. Você é falso, Landon.

Era só isso? Essa era a grande revelação?

— Como assim, eu sou falso?

— É isso mesmo. Você. É. FAL-SO. Falso. Nada em você é de verdade. Você é uma mentira ambulante.

Eu ri. Na verdade, soltei uma gargalhada, coisa que não acontecia com frequência. Foi uma risada profunda, que veio do fundo da minha alma.

— Do que é que você está falando? — questionei. — Tudo em mim é de verdade. Eu sou a pessoa mais verdadeira que existe nesta merda de cidade.

— Não — discordou ela, balançando a cabeça. — Você é a pessoa mais falsa. Você consegue ser mais falso do que os peitos que a Carly Patrick ganhou de aniversário de dezoito anos.

— *O quê?!* — arfei, chocado com as palavras. — Eu não sou falso, Shay.

— Não tem problema, Landon. — Ela deu de ombros e começou a mexer nas unhas. — As pessoas parecem adorar a sua falsidade.

— Eu não sou falso — insisti, agora já com o sangue fervendo. — Além do mais, já vi os peitos da Carly bem de perto. Eles ficaram duros feito pedra, os mamilos nem mexem. Não existe a menor chance de eu ser mais falso do que aquelas melancias de silicone. Você pode falar um monte de merda sobre mim, menos que sou falso.

— Beleza, então você pode me responder uma coisa?

— Manda aí.

— Quantas pessoas sabem que você está triste?

— Mas que porra de pergunta é essa? — rebati.

— Uma pergunta muito direta — respondeu ela, parecendo bem tranquila, calma e controlada. Essa era uma das inúmeras coisas que eu detestava nela. Parecia que sua vida era sempre tão estável. Eu queria ter esse tipo de estrutura sólida, e saber que Shay a tinha me deixava maluco. — Há quanto tempo você está triste, Landon?

Olhei para meu relógio.

— Faz uns três minutos agora, porque estar trancado neste armário com você é um inferno.

— Não foi você quem quis vir para cá comigo?

— Foi um erro. Um lapso mental. Eu esqueci o quanto você é pentelha.

Ela sorriu. Porra, ela sorriu para mim, satisfeita com a minha irritação.

— Você vai me responder sobre a sua tristeza?

— Você vai chupar meu pau? — rebati.

— Você sempre faz isso? — perguntou ela, inclinando a cabeça para a esquerda enquanto analisava minha expressão.

Ela estava fazendo aquele negócio — me interpretando. Observando meus movimentos e a tensão no meu maxilar, catalogando cada centímetro meu.

Não a deixe ler as páginas do seu livro, Landon. Ela não aguentaria nem o meu prólogo.

Todas as minhas barreiras estavam erguidas, e eu não deixaria que ela as derrubasse.

— Faço o quê? — questionei.

— Usa o sarcasmo para esconder seu sofrimento.

— Não tem sofrimento nenhum aqui. Olha só para a minha vida. Eu tenho dinheiro, dou festas fodas e as garotas não param de se jogar em cima de mim. Por que eu estaria sofrendo?

— Talvez porque dinheiro, garotas e festas não trazem felicidade. Dá para ver nos seus olhos o quanto você está triste.

Fiz uma careta e sibilei:

— Você não sabe porra nenhuma sobre mim, Shay.

— Então como é que eu consigo te irritar com tanta facilidade? Se eu estivesse errada, se você não estivesse triste, por que o que eu falei te deixou tão incomodado?

— Não deixou — respondi em um tom tranquilo.

Deixou, sim.

Aquela garota estava me provocando, me deixando desconfortável com o fato de que ela parecia mesmo capaz de enxergar as partes de mim que mais ninguém via. A raiva crescia no meu peito, e eu precisava extravasá-la antes que aumentasse ainda mais.

— Talvez seja melhor a gente ficar quieto pelo resto do tempo — sugeri.

— Pela segunda vez na vida, concordo com você.

Shay se sentou no chão do armário, e fiz a mesma coisa, me apoiando nos casacos pendurados. Por que aqueles sete minutos pareciam setenta? A hora não estava passando? Aquilo era a minha versão de inferno.

Então veio o silêncio. O silêncio que trazia pensamentos pesados. De algum jeito, Shay conseguia ler minha mente, então, quando o silêncio se tornou insuportável, pigarreei e tentei puxar papo na esperança de calar meu cérebro.

— Uma galinha e Satanás entram num armário... Você já escutou essa piada?

Ela deu uma risada.

Era um som baixo e tranquilo, e, droga, Shay nunca tinha rido de nada que eu já tivesse dito na vida, então aquilo era novidade. A pequena parte de mim que gostou de ouvir aquele riso também foi uma surpresa.

— Landon? — sussurrou ela.

— Oi?

— Só fica quieto, tá?

Tá, tudo bem.

— Mais um minuto, seus pombinhos do ódio! — gritou Eric.

Nós nos levantamos, e cheguei mais perto dela.

— Entendo que você não queira me beijar. É um negócio íntimo e pessoal, mas, se quiser, esta é sua última oportunidade para pegar no meu pau sem ninguém ver. Não vou te impedir.

— Não, valeu. Tenho alergia a bananas-nanicas — disse ela sem pestanejar e *alto*, fazendo a galera do outro lado da porta se escangalhar de rir.

Shay sorriu de novo, orgulhosa do fora que tinha me dado. Aquele sorriso lindo e irritante que eu adorava odiar.

Shay: 1
Landon: 0

Mas eu não estava preocupado. Aquele era apenas o começo do jogo. Ela podia ter marcado um ponto, mas eu não deixaria isso se repetir. Nós estávamos jogando no meu campo de batalha, e Shay não sabia o que a aguardava.

Assim que o tempo acabou, abrimos a porta e demos de cara com uma multidão. Na frente daquela gente toda estava Monica, e havia certo ar psicótico em seu olhar. A última coisa que eu queria era lidar com Monica e suas loucuras. Ela sempre reagia assim quando me via falando com outra garota, apesar de viver saindo com um monte de caras.

Eu me empertiguei e abri a boca para falar, mas não fez diferença nenhuma, porque *paf!*.

A palma da mão de Monica acertou minha bochecha, fazendo uma sensação de ardência se espalhar pelo meu corpo. Nossa, fazia quase dois meses que Monica não me batia — aquele devia ser seu novo recorde.

— Sério, Landon? Brincar de garrafa no céu com outra garota? *Com uma amiga minha?!* — berrou ela, ofegante, seus olhos se enchendo de lágrimas enquanto as pessoas nos encaravam.

Se havia duas certezas nesta vida era que Monica seria dramática e que os fofoqueiros de plantão da cidade assistiriam ao seu show.

Levando em consideração o quanto Monica falava mal de Shay, era hilário que ela a chamasse de amiga. Eu tinha a impressão de que ela odiava Shay até mais do que eu. Na verdade, parecia que Monica sentia ciúme do ódio que eu tinha por Shay, e isso só aumentava seu desdém. Às vezes, eu me irritava com as merdas que ela falava sobre

Shay, porque ela baixava o nível para reclamar da garota que eu detestava. E eu dizia isso para ela, me sentindo estranhamente protetor em relação a uma pessoa por quem eu não deveria me importar. Como alguém tinha a cara de pau de defender seu inimigo a portas fechadas, mas era babaca com essa mesma pessoa em público? Eu era esse tipo de idiota.

Minha boca se abriu para falar, mas nenhuma palavra saiu, porque Monica me deu outro tapa.

Mais falatório na multidão.

Certo, aquilo já estava ficando ridículo.

A empolgação das outras pessoas estava subindo à cabeça de Monica. Seu estado atual só aumentava sua confiança. Quando ela levantou a mão para me bater de novo, segurei seu pulso, impedindo-a de continuar.

Um tapa — tudo bem. Para ser sincero, eu provavelmente merecia. O segundo eu podia deixar passar. Meu comportamento durante nosso relacionamento tóxico poderia ter sido mais elegante em alguns momentos. Mas três tapas?

Agora você já está perdendo a linha, Monica.

Inclinei a cabeça e abri um sorrisinho, lançando um olhar de cachorro perdido para ela.

— Desculpa, tá?

Eu não sabia pelo que estava me desculpando, mas era isso que as garotas gostavam de ouvir.

— Que se dane, Landon. Você é um escroto.

Mas notei o esboço de um sorriso, como se ela tivesse gostado daquela interação. Pelo menos alguém estava se divertindo. A minha cara continuava ardendo.

Continuo vivo.

— Não esquenta, Monica. Nada aconteceu. Confia em mim... — Shay olhou na minha direção, me observando de cima a baixo com desdém. — Nada *nunca* vai acontecer entre a gente.

Ela se virou e foi embora, e, por algum motivo, senti vontade de segui-la, de explicar por que aquele comentário não era verdade, que eu a deixaria viciada feito uma toxina ruim que ela precisaria expurgar da própria alma.

Mas permaneci onde estava.

Meus olhos percorreram a multidão que cercava Monica e eu.

— Vão arrumar o que fazer — sibilei, olhando feio para a roda de pessoas.

Elas se afastaram depressa e voltaram para a festa, me deixando sozinho com Monica.

— Você me dá nojo — murmurou ela, parada nos saltos que provavelmente estavam acabando com seus pés. — Você é um merda. Sabia disso? Você não faz diferença nenhuma para o mundo.

Eu me retraí.

— Você está bêbada.

— Estamos numa festa. Todo mundo está bêbado... menos você e a dona perfeitinha — zombou ela, se referindo a Shay. *Aí está a garota encantadora que eu sempre soube que você era.* — Aposto que ela gosta de trepar ouvindo música de elevador, do jeito que é chata.

Parei de prestar atenção no que ela estava falando. Na maior parte do tempo, eu ignorava seus comentários, porque conhecia sua história. Eu sabia como a vida dela era complicada. Eu tinha visto suas páginas amassadas e seus cantos dobrados. Algumas folhas do seu livro tinham sido arrancadas, omitindo suas partes mais sombrias, e eu era o único que as havia lido. Se Monica precisava de um saco de pancadas, eu aguentaria os socos, mas isso não significava que eles não me afetassem, que não me deixassem machucado e cheio de hematomas às vezes.

— É melhor você ir para casa — sugeri.

— Eu já ia embora mesmo. A sua festa está um porre — disse ela, jogando o cabelo para o lado. — Não se esquece de dar um mergulho na piscina, Landon, em homenagem ao seu tio — resmungou ela, indo embora.

Por que ela fazia isso?

Por que dizer uma porra dessas só para me magoar? Para me ferir? Para saber que alguém além dela também estava sofrendo?

Fiquei parado ali, paralisado, com a imagem de Lance na minha cabeça, e então, feito uma cascata, todos os meus pensamentos sobre ele começaram a jorrar sobre mim. Eu não conseguia respirar enquanto as pessoas passavam por mim, se divertindo, bebendo, sem notar o ataque de pânico que me consumia, sem reparar na tristeza da minha alma, que parecia pegar fogo.

Eu queria me afogar.

Eu queria tanto me afogar hoje. Na vodca. No uísque. Na tequila. Em lágrimas.

Olhei para a esquerda e encontrei um par de olhos me encarando. Enquanto todo mundo olhava através de mim, aqueles olhos me observavam como se eu fosse um objeto de estudo, um rato em uma gaiola, sendo feito de cobaia. Um par de olhos lindos e tristes perfurou minha alma. Shay foi a única que se deu ao trabalho de olhar para mim, e ela estava fazendo a mesma merda que tinha feito dentro do armário. Ela estava me interpretando, analisando minha mente e explorando minhas páginas, sem ser convidada.

Para, Shay.

Eu me obriguei a me mexer e passar por ela, esbarrando em seu ombro.

— Se você não vai me chupar, para de me encarar, raio de sol — bufei.

— Não me chama de raio de sol — rebateu ela.

Então para de ser tão radiante.

Eu não sabia que horas eram quando todo mundo foi embora, mas imaginei que Greyson havia incentivado todos a irem embora pouco depois de uma da manhã. Depois que as pessoas sumiram, quando tudo que restava eram corredores vazios na minha casa bagunçada, segui para a piscina. Nossa piscina interna era cercada por paredes de vidro, para podermos ver a natureza enquanto nadávamos nos frios invernos de Illinois.

"*De que adianta ter uma piscina em Illinois se você não pode nadar durante o ano todo?*", dissera minha mãe anos atrás, enquanto projetava a casa.

A piscina brilhava sob a lua cheia. *Lua cheia...* O aniversário de Lance tinha caído em uma lua cheia neste ano. Parte de mim queria uivar para ela. Outra parte queria chorar.

Em vez disso, fui até a borda da piscina, completamente vestido, e pulei. Fiquei totalmente ensopado, e então afundei. Eu nunca usava o trampolim para mergulho, porque aquilo mexia muito comigo. Nadei até o fundo e fiquei embaixo da água pelo máximo de tempo que consegui. Eu pulava naquela piscina todas as noites desde a morte de Lance. Eu conseguia ficar bastante tempo submerso. Era isto que eu tinha feito nos últimos meses da minha vida — prendido o fôlego.

6

Landon

Já aconteceu de você ficar deitado na cama sem vontade nenhuma de se levantar?

Quando amanheceu, eu estava cansado.

Não só fisicamente, minha cabeça também bocejava.

Eu não devia ter dado a festa. Eu não devia ter feito aquela aposta idiota. Eu devia ter aceitado a sugestão de Greyson e passado a noite jogando video game e comendo pizza.

Eu não tinha dormido. Eu fechava os olhos por um instante, mas os abria logo depois, com as visões do passado martelando em minha mente.

Quando o sol nasceu, vi que meu telefone estava cheio de mensagens de pessoas que achavam que eram minhas amigas, me dizendo que a festa tinha sido irada. Mas elas não eram minhas amigas. Greyson, Eric e Hank eram os únicos que recebiam esse título, e nós nos conhecíamos praticamente desde que tínhamos nascido. Todos os outros eram apenas sombras que passavam por mim diariamente. Zumbidos.

Não respondi a nenhuma das mensagens, porque elas não eram para mim. Elas eram para o cara que eu sempre fingia ser. Elas eram para o garoto rico que arrumava maconha e bebida para todo mundo. Elas eram para o garoto rico que fazia os outros parecerem mais populares. Elas eram para o garoto rico que melhorava a reputação dos outros.

Se aquelas pessoas estivessem falando com meu verdadeiro eu, não ficariam surpresas com o fato de eu ter de reunir todas as minhas forças para me levantar a cada manhã. Por um tempo, eu me perguntei se todo mundo tinha esta dificuldade — acordar, se arrastar para fora da cama. Em alguns dias, tudo que eu queria era ficar debaixo das cobertas e só sair do quarto semanas depois. Eu não conseguia dormir, mas queria continuar sentado ali, sozinho com meus pensamentos sombrios. Era isto que eu queria fazer naquela manhã de domingo: ficar na minha, deitado na cama. Mas, assim que vi as mensagens dos meus pais, soube que precisava sair daquela fossa antes que Maria chegasse.

Mãe: Recebi várias mensagens e ligações dos vizinhos reclamando de uma festa. Você está bem? Me liga quando ler isso. Te amo.

A mensagem do meu pai era um pouco diferente.

Pai: Para de ficar inventando merda.

Também te amo, papai.
Olhei para o relógio — já eram 10h01.
Eu me sentei e liguei para minha mãe. Ela atendeu no primeiro toque. Ela sempre atendia no primeiro toque.
— Oi, Landon.
— Oi, mãe.
— Tudo bem? Como estão as coisas por aí? Os vizinhos pareciam nervosos. — A voz dela estava tomada de preocupação.
— Tudo bem. As coisas só saíram um pouco do controle. Desculpa.
— Não tem problema, contanto que você esteja bem.
— Uns vasos quebraram — contei a ela.
— Ah, querido, tudo bem... são só coisas materiais. Elas podem ser substituídas. Estou mais preocupada com você.
Ela foi interrompida por alguém no fundo e começou a falar sobre diferentes tipos de tecido. Quando voltou para nossa ligação, me perguntou se eu precisava que ela viesse para casa.

Falei que não.

Ela estava ocupada demais realizando seus sonhos. Eu não queria que ela voltasse para casa só para viver meus pesadelos.

— Certo, então tá, querido, me liga antes de dormir hoje à noite, ou quando você quiser falar comigo. Estou aqui. Te amo. Lembra, você só precisa ligar. Te amo.

— Eu também — respondi, antes de desligar.

Segui para o banheiro da minha suíte e entrei no chuveiro. Enquanto a água escorria pela minha pele, não pensei em nada. Eu não tinha forças para pensar muito naquela manhã. Estava exausto de um jeito que nem sabia que era possível. Era estranho conceber que uma mente poderia ficar tão exaurida a ponto de nem conseguir raciocinar. Meus ossos doíam de cansaço, e meus olhos se fecharam enquanto a água batia no meu corpo.

Depois do banho, me vesti e perambulei pela casa, me esforçando para arrumar tudo. Recolhi todas as latas de cerveja e as garrafas de vodca vazias e as joguei no lixo. Depois, foi a vez do esfregão e do aspirador de pó, seguida pela limpeza dos banheiros imundos.

Adolescentes eram muito nojentos, ainda mais quando a bagunça não era na casa deles.

Esta era a pior parte das festas — o dia seguinte. Por mais que eu soubesse que Maria viria e deixaria a casa impecável, ela não merecia isso. Apesar dos meus sentimentos por Shay, eu adorava a avó dela. Era muito difícil não adorar Maria. Ela era animada e não escondia sua personalidade forte, direta. Eu tinha certeza de que Shay havia puxado aquele temperamento desaforado da avó. Mas não entendia por que eu gostava tanto daquela característica em Maria. Talvez tivesse algo a ver com seu lado protetor, com a doçura e o cuidado com que ela me tratava mesmo quando eu não merecia. Ou talvez fosse o fato de eu nunca ter conhecido minhas avós e sempre ter me perguntado como seria ter uma.

Mas era provável que fosse o fato de ela sempre aparecer com comida. A comida com certeza ajudava.

Domingo era meu dia favorito da semana, porque era quando Maria vinha limpar a casa. Havia sete anos que ela trabalhava em nossa casa e essa era uma das melhores coisas da minha vida.

Quando chegou, naquela tarde de domingo, Maria sorriu para mim. Ela estava sempre sorrindo, sempre entrava cantarolando alguma música.

— Você está com cara de cocô, Landon — comentou ela, trazendo uma travessa de comida. — Você precisa dormir.

— Eu tento.

— Mentiroso.

Meus olhos foram para a travessa.

Tomara que seja lasanha, tomara que seja lasanha, tomara que...

— Eu trouxe lasanha para o jantar — disse ela.

Isso!

Lasanha era meu prato favorito de todos — junto com as enchiladas de Maria. A comida de Maria era o ponto alto da semana inteira. Era como se ela cozinhasse tudo com uma tonelada extra de amor e carinho, seu tempero secreto.

— Você dormiu no fim de semana? — perguntou ela.

— Dormi muito bem.

— Outra mentira. Suas olheiras estão maiores que as minhas, e eu tenho uns quatrocentos anos de idade.

— Ah, fala sério, Maria. Você não parece ter mais que trinta.

Ela sorriu.

— Sempre gostei de você, sabia? — Ela me entregou a travessa e me instruiu a colocá-la na geladeira. — O que você fez ontem?

— O Greyson veio para cá. Não fizemos nada de mais. Só jogamos video game e tal. Bem tranquilo.

— Não teve nenhuma festa?

Sorri. Eu não conseguiria mentir mais uma vez, e ela já sabia.

— Como estão as suas notas, Landon Scott?

Sério, Maria era a única pessoa que eu deixava me chamar pelos meus dois nomes. Na verdade, eu até gostava quando ela fazia isso.

Dava a impressão de que nossa relação era mais pessoal, que aquele não era apenas seu trabalho.

— Estão boas.

— E você já sabe o que vai estudar na faculdade? — perguntou ela.

Ela sabia qual era a resposta, mas sempre perguntava mesmo assim. Eu tinha passado para Direito na Universidade de Chicago, como meu pai queria, e o plano era que eu fosse para lá e seguisse os passos dele. Eu ia na onda dele, porque o que mais poderia fazer? Eu não sabia o que queria ser, então era mais fácil seguir os planos do meu pai.

A faculdade era algo que ainda parecia muito abstrato. Eu não tinha a menor ideia do que realmente queria fazer no futuro. Eu não tinha nenhuma inclinação para seguir um caminho específico, e isso só dificultava a situação. Faltava empolgação na minha vida. Como eu poderia decidir o que fazer da minha vida? Eu mal conseguia me convencer a me levantar da cama toda manhã. Então era melhor escutar meu pai e seguir seus passos. Tudo bem que a vida dele parecia chata e limitada, mas pelo menos ele era bem-sucedido. Ele devia ter acertado em alguma coisa durante a vida acadêmica.

— Você não precisa resolver nada agora — disse Maria em um tom gentil, como se conseguisse ler meus pensamentos. — Não precisa decidir tudo nesse exato momento. Mas tenta pensar em coisas que possam ser boas para o seu futuro. Você é um rapaz inteligente e talentoso, Landon. Se você se dedicar, pode fazer o que quiser, e não precisa estudar Direito só porque seu pai mandou.

— Você acha que eu não daria um bom advogado? — brinquei.

— Acho que você seria bom em qualquer coisa. Só quero que se empolgue com algo específico.

Fiquei quieto, porque não queria deixar o clima pesado ao explicar para Maria que eu não me empolgava com nada.

Segui até a cozinha para guardar a comida na geladeira.

Antes de Maria mergulhar na sua rotina de limpeza, ela espiou a cozinha e apontou para mim com a cabeça.

— Como está o seu coraçãozinho hoje? — me perguntou ela, como sempre fazia.

— Continua batendo.

— Que bom.

Se tivesse sido qualquer outra pessoa a me fazer uma pergunta tão sentimentaloide quanto essa, eu a mandaria se ferrar, mas como era Maria, eu achava que ela merecia uma resposta. Eu não conseguiria ser grosso com aquela mulher nem se quisesse muito, provavelmente porque sabia que ela me daria uma surra e um banho de água benta se eu lhe desse uma resposta atravessada.

— E o seu? — perguntei, porque eu me importava com ela, o que era surpreendente.

Dava para contar nos dedos de uma das mãos o número de pessoas com quem eu me importava, e Maria tinha um lugar cativo nessa lista. Sério, havia dias em que ela subia para o primeiro lugar.

Ela sorriu.

— Continua batendo.

Ela saiu da cozinha e apareceu no meu quarto só mais tarde, batendo à porta. Quando a abriu, ela exibia um sutiã pendurado na ponta da vassoura.

— Só uma noite tranquila com o Greyson, né? — Ela me lançou um olhar feio.

Eu ri.

— As coisas ficaram meio esquisitas depois de meia-noite.

Ela balançou a cabeça e murmurou alguma coisa — provavelmente uma oração pela minha alma —, antes de voltar para terminar o serviço.

Algumas horas depois, coloquei o jantar no forno, e Maria arrumou a mesa para duas pessoas. Domingos com Maria; era o nosso ritual. Antes de comermos, ela sempre segurava minhas mãos e rezava.

Eu ficava de olhos abertos, mas ela não ligava. Ela sempre dizia que não era preciso estar de olhos fechados para recebermos as bênçãos.

Ela conversou comigo sobre a escola, me lembrou de não ser babaca com os outros e me deu conselhos sobre como ser uma boa pessoa. Eu nunca tinha comentado nada, mas os jantares de domingo eram importantes demais para mim. Se havia alguém com quem eu sempre podia contar, era Maria.

Às vezes, Maria começava a tagarelar sobre a família, principalmente sobre Shay. Nos últimos anos, eu ignorava essas partes. Eu não estava nem aí para a garota que eu odiava e sua vida feliz, mas, agora que havia a aposta, seria bom descobrir o máximo possível sobre ela. Eu poderia usar essas informações para fazê-la se apaixonar por mim.

— A Shay está se preparando para a peça da escola, então não se fala de outra coisa em casa. Mas ela é maravilhosa, tem tanto talento para escrever e atuar. — Maria ficava radiante quando falava da neta. — A arte está no sangue dela. Ela vive para isso. Foi a única coisa boa que herdou do pai. O talento dele.

— Então ela é atriz? — questionei, comendo uma garfada da lasanha.

Tão. Gostosa.

— Sim. Ela é fantástica. Talentosa de verdade.

Eu queria descobrir mais sobre Shay, mas sabia que Maria ficaria desconfiada se eu começasse a enchê-la de perguntas. Qualquer informação me ajudaria a vencer a aposta. Quanto mais eu soubesse sobre ela, mais fácil seria levá-la para a cama.

Atriz. Escritora.

E linda.

Essa parte não fazia diferença, mas era algo que não saía da minha cabeça, então fazia sentido reconhecer o fato.

Juntei as pequenas pistas que Maria me deu sobre a neta e as guardei para depois. Elas com certeza seriam úteis mais tarde.

Hoje, eu me senti feliz.

Achei melhor registrar isso, porque parece que meus dias estão se tornando mais sombrios.

Mais difíceis.

Sinto minha mente se perdendo na escuridão de novo. Continuo tomando meus remédios e me esforçando para manter a cabeça no lugar, mas eu sinto. Sinto que estou me perdendo.

Passo mais tempo com a minha família, porque isso me traz certa paz.

Estou tentando.

Estou tentando muito não me afogar.

Não sei o que vai acontecer amanhã, mas, hoje, eu me senti feliz.

Hoje, eu me sinto feliz.

E vale a pena registrar isso.

— L

7

Shay

Dois dias tinham se passado desde a festa, e eu não conseguia parar de pensar em Landon e em seus olhos tristes. Nele parado no meio da sala, imóvel, tendo um ataque de pânico. Eu costumava ter ataques assim sempre que meu pai saía para vender drogas ou nas noites em que ele não voltava para casa. Meu corpo ficava paralisado, e era muito difícil respirar. Eu imaginava as piores situações. Ele desmaiado na rua. Ele no meio de um tiroteio. Ele sendo morto. Matando outras pessoas. As paredes pareciam se fechar ao meu redor, e não havia como fugir.

Eu sabia o que causava minha ansiedade, e fiquei me perguntando o que disparava a de Landon. Não dava para entender como ele podia empacar no meio de uma sala, cercado por dezenas de pessoas que diziam ser suas amigas, e ninguém nem perceber seu sofrimento.

Apenas eu.

Eu vi e fiquei preocupada, apesar de não ter nada a ver com isso. Fiquei tão preocupada que fui falar com Greyson para tentar descobrir o que estava acontecendo. Ele com certeza não entendeu nada quando perguntei sobre Landon, já que nunca havia me importado com ele antes, mas eu não podia ignorar aquilo depois de me deparar com sua tristeza, depois de vê-la transbordando de seu peito, sabendo como era sofrer assim. Eu não ficaria com a consciência tranquila em manter aquela aposta idiota com Landon se ele já estivesse em pedacinhos.

No começo, eu fiquei meio empolgada com a aposta. Parecia um desafio divertido, porque destacava nossos grandes talentos. O dom de Landon era a atração física. Com o passar dos anos, eu tinha visto garotas se derreterem só por ele piscar na direção delas. Ele sustentava o estereótipo de bad boy com perfeição, e aquelas meninas caíam direto em sua lábia — e em sua cama.

Meu talento era o completo oposto. Enquanto ele se destacava na atração física, eu era a mestre das emoções. Eu era uma contadora de histórias e, por isso, havia passado anos da minha vida me aperfeiçoando em analisar pessoas. Todos que cruzavam meu caminho viravam um personagem para mim. Eu aprendia suas nuances. Eu anotava suas características nos meus vários cadernos. Eu analisava por que elas eram do jeito que eram, o que as motivava, o que as inspirava, o que as impulsionava. Eu fazia perguntas. Eu interagia com elas, porque todas me deixavam muito fascinada. Era da minha natureza ser sociável. Este era o meu dom — enxergar as pessoas por todos os lados, por todos os ângulos. Desde cedo, eu aprendi que não existem vilões de verdade, apenas heróis que levam tantos baques que perdem a capacidade de serem bons.

O desafio de fazer Landon se apaixonar por mim pareceu divertido no começo. Convencer meu arqui-inimigo a me amar seria um jeito interessante de zombar de Landon pelo resto da vida. Além do mais, eu poderia criar um personagem baseado nele e nas suas complexidades em algum momento do futuro.

Isto é, até eu conversar com Greyson e descobrir a verdade sobre os problemas de Landon.

— Ele não anda bem, e acho que não está dormindo direito — disse Greyson. — A tristeza dele é do tipo que você só percebe se prestar bastante atenção, e a maioria das pessoas não presta. Só que ele é um dos meus melhores amigos, e eu vejo tudo. Ele está mal desde que o Lance morreu, e sábado foi aniversário do Lance, então sei que isso foi um gatilho para várias paradas. Eu entendo que vocês dois se detestam e tal, Shay, mas o Landon é um cara legal. Ele está perdido, só isso. Igual a todo mundo, acho.

As palavras de Greyson tornaram a brincadeira um pouco menos divertida para mim. Parecia meio cruel fazer joguinhos com uma pessoa que estava tão arrasada.

Na segunda-feira, cheguei à escola e fui até o armário de Landon, pensando no que Greyson havia me contado. Naquela manhã, olhei bem para ele, sem saber o que encontraria — o Landon triste e sofrido, ou a versão fria e distante com quem eu costumava interagir.

— Oi, Landon.

Ele se virou para mim, um pouco surpreso por me ver ali. Eu tinha de admitir que também estava um pouco chocada. Nunca na vida eu me imaginaria procurando Landon para lhe dar um oi.

— E aí? — perguntou ele, tirando alguns livros do armário e os enfiando na mochila.

— Eu queria dizer que... a gente pode cancelar a aposta. Com tudo o que está acontecendo...

Minhas palavras sumiram. A vida dele já era complicada demais; a última coisa de que ele precisava era se preocupar com uma aposta idiota. Ele tinha coisas mais importantes com que lidar.

— Como assim "tudo o que está acontecendo"? — A voz dele era rouca, grave e fez meu corpo inteiro se arrepiar, apesar de não passar das oito da manhã.

— Bom, o Greyson me contou que foi aniversário do Lance no fim de semana, e...

— O quê? Você está com medo de perder? — perguntou ele, me interrompendo, mas percebi que ele tinha se retraído de leve ao ouvir o nome do tio.

— Não. Só acho que você tem coisas mais importantes com que se preocupar.

— Eu não preciso me preocupar com nada na minha vida — disse ele, fechando o armário e pendurando a mochila no ombro. — Então nem vem colocar a culpa em mim. Se você acha que não dá conta do desafio, pode desistir. Mas eu não vou dar para trás, porque não sou covarde.

— Landon, você ainda está lidando com a morte do seu tio. Você não está bem.

— Você não precisa me explicar coisas que eu já sei — rebateu ele, sua voz baixando para uma rouquidão suave.

Pelo que eu sabia, Landon não fumava, mas sua voz ficava tão rouca às vezes que dava essa impressão.

— É, mas... bom, essas coisas são difíceis. E com o aniversário de morte dele daqui a algumas semanas...

Ele trincou o maxilar e apertou a alça da mochila.

— O Greyson fala demais — sibilou ele.

— Ainda bem que ele me contou.

Landon deu um passo para trás.

— Escuta, *chick*, eu não quero nem preciso que você sinta pena de mim. Não preciso de caridade, tá? Não quero que a dona perfeitinha venha consertar a minha vida.

— Eu não estou tentando consertar a sua vida, Landon, e não sou perfeita...

— Tá, que seja. Se você quer desistir da aposta, beleza. Não achei que você fosse ter coragem mesmo. Eu desconfiei de que você não aguentaria o tranco, mas não me vem com essa de que está me fazendo um favor. Ainda tenho cem por cento de certeza de que eu venceria.

Eu o analisei. Não apenas as palavras que dizia, mas seus movimentos. A maneira como seus dedos pareciam inquietos. A forma como seu sorriso torto se curvava para baixo.

As palavras de Greyson surgiram na minha mente enquanto eu olhava para Landon.

A tristeza dele é do tipo que você só percebe se prestar bastante atenção.
Seus olhos.
Seus lindos olhos tristes.

Seus olhos estavam pesados e arrasados, cheios de uma história que o apavorava. Ele estava escondendo alguma coisa. Seu sofrimento? Sua dor, talvez? Suas verdades?

Eu queria conhecer melhor esse lado dele. Queria analisar as partes que ele escondia do mundo. Queria entender o garoto que eu detestava e por que ele se odiava ainda mais. Eu tinha certeza de que ninguém odiava Landon mais do que ele mesmo, e me senti mal só de pensar nisso.

Não era pena... eu só... me senti mal.

Ele devia ser o personagem mais complexo que já conheci na minha jornada como contadora de histórias, e eu estaria mentindo se dissesse que não estava curiosa para ver como sua história se desenrolaria.

— Tá bom. A aposta está de pé — falei, me empertigando.

O corpo dele relaxou um pouco, como se tivesse ficado satisfeito. Como se precisasse daquela aposta por algum motivo.

Segundos depois, seu corpo ficou tenso de novo, e ele deu de ombros.

— Beleza. A gente se vê quando você quiser admitir que me ama — disse ele, indo embora.

— Só depois que você disser que me ama.

— Nos seus sonhos, querida.

— Está mais para os meus pesadelos — gritei. — E não me chama de querida!

Ele balançou a mão no ar em um gesto entediado, encerrando nossa conversa enquanto se afastava. Permaneci ali perto do armário dele por alguns segundos, sentindo cair a ficha de que talvez eu tivesse subestimado a situação quando resolvi que faria Landon se apaixonar por mim. Talvez ele nem soubesse o que era o amor, que dirá como seria me amar.

A aposta tinha sido um erro. Nós dois sabíamos disso.

Mesmo assim, por algum motivo incompreensível, eu queria aquilo, queria mais do que deveria. Sempre que eu me aproximava dele, sentia um calor que nunca havia experimentado antes. Eu queria entender por que isso ocorria. Queria saber se ele sentia a mesma coisa.

Eu queria conhecer sua história. Sua história feia, sofrida.

Eu queria ler suas palavras, apesar de elas parecerem sangrar pelas páginas do jeito mais doloroso possível.

∽

— Calma aí, deixa eu ver se entendi — disse Tracey mais tarde naquele dia, parada ao lado do meu armário. — Você apostou com o Landon que faria com que ele se apaixonasse por você?

Peguei meu livro de inglês.

— Apostei.

— Landon, no caso, é o Landon Harrison?

— Aham.

— O mesmo Landon Harrison que colocou chiclete no seu cabelo no ensino fundamental?

— Foi uma bala mastigada.

— E como se isso fizesse diferença.

— Tá, você tem razão, não faz, mas agora já era. Eu tenho quatro meses para fazer com que ele se apaixone por mim antes de ele me convencer a irmos para a cama.

Tracey balançou as mãos no ar, completamente embasbacada com meu comentário.

— Calma, estou perdida. Vocês se odeiam. Essa é a única coisa constante na minha vida: o ódio que sentem um pelo outro. Acho muito esquisito você topar uma coisa dessas.

— Pois é, mas eu não podia recuar do desafio. Peguei o Landon e o Reggie fazendo uma aposta sobre mim, tipo dois babuínos selvagens com o peito estufado.

— O meu Reggie docinho, não! — gemeu ela.

Revirei os olhos.

— Existe uma boa chance de ele não ser tão docinho assim, Trace.

— Não tem problema. Eu também gosto de doces com um toque meio ácido. Falando em doces... — Ela esticou a mão para mim, e tirei uma bala do bolso. Eu tinha herdado essa mania de Mima, e nunca saía de casa sem estar com o bolso cheio de balas para o dia todo. Tracey sorriu, satisfeita, enquanto a colocava na boca. — Mas que bom que você ouviu os dois. Dá para imaginar se eles tivessem tentado te enganar? Seria um clássico *Dez coisas que eu odeio em você*.

— Foi isso que eu pensei, mas agora estou na vantagem, porque sei o que está acontecendo. O Landon vai ter que lidar com as consequências de fazer uma aposta comigo. Ele vai perder feio. — Tracey me analisou por um instante com os olhos semicerrados. — O que foi? — perguntei. Ela apertou os olhos ainda mais. — *O que foi?!*

— Amiga, não sei como dizer isso sem parecer que estou do lado do Landon...

Ela foi parando de falar e levantei uma sobrancelha.

— Fala logo.

— Você tem um coração sensível.

Eu ri.

— Ãhn? O que isso significa?

— Ah, meu amor. — Tracey franziu a testa, balançando a cabeça. — Você vive escrevendo romances. Você é legal com todo mundo que cruza o seu caminho. Uma vez, você deu mamadeira para um gatinho abandonado e depois o levou ao veterinário, e... sei lá, você recicla o lixo da sua casa. Quer dizer, você atura até a Demônica, quando todo mundo já não tem mais saco — argumentou ela.

— Você quer dizer a *Monica* — eu a corrigi.

— Eu quis dizer o que eu disse mesmo. Ela é a maldade em pessoa, e o namorado-que-não-é-namorado-dela é seu arqui-inimigo. Você quer mesmo se meter com o cara da Demônica? Você sabe que ela vira uma verdadeira psicopata quando fica irritada com alguém. Mesmo que ela e o Landon nunca tenham namorado oficialmente, ele ainda é dela. Existe uma regra implícita de que Landon Harrison é intocável.

— Não sei o que isso tem a ver com a aposta.

— Eu só fico com medo de você estar programada para amar todo mundo. Se o Landon Harrison demonstrar qualquer tipo de defeito ou fraqueza, ou... sei lá, *sorrir*, você vai reagir, e *pimba*! Lá vai o pênis dele para dentro da sua vagina enquanto você está deslumbrada e confusa, achando que se apaixonou.

— Não é assim. Eu vou conseguir.

Eu torcia para conseguir. Eu rezava para conseguir. Caso contrário, estaria ferrada.

— Bom, então tá... mas tem outro problema.

— Qual?

— Acho que você vai acabar indo para a cama com o Landon Harrison.

— O quê?! Não vou, não. E você não precisa chamar o Landon pelo nome todo sempre que disser algo sobre ele.

— Ah, preciso, sim, porque estamos falando do Landon Harrison. Seu arqui-inimigo! Você está agindo como se essa fosse uma situação normal, quando, na verdade, vocês estão entrando no coliseu das batalhas. Você não pode perder essa briga, Shay. Está me entendendo? Se você transar com ele, vai perder sua virgindade com o idiota do Landon Harrison! A conta da sua terapia vai sair muito cara no futuro.

Eu ri, fechei meu armário e comecei a andar.

— Não é tão sério assim, Tracey.

— Hum, é, sim. Essa é a vitória mais importante que você provavelmente terá a chance de ter na vida. Se o Landon Harrison se apaixonar por você, essa vai ser a maior conquista do mundo. Você vai fazer seu inimigo se ajoelhar aos seus pés. Se isso não é épico, não sei o que mais seria. Preciso que você mantenha o foco nos próximos meses. Ele vai tentar de tudo para te abalar. Ele vai usar aquele sex appeal para tentar te fisgar.

— O Landon não é sexy — argumentei.

— Escuta, Shay, eu sei que você odeia esse cara, mas mentir não ajuda em nada. Acho que o país inteiro concordaria que o Landon é sexy.

Verdade.

Ele tinha um sorriso torto com um arco do cupido perfeito e uma covinha funda na bochecha esquerda. Seus olhos eram de um azul intenso que me lembrava de um lago no dia mais claro de verão, e seu corpo era divino. Além do mais, ele estava sempre cheiroso — quer dizer, quando não cheirava ao perfume de outra garota. Eu não tinha o hábito de cheirá-lo, mas, às vezes, quando ele passava por mim, seu cheiro era tão gostoso que me dava vontade de me aninhar nas curvas do seu corpo só para sentir aquele aroma — isto é, *se* eu não o odiasse tanto.

E tinha também aquela voz. Ela era firme e elegante. Landon falava como um galã dos filmes antigos de Hollywood, bem no estilo Cary Grant, pronunciando todas as palavras com certa tranquilidade. Mesmo quando ele aparentava estar completamente sem interesse em uma conversa, os sons pareciam deslizar de sua boca como se fossem seda.

Dava para entender por que as garotas o achavam... atraente.

Mas nada disso fazia diferença.

— Então, qual é o seu plano? — perguntou Tracey.

Eu não sabia como responder. Não havia plano. A verdade era que eu pretendia ficar bem longe de Landon nos próximos meses. Eu não estava muito interessada em fazê-lo se apaixonar por mim; só queria que ele perdesse a aposta. Se nós empatássemos, eu já me daria por satisfeita.

— Não tenho um plano.

Tracey franziu a testa.

— Nossa, que balde de água fria.

Então fizemos uma curva, e lá estava Landon, parado na frente do seu armário, batendo papo com uma garota — provavelmente do primeiro ano —, que se jogava em cima dele.

Quando ele virou a cabeça, seus olhos encontraram os meus. Então ele sorriu.

Ai, droga. Eu já falei do sorriso de Landon?

Eu tinha certeza de que aquele sorriso era capaz de engravidar meninas.

— Ai, caramba. — Tracey estremeceu, enroscando o braço no meu e me puxando depressa para longe de Landon e da garota da vez. — Você vai perder a aposta mesmo.

— Valeu por confiar em mim — bufei.

— Foi mal, mas ele vai usar aquele sorrisinho para vencer, e vai dar certo.

— Como assim? Como você sabe que vai dar certo?

— Shay, ele praticamente transou com você só com o olhar.

Senti minhas bochechas esquentarem ao apertar meus livros contra o peito.

— O quê? Não. Para com isso, Tracey.

— Só estou dizendo que parecia que ele transou com você só com os olhos. Talvez seja melhor você dar uma olhada na sua calcinha para ver se está tudo certo.

Sério, minha amiga perdia a noção de vez em quando.

— Que nojo.

— Ah, não, não tem nada de nojento em transar com os olhos. É assim que o Reggie faz com que eu suporte nossa aula de literatura.

— Você e o Reggie transam com os olhos durante a aula?

— Bom, sou mais eu do que ele, mas confia em mim, ele vai querer participar quando olhar na minha direção.

Eu ri da minha amiga ridícula.

— Como está essa história com o Reggie?

Eu precisava tirar o Landon do foco da conversa e sabia que falar de Reggie funcionaria.

— A gente está naquele estágio de ficar fazendo doce. Mas ele vai ceder. Ele até me deu um apelido — contou ela ao pararmos na frente do seu armário para pegar o livro de inglês.

— Ah, é? Qual?

Ela ficou imóvel e abriu o maior sorriso do mundo.

— Stacey.

Eu pisquei.

Ela revirou os olhos e me deu um leve empurrão.

— Tá, ele me chamou pelo nome errado. Foi feio, eu sei, mas nem todo mundo pode transar com os olhos com o seu arqui-inimigo no corredor da escola.

— A gente não estava transando com os olhos!

— Aposto que ele continua olhando para você — desafiou ela.

— Aposto que não.

Nós nos viramos, e Landon realmente continuava olhando na minha direção, enquanto os olhos da garota eram pura animação, vidrados nele. Ai, nossa, talvez fazer apostas não fosse o meu forte.

Meu olhar encontrou o de Landon de novo, e um calafrio percorreu meu corpo. Por que ele continuava me encarando? Por que meu coração disparava quando ele olhava para mim?

Ele abriu ligeiramente a boca, passou a língua pelo lábio inferior e então o mordeu, arrastando lentamente os dentes por ele. Para completar, abriu aquele sorriso. A covinha apareceu. Os portões do inferno se abriram, e eu perdi a fala.

— Ai, caramba — sussurrou Tracey, interrompendo minha conexão com Landon. — Acho que gozei por você.

Ela corou, provavelmente ficando tão vermelha quanto eu, apesar de sua pele ser muito mais clara do que a minha, o que deixava a reação dela muito mais visível. Fiquei agradecida pela minha pele mais escura, que me ajudava a disfarçar quando eu me sentia mais exaltada.

E, naquele momento, Landon me fez ficar um pouco nervosa.

Eu não tinha a menor ideia de onde havia me metido. Eu não tinha a menor ideia de por que havia inventado de brincar com fogo, mas não deixaria que ele nem aquela covinha me abalassem. Meu plano era manter distância e fugir dele a todo custo. Eu não poderia me apaixonar se ele não chegasse perto de mim.

∽

Todo dia depois da escola, eu caminhava até o parque Hadley. O lugar era lindo, com um parquinho enorme e trilhas fantásticas. Eu frequentava o lugar desde pequena. Tinha descido por aqueles escorregas um milhão de vezes com meus pais e Mima. Quando meu pai não estava em suas melhores fases, Mima me tirava de casa, e nós passávamos horas construindo castelos de areia. Então, ela me levava por uma das trilhas, que dava nos dois maiores salgueiros que eu já tinha visto. Eles eram chamados de as árvores dos apaixonados. Os dois tinham se unido, entrelaçando os galhos.

Desde pequena, eu sempre caminhava por aquela trilha e me sentava perto dos salgueiros. Ainda era inverno em Illinois, então a natureza hibernava. As folhas ainda não tinham despertado de seu descanso, e as flores não haviam desabrochado, mas o casco dos salgueiros permanecia firme e forte. E seus troncos exibiam letras entalhadas. Havia dezenas delas nas árvores. Rezava a lenda que, se você entalhasse suas iniciais e as de seu amado, o amor duraria para sempre.

Anos antes, Mima havia colocado as dela e as do vovô nas árvores. As dos meus pais também estavam lá.

Eu achava aquilo a coisa mais romântica do mundo — uma árvore preenchida pela paixão. Um dia, pretendia entalhar meu nome ali também, junto com o do meu futuro amor.

Tracey tinha razão sobre mim. Meu coração era sensível mesmo. Eu adorava a ideia do amor. Eu era fascinada pelo conceito de encontrar uma pessoa com quem se quisesse passar o resto da vida. Eu sonhava em ter esse tipo de conexão com alguém. Caramba, eu tinha escrito dezenas de histórias românticas. O amor era algo em que eu acreditava com todas as minhas forças, apesar de nunca o ter vivido. Um dia, minhas iniciais estariam no casco daquela árvore, mas não ao lado de alguém como Landon.

Eu não tinha dúvida de que venceria a aposta, porque sabia que Landon não era o tipo de cara que as pessoas amavam. Talvez elas o desejassem. Mas amor? Nunca. Ele não era assim. Ele não tinha a capacidade de se abrir para alguém e convidar essa pessoa a entrar em sua alma, do jeito que o amor exigia. Ninguém tinha permissão de ouvir seu coração batendo. Na minha cabeça, Landon Harrison nunca seria o herói. Ele sempre seria o vilão da história das pessoas, inclusive da minha.

Eu sabia que nunca entalharia suas iniciais ao lado das minhas, porque uma pessoa como eu não seria capaz de amar um monstro como Landon. Nos contos de fadas, a Bela se apaixonava pela Fera.

Na vida real, a Fera destruía a Bela.

Eu não deixaria isso acontecer. Não cairia de amores por alguém só para acabar com a alma destroçada.

Meu coração podia até ser sensível, mas eu me recusava a permitir que fosse sensível com ele.

8

Landon

O que eu mais gostava em Shay era a facilidade com que eu conseguia deixá-la vermelha. Ela era toda certinha, e isso ficava estampado em seu rosto. Seria moleza fazê-la se apaixonar por mim. Eu estava acostumado com garotas como ela. Eu pegava garotas como ela. Garotas que se apaixonavam com facilidade, botando o coração para jogo sem pensar muito. Para ela, amar devia ser tão fácil quanto respirar.

Seu rosto, de maçãs proeminentes, ganhava um leve tom de cor-de-rosa sempre que eu fazia qualquer gesto mais pornográfico em sua direção, e eu sabia que ela devia estar ficando doida com aquilo.

Era por isso que eu continuava fazendo. Era incrível porque apenas o fato de eu irritá-la já era o suficiente para me fazer parar de pensar no futuro.

Nunca na vida eu imaginaria que Shay seria capaz de tranquilizar minha mente.

Ainda assim, eu sempre podia contar com a Sra. Levi para me lembrar de como as próximas semanas tentariam me machucar.

Eu estava sentado em sua sala de novo, encarando as fotos de seus sobrinhos espalhadas pelo ambiente.

Ela exibia seu sorriso de sempre, com as mãos entrelaçadas e apoiadas no colo.

— Então, Landon, como foi o fim de semana?
— Tranquilo. A mesma coisa de sempre.

— Ouvi um falatório na escola sobre uma festa que você deu... — começou ela, mas sem parecer muito direta, como se não quisesse soar fofoqueira quando, na verdade, estava sendo fofoqueira.

— É. Foi só uma festinha.

Primeira mentira da nossa sessão.

— Você quer me contar como foi?

Quero, Sra. Levi. Deixa eu te contar sobre todos os menores de idade que estavam bebendo e se drogando na minha casa no sábado.

— Não foi nada de mais. Só uma noite tranquila.

Ela estreitou os olhos, mas mudou de assunto enquanto mexia em uns papéis. Naquela manhã, ela parecia cansada, mas quem não estava? Talvez ela também não conseguisse dormir à noite. Suas olheiras combinavam com os tons arroxeados das minhas.

— Então seu aniversário é daqui a algumas semanas, né?

Eu me encolhi um pouco diante da menção do meu aniversário. Eu estava me esforçando ao máximo para me esquecer disso.

Então permaneci em silêncio, e ela continuou falando, porque a Sra. Levi não se mancava.

— Isso significa que faz um ano que o seu tio...

— Morreu no meu aniversário? Sim, Sra. Levi, eu lembro — rebati, irritado.

Na mesma hora, me senti mal pela minha resposta atravessada, porque não era culpa dela. Ela só estava fazendo o trabalho dela. Mas o fato de o trabalho dela às vezes me machucar, por tocar em assuntos que eu queria enterrar no fundo da minha mente, era uma droga. Resmunguei um pedido de desculpas, e ela balançou a cabeça.

— Não precisa se desculpar. Eu provavelmente me sentiria do mesmo jeito se uma velha toda hora tocasse em um assunto tão difícil.

A Sra. Levi não era tão velha assim. Era mais uma questão de ela ter uma personalidade de velha. Eu apostava que ela passava as noites de sábado tricotando suéteres e bebendo cidra na frente da lareira.

Eu me afundei na minha cadeira, e minha mente começou a fazer aquele negócio de novo.

Pensar.

Nossa, como eu odiava quando isso acontecia.

Meus pensamentos voltaram para aquele dia. Sempre que eu piscava, via Lance na escuridão das minhas pálpebras. Eu o via deitado lá, boiando de barriga para baixo na piscina, a água ondulando ao redor de seu corpo inerte.

"*Lance*", lembro de gritar. "*Lance!*"

Sempre que as memórias vinham, o nó em minha garganta se apertava mais um pouco.

— Quais são os planos para o seu aniversário? — perguntou a Sra. Levi, impedindo minha cabeça de se perder ainda mais, porém sua pergunta não fez com que eu me sentisse melhor.

— Minha mãe vai estar em casa. Ainda não sei o que vamos fazer, mas ela vem. Meu pai provavelmente vai encontrar um motivo para ficar trabalhando ou algo do tipo.

— Você sente falta deles?

— De quem?

— Dos seus pais.

Dei de ombros.

— Não tem muito o que eu possa fazer.

— Sim, mas você sente falta deles?

— Do meu pai, não.

Eu o via duas vezes por semana e não sentia nada. E se não o encontrasse, provavelmente continuaria sem sentir nada.

— Mas e da sua mãe? Você sente falta dela?

Porra, todo santo dia.

Que patético. Um marmanjo com saudade da mamãezinha.

Dei de ombros.

— Não tem problema.

Ela passou a mão na ponta do nariz.

— Você acha que ela sabe que você sente saudade?

Que pergunta inútil.

— Não faz diferença. Ela não voltaria para casa por causa disso.

— Talvez voltasse — sugeriu ela.

Eu não falei mais nada sobre esse assunto. Não valia a pena.

— Não se preocupa comigo.

Minha mãe voltaria para o meu aniversário. Era só isso que importava. Ela estaria aqui quando eu mais precisasse.

— Não dá, Landon. Eu gosto de você, o que significa que me preocupo — revelou a Sra. Levi.

Fiquei sem graça. Quando as pessoas gostavam de mim, eu me sentia pressionado a não as decepcionar. Mas sempre acabava fazendo isso.

Eu me remexi na cadeira, e ela deve ter notado meu incômodo, porque mudou de assunto.

— Bom, talvez seja melhor não dar mais festas antes do seu aniversário, tá?

— Tá.

Eu não tinha a menor vontade de dar qualquer festa em um futuro próximo. Sempre achei que me cercar de pessoas seria uma boa maneira de afastar minha tristeza. A verdade era que isso só piorava a situação. Ficar ali, em uma sala lotada, sem que ninguém me enxergasse de verdade, fez com que eu me sentisse mais sozinho do que nunca.

Naquela noite, quando Shay levantara a cabeça e encontrara meu olhar no meio daquele sofrimento, acabei ficando apavorado com a possibilidade de ela me enxergar, mas também havia me sentido um pouco... reconfortado? Era uma sensação esquisita, e eu não sabia muito bem como interpretar o momento.

Quando alguém via sua tristeza e não fugia dela, era um presente, como se a pessoa permitisse que você fosse exatamente quem era, sem culpa nem julgamentos.

Eu só queria ter recebido esse presente de alguém que não fosse Shay Gable.

A Sra. Levi esfregou a lateral do pescoço, então ajeitou um dos porta-retratos em cima da mesa.

— E como vai o plano de se manter ocupado? Você encontrou alguma coisa com o que se distrair?

— Ah, encontrei. Mais ou menos.

Shay.

Shay, Shay e Shay.

— Que bom, que bom. O que é?

Fiquei de boca calada.

Ela levantou uma sobrancelha.

— Não é nada ilegal pelo menos, né?

— Não é.

Um suspiro discreto escapou dos lábios dela.

— Que bom. Isso é muito bom, Landon. Mas, se você precisar de alguma outra coisa, achei um programa extracurricular que pode ser interessante. — Ela me entregou um panfleto, e fui oficialmente classificado como problemático. Grupos de apoio depois da escola eram a gota d'água. — É uma reunião de adolescentes que passaram por situações difíceis. Eles se encontram duas vezes na semana para conversar.

Empurrei o panfleto na direção dela.

— Não, terapia não é muito a minha praia, ainda mais em grupo.

Ela empurrou o panfleto de volta para mim.

— Eu entendo, mas, de vez em quando, a melhor coisa que podemos fazer na vida é sair da nossa zona de conforto.

Não discuti e aceitei o panfleto. Eu o enfiei na mochila e me recostei na cadeira.

A conversa se arrastou, assim como o restante do dia. Sempre que eu cruzava com Shay, fazia questão de abrir meu sorriso de babaca, e ela ficava toda nervosa. Os dias que se seguiram foram parecidos, porém, na quarta-feira, ela sorriu para mim. Suas bochechas não coraram, e ela não fugiu de mim. Quando me sentei à mesa do refeitório para almoçar antes de todo mundo, Shay se aproximou e colocou sua bandeja bem na frente da minha.

Ela não olhou para mim.

Ela não deu um pio.

Ela apenas se sentou e abriu sua caixinha de achocolatado. Certa vez, eu a ouvira conversando com outra menina, dizendo que odiava leite puro porque sentia como se estivesse mamando na teta de uma vaca, mas achocolatado era diferente porque tinha um sabor mais aceitável para pessoas.

Eu não tinha entendido o que ela quis dizer com um comentário tão esquisito, mas já estava acostumado a não compreender totalmente a mente de Shay. Eu já tinha escutado tantas paradas esquisitas saírem de sua boca que a observação sobre o leite não parecera nada fora do normal.

No dia seguinte, ela fez a mesma coisa — se sentou na minha frente durante o almoço. No outro dia também, assim como no dia seguinte.

Sua esquisitice estava me incomodando, e não me aguentei.

— O que você está fazendo?

— Almoçando. — Ela jogou uma uva na boca e partiu seu sanduíche ao meio. — Você não precisa ser detetive para entender isso.

Ela sorriu.

Eu quase achei graça do seu comentário atravessado.

— Eu estou vendo, mas por que você resolveu se sentar na minha frente todo dia? Tem noção de como é irritante ficar olhando para a sua cara?

— Qual é o problema, Landon? — Ela levantou uma sobrancelha. — Você fica nervoso perto de mim?

— Você vai precisar de muito mais do que isso para me abalar, boneca.

— Não me chama de boneca.

— Então não se pareça com uma.

Ela almoçou em silêncio absoluto depois disso, olhando nos meus olhos sem corar nem se esquivar.

Tá bom, Gable. Já entendi.

Ela estava tentando mostrar que conseguia dividir o mesmo espaço que eu, cara a cara, sem ficar nervosa nem fugir. Era como se estivesse se estufando e batendo no peito.

Eu me chamo Shay, e ninguém vai me intimidar.

Mas, mesmo assim, algo parecia estar passando batido por mim, algo mais profundo, que ela guardava apenas para si mesma. Eu estava ficando doido porque não conseguia entender o que era.

— Merda — resmunguei.

— O que foi?

— O que você quer?

— O que eu quero?

— É. Por que eu não consigo te entender, *chick*?

— Bom... — falou ela, dando de ombros antes de continuar comendo. — Talvez eu esteja além da sua capacidade de compreensão.

Eu sorri.

Ah, cacete. Shay Gable me fez sorrir — sorrir de verdade —, e eu sabia que ela havia percebido isso.

Eu não costumava sorrir de verdade. Na maioria das vezes, eu só fingia, porque era isso que as pessoas esperavam que você fizesse. Sorrisse. Gargalhasse. Que fosse feliz.

Meus sorrisos verdadeiros eram raros e, mesmo assim, de alguma forma, Shay tinha conseguido arrancar um de mim. Eu estaria mentindo se dissesse que a sensação foi ruim.

— Que seja, as pessoas dão valor demais a entender as coisas — rebati.

Isso era mentira. Tentar entender as coisas era o que eu fazia quando não conseguia controlar minha mente, o que significava que minha cabeça estava cheia de informações.

— Aposto que você também acha que as pessoas dão valor demais ao oxigênio, já que ele não está alcançando seus neurônios.

Ela sorriu, e, droga, foi lindo.

Ela estava implicante naquela tarde. Eu jamais diria isso, mas aquela implicância era meio sexy.

Estiquei a mão e peguei as últimas uvas em sua tigela, então me levantei para ir embora.

— Ei! Eu ia comer! — berrou ela, suas palavras cheias de irritação.

— E daí? — respondi, já indo embora.

— Eu te odeio! — gritou ela.

— Eu te odeio mais.

— Eu te odeio mais que tudo!

Nunca imaginei que ódio podia dar tanto tesão.

Eu não sabia se tinha um plano definido para fazê-la se apaixonar por mim. Eu também não sabia se ela havia bolado alguma estratégia mirabolante, mas sabia que aquele *negócio* entre nós — fosse lá o que fosse — era divertido.

Divertido.

Quando tinha sido a última vez que eu me divertira com alguma coisa?

Antes, todos os dias pareciam uma caminhada sobre areia movediça — lentos, exaustivos, impossíveis —, mas agora com Shay? Eu me sentia animado, renovado. Era legal mexer com ela, deixá-la irritada. A gente adorava encher o saco um do outro. A gente adorava irritar um ao outro. Nós adorávamos o ódio que compartilhávamos todos os dias na escola.

9

Shay

Um dia, Landon encheu meu armário com um monte de papeizinhos nos quais estava escrito: "Você já me ama?" Peguei todos eles, descobri a senha do armário dele e os enfiei lá com a palavra NÃO escrita em letras maiúsculas.

Então ele mexeu na minha mochila, pegou meu dever de casa de história e escreveu "pênis" atravessado na folha, fazendo com que fosse impossível entregá-lo. Em troca, lambi os dedos e os esfreguei no brownie que estava em sua bandeja de almoço.

Para minha surpresa, ele não pareceu se importar com o brownie lambido.

— Valeu, *chick* — comentou ele, pegando o brownie. — Gosto de sobremesas molhadinhas.

Ele deu uma mordida como se não se incomodasse com a minha saliva.

A forma como a palavra "molhadinha" saiu de sua boca me fez querer vomitar e, ao mesmo tempo, me fez cruzar as pernas mais apertado embaixo da mesa. E tenho certeza de que ele notou o rubor em minhas bochechas.

Eu o observei comer o brownie inteiro, então seus olhos encontraram os meus, e ele começou a lamber todos os dedos.

Em.
Câmera.
Lenta.

Ai, nossa.

Faz de novo.

Depois, ele puxou a barra da camisa de mangas compridas, exibindo seu corpo sarado. Ele limpou os cantos da boca com a camisa, usando-a como guardanapo, enquanto eu contava os gomos de seu tanquinho.

Um, dois, vamos pular alguns...

Landon sempre usava blusas de mangas compridas apertadas o suficiente para destacar seus braços musculosos. Se ele se mexesse do jeito certo, seus bíceps pareciam acenar para você.

Um sorriso malicioso surgiu em seus lábios.

— Se você continuar me encarando, vou ter que cobrar.

Eu pressionei minhas coxas uma na outra com ainda mais força e desviei o olhar.

Não era justo.

Garotos da idade dele não deviam ter aquela aparência. Landon deixava bem claro que não havia motivo nenhum para ele sentir vergonha do próprio corpo. Adolescentes não tinham o direito de serem tão sarados e gostosos quanto ele — tirando Chad Michael Murray.

Eu xinguei o universo por dar a ele o corpo de Chad Michael Murray.

Fiquei sentada ali até o limite do meu desconforto, quando precisei me levantar e sair da mesa. Dava para sentir o sorrisinho satisfeito dele enquanto eu me afastava.

Aquilo que devia ter sido uma aposta sobre se apaixonar rapidamente passou a ser uma oportunidade para que eu e Landon nos odiássemos ainda mais. Bom, pelo menos era isso que estava acontecendo comigo. Eu não podia falar por ele, porque estava pouco me lixando para sua opinião. Eu o detestava. Da ponta dos dedos dos meus pés até meu último fio de cabelo, eu odiava aquele garoto.

Ainda assim, eu não entendia por que meu coração resolvia perder o compasso sempre que ele pregava uma peça em mim. Ou por que minhas coxas ardiam de desejo quando ele surgia em meus pensamentos. Ou por que eu sentia um frio na barriga sempre que ele vinha na minha direção.

Devem ser gases.

O ódio que Landon e eu sentíamos um pelo outro crescia cada vez mais, e o mesmo parecia acontecer com Mima e meu pai. Todo dia, eu chegava da escola e encontrava os dois em pé de guerra. Mima sempre pegava no pé do meu pai com alguma coisa. A história da vez era a dos brincos de diamante, que ela se recusava a esquecer. Minha mãe até tinha sugerido vendê-los para usarmos o dinheiro, mas Mima não dava o braço a torcer.

— A questão não é o dinheiro, Camila. É onde ele conseguiu o dinheiro. Bicos não pagam o suficiente para ele comprar uma coisa dessas. Acorda — ralhava Mima.

— Que tal você cuidar da sua vida, Maria? — rebatia meu pai.

— Minha filha *faz parte* da minha vida — respondia ela.

Eu sabia que minha mãe se sentia encurralada entre os dois — o amor de sua vida e a mulher que a criara. Uma característica inquestionável da minha mãe era seu desejo de manter a paz. Ela não gostava de brigas e era sempre cheia de dedos para falar com os outros, para não magoar ninguém. Tudo o que ela queria era que as pessoas que amava estivessem felizes.

Mas, Mima? Mima era o completo oposto. Enquanto minha mãe era um ratinho, minha avó era uma leoa, que não se fazia de rogada ao rugir. Ela botava a cara a tapa, corajosa. Não tinha medo de dizer o que pensava, e eu achava que isso tinha a ver com os anos que passara sendo silenciada pelo meu avô enquanto ele era vivo. Depois que ele morreu, Mima jurou que nunca mais ficaria quieta para agradar homem algum, e ela seguia essa promessa à risca. Infelizmente, isso significava que meu pai não escapava da sua ira. Ela sempre deixava sua opinião bem clara, mesmo que suas palavras incomodassem meu pai.

Para mim, era difícil ouvir as brigas, porque eu amava demais os dois.

Meu sonho era que, com o tempo, eles chegassem a um meio-termo.

Era por isso que eu sempre me esforçava para me comportar. Já havia tensão demais na minha casa, e eu não queria acrescentar mais estresse à situação nem colocar mais um peso sobre as costas já castigadas de minha mãe. Eu era a princesinha perfeita. Não era de farra. Não usava drogas. Nunca, jamais, matava aula. Minhas notas eram todas ótimas, e eu fazia todos os deveres de casa extras que apareciam. Eu era uma aluna exemplar, uma garota tranquila, mas porque sabia que meu lar era frágil demais para ter mais problemas.

Meus pais nunca precisaram se preocupar com o que a filha fazia — porque eu estava sempre no caminho certo.

Quando havia uma briga feia em casa, eu corria para o quarto e fechava a porta. Eu sabia que todo mundo logo esfriaria a cabeça, mas, nesse meio-tempo, era melhor ficar no meu mundinho — no meu mundinho da ficção.

Eu tinha puxado a meu pai, em vários sentidos. Cada gota de criatividade em mim vinha daquele homem. Quando não estava metido em encrenca, ele era um ótimo contador de histórias, e sempre que eu me sentia perdida em algum dos meus trabalhos, sabia que ele era a pessoa ideal para me ajudar.

Ele conhecia a estrutura das histórias e sabia como os personagens funcionavam de um jeito que eu nem sonhava imaginar. Tinha sido por causa dele que acabei me envolvendo com o mundo da atuação, além da escrita. Eu não tinha muito interesse em me tornar atriz, mas meu pai havia me convencido de que, se eu me envolvesse em todas as etapas de uma história, seria ainda mais fácil compreender a construção dos meus personagens nos roteiros.

"*Analisar todos os ângulos é algo poderoso. É isso que os mestres fazem*", dizia ele.

E meu maior sonho era ser uma mestre da escrita, como meu pai — mas sem os defeitos dele. Eu já tinha os meus; não precisava dos dele também.

Por muito tempo, ele esteve convencido de que as drogas abriam sua mente, que o ajudavam a enxergar além, com mais clareza, que o faziam criar histórias melhores. De certa forma, ele tinha razão. Eu havia lido alguns dos roteiros que ele escrevera quando estava drogado. Alguns de seus melhores trabalhos foram criados assim. As palavras dançavam pelas páginas, e os enredos eram arrebatadores, mágicos.

Então havia as histórias maníacas. As sem pé nem cabeça, que não levavam a lugar algum. As que pareciam rabiscos aleatórios em uma parede. As que me assustavam. Quando lia as confusões mentais do meu pai, eu morria de preocupação e medo por sua sanidade.

As histórias que meu pai escrevia sem o efeito das drogas pareciam mais... forçadas, como se ele se esforçasse demais para encontrar as palavras certas. Quando estava sóbrio, ele demorava meses para terminar um projeto, se comparado à afobação com que escrevia quando estava alucinado. Ele era rígido demais consigo mesmo nos momentos de sobriedade. Maldizia tudo o que escrevia e dizia que era lixo, apesar de o lixo dele ser a minha definição de glorioso. Durante essas fases sombrias, ele entrava em um estado de depressão que o fazia voltar aos velhos hábitos ruins.

Era um ciclo interminável.

Com as drogas, não apenas sua personalidade mudava, como ele trabalhava feito um lunático. Ele não dormia, mal comia, e brigava sempre que alguém o interrompia. Sim, os textos que escrevia quando estava drogado eram maravilhosos, mas não o tornavam um homem maravilhoso.

Minha mãe o apoiava incondicionalmente em tudo, mesmo quando não concordava com as decisões do meu pai. Mima dizia que minha mãe era um capacho e que relacionamentos não deviam funcionar desse jeito, mas, em nome do amor, mamãe nunca lhe dava ouvidos.

Eu vinha de um lar afetado pelo vício.

Meu pai era viciado em drogas — tanto em usá-las quanto em vendê-las —, e minha mãe era viciada nele.

Eu ficava surpresa por ainda não ter me viciado em nada.

Depois que foi preso, meu pai parou de escrever. Ele chegou à conclusão de que seu gatilho era a criatividade. Só que, desde então, tinha dificuldade em encontrar um propósito, em achar algo que preenchesse seu coração e sua mente.

Minha mãe dizia que ele precisava de um hobby. Mima dizia que ele precisava de um emprego decente.

Meu pai dizia que era pau para toda obra. Ele nunca havia tido um trabalho em horário integral, porque dizia que não suportava tarefas repetitivas. Então, atualmente, mantinha vários empregos diferentes. E apesar de isso ocupar sua mente, sua alma permanecia vazia.

Eu só queria que ele encontrasse alguma fonte de alegria, para se tornar o homem que todos sabíamos que ele era capaz de ser.

— Ó de casa — disse uma voz do outro lado da porta do meu quarto, que estava fechada.

— Está aberta.

Meu pai girou a maçaneta e ficou parado no batente, com as mãos dentro dos bolsos da calça jeans.

— Tudo bem?

— Sim, só estou ensaiando para o meu teste — respondi, sem mencionar o fato de que meu estômago ainda estava se revirando por eu ter escutado a briga dos três.

— Ah, é, está chegando o dia da peça da escola, né? — perguntou ele, entrando no meu quarto e se sentando na beirada da cama.

— Aham. *Romeu e Julieta*.

Ele concordou com a cabeça devagar.

— "Ó Romeu, Romeu. Por que és Romeu?" Um clássico.

Realmente.

— Você está pronta pro teste? Quer que eu ensaie a cena com você? — perguntou ele, agindo como se não tivesse acabado de sair da zona de guerra da sala.

Eu não me parecia com meu pai. Ele tinha a aparência clássica de um cara americano — olhos azuis, cabelo louro, o sorriso torto que remetia mais a uma expressão emburrada. Sua pele era clara, seu cabelo era raspado bem rente à cabeça. As rugas ao redor dos olhos contavam sua história, assim como a postura sempre curvada de seus ombros. Seu rosto também era um pouco emaciado pelo uso das drogas e pelas bebedeiras. Ele parecia muito mais velho do que realmente era, mas estava aqui, vivo e relativamente bem.

E isso era uma bênção.

— Você e a Mima nunca vão conseguir se dar bem? — perguntei de repente.

Meu pai levantou uma sobrancelha, chocado com a pergunta. Ele não devia se surpreender, levando em conta o quanto os dois brigavam.

— Nós somos parecidos demais. É por isso que batemos tanto de frente, mas eu não a culpo. Já decepcionei vocês demais no passado. A Maria tem razão em se preocupar, mas não pretendo fazer outra burrada. Não dessa vez. Agora é diferente, tá?

Eu queria acreditar nele, mas a confiança que nós temos em uma pessoa vai diminuindo sempre que ela apronta mais uma. Era difícil confiar em alguém que mentia sempre no passado.

— Promete? — perguntei.

— Prometo. — Ele se levantou da cama, se aproximou de mim e prendeu meu cabelo atrás das minhas orelhas. — Desculpa pelas brigas, Shay. De verdade. E não culpo a sua avó por pensar dessa forma. Ela só quer proteger você e a sua mãe. Esse é o trabalho dela, mas preciso que vocês entendam que o meu trabalho também é proteger vocês. Eu estou aqui e estou melhorando, para conseguir ser um pai e um marido melhor. Estou cuidando de mim para poder cuidar da gente.

Eu reservava um cantinho do meu coração para as palavras do meu pai. Mas não permitia que ele se expandisse muito, porque tinha medo de me decepcionar. Tinha medo de deixar meu coração se partir por causa do primeiro homem na minha vida que deveria juntar meus cacos, não criar as rachaduras.

Era nesse cantinho do meu coração que eu acreditava nele. Era lá que eu tinha esperança. Era lá que eu rezava. Eu torcia para que esse cantinho nunca diminuísse. Eu torcia para que algum dia, de alguma forma, ele crescesse, abrindo mais espaço para o amor do meu pai.

— Agora, anda — ofereceu ele, se apoiando na minha escrivaninha.
— Me mostra o seu monólogo.

Se havia algo que meu pai fazia bem era demonstrar o quanto acreditava nos meus dons artísticos. Essa era a única coisa que eu sabia ser completamente verdadeira. Os elogios que saíam de sua boca eram cem por cento genuínos.

Passei o restante da noite apresentando para ele o monólogo que escolhi. Ele me deu sua opinião, avaliando minhas pausas, meu ritmo e minhas expressões faciais. Ele me dirigiu. Ele me fez rir. Ele me incentivou a acreditar em mim mesma, no meu talento, na minha alma. Então assentiu com a cabeça duas vezes, em sinal de aprovação.

E aquele cantinho do meu coração? Disparou.

10

Landon

Se havia uma pessoa no mundo que eu não gostaria de ser nunca quando crescesse, era meu pai. Ele era um homem frio, uma característica que devia ser útil nos tribunais. Suas duas motivações na vida eram as que menos tinham importância para mim: dinheiro e reconhecimento.

Ele era um advogado criminalista quase bom demais no seu trabalho. A quantidade de criminosos que ele tinha ajudado a se safar era desanimadora. Mesmo assim, meu pai não gostava do termo criminoso; ele dizia que seus clientes eram vítimas acusadas injustamente.

Às vezes, eu achava que ele já estava tão calejado que acreditava nas próprias mentiras, ou talvez mentisse para conseguir dormir melhor à noite. Não sei como uma pessoa como minha mãe conseguiu se apaixonar por um homem como ele.

— Você está atrasado — ladrou meu pai quando entrei no escritório de advocacia Ralph Harrison na tarde de quarta-feira.

Cheguei dez minutos depois da hora, e ele já estava me aporrinhando.

— Só dez minutos — resmunguei. — Peguei trânsito.

— Dez minutos ainda é atraso. Você vai ficar vinte a mais depois do horário para compensar — bufou ele.

Eu queria ser mais parecido com minha mãe, mas era uma versão mais jovem do meu querido pai, desde seu cabelo castanho aos olhos azuis cristalinos. Seria impossível negar que eu era filho dele.

A semelhança era impressionante, a não ser pelo fato de que ele usava ternos de mil dólares, e eu, a gravata barata que tinha sido obrigado a comprar para o estágio. Se tivesse encontrado uma, usaria daquelas que já vêm com nó e que é só prender na camisa. Meu pai teria um ataque cardíaco se eu fizesse isso.

Depois de ganhar uma bronca dele pelo atraso, não o vi de novo pela tarde inteira. Ele entrou na sua sala e passou o restante do expediente lá dentro. Sempre que eu ia trabalhar no escritório, era a mesma coisa. Meu pai parecia um fantasma, e eu não via nem sinal dele. Mas isso não me incomodava. Eu preferia estar com a minha mãe.

Ela sempre me mandava mensagem quando eu ia ao escritório, perguntando como meu pai estava. Como se eu soubesse. Meu pai quase nunca se abria com ninguém. Ele vivia na defensiva, muito mais do que eu, o que era quase um talento.

Trabalhar no escritório era a pior forma de manter minha mente ocupada. O tempo passava devagar lá, e eu ficava em estado de alerta sempre que a secretária do meu pai entrava na sala dele e fechava a porta.

O nome dela era April, e ela não chegava aos pés da minha mãe.

Eu não contava para ela sobre as estripulias do meu pai, porque não tinha provas concretas de que ele e April faziam algo de errado, só minhas dúvidas sobre seu caráter.

Ele parecia o tipo de homem que trairia a esposa com a secretária. Mesmo assim, não havia provas para contar para minha mãe.

Terminei minhas tarefas inúteis no escritório e fui embora sem me despedir. Duvido que meu pai tenha percebido ou se importado, mas fez questão de mandar seu assistente me fazer companhia naqueles vinte minutos extras.

Minha mãe mandou algumas mensagens depois que eu já estava em casa perguntando se tinha corrido tudo bem no escritório. Ela sabia que eu detestava trabalhar lá e falava que eu não precisava ir se não quisesse, mas, conhecendo meu pai, ele falaria na cabeça dela se eu me demitisse. Minha mãe já tinha os problemas dela com meu pai; eu não precisava piorar as coisas.

> **Mãe:** Como seu pai estava? Ele te levou para jantar?
>
> **Eu:** Não. Ele nunca faz isso.
>
> **Mãe:** A April estava lá hoje?
>
> **Eu:** Aham.
>
> **Mãe:** Ela ajudou muito seu pai hoje? Os dois pareciam próximos?

Eu sabia aonde ela queria chegar e detestava aquilo. Eu detestava como a tal da April fazia minha mãe duvidar de si mesma. Sua insegurança era gritante nas mensagens.

> **Eu:** Ela não é você.

Ela demorou um pouco para responder.

> **Mãe:** Eu te amo, te amo, Land.
>
> **Eu:** Eu também, mãe. Boa noite.

~

— Que história é essa entre vocês dois? — sibilou Monica, marchando até meu armário na manhã de quinta-feira.

Ela exibia um olhar selvagem e parecia irritada, mas, por outro lado, eu estava falando de Monica — ela sempre exibia um olhar selvagem e parecia irritada.

— Você vai ter que me explicar de quem está falando.

— A dona perfeitinha e você. Que aposta é essa?

Ah. Shay. É claro.

Dei de ombros.

— É só uma brincadeira.

— Ninguém está achando graça — resmungou ela. — Nem sei por que você insiste em perder seu tempo pensando naquela vaca irritante.

Abri um sorriso irônico.

— Ah, é? Porque na minha festa eu tive a impressão de que ela era uma das suas melhores amigas, e isso me rendeu vários tapas.

— Fala sério, eu estava bêbada. Só para com esse negócio entre vocês dois, tá?

Arqueei uma sobrancelha.

— Desculpa, mas em que momento da nossa história maluca você começou a se achar no direito de dizer o que eu posso ou não fazer?

Ela levantou uma sobrancelha.

— Você me deve isso. Você prometeu que ia ficar do meu lado.

Eu sabia exatamente qual era a promessa que tinha feito para Monica havia mais de um ano. Eu prometi ajudá-la sempre que pudesse, e, no geral, cumpria com a minha palavra. Quando ela entrava em uma fase ruim, eu ficava ao seu lado, mas isso não significava que eu precisava abrir mão do pouquinho de vida que tinha para atender aos seus pedidos ridículos. Nós dois iríamos para a faculdade daqui a pouco. Ela teria de aprender a se virar sozinha.

Além do mais, eu estava completamente doidão quando prometi isso a ela. Promessas feitas sob o efeito de drogas deviam ser anuladas.

— Escuta, eu prometi que te ajudaria, tá? E eu faço isso. Quando você precisa de comida, eu arrumo comida. Quando você está muito louca, eu te ajudo a ficar sóbria. Mas vamos deixar uma coisa bem clara: você não manda em mim, Monica. Eu vou fazer o que eu quiser, com quem eu quiser, quando eu quiser.

Ela apertou os lábios e me olhou de cima a baixo.

— Você vai mesmo manter essa aposta com a Shay Gable? Sério? A gente odeia essa garota.

Errado. *Eu* a odiava. Monica odiava o jeito como eu odiava Shay, como se o meu ódio fosse atenção demais a outra garota.

— O que eu faço não é da sua conta.

Ela ajeitou a bolsa mais para cima no ombro e revirou os olhos.

— Tá bom, Landon. Até parece que ela ia se apaixonar por um cara que nem você, de toda forma. Meninas como ela jamais sentiriam qualquer coisa por um lixo.

E lá vinham as ofensas. Conforme o esperado.

Então ela me empurrou com força, acertando meu peito.

Mas que porra foi essa?

Ela estava bêbada?

Drogada?

Eram dez da manhã. Como ela podia estar doidona às dez da manhã?

Respirei fundo e me afastei dela. Era cedo demais para eu ter de lidar com essas palhaçadas. Eu mal tinha aliviado a exaustão do meu corpo depois de mais uma noite com apenas uma hora de sono.

— Tá bom, Monica. Acho que essa conversa já deu.

Comecei a me afastar, e ela gritou:

— É, faz isso mesmo. Foge! Foge da verdade. Só espero que você saiba que vai perder essa aposta idiota, porque ninguém seria capaz de amar alguém como você. Suas cicatrizes são prova de como é impossível te amar.

Minhas mãos se fecharam quando ouvi essas palavras, e eu odiava o poder que Monica tinha de fazer meu peito arder. Mas não rebati. Não olhei para trás, mas ela não precisava ver minha expressão para saber que seus comentários haviam me machucado. Ela sabia como me atingir, conhecia meus pontos fracos.

Matei a aula seguinte. Fui para o campo de futebol americano — que estava coberto de neve — sem casaco e fiquei debaixo da arquibancada para fugir de tudo, de todos.

Sentia um aperto no peito, e todo ar que entrava em meus pulmões parecia congelado feito o clima de Illinois, inóspito e intenso.

Eu sabia o que estava acontecendo. Eu havia tido uma boa quantidade de ataques de pânico no último ano. Sabia que não havia escapatória. Quando meu corpo decidia desmoronar, minha única saída era deixar a crise bater.

Alguns ataques eram rápidos; outros pareciam durar dias. Subi as mangas da camisa, revelando as cicatrizes da tristeza do meu passado, as marcas do descontrole da minha mente. Na primeira vez que viu as cicatrizes, Monica havia me chamado de dramático.

— Você nem se cortou do jeito certo para se matar. Foi só para chamar atenção — havia criticado ela.

Mas eu sabia que ela estava errada. Eu não queria que ninguém visse as minhas cicatrizes. Eu sentia vergonha delas. Era por isso que eu só usava blusas de mangas compridas. Eu não tinha nenhum orgulho daquilo, e meu objetivo com certeza não era receber atenção. Também não era cometer suicídio. Eu queria sentir alguma coisa além daquele vazio que existia dentro de mim. Estava desesperado por qualquer sensação, porque, no geral, minha mente parecia devastada.

Fazia tempo que eu não me cortava. Eu estava me esforçando para encontrar outras formas de sentir alguma coisa.

Minhas mãos tremiam, e segurei o corrimão coberto de gelo da arquibancada, baixando a cabeça para tentar não vomitar. O metal congelado queimava minhas mãos, mas gostei disso. Gostei de sentir alguma coisa, mesmo que doesse.

Sentir qualquer tipo de dor era um sinal de que eu continuava vivo. Isso devia fazer alguma diferença.

∼

Acho que nasci com um buraco no coração.

Ele não bate do jeito como deveria bater, e não sei se isso me torna indigno de amar.

Que tipo de pessoa amaria um coração partido?

Que tipo de pessoa perderia tempo ouvindo as batidas de algo tão problemático?
Só espero que corações partidos também consigam receber amor. Acho que nós, corações partidos, somos quem mais precisa dele.
— L

∽

Depois da minha crise, voltei para o prédio da escola e fui direto para a sala da Sra. Levi. Nós não tínhamos nada marcado, mas fiquei aliviado por não ela não estar atendendo ninguém.

Eu não sabia para onde ir, e, sinceramente, parte de mim queria tomar jeito e superar as crises, mas eu não tinha forças para isso. Não sabia como passar por cima dos meus próprios pensamentos e ficar bem.

— Landon. — A Sra. Levi ergueu o olhar de sua mesa e sorriu, como sempre fazia, mas ela parecia um pouco preocupada. E com razão. Eu duvidava que as pessoas viessem à sua sala apenas para conversar sobre a última moda na escola ou outras bobagens. — Está tudo bem?

Enfiei as mãos nos bolsos.

— Tá.

Foi tudo o que consegui dizer.

Ela levantou uma sobrancelha e eu virei o rosto, um pouco envergonhado pelo fato de ela saber que eu era problemático só de olhar para mim.

— Você não devia estar na aula? — perguntou ela.

— Provavelmente — respondi.

O silêncio preencheu a sala, e olhei para as fotos da família dela na parede. Todos pareciam tão felizes, tão conectados.

Fiquei me perguntando se ela sabia como era sortuda.

Droga.

Minha cabeça estava entrando naquela onda emo, como fazia todo dia.

— Quer ficar aqui um tempinho? — perguntou ela.

— Não quero conversar — avisei.

— A gente não precisa conversar. — Ela apontou para a cadeira à sua frente. — Mas senta, por favor.

Eu me sentei e, de algum jeito, acho que a Sra. Levi escutou meu agradecimento silencioso naquela tarde. Eu me senti muito grato por ter uma pessoa que ficasse em silêncio comigo. Às vezes, ficar em silêncio com alguém que estava disposto a permanecer do seu lado ajudava mais o coração do que desabafar sobre o que machucava você.

11

Landon

Na tarde seguinte, Hank, Greyson e Eric vieram passar um tempo na minha casa. Eles sempre percebiam quando eu estava com a cabeça cheia, mas não faziam perguntas, o que era um alívio. Eu não queria falar muito. Nós ficamos conversando sobre bobagens na piscina.

Naquela tarde, KJ apareceu por lá a convite de Hank. Minha casa era o lugar mais fácil para nos abastecermos de maconha, porque meus pais nunca estavam. KJ era um cara mais velho, com quarenta e muitos anos — mais ou menos da idade de Lance. Fazia tempo que ele vendia maconha para a gente e, no geral, parecia ser uma boa pessoa.

Deitado em uma espreguiçadeira, Eric fumava um baseado e olhava para o céu.

— Vocês gostam de brincar do jogo das nuvens? — perguntou ele.

As nuvens estavam enormes e pareciam de mentira, como as da abertura de *Os Simpsons*, espaçadas de um jeito perfeito demais. Era como se um artista tivesse usado um pincel gigante para pintar o céu.

— Jogo das nuvens? — perguntei.

Ele colocou as mãos atrás da nuca e concordou com a cabeça.

— É, quando você olha para as nuvens e diz com o que elas parecem.

KJ sorriu enquanto contava o dinheiro que tinha recebido de Hank.

— Minha filha mais nova ainda adora brincar disso. No verão passado, ficamos horas deitados na grama, falando o que víamos. Tartarugas. Cachorros. O Michael Jordan. Porra... — Ele riu, balançando a cabeça para a frente e para trás. — É uma fase muito legal.

A mais velha já passou dessa idade, mas a gente também brincava disso. Era ótimo.

KJ sempre contava histórias sobre as filhas quando vinha à minha casa. Fiquei me perguntando se meus pais faziam a mesma coisa quando conversavam com outras pessoas.

Meu pai devia contar histórias de terror sobre mim.

Minha mãe devia contar relatos de amor.

Era engraçado ver como pessoas diferentes podiam transformar você em personagens diferentes em suas narrativas.

— Que legal, mas posso esperar para saber o que você está fazendo na minha casa com um bando de adolescentes? — perguntou uma voz, me fazendo sentar na espreguiçadeira rapidamente.

— Mãe, oi. — Eu me levantei. — Você já voltou? Achei que fosse passar mais uns dias na Califórnia.

— Resolvi vir mais cedo. — Ela prendeu o cabelo atrás das orelhas e olhou para KJ, que ficou imóvel como um cachorrinho bagunceiro pego no flagra. — Não sei quem você é nem por que está aqui com esses meninos, mas acho melhor ir embora agora.

Ele não disse nada, apenas bateu em retirada.

Hank abriu um sorriso bobo.

— Oi, Sra. Harrison. Está muito bonita com esse casaco.

Eric se levantou da espreguiçadeira.

— A senhora cortou o cabelo? Ficou ótimo.

Greyson sorriu.

— A senhora emagreceu? Parece mais magra.

Minha mãe abriu um sorrisinho.

— Tchau, meninos. — Eles tentaram fugir, mas minha mãe não deixou. — Primeiro, passem para cá a mercadoria.

— Mas, Sra. Harrison! É para minha alergia — brincou Hank.

Ela esticou a mão na direção dele, e ele gemeu ao lhe entregar a maconha.

— Boa noite, meninos.

— Boa noite, Sra. Harrison — murmuraram todos enquanto iam embora.

Minha mãe se aproximou de mim com uma sobrancelha arqueada e uma expressão séria.

— Sério, Landon? Marijuana?

Ela falava assim — dizia marijuana em vez de maconha. Eu não sabia por quê, mas isso fazia tudo parecer bem pior do que era.

Marijuana — a porta de entrada do mundo das drogas.

— Eu não estava fumando — resmunguei.

Ela me lançou um olhar que dizia *mentira*, e fiquei me sentindo um merda.

Eu não estava fumando, mas ela não acreditava em mim. Verdade seja dita, no passado, eu dera motivos suficientes para ela duvidar da minha palavra. Ao longo dos anos, minha mãe havia encontrado maconha suficiente no meu quarto para achar que eu tinha minha própria plantação da verdinha em algum lugar.

Minha mente girava com o fato de ela estar em casa. Droga... eu estava com saudade. Eu queria abraçá-la, mas também queria gritar com ela por ter passado tanto tempo longe. Eu queria jogar na cara dela o fato de que ultimamente ela tem sido uma péssima mãe. Eu queria dizer que não estava bem e que precisava dela mais do que nunca.

Porém, o que eu mais queria era abraçá-la. Queria muito, muito.

— Desculpa, mãe — murmurei.

— É. — Ela concordou com a cabeça. — Me desculpa também. Vem aqui.

Ela abriu os braços, e eu me joguei neles como se fosse uma criança carente. Ela cheirava a rosas, e me dei conta de que senti falta desse cheiro. Eu me curvei sobre seu corpo pequeno enquanto ela me abraçava. Apesar de eu ser mais alto, parecia que era ela quem me segurava em pé.

Eu quase me esqueci de como seus abraços eram bons.

— Senti saudade — sussurrou ela, me apertando ainda mais, e fiquei ali em seus braços.

Quando nos separamos, cocei a nuca.

— O que você está fazendo aqui?

— Queria ver como estão as coisas. Conversei com a Sra. Levi, e ela me pareceu um pouco preocupada.

Ah, fazia sentido. Minha mãe estava em casa porque uma desconhecida havia comentado sobre o fato de ela estar sendo negligente. Ela devia estar com vergonha por uma orientadora educacional ter chamado sua atenção. Minha mãe provavelmente achava que estava fazendo um bom trabalho. Eu, no geral, continuava vivo, fazia os deveres da escola — mas só porque eram uma distração para o meu cérebro — e ainda não tinha colocado fogo na casa.

O que mais uma mãe poderia querer?

— Vamos pedir alguma coisa para jantar — sugeriu ela, entrelaçando um braço ao meu. — Seu pai ligou? Ele falou que ia te ligar hoje.

— Não, não tive notícias dele.

Minha mãe franziu a testa, mas não sei por que se deu ao trabalho de ficar surpresa. Meu pai não tinha muito talento para cuidar de mim. Tudo bem. Eu não precisava que ele fizesse isso.

— Vou ter que conversar com ele sobre isso da próxima vez que a gente se falar — disse ela.

— Não, deixa pra lá. Está tudo bem.

Ela continuou olhando para mim com a testa franzida, mas não falou mais nada e depois foi na direção da cozinha. Eu fui atrás dela como um cachorro carente, e Presunto — o verdadeiro cachorro carente — veio atrás de mim.

— Então tá, o que você quer comer? Pizza? Tacos? Petiscos? — perguntou ela, tirando o celular da bolsa.

— Tanto faz.

Ela olhou para mim e sorriu.

— Então vai ser pizza.

Nós passamos o restante da noite juntos. Assistimos a filmes ruins e a reprises de *Friends*, conversamos sobre os clientes da minha mãe. Contei a ela sobre a escola e que eu estava indo bem nas aulas. Não mencionei Shay, porque, se fizesse isso, ela acharia que perdi o juízo, mas eu pensava em Shay de vez em quando, apenas brevemente. Nada muito intenso; apenas coisas bobas.

Eu e minha mãe não falamos sobre Lance, provavelmente porque nenhum de nós suportaria tocar no assunto. Sempre que minha mãe falava dele, seus olhos se enchiam de lágrimas, e ela caía no choro. Ele era seu único irmão, e perdê-lo tinha sido difícil para seu coração. Certa vez, ela havia mencionado que o estresse da situação toda talvez tivesse causado o aborto, e isso partira meu coração de pedra. Era difícil imaginar colocar tanta pressão em si mesmo.

Era uma situação de bosta aquela, mas minha mãe não tinha culpa. Eu vivia lhe dizendo isso, mas ela não acreditava em mim. Era por esse motivo que eu preferia guardar minhas merdas só para mim, em vez de jogá-las em cima dela. O peso que ela carregava nos ombros já era demais — ela não precisava que eu acrescentasse mais nada.

Nós dois fomos dormir por volta de meia-noite. Ela disse que me amava, e eu acreditei em cada sílaba. Nunca na vida duvidei do amor da minha mãe. Mas eu sabia que ele vinha em prestações. Sempre que ele aparecia, eu o engolia todo de uma vez, como uma criança faminta, usando-o para nutrir minha alma doente.

Minha mãe ficou em casa por mais dois dias até que precisou ir à Flórida a trabalho. Durante esse tempo, ela não saiu de perto de mim. Até me deixou matar aula na sexta para passarmos o dia inteiro juntos. Fizemos compras, passeamos, e até fomos a Chicago para comprar uma luminária a fim de substituir a que tinha sido quebrada na festa. Achei que minha mãe fosse querer se encontrar com meu pai para almoçar, jantar ou qualquer outra coisa, mas ela nem tocou no assunto. Eu nem me lembrava da última vez que tinha visto os dois no mesmo lugar, mas aquilo parecia funcionar para eles. Alguns relacionamentos não precisam de contato constante. Eles faziam o casamento dar certo ao seu modo.

Minha mãe também tentou cozinhar.

Ela fez panquecas que ficaram com gosto de bicarbonato de sódio, uma lasanha queimada e um bolo de coco horrível — minhas três comidas favoritas, completamente assassinadas pelas mãos da minha mãe.

Maria teria ficado horrorizada. Porra, eu fiquei horrorizado, mas ela estava ali, tentando — fracassando por completo na parte culinária, mas tentando mesmo assim.

Naquelas noites, eu sabia que ela estava no fim do corredor, a apenas duas portas de distância.

Eu sabia que as batidas de seu coração estavam sob o mesmo teto que as minhas, pulsando no mesmo ritmo. Eu sabia que não estava sozinho e, pela primeira vez em muito tempo, consegui dormir.

O fato de ela estar em casa me permitia relaxar — mais do que a maconha seria capaz de fazer.

Ela iria embora na manhã de sábado, então acordei cedo para fazer o café. Eu não aguentava mais comer comida queimada e achei que seria um gesto legal. Maria tinha me ensinado a preparar algumas coisas na cozinha durante o último ano.

Sempre que eu preparava panquecas e as virava sem estragar tudo, parecia que ela estava ali comigo, me dando um tapinha nas costas e dizendo *bom trabalho*.

Quando as panquecas estavam no fogo, minha mãe entrou na cozinha puxando as malas. Ela trazia uma a mais do que quando chegara. Eu teria questionado o motivo da mala extra, já que ela voltaria para casa em menos de duas semanas, para o meu aniversário, mas tinha aprendido, ainda criança, a nunca questionar por que uma mulher levava tanta merda quando viajava. Uma vez, em uma viagem de família, ela levou cinco maiôs. Cinco maiôs para três dias.

De algum jeito, ela havia conseguido usar todos.

E tinha repetido alguns.

— Mas que cheiro de comida de verdade é esse? — perguntou ela.

— Hum... — Ela foi até a bancada, pegou alguns pedaços de banana que eu tinha cortado e as jogou na boca junto com as nozes picadas.

— Desde quando você cozinha?

Desde que você me largou aqui, e eu tive que aprender a me virar sozinho.

Mas eu não queria ser babaca, não com ela indo embora assim tão rápido. A última coisa que eu queria era fazê-la se sentir culpada por ser uma péssima mãe, apesar de, sinceramente, ela ser uma péssima mãe de vez em quando.

Eu tinha certeza de que também era um péssimo filho às vezes, mas ela nunca brigava comigo por causa disso.

O ser humano era assim mesmo — péssimo sem querer de vez em quando. Fazia parte do nosso DNA.

— Aprendi uma coisa ou outra — murmurei.

Não comentei que Maria tinha me ensinado, porque não quis que minha mãe sentisse que outra mulher estava fazendo seu papel de mãe melhor que ela. Esse tipo de coisa a deixava sensível.

— Bom, o cheiro está ótimo. E não queimou.

— Acho que dei sorte hoje. Já queimei um monte de coisas.

— Você deve ter puxado isso de mim — brincou ela, e se aproximou para me dar um beijo na bochecha.

Eu me ofereci para levá-la ao aeroporto, mas ela disse que, se eu fosse junto, a despedida seria difícil demais. Dava para entender. Eu estava me sentindo tão triste que seria capaz de implorar que ela ficasse um pouco mais, só que não queria ser o babaca dramático que pedia à mamãe que não fosse embora. Além disso, ela voltaria logo para o meu aniversário. Não seria tão difícil passar uns dias sozinho, porque ela voltaria em breve para casa.

— Posso ganhar um abraço? — pediu ela, e eu lhe dei.

Ela me apertou e se afastou para me encarar. Havia tristeza em seu olhar, e seus olhos se encheram de lágrimas. Então ela me deu outro abraço. Eu odiava vê-la chorar. Sempre me sentia um inútil.

— Para, mãe, não fica triste. A gente vai se ver de novo daqui a pouco. Sem contar que você vai me fazer queimar as panquecas.

— Tá, desculpa. É só que...

Ela desviou o olhar, e seu corpo pequeno estremeceu ligeiramente.

— É só o quê?

Ela balançou a cabeça para afastar a tristeza e sorriu.

— Nada. Vou só prender o cabelo e lavar o rosto. Já volto para tomar o café.

Ela colocou a bolsa em cima de uma das malas.

Quando fui virar as panquecas, a bolsa caiu, espalhando todo o seu conteúdo pelo chão. Baixei a espátula e me agachei para pegar um absorvente interno que eu preferia não ter visto. A ideia de a sua mãe usar absorventes internos era estranhamente perturbadora. Mães não deviam menstruar e tal. Era nojento pensar nisso.

Peguei o restante das coisas também; batons, moedas, canetas, passagens de avião.

Bati os olhos na passagem de ida e volta e senti meu estômago embrulhar.

Ela ia para Paris?

Por que não tinha me contado?

Achei que ela fosse voltar para a Flórida ou algo assim.

Então vi a data da volta.

Em cinco semanas.

Duas semanas depois do meu aniversário.

Mas que porra era aquela?!

Minha mãe devia cuidar de mim. Ela devia estar em casa no momento mais merda da minha vida, para ficar do meu lado. Ela devia evitar que eu me afogasse. Mas, em vez disso, ela estaria na França, comendo macarons com alguma celebridade do momento, arrumando-a para a pré-estreia de um filme qualquer.

Agora, fazia sentido. O momento choroso segundos atrás não era tristeza por ir embora; era porque ela estava prestes a me abandonar.

Eu amava minha mãe pra cacete, mas, naquele momento, a odiei.

Ela havia mentido para mim. Bom, ela não tinha me contado a verdade, o que parecia pior do que mentir.

Enfiei tudo dentro da bolsa e tentei controlar minhas emoções. Eu queria surtar. Queria gritar, xingar e dizer que ela era uma péssima mãe por dar mais valor ao trabalho do que a mim, mas não fiz isso.

Voltei minha atenção para as panquecas e fiquei esperando, porque eu sabia que ela teria de me contar. Ela não sairia de casa sem me contar dos planos de passar várias semanas em outro país. Ela não teria coragem de fazer algo tão egoísta.

Nós nos sentamos à mesa da sala de jantar, e observei minha mãe devorar a comida. Ela ficou tagarelando sobre eu ser um ótimo cozinheiro, dizendo que eu deveria cogitar estudar gastronomia. Ela falou sobre o trabalho — menos sobre a parte da viagem. Ela me contou sobre as celebridades; explicou quais seriam as próximas tendências do verão; e não mencionou Paris. Nem uma vez.

Enquanto ela pegava suas coisas para seguir para o aeroporto, a raiva que eu estava segurando se transformou em desespero, em tristeza, em solidão.

— Me dá um abraço — ordenou ela.

Mais uma vez, eu a abracei.

Eu queria ser mais forte. Eu queria ter coragem de enfrentar minha mãe e dizer que o comportamento partia meu coração já estraçalhado, mas não fiz isso. Não falei nada, porque ela era minha mãe, e eu a amava.

O amor era uma doença. Eu não entendia por que as pessoas o desejavam tanto. Ele sempre fazia com que eu me sentisse vazio.

Nós nos desvencilhamos do abraço, e ela saiu para entrar no táxi que havia chamado.

Fiquei parado na varanda com as mãos enfiadas no fundo dos bolsos vendo-a entrar no carro.

— Ei, mãe — chamei. Ela olhou para mim e esperou. — Quando você pretendia me contar sobre Paris? Antes ou depois de aterrissar?

Os olhos dela se arregalaram de surpresa, e seus lábios se afastaram um pouco.

— Como foi que você...?

— As passagens caíram da sua bolsa.

Um breve tremor percorreu seu corpo minúsculo, e ela balançou a cabeça.

— Land, eu juro que ia contar. Eu só... Eu sabia que você ia ficar chateado, com seu aniversário chegando e tudo mais. Só que apareceu uma oportunidade enorme de trabalhar com uns clientes incríveis em uma turnê de divulgação de um filme pela Europa. Você nem acredita...

Meu coração frio? Ficou ainda mais gélido.

— Tá bom — eu me obriguei a dizer. — Não tem problema.

— Querido... — murmurou ela, saindo do carro e dando um passo na minha direção.

— É melhor você ir, senão vai perder o voo.

Ou você pode escolher ficar aqui comigo. Fica por mim.

Por favor, mãe. Só...

Me escolha...

Ela deu um passo para trás. Ela não me escolheu.

Foi uma idiotice minha achar que ela faria isso.

Ela pegou a alça da mala.

— Desculpa, Landon. De verdade. Tem tanta coisa que você não sabe, tanta coisa que você não entende... e eu quero te explicar tudo. De verdade, mas não posso abrir mão dessa oportunidade agora. Vou explicar melhor quando der, mas...

— Não precisa — sibilei, me virando e entrando em casa. — Boa viagem.

Ela não me seguiu.

A casa estava vazia de novo, eu segui para o quarto e me deitei na cama. Fechei as mãos em punhos e bati na minha testa.

— *Merda!* — berrei, acordando um Presunto sonolento no canto do quarto. — *Merda!*

Bati com mais força, tentando engolir o choro, tentando parar de ficar fazendo draminha por ter sido deixado sozinho.

Presunto se levantou e se espreguiçou, então veio cambaleando até mim e subiu na cama. Ele se enfiou embaixo dos meus braços, mas eu o afastei. Toda vez que eu o empurrava, ele voltava. De novo, de novo, de novo.

— Presunto! Vai embora! — gritei, irritado com aquele cachorro idiota.

Mas ele não se importou. Ficou ali balançando seu rabinho idiota de corgi e se enfiou para dentro dos meus braços de novo. Finalmente me rendi e o deixei se acomodar ali. Eu o apertei e me recusei a chorar.

Ficamos assim por um tempo.

O silêncio reinava mais uma vez. As paredes ecoavam as lembranças de ontem, e o sono se recusou a vir naquela noite.

∽

Na tarde seguinte, eu me obriguei a sair da cama quando a campainha tocou. Olhei para o relógio, sabendo que Maria havia chegado para limpar a casa.

Quando abri a porta, ela deu aquele sorriso radiante, mas ele desapareceu assim que ela me viu. Sua boca se contraiu.

Eu devia aparentar estar tão mal quanto de fato me sentia.

— Como está o seu coração hoje, Landon? — perguntou ela.

Merda. Merda. Merda.

Meus olhos se encheram de lágrimas quando ouvi aquelas palavras, então os fechei para a emoção não transbordar para minhas bochechas. Eu precisava ser homem. Eu precisava virar homem.

Mas a pergunta de Maria me pegou de jeito naquela manhã, depois de uma noite tão, tão difícil.

Não respondi, porque sabia que minha voz falharia e eu desabaria assim que as palavras saíssem de minha boca.

Ela não falou mais nada. Apenas deu um passo para a frente e me envolveu em um abraço. Maria me apertou com força, e eu deixei. A verdade era que, sem seu apoio, eu provavelmente teria desmoronado ali mesmo.

Ela apoiou a cabeça no meu peito e não me soltou. Então eu a abracei.

— Ele ainda está aí, Landon — prometeu Maria. — Seu coração. Dá para ouvir que ele continua batendo. Você está bem. Está tudo bem. Você está bem.

Isso me deixou ainda mais arrasado.

Ela começou a rezar, e não entendi por quê. Era óbvio que ninguém estava ouvindo nenhuma das orações que ela fazia por mim. Talvez a secretária eletrônica de Deus estivesse cheia e ele não estivesse recebendo novas mensagens. Talvez ele estivesse ocupado, atendendo aos chamados de outra pessoa no momento em que Maria rezava. Ou talvez, só talvez, não existisse deus nenhum. Talvez Maria estivesse rezando para um desejo, para uma esperança, para um sonho.

Ela havia rezado por Lance também.

Obviamente, não tinha dado certo.

Ainda assim, ela rezava.

Ainda assim, eu deixava.

E apesar de parecer impossível, meu coração feio e ferido continuou batendo.

12

Shay

Dias se passaram sem qualquer interação com Landon. Ele faltou a alguns dias de aula e, quando voltou, parecia distante — e não só de mim, mas de todo mundo. Ele perambulava pelos corredores como um anjo caído. Sombrio, melancólico, ferido, fragmentado de formas que eu nem imaginava serem possíveis. Será que ele tinha descansado pelo menos um pouco nos últimos dias? Nossa, eu ficava exausta só de olhar para ele. Eu queria dormir por ele.

Dei um passo em sua direção, mas depois recuei. Eu queria perguntar qual era o problema, só que essa não era a nossa dinâmica. A gente não cuidava um do outro. A gente não se importava com as emoções um do outro. Nós só estávamos de brincadeira. Nada mais, nada menos.

Fui tomada pela curiosidade enquanto eu escrevia sobre o distanciamento dele em meu caderno. Sempre que pensava em um personagem, eu anotava todas as informações que conseguia encontrar sobre ele, usando um caderno inteiro. Com as coisas daquele jeito com Landon, eu já estava no meu terceiro caderno.

Eu me sentia tola, esperando Landon me notar de novo. Eu tinha me acostumado com seus comentários sarcásticos, suas observações grosseiras e suas brincadeiras infantis, e, agora que tudo havia acabado, sentia um nó se formar em minha garganta.

Ele tinha cansado daquilo?

De mim?

Da aposta?

Porque eu não tinha cansado. Eu ainda queria brincar, queria observá-lo, queria explorar.

Justamente quando eu já estava perdendo todas as esperanças, uma voz grave sussurrou atrás de mim, enquanto eu pegava meus livros no armário do corredor.

— Sua bunda ficou imensa nessa calça jeans.

Meu coração disparou contra as costelas, um calafrio percorreu meu corpo, e torci para ele não ter notado que estremeci.

Sorri, balançando a cabeça, sabendo que o comentário maldoso só podia ter vindo de Landon.

— Ah, é? Bom, você parece o Dumbo com essas orelhas enormes — rebati, tentando parecer indiferente, apesar de os meus hormônios estarem agitados.

É claro que meu comentário sobre as orelhas de Landon era mentira. Tudo no corpo dele era perfeitamente proporcional, e, se havia algum defeito, eu ainda não tinha encontrado.

Eu me virei para encará-lo, pressionando as costas contra o armário enquanto ele se agigantava sobre mim. Com ele a centímetros de distância, tive de olhar para cima para fazer contato visual. Landon era muito alto. Ele parecia cansado, como sempre. E um pouco triste — como sempre.

— Também tenho outra coisa enorme, se você quiser ver — brincou ele, apoiando a mão esquerda no armário, parecendo sua habitual versão descolada.

Tentei ignorar meus batimentos cardíacos cada vez mais acelerados conforme ele me dava mole.

— Deve ser elefantíase. Acho melhor você ir ao médico.

Ele sorriu.

Eu detestei aquilo, porque o sorriso de Landon me fazia querer sorrir também. Ele ficava tão bonito quando sorria. Devia fazer isso com mais frequência.

Ele apoiou a mão direita no armário do lado, me encurralando.

— Então, quando a gente vai sair?

— Sair?

— É, tipo, num encontro.

Eu ri.

— Você não marca encontros com ninguém, Landon, e com certeza não vai marcar comigo.

— Escuta, se você quiser pular essa parte e ir direto para a cama, por mim... — ofereceu ele.

Revirei os olhos e me abaixei para passar por baixo do braço dele. Então segui para minha próxima aula, e ele correu para me acompanhar.

— Tá, nada de irmos para a cama, mas estou falando sério. Quando a gente vai passar um tempo juntos? Como é que eu vou ganhar a aposta se a gente não se encontrar fora da escola?

— Nossa, mas que chato, né? Parece que você vai perder.

— Então você vai ficar fazendo doce?

— Não. — Balancei a cabeça. — Não vou ficar fazendo doce nenhum. Eu *não* estou interessada. Tenho mais o que fazer, Landon, e me recuso a mudar minha vida só para abrir espaço para uma pessoa que eu detesto.

— Mas como é que você vai ganhar a aposta se não passar um tempo comigo? Como eu vou me apaixonar por você sem que a gente troque uma ideia?

— Estou pouco me lixando se você vai se apaixonar. Pelo que eu entendi, se você perder, eu ganho.

— Então você vai roubar e ficar fugindo de mim?

— Aham. Basicamente.

Ele sorriu de novo, desta vez de um jeito meio sinistro.

— Desculpa acabar com a sua alegria, mas não é assim que a aposta vai rolar.

— Ah, é? E como você pretende resolver esse problema?

— Ainda não sei, mas fica tranquila, eu adoro um bom desafio. Vou dar um jeito.

— Tá bom, Landon. Vou esperar sentada.

Comecei a me afastar, e ele me chamou pela última vez.

— *Chick.*

— Oi?

— Sobre o meu comentário sobre a sua bunda... — Os olhos dele percorreram meu corpo, indo para cima, para baixo, para todos os cantos. — Não foi para ofender.

Meu coração...

Deu um pulo. Deu uma cambalhota. Até vomitou.

— Satanás?

— Oi?

— O comentário que eu fiz comparando você ao Dumbo... — Prendi o cabelo atrás das orelhas. — Foi para ofender.

Eu me virei enquanto os lábios dele se curvavam de novo.

Agora foram três.

Três sorrisos de Landon em um intervalo de cinco minutos.

Três sorrisos. Três sorrisos lindos, de tirar o fôlego.

∽

— Adivinha quem vai sair com o Reggie no fim de semana? — Tracey estava radiante e vinha saltitando até meu armário. Ela apontou para os próprios peitos com os dedões. — Euzinha.

Franzi ligeiramente a testa, meio decepcionada com essa informação. Fiquei algumas semanas prestando atenção em Reggie, então sabia que ele não era a melhor pessoa do mundo. Por dentro, eu estava torcendo para que Tracey superasse logo sua quedinha por ele.

— Ah, é? — falei, sem saber direito o que dizer.

— Como assim?

— Como assim o quê?

— O tom desse seu "Ah, é?". — Ela arqueou uma sobrancelha. — Você não está feliz por mim?

— Estou. É só que... O Reggie é meio babaca, Tracey.

— O quê? — Ela deu uma risada. — Não é, não. Por que você está falando isso?

— Bom, já vi o Reggie fazendo bullying com as pessoas. Às vezes, quando ele fala, usa um tom de superioridade, julgando todo mundo. Tipo, ele passou um tempão sem nem saber seu nome direito. Só quero que você tome cuidado. Não quero que se machuque.

Ela ficou toda tensa, e senti sua energia mudar.

— Mas que porra é essa, Shay? Por que você não pode só ficar feliz por mim? Você sabe que esse tipo de coisa não acontece sempre comigo.

— Só acho que você conseguiria alguém melhor.

— Bom, a vida está mostrando que não é bem assim. Não acredito que você me veio com essa... E eu sempre te apoio em tudo, ainda mais agora.

— Agora?

— Com o Landon. Se você está tão preocupada assim com caras babacas, por que anda dando papo para ele, que é o pior de todos? E é você que está se apaixonando por ele.

Bufei.

— Eu não estou me apaixonando pelo Landon.

— Está, sim. Já reparei no jeito como você olha quando ele passa pelo corredor. Você não sabe fingir.

— Tá, mas isso não tem nada a ver com o Reggie. Acho que você não o conhece tão bem assim para dizer que está interessada nele.

— E o que você sabe sobre o Landon além do fato de ele só atazanar você desde o ensino fundamental? — rebateu ela, na defensiva.

Ergui as mãos.

— Tá bom, tá bom. Desculpa. Só não quero que você se machuque. Estou sendo superprotetora.

— É, bom, para com isso. Eu sei o que estou fazendo e estou feliz, então não fica tentando me colocar pra baixo — ralhou ela, então se virou e foi embora.

Mais tarde naquele dia, vi Reggie abraçado com uma garota do primeiro ano.

Tracey era tão melhor do que aquele babaca que chegava a ser ridículo, mas ela não sabia disso, o que só piorava a situação.

13

Landon

— Como está indo o plano de fazer a Shay se apaixonar por você, Land? — perguntou Raine, deitada em uma boia com formato de abacaxi na minha piscina.

Havia uma eternidade que Raine e Hank namoravam e, às vezes, ela vinha de penetra com os caras, porque jurava que minha casa era o melhor lugar para se bronzear. Segundo ela, minha piscina recebia os melhores ângulos da luz do sol, apesar de o sol não entrar de verdade ali — por causa das paredes de vidro e tal.

Que seja.

Eu não me importava com a presença de Raine, porque ela praticamente fazia parte do nosso grupo. Nós até tínhamos um apelido: O Quarteto Fantástico (+ Raine). Ela e Hank viviam grudados, e eu acharia aquele grude todo nojento se fosse com qualquer outro casal, mas, no caso dos dois, parecia coisa do destino.

Eu nunca tinha visto duas pessoas mais predestinadas a ficarem juntas antes. Eles pareciam um casal de comédia romântica.

— Não preciso fazer a Shay se apaixonar por mim. Só preciso convencê-la a transar comigo, e aí ela vai achar que está apaixonada — respondi, me recostando na espreguiçadeira enquanto lia uma das revistas em quadrinhos de Eric.

Depois de ganhar uma de aniversário do pai no ano anterior, ele começou a colecioná-las, então elas viraram seu passatempo favorito.

Provavelmente para ele ter algo em comum com o pai. Dava para entender por que ele queria uma conexão.

Era por esse mesmo motivo que eu ia para Chicago e ficava organizando a papelada no trabalho do meu pai. Aquela era minha tentativa patética de me aproximar de um cara especialista em ser ausente. Ir ao seu escritório era a forma que eu tinha de tentar diminuir a distância entre nós.

— Hum... É... Foi mal, Landon, mas você vai precisar, sim — rebateu Eric. — A Shay não é do tipo que vai para a cama com um cara sem estar envolvida com ele. Sentimento deveria ser o sobrenome dela, na verdade.

— Não sei como fazer uma pessoa se apaixonar por mim.

Minha impressão era que havia séculos que eu era considerado alguém impossível de ser amado.

— É só você baixar um pouco a guarda, Fera — aconselhou Raine. — E então a Bela vai deixar você entrar. Se abre para ela.

Me abrir para Shay?

Difícil.

Eu mal me abria para Presunto, e ele não poderia machucar meu coração nem contar meus segredos por aí nem se quisesse. Cachorros eram leais até a babacas que não mereciam seu amor.

— Não, essa não é a minha praia — falei para ela. Olhei para Eric. — Como você fez ela se apaixonar por você?

— Confia em mim... — Ele deu uma risadinha e continuou folheando a revista em quadrinhos. — Você não quer que ela te ame do mesmo jeito que me amava.

Eu não queria que ela me amasse de jeito nenhum, mas, se essa era a única forma de ganhar a aposta...

— Só me dá umas dicas para que ela vá mais com a minha cara.

— Ah, não. — Eric jogou as mãos para cima. — Nada disso. Não vou me meter nessa confusão. Eu sou a Suíça.

Olhei para Grey, e ele balançou a cabeça.

— Eu adoro os Alpes suíços. Foi mal, cara.

Bosta.

Levantei uma sobrancelha para Hank, e ele riu.

— Eu já falei que meu queijo favorito é o suíço? — brincou ele.

— Os amigos não deviam vir antes das piranhas? — reclamei.

— Ei, olha a boca! — gritou Raine, jogando água na minha direção. — Que comentário machista. Além do mais, acho que todos nós concordamos que a Shay não é fácil. Mas... — Raine franziu o nariz. — Ela sempre gostou de escrever. Ela escreve roteiros e tal. Você com certeza já viu a Shay por aí escrevendo sem parar em algum caderno.

— Raine! Fala sério! — Hank suspirou, jogando água na namorada. — Nós somos a Suíça! A gente não se mete nos problemas dos outros.

— Eu nunca falei que era a Suíça. Estou mais para os Estados Unidos, enfiando meu nariz onde não sou chamada. Além do mais, acho que é meio romântico.

Ela suspirou. Juro que ela suspirou, e fiquei sem entender por quê.

— O que tem de romântico nisso? — perguntei.

— Bom, é óbvio que vocês dois vão acabar se apaixonando. Então, como em todo bom filme de romance, vocês precisam de um empurrãozinho da fada madrinha.

Hank gemeu, batendo na testa, sabendo que a namorada estava sendo dramática como sempre.

— Você não tem nada de fada madrinha — disse ele.

— E você não gosta de queijo suíço — rebateu ela.

Hank lhe mostrou o dedo do meio.

Ela retribuiu o gesto.

— Te amo, melzinho. — Ele piscou.

— Também te amo, meu bombonzinho — respondeu ela.

Eu acabaria tendo diabetes por causa daqueles dois, com certeza. Eles eram sempre dramáticos assim quando o assunto era amor. Uma hora eles eram ríspidos e grossos; na outra, cafonas e divertidos.

Se eu me apaixonasse um dia, queria que fosse parecido com isso. Nem tudo era um mar de rosas entre os dois, mas o sentimento era verdadeiro, e pertencia somente a eles.

— O que mais, Raine? — perguntei.

— Ultimamente, ela anda obcecada com o teste da próxima peça de Shakespeare na escola — respondeu ela.

Shakespeare, é? Que interessante. Eu sabia um pouco sobre Shakespeare, apesar de não ser nenhum especialista. Lance tinha uma coleção das peças, e, nos últimos meses, quando eu não conseguia dormir, ia até a casa de hóspedes e dava uma olhada nos livros dele só para matar o tédio. Em momentos de insônia, as peças de Shakespeare funcionavam que era uma beleza.

— Você quer um balde para continuar vomitando essas informações todas, Raine, ou já cansou de ser fofoqueira? — perguntou Hank.

— Chega de fofoca. — Ela bateu continência com a mão e voltou a se deitar na boia.

Mas ela havia me ajudado bastante. Essa era a segunda vez que alguém mencionava a peça da escola — a primeira vez tinha sido Maria —, então devia ser bem importante. Tudo que eu tinha aprendido sobre Shakespeare finalmente teria alguma utilidade.

Na quinta-feira, KJ apareceu para deixar maconha para os caras. Ele preferiu não demorar muito, já que tinha sido pego pela minha mãe na última vez e não queria se meter em confusão.

Enquanto fazíamos negócio, eu só pensava em Shay, bolando um milhão de estratégias para me aproximar dela. No dia anterior, Reggie viera me provocar, dizendo que eu ainda não tinha conseguido fazer Shay se apaixonar por mim, insistindo que, se ele quisesse, ela já o amaria e estaria trepando com ele.

Minha vontade foi de dar um soco na cara dele e dizer que ele jamais seria bom o suficiente para Shay, mas acabei ficando quieto. Não quis perder meu tempo com uma pessoa inútil. O Kentucky devia estar sentindo falta de seu palhaço favorito.

Mesmo assim, ele tinha razão. Eu não tinha encontrado uma maneira de me aproximar de Shay. Nós nunca interagíamos de verdade além de trocar comentários maldosos pelos corredores da escola. Eu precisava passar mais de cinco minutos no mesmo lugar que ela para conseguir vencer a aposta.

Mas como?

— Bom, acho que é só isso. A gente se vê, garoto.

— Espera, posso perguntar uma coisa?

— Manda.

— Você tem vendido alguma coisa para a Monica? Ela parece meio alucinada ultimamente, e sei que ela costuma comprar com você. Tipo, sei que ela está sempre alucinada, mas parece que andou piorando, como se estivesse usando mais do que maconha. O que você está dando para ela?

KJ suspirou e assobiou baixinho.

— Foi mal, Landon. É uma questão de confidencialidade entre médico e paciente. Não posso te dar essa informação.

Eu bufei.

— Você não é médico.

— Mas faço as pessoas se sentirem melhor. — Ele sorriu. — Desculpa, cara. Se ela quisesse que você soubesse, com certeza te contaria. Ela já é bem grandinha. Sabe se cuidar.

Mas ela não era bem grandinha e não sabia se cuidar. Eu já tinha visto Monica em seus piores momentos, quando ela parava de comer e não aparecia na escola, quando eu precisava cozinhar para ela e fazer seus deveres de casa para que ela não repetisse de ano. Por muito tempo, eu fui seu porto seguro, mas, agora, ela estava navegando sozinha. Ela mal tinha completado dezoito anos e seguia por um caminho destrutivo, um caminho que KJ a ajudava a trilhar.

— Escuta, só estou dizendo que ela já tem que lidar com um monte de merda. As coisas que você está dando para ela estão piorando a situação — expliquei da forma mais calma que consegui.

— E, como eu disse, ela já é bem grandinha. Ela sabe o que está fazendo.

— Para de vender para ela, KJ — pedi, as palavras saindo da minha boca cheias de nojo.

KJ riu e balançou a cabeça.

— Você não é pai dela.

— Você nem liga, né? Você não liga de estar matando a garota?

— Eu não enfio os comprimidos pela goela de ninguém, Landon. Isso fica por conta dela.

Eu me levantei e fechei as mãos em punhos.

— É melhor você sair da porra da minha casa.

— A Monica tem razão. — Ele continuou rindo, jogando as mãos para o alto como se desistisse. — Você não é tão divertido quando está sóbrio. Escuta, vou pegar mais leve com ela, tá? Não quero matar ninguém. Fica frio. A vida não é tão séria assim.

Ele prometeu que pegaria mais leve, só que eu não o conhecia bem o suficiente para saber se poderia confiar nele. Eu só podia torcer para que ele acabasse fazendo a coisa certa.

14

Shay

Monica Cole não era minha amiga.

Eu sabia reconhecer uma amiga, e sabia identificar uma inimiga. Mas não sabia o que exatamente Monica era para mim. Uma mistura das duas coisas, talvez? Uma inimiga que sorria como se fôssemos próximas? Uma conhecida que puxaria meu tapete na primeira oportunidade?

Mas houve uma época em que éramos muito amigas, uma época em que eu não duvidava da nossa conexão. Quando éramos mais novas, estávamos sempre juntas, com Tracey e Raine. A gente vivia grudada, gostava das mesmas coisas. Não havia um fim de semana em que as meninas não dormissem lá em casa, inclusive Monica.

Tudo havia mudado quando eu e Monica fizemos o teste para a apresentação de *Cinderela* no ensino fundamental. Monica queria muito ser a Cinderela, mas, quando eu fui escalada para o papel e ela foi selecionada para interpretar uma das irmãs malvadas, acho que ficou com raiva de mim. Ela acabou desistido da peça e nunca mais fez teste para nada.

Ela passou a dizer que teatro era coisa de gente idiota que não tinha uma vida interessante o suficiente e que, por isso, sentia necessidade de fingir ser outra pessoa.

Ela também passou a falar que não podia mais ser vista no meu bairro.

— Aqui é lugar de gente pobre, e meu pai fala que não é seguro para mim ficar andando por aqui — comentou ela.

Mas eu sabia que isso era mentira. Eu tinha ido à mansão dela vezes suficientes para saber que o pai de Monica mal dava conta de sua existência.

Com o passar dos anos, enquanto minha amizade com Tracey e Raine permanecia intacta, Monica tinha se tornado sua própria versão de Cruella de Vil. Era como se sua personalidade tivesse mudado da noite para o dia.

Monica era o exemplo perfeito da garota que tinha prestígio, beleza e dinheiro. Ela exalava popularidade e detestava tudo e todos que não eram tão populares, ricos e lindos quanto ela.

Portanto, basicamente odiava todo mundo.

Era a rainha da escola e não fazia cerimônia ao tratar os outros como se fossem seus súditos. Eu reservava meu ódio para Landon, mas às vezes ficava bastante incomodada com a maneira como Monica tratava as pessoas.

Se Landon era falso, eu tinha certeza de que ele havia aprendido isso com a garota mais falsa de todas.

— Oi, Shay. — Monica se virou na cadeira para me encarar.

Ela sentava na minha frente na aula de história, mas nunca fizera questão de falar comigo. Normalmente, ela estava ocupada demais mandando mensagens para interagir com o mundo ao redor. Eu sempre ficava curiosa para saber com quem ela conversava, já que todo mundo na escola parecia deixá-la entediada — tirando Landon, é claro.

— Oi.

Ela me olhou de cima a baixo, do topo da minha cabeça à ponta dos meus sapatos.

Eu odiava a forma como ela olhava para os outros. Monica encarava as pessoas como se estivesse contando uma piada às custas da vida delas. E então ela ria baixinho, depois fazia contato visual com a pessoa e abria um sorriso sinistro.

— E aí, o que está rolando entre você e o Landon? — perguntou ela com os braços cruzados.

Ela mascava chiclete e fazia bolas, estourando-as do jeito mais espalhafatoso possível. Seus lábios estavam pintados de vermelho, como sempre, e ela sorria para mim, mas não parecia um sorriso genuíno. Parecia ameaçador.

— Como assim?

— Desde que brincaram de garrafa no céu, vocês dois andam... sei lá. Parece que tem alguma coisa acontecendo. Vi vocês conversando perto do seu armário no outro dia. Vocês pareciam... próximos.

— Bom, não está acontecendo nada.

Olhei para o relógio na parede, desesperada para que a aula começasse logo. Eu preferia aprender sobre a queda do Império Romano a ficar tagarelando com Monica sobre Landon.

Monica nem piscava ao me encarar. Fiquei me perguntando se ela normalmente piscava. Seus olhos viviam tão alertas e focados em suas presas, como se ela estivesse sempre pronta para dar o bote.

Ela prendeu o cabelo atrás de uma orelha.

— Você não falou que não aconteceu nada no armário?

— Não aconteceu nada. Já falei, não tem nada rolando entre mim e o Landon.

— Não precisa mentir, Shay. — Ela riu, jogando o cabelo por cima do ombro. — Eu já superei, nem penso mais nele.

Bom, eu nunca tinha ouvido uma mentira tão descarada quanto essa.

Ela pegou seu batom e retocou a boca.

— Eu só queria saber se você está bem, porque sei que já passou por umas situações chatas com o seu pai.

Levantei uma sobrancelha.

— Do que é que você está falando?

— Você sabe... — Ela baixou a voz e se inclinou para a frente. — Quando ele foi preso por causa das drogas.

Meu estômago embrulhou, e fiquei me perguntando como ela sabia disso. Por outro lado, eu estava falando de Monica. Ela sabia das coisas. Ela sabia de *todas* as coisas.

Pigarreei.

— O que isso tem a ver com qualquer coisa?

— Bom, porque é o Landon. Escuta, não tenho nada com isso — como se isso fosse empecilho para ela —, mas todo mundo sabe que ele gosta de uma farra. Ele ficou meio viciado nos últimos meses. Foi por isso que terminei tudo. Era difícil lidar com ele indo ladeira abaixo.

Levantei uma sobrancelha, e meu estômago embrulhou ainda mais. Havia algumas coisas na vida que não faziam diferença para mim, mas drogas eram o meu limite. Não havia negociação.

— Ah, é? Ele nunca mostrou sinais disso...

Fui parando de falar e calei a boca. Não havia motivo para insistir naquela conversa, porque, no fim das contas, aquele papo não levaria a nada. Eu não queria ouvir meias-verdades de Monica. Eu a conhecia, sabia de seu passado vingativo. Confiar nela seria como confiar em um político — o resultado sempre seria um escândalo muito maior do que o esperado.

Quando ela não conseguia o que queria, fazia pirraça. Dava escândalos, fazia barracos. Eu não tinha a menor vontade de me meter no mundo dela e de Landon.

— Mas eu já expliquei, Monica... não tenho nada com o Landon.

E mesmo que tivesse, você seria a última a saber.

— Tá, tudo bem. Eu só queria que você soubesse que nós, garotas, precisamos cuidar umas das outras.

Aham, Monica. Até parece que você é uma Spice Girl emanando "girl power" por aí.

O sinal tocou, me salvando daquela conversa infernal.

Monica abriu um sorriso radiante que tinha um quê de malícia.

— Mas acho que esclarecemos tudo então, já que vocês dois não têm nada. — Ela se virou para a frente, mas olhou por cima do ombro antes de o professor começar a falar e sussurrou: — Além do mais, o pau dele é pequeno.

Ok então. Essa era mais uma informação que eu não precisava saber

15

Landon

— Você usa drogas? — perguntou Shay do nada, se sentando diante de mim no refeitório.

Eu ri.

— Me pergunto isso todos os dias.

— É sério, Landon. Você usa drogas?

Ela não precisava ter explicado que estava falando sério; seu olhar deixava isso bem claro. Ela estava tensa, com o corpo todo rijo enquanto me olhava nos olhos.

— De onde saiu isso? — perguntei.

— Só me responde, porque, se você estiver usando, não quero mais fazer isso. Não quero mais ficar nesse joguinho se você anda bêbado ou chapado o tempo todo. Não quero me meter com essas coisas, tá?

A voz dela falhou, tomada pelo desespero. Eu não tinha a menor ideia do motivo por trás de tanta intensidade, levando em consideração que estávamos fazendo piada sobre minhas orelhas de Dumbo dia desses.

Sua seriedade fez com que eu me empertigasse na cadeira. Ultimamente, provocar Shay para anuviar meus pensamentos era a única coisa que me empolgava. Mas, pela reação dela, eu sabia que aquele não era o momento para bancar o idiota sarcástico.

— Não — respondi, sem rodeios.

— Não mente para mim, Land. *Por favor.* — As últimas palavras derreteram em sua boca, cheias de sofrimento.

O que foi isso, chick? *Uma amostrinha das suas imperfeições?*

— Eu juro, Shay. Eu usava, mas parei faz um tempo, depois que o Lance... — Fechei os olhos por um breve segundo e respirei fundo. Quando os abri de novo, olhei no fundo dos olhos dela. — Você consegue ler as pessoas, né? Não é isso que você faz? Olha nos meus olhos e diz se estou mentindo. Me diz o que você vê.

Ela estreitou os olhos e não desviou o olhar. Ela me analisou enquanto eu a consumia por inteiro, e nós ficamos sentados assim por alguns segundos, até que piscamos e desviamos o olhar.

— Desculpa — murmurou ela, se levantando da mesa.

— De onde saiu isso?

— Mais cedo, a Monica falou que...

Monica. É claro. Eu devia ter imaginado.

— Esse devia ter sido seu primeiro sinal de alerta.

Shay se remexeu um pouco.

— Vocês ainda estão juntos?

— Nunca estivemos juntos de verdade.

— Explica isso para ela — bufou Shay, passando as mãos pelo cabelo.

— Pode acreditar, eu já expliquei. Escuta, não uso nada, nem vou usar. Enquanto a gente estiver nessa aposta, prometo que não vou fazer nada assim, tá? Eu juro. Sei que uma promessa do seu arqui-inimigo não vale de porra nenhuma, mas é o que tem para hoje.

— Vale, sim — sussurrou ela, mais tímida do que nunca.

Ela se virou e murmurou um pedido de desculpas — desnecessário. Monica havia encontrado o ponto fraco dela, eu entendia. Ela sabia como causar mal-estar nos outros usando pouquíssimas palavras.

— Então acho que o jogo continua — falei, arremessando uma cenoura na direção dela.

Ela a pegou no ar e deu uma mordida enquanto dava de ombros e começava a se afastar.

— Vamos ver se você me pega.

Pode deixar, Shay Gable. Vou pegar.

Passei os dias que se seguiram pensando nas dicas que havia recebido de Maria e Raine. Tudo que elas mencionaram sobre Shay tinha ficado guardado na minha cabeça. Uma informação se destacava mais do que as outras e parecia ser útil, uma coisa que ela jamais iria imaginar que eu usaria para me aproximar — o que, sem dúvida, significava que eu precisava usá-la.

Na tarde de quarta-feira, usei toda a minha munição, e a reação de Shay foi impagável.

— Você está de brincadeira com a minha cara? — arfou Shay quando entrei no auditório para fazer o teste para *Romeu e Julieta*.

Nós não tínhamos interagido muito nos últimos dias, porque ela estava ocupada, e eu também.

Quem diria que o tal Shakespeare escrevia de um jeito todo enrolado? Na maior parte do tempo, eu não fazia a menor ideia do que ele queria dizer. Ainda bem que existia internet. Eu estava muito agradecido por haver nerds suficientes no mundo dispostos a traduzir o significado por trás das palavras do velho.

A pesquisa começara a ficar divertida de verdade depois que eu tinha encontrado sites com suas ofensas mais famosas. Por exemplo: "*Senhor de espírito embotado! Tens tanto cérebro quanto eu possa ter no meu cotovelo.*"

Eu precisava usar essa com Reggie assim que tivesse a oportunidade.

Por outro lado, ele provavelmente responderia com um: "Qual foi, parça? Nossa, que saudade do KFC."

Shay estava de queixo caído, balançando a cabeça sem acreditar.

— O que você está fazendo aqui?

Desci pelo corredor do teatro e me sentei na fileira atrás dela, a duas poltronas de distância.

— Eu estava com um tempo livre e resolvi fazer o teste para a peça.

— Ah, tá bom. Você não faz teatro.

— Minha vida inteira é um palco, meu benzinho.

— Não me chama de benzinho.

— Você não gostou de boneca e se incomoda com *chick*, então estou testando novos apelidos.

— Bom, não gostei de benzinho. Pode continuar testando.

Eu sorri, e ela odiou. Eu adorava deixá-la sem graça. Ultimamente, ela estava conseguindo se manter inabalável, rebatendo meus comentários como se estivéssemos jugando uma partida equilibrada de tênis, até que invadi seu mundinho do teatro... Por essa ela não esperava.

— Sério, Landon... O que você veio fazer aqui?

— Sério, Shay. Vou fazer o teste.

Ela fez uma careta e olhou para o papel que segurava.

— Isso faz parte da sua estratégia. Você está tentando se aproximar de mim.

— Que convencida. Não vou fazer o teste para a peça só para me aproximar de você. Para sua informação, eu adoro Shakespeare. Aquele cara? Ele era bom pra caralho.

Ela bufou e revirou os olhos.

— Ah, fala sério. Duvido que você saiba o nome de cinco peças de Shakespeare.

— *Otelo, Hamlet, Romeu e Julieta, Sonho de uma noite de verão, Macbeth.*

Dava para aprender muita coisa sobre Shakespeare se você não dormisse de madrugada.

— Tá, você pesquisou na internet?

Sim, princesa.

Princesa.

Eu tinha que testar esse apelido. Ela ia odiar, com certeza.

Sim, eu tinha pesquisado na internet, apesar de esse não ser o único motivo para eu entender um pouco sobre Shakespeare, mas não senti necessidade de informá-la sobre todos os detalhes por trás do meu conhecimento.

Eu me inclinei para a frente e segurei seus ombros.

— Sem querer ofender, Shay, mas você está parecendo uma grande megera que precisa ser domada.

Ela bateu nas minhas mãos.

— Não sei como você aprendeu isso tudo, mas é irritante. Você é irritante.

— Fazer o quê? Sou um cara muito culto. Espera só até você ver tudo o que vou aprender até amanhã.

Ela mordeu o lábio inferior e estreitou os olhos.

— Sério, Landon, o que você veio fazer aqui?

— Já falei, vou fazer o teste para peça. Li um pouco de *Romeu e Julieta*, e acho que eu daria um bom Romeu.

Ela bufou, revirando os olhos.

— Nos seus sonhos.

— Mas meus sonhos são assim mesmo, docinho. Eles sempre se realizam.

Pisquei para ela, que fingiu estar tendo ânsia de vômito.

— Docinho, não. Não sou uma das meninas superpoderosas.

— Beleza.

— Que seja. Sei que você só apareceu aqui para me irritar, mas não faz diferença. Você precisa conseguir o papel para ficar perto de mim, e duvido que isso aconteça. Você não conseguiria interpretar nem um saco plástico.

— Por que raios eu iria querer interpretar um saco plástico? Por que alguém faria isso? E como um ator ficaria parecido com um saco plástico?

Ela revirou os olhos com vontade, apertando o roteiro que segurava.

— Você pode ir embora? Estou tentando me concentrar para fazer o teste e você está me tirando da personagem.

— Certo, certo. Uma atriz metódica. Você está encarnando a personagem. Que bom, eu também. Não se preocupe comigo. Vou ficar sentado aqui, bem atrás de você, treinando minhas falas.

Sentado na fileira de trás, eu conseguia ver a tensão nos ombros dela. Eu a deixava nervosa. Era difícil saber se isso era bom ou ruim, mas ela reagia fisicamente à minha presença. Dava quase para sentir o calor irradiando de seu corpo.

O Sr. Thymes, coordenador do departamento de teatro, estava chamando as pessoas para subir ao palco, uma de cada vez. Para ser sincero, acho que eu nunca tinha pisado no teatro, e todo mundo me encarava como se eu fosse um alienígena.

Dava para entender.

Landon Harrison no teatro? O mundo estava de cabeça para baixo.

— Shay, sua vez — chamou o Sr. Thymes, e ela se levantou com um pulo da cadeira.

Antes de seguir até o palco, ela fechou os olhos e murmurou alguma coisa, segurando a cruz no cordão preso em seu pescoço. Maria tinha um igual. Eu me perguntei se Shay tinha a mesma facilidade de Maria para acreditar em Deus.

A batalha da fé em Deus estava mais para uma guerra no meu caso. Eu queria acreditar, mas ele vivia me dando motivos para não o fazer.

Quando ela subiu no palco, o auditório inteiro caiu em silêncio absoluto. Assim que Shay começou seu teste, ela pareceu se transformar em alguém completamente diferente. Ela mergulhou na personagem, se transformou em Julieta da cabeça aos pés. Ela andava pelo palco como se fosse outra pessoa. Ela entoava suas palavras com uma suavidade poderosa. Eu não tinha a menor ideia do que ela estava dizendo, mas acreditava em tudo.

Ela estava linda e, se eu estivesse esperando para fazer o teste para interpretar Julieta, pegaria minhas coisas e iria embora, porque era óbvio que o papel seria dela. E eu estava determinado a, mesmo sob adversa estrela, me tornar seu amante.

Todos a aplaudiram, e ela merecia os aplausos. Eu mesmo devo ter batido palmas mais alto do que todo mundo. Quando ela se sentou de novo, me inclinei para a frente e sussurrei em seu ouvido com o hálito quente:

— Você nasceu para ser Julieta.

Ela estremeceu com o meu calor e respirou fundo.

— Mas você não é o meu Romeu. Você *nunca* vai ser o meu Romeu.
— Landon — chamou o Sr. Thymes. — Sua vez.
Eu me levantei e olhei para Shay.
— Você não vai me desejar merda? — perguntei.
— Vou, sim. — Ela assentiu com a cabeça. — Vai à merda.
Que maldade, chick.
Gostei.

16

Shay

Eita! Por essa eu não esperava.

Landon subiu no palco e arrasou no monólogo. Ele se entregou muito mais ao personagem do que os outros caras que fizeram o teste para o papel. Sua interpretação parecia tão fácil, natural. Era como se ele fosse ator desde sempre.

Até o Sr. Thymes se levantou com um pulo e começou a aplaudir.

— Bravo, Sr. Harrison, bravo! — gritou ele. — Acho que acabamos de encontrar nosso Romeu!

Pelo amor de tudo que era mais sagrado, que injustiça. Landon não podia ser aquilo tudo sem ter feito nem um pingo de esforço! Podia apostar que ele havia escolhido o monólogo na noite anterior. Aquilo não estava certo. Ninguém podia ser tão bonito, tão rico, tão popular e *tão* talentoso. Fiquei me perguntando para qual demônio ele tinha vendido a alma para se tornar aquela pessoa.

Quando Landon voltou a se sentar, se inclinou para perto de mim de novo.

— Você falou o que mesmo? Que eu não era o seu Romeu? — zombou ele.

— Vai se foder, seu babaca.

— Claro. — Ele chegou ainda mais perto, seus lábios gentilmente tocando de leve a ponta da minha orelha. — É só você me ajudar.

— Sei que você acha que conseguiu encontrar um jeito de passar tempo comigo fora da escola, mas vai acabar se dando mal. Eu ainda não fui escalada para ser a Julieta. Você pode acabar tendo que aporrinhar outra garota.

— Fala sério, sardenta — sussurrou ele, balançando a cabeça. — Você nasceu para ser a Julieta. Não existe ninguém melhor para o papel.

Até que eu gostei de sardenta. A maioria das pessoas nem percebia que eu tinha sardas. Só dava para notá-las se você prestasse muita atenção.

Mas não falei com ele que gostei do apelido. Não quis dar esse gostinho a Landon.

Olhei para ele, estreitando os olhos.

— Verdade ou aposta? — perguntei.

— O quê?

— Isso é verdade ou é apenas parte da aposta para tentar fazer com que eu me apaixone por você, sendo bonzinho e tal?

— O que você acha? — perguntou ele.

Seus olhos encontraram os meus, e seu olhar parecia bem sincero. Por outro lado, ele podia estar me fazendo de boba e tentando me deixar confusa.

Se fosse o caso, estava dando certo.

Nossa, estava dando certo. De vez em quando, ele fazia uma grosseria, mas então depois dizia algumas palavras legais, e meu coração começava a derreter feito manteiga. Por um segundo, quase caí, quase me rendi à sua bondade sentimentaloide.

Mas sabe o que um coração de manteiga derretida causava?

Artérias entupidas.

Era isso que Landon fazia comigo — ele entupia minhas malditas artérias.

~

O Sr. Thymes só anunciou o elenco uma semana depois. Cada dia passava como uma bomba-relógio, e eu tinha certeza de que não seria escalada para a peça. Para minha surpresa, deu tudo certo. Apesar de eu achar que o meu teste não tinha sido bom o suficiente, Landon tinha razão sobre eu ser sua Julieta, e, por mais que isso acabasse comigo, ele era o Romeu perfeito.

Assim que descobri, corri de volta para casa, toda alegre. Eu sabia que era besteira, mas interpretar Julieta era um sonho que se tornava realidade. Eu tinha me dedicado tanto, e a primeira pessoa para quem queria dar a notícia era o homem que havia me ajudado a aprimorar meu monólogo.

— Pai! Pai! — gritei, disparando para dentro de casa e jogando a mochila no chão. Depois de procurar por todos os cantos, corri para o cômodo no andar de baixo onde ele costumava escrever e o encontrei no computador, digitando freneticamente. — Pai... — Fiz uma pausa e levantei uma sobrancelha. — Você voltou a escrever?

Ele se virou para mim, abriu um sorriso bobo e passou as mãos pela cabeça.

— É, voltei.

— Achei que tivesse parado depois que... você sabe...

Você parecia incapaz de escrever sem um baseado na mão e uma dose de uísque ao lado.

— Pois é, mas fiquei inspirado e, quando a inspiração bate num artista, precisamos criar. Você sabe disso melhor do que ninguém.

Era verdade. Era muito solitária a vida de um artista sem a arte.

— Bom, não quero atrapalhar você, mas consegui! — berrei, incapaz de controlar a empolgação. — Consegui o papel da Julieta!

— É óbvio que conseguiu — disse ele sem demonstrar um pingo de empolgação, porque meu pai não se empolgava com as coisas. — Era impossível não te escolherem. Você se esforçou, se dedicou, e foi recompensada.

— Eu não teria conseguido sem você. Obrigada por ter ensaiado o monólogo comigo.

Ele concordou duas vezes com a cabeça.

Meu pai estava orgulhoso de mim.

Ele não disse isso, mas eu percebi.

Ainda pilhada de empolgação, corri até ele para lhe agradecer com um abraço, e, quando o envolvi em meus braços, ele virou de leve a cabeça para o outro lado, mas era tarde demais.

Eu senti.

Seu hálito de uísque.

Meu coração se apertou no mesmo instante, e dei alguns passos para trás. Abri um sorriso enorme e tentei afastar as lágrimas que ameaçavam escapar dos meus olhos.

— Vou deixar você trabalhar. Só vim contar a novidade.

— Estou ansioso para ver você no palco de novo. Você vai arrasar.

Uísque. Uísque. Uísque.

Será que eu tinha imaginado o cheiro? Será que estava delirando? Será que ele tinha voltado aos velhos hábitos?

— Valeu. Tá, boa noite. A gente se fala amanhã.

Corri para o meu quarto, fechei a porta e apaguei a luz. Deitei na cama, puxei a coberta sobre minha cabeça, então as lágrimas começaram a jorrar sozinhas.

Meu pai estava retomando os velhos hábitos... Eu tinha sentido o cheiro, ou achava que tinha. Não demoraria muito para minha mãe e Mima perceberem também. Logo, logo começariam as brigas. Os gritos. A raiva.

As lágrimas. O drama. O sofrimento.

Todo. Aquele. Sofrimento.

Eu estava cansada de ver a história se repetir em intervalos de poucos meses. Eu estava cansada de ficar cansada. Odiei que uma parte de mim houvesse acreditado que meu pai mudaria depois de ter sido preso, mas parecia que a prisão não o transformara em um novo homem. Talvez as pessoas não mudassem. Talvez essa fosse uma verdade limitada apenas a contos de fadas.

Fiquei ali deitada, sofrendo a perda de um pai que continuava vivo. Sofrendo a perda do homem que eu esperava que ele se tornasse um dia. Sofrendo a perda dos meus sonhos a respeito de quem ele poderia ter sido. Sofrendo a perda da minha confiança nele. Talvez, um dia, minha mãe se permitisse sofrer pela perda dele também.

∽

Nos dias seguintes, me convenci de que não tinha sentido cheiro nenhum. Minha mãe e Mima não tocaram no assunto, e as brigas em casa estavam ficando menos frequentes, então não quis causar problema sem necessidade.

E talvez eu tivesse me enganado. Talvez eu tivesse me confundido. Afinal de contas, eu não o vira bebendo. Não vira as toxinas entrando no seu corpo. Não havia uma garrafa sobre sua mesa, ele não estava falando embolado e tinha conversado comigo de boa. Esses eram bons sinais.

Então, em vez de ficar me preocupando com coisas que eu não podia controlar, me concentrei naquilo que poderia: *Romeu e Julieta* e Landon Harrison.

A cada ensaio, o talento de Landon se tornava mais evidente. Eu ficava embasbacada com a facilidade com que ele atuava, com sua dedicação. No começo, achei que ele largaria a peça no instante em que entendesse todo o trabalho que uma produção exigia, mas Landon não desistiu do desafio — ele mergulhou de cabeça.

Quando não estava no palco, ficava sentado no auditório, analisando o roteiro da peça que já sabia de cor e salteado. Ele tinha decorado suas falas na primeira semana. Na segunda, já sabia suas posições no palco em todos os momentos. Mas, mesmo assim, ele estudava o texto como se ainda fosse encontrar algo a ser aprendido, algo que pudesse estimular seu talento fenomenal.

Parte de mim odiava o fato de que tudo parecia fácil para ele.

Uma parte maior ficava secretamente atraída por sua habilidade.

Eu era uma garota que gostava de ver talento puro. O talento puro — como o do meu pai — sempre me deixava fascinada. Mas, no meu caso, o buraco era mais embaixo. Eu precisava lutar com unhas e dentes por cada gota de habilidade que tinha.

Ninguém sabia quantas horas eu havia passado tentando aperfeiçoar meu monólogo. Ninguém sabia que eu mudava os móveis do meu quarto de lugar para recriar o cenário do palco e ensaiar minhas posições e meus movimentos. Ninguém sabia o tempo que eu passava na frente do espelho, treinando expressões faciais.

Ninguém sabia quantas noites eu tinha chorado porque sentia que estava fracassando, mesmo dando tudo de mim, o que ainda não era bom o suficiente.

Todos os dias depois da escola, nós ensaiávamos por duas horas, e Landon fazia questão de se sentar perto de mim. Quando ele não estava do meu lado, eu sentia seu olhar perfeito me encarando. Se ele não estava analisando o roteiro, estava me analisando — seu segundo passatempo favorito. Ele sabia que mexia comigo, mas, de vez em quando, eu o pegava me fitando com um olhar tão carinhoso que parecia até que ele tinha esquecido que estávamos participando de uma aposta.

Ótimo.

Já que estávamos sendo obrigados a passar um tempo juntos, eu deveria ganhar a aposta.

Eu precisava me lembrar diariamente de que o frio na barriga que surgia sempre que Landon estava por perto era uma mentira. Eu precisava explicar a mim mesma que o aperto no meu peito era apenas um mal-estar. Eu precisava me convencer de que tudo o que estava sentindo era algo passageiro causado pelos hormônios.

No fundo, eu sabia que jamais poderia me apaixonar por Landon. Ele não era o tipo de cara que teria um final feliz com uma garota. Principalmente comigo.

Comigo e com meu coração sensível.

～

— Preciso de munição, Raine — falei para minha amiga, indo apressada até seu armário, onde ela e Tracey conversavam depois da aula.

Tracey devia estar tagarelando sobre Reggie, já que ela era a única pessoa no planeta que não tinha aceitado o fato de que ele era um cretino. Eu o observara nos corredores da escola, analisara a forma como ele tratava as pessoas que julgava não serem tão bonitas.

Ele vivia atormentando Billy Peters, zombando de suas roupas. Ele tinha colocado o pé na frente de Jovah Thomas durante a aula de educação física, fazendo-o tropeçar, e o chamava de Teletubbie gordo. Ele também tinha dito para Wren Miller que transtornos alimentares faziam bem para pessoas com o corpo igual ao dela.

Eu tinha contado tudo isso para Tracey, mas ela se recusava a acreditar em mim.

"*O senso de humor dele é assim mesmo, Shay. Você só não entende*", tinha me dito ela.

Eu não achava bullying algo engraçado.

Não insisti no assunto, porque ela parecia estar se tornando mais e mais protetora em relação àquele cara a cada dia que passava. Eu não queria estragar nossa amizade por causa de alguém tão insignificante quanto Reggie. Fiquei só na torcida para que Tracey percebesse quem ele realmente era para não se magoar.

Quando me aproximei das garotas, Tracey inventou uma desculpa qualquer para ir embora. Eu teria que encontrar tempo para conversarmos e descobrir se ela estava chateada com o que eu andava pensando sobre Reggie. Mas, primeiro...

— Munição? Por que, você vai caçar? — brincou Raine, jogando seus livros dentro da mochila. — Acho que o Hank pode te emprestar umas roupas camufladas para você se esconder no mato.

— Não, é sério. Você precisa me dar alguma munição para eu usar contra o Landon. Preciso saber quais são os pontos fracos dele.

Os olhos verdes de Raine se arregalaram de nervosismo, e ela balançou a cabeça.

— Ah, não. O Hank disse que não posso mais me meter na vida dos outros. Não depois que ajudei minha avó a comprar um vibrador que apareceu num comercial de televisão porque ela falou que meu avô já não é mais o garanhão que costumava ser.

Levantei uma sobrancelha.

— Mas você está me devendo.

— Te devendo? Pelo quê?

— Ah, sei lá... Por contar para certo garoto que eu faria o teste para a peça da escola, e por esse mesmo garoto também ter feito o teste e conseguido o papel.

Os olhos de Raine se iluminaram.

— Caramba! Ele conseguiu o papel?! Que orgulho! — exclamou ela. — Tipo, eu sei que você odeia o Landon com todas as forças, mas todo mundo sabe que ele é como se fosse um irmão caçula para mim.

— Ele é mais velho do que você, Raine.

— É — ela levou a mão ao peito com um brilho no olhar —, mas ele é tão infantil que parece mais novo.

— Bom, já que você ajudou o Landon, vai ter que me ajudar também.

Ela fez uma careta.

— Não posso, Shay. O Hank vai me matar se eu me meter de novo. Ele me deu um gelo por cinco minutos inteiros depois que ajudei o Landon, e acho que não vou aguentar passar por isso de novo.

— Beleza. — Franzi a testa e cruzei os braços. — Não tem problema.

— Para com isso — pediu Raine, apontando um dedo para mim.

— Parar com o quê?

— De fazer biquinho. Você sabe que não aguento ver meus amigos tristes.

— Bom, pelo visto você gosta mais do Landon do que de mim — argumentei. — Você ajudou ele, mas se recusa a me ajudar. Achei que nosso lema fosse *amigas antes de picas*, mas parece que me enganei...

— Argh. — Ela gemeu, dando um tapa na testa. — *Tá booom*. Você venceu. Mas o Hank não pode saber disso. Nem os outros meninos. Eles são piores do que a gente e fofocam sobre tudo.

— Prometo que eles não vão ficar sabendo de nada.

— Tudo bem. O Landon ama o cachorro dele, o Presunto. Tipo, ama mesmo. Se você levar os dois num parcão, ele vai ficar feliz.

— O quê? Não. Não quero saber do que ele gosta. Quero saber o que ele odeia!

— Por quê?

— Para encher o saco dele do mesmo jeito que ele enche o meu.

— Calma, mas a ideia não é ganhar a aposta fazendo com que ele se apaixone por você?

— É.

— E a forma que você escolheu para fazer isso é torturando ele?

— Aham.

Raine levantou uma sobrancelha e balançou a cabeça.

— Acho que você não entende como o amor funciona.

Talvez ela tivesse razão. Talvez eu não soubesse como o amor funcionava, mas sabia que Landon tinha invadido meu mundo, meu espaço, e estava começando a se sentir confortável demais ali. O teatro deveria ser meu porto seguro, e, agora, ele tomava conta de tudo com aquele seu sorriso irritantemente lindo, então eu estava pouco me lixando para o amor.

Eu queria irritá-lo do mesmo jeito que ele me irritava.

— Por favor, Raine? — pedi.

Ela soltou um suspiro pesado e gemeu.

— Tá bom. Ele tem pavor de répteis.

— Répteis?

— É, répteis. De qualquer tipo. Cobras, lagartos, tartarugas... Ah! E insetos! Ele odeia insetos. Já vi o Landon bater de cara num prédio enquanto fugia de uma mosca. Tipo, *paf!*. Deu de cara no muro. Isso sem falar das aranhas.

Sorri.

Aquilo era perfeito.

— Valeu — falei, dando tapinhas nas costas dela. — Você fez um bem à nação hoje.

— De agora em diante, estou de mudança para a Suíça. Ah, e já vou avisando, se a sua avó algum dia te pedir ajuda para comprar um vibrador por telefone, não faz isso. O climão que fica nos jantares de família depois é péssimo.

Eu me lembraria desse conselho.

— E o que está rolando com você e a Tracey? Vocês brigaram? — perguntou Raine.

— Não que eu saiba... mas acho que ela ficou chateada porque falei que o Reggie parece ser meio maldoso.

— Bom, ainda bem que alguém falou alguma coisa. Ele é um babaca. Já reparou que ele fica olhando para outras garotas sempre que está com a Tracey? Ele é um nojento.

— É, mas a Tracey está caidinha por ele.

Raine bufou.

— Caidinha pra caralho. Que situação horrível. Se o Hank me tratasse do jeito que o Reggie trata a Tracey, eu cortaria o saco dele fora para fazer uma sopa de cebola francesa.

Eu ri.

— Por que sopa de cebola francesa?

— Porque saco tem cheiro de cebola, e o Hank é setenta por cento francês. Se for para castrar meu namorado, o mínimo que posso fazer é respeitar as origens dele.

Eu ri da minha amiga maluca e passei um braço sobre seus ombros.

— Você é uma ótima namorada.

Ela abriu um sorrisinho.

— Não sou? Aquele idiota tem sorte de me ter.

Todo mundo tem sorte de ter você, Raine.

— Então, já que você e a Tracey estão de mal, que tal dormirem na minha casa um dia desses, como nos velhos tempos? Nós podemos fazer limpezas de pele e fofocar, e eu posso bancar a psicóloga e ajudar vocês duas a resolverem esse drama todo.

Estreitei os olhos.

— Achei que você tivesse parado de se meter na vida dos outros.

— Sabe como é, né? — Ela deu de ombros e abriu um sorriso angelical. — É difícil abandonar velhos hábitos.

17

Landon

— Vamos sair no sábado.

Tive de esfregar meus olhos sonolentos para ter certeza de que era Shay quem estava falando comigo depois do ensaio da peça. Ela parecia fazer questão de fugir de mim na escola e, agora, durante os ensaios. A verdade era que ela só interagia comigo quando eu era Romeu, e ela, Julieta. Dava para perceber que ela era dura na queda. Mas isso não significava que eu ia parar de tentar.

Ela veio correndo atrás quando eu estava saindo da escola. Levantei uma sobrancelha ao ouvir o que ela tinha falado.

— Sair no sábado? — perguntei.

— É, no sábado. Só nós dois. Vamos.

— Achei que eu não marcasse encontros com as pessoas, principalmente se fosse com você — rebati.

Ela revirou os olhos, e aquela covinha na sua bochecha direita era um brilho intenso em meio à escuridão do fim da tarde.

— Você se lembra de tudo o que as pessoas te falam?

— É um dom e uma maldição — resmunguei.

— Então... no sábado? — Ela remexeu as sobrancelhas, esperando uma resposta.

Estreitei os olhos e a fitei com um ar sério.

— Você quer mesmo sair no sábado?

— Quero.

— Comigo?

— Quero.

— Por quê?

Ela riu.

— Para fazer você se apaixonar por mim. Dã.

Ela estava aprontando alguma coisa, porque exibia o sorriso mais bobo do mundo em seus lábios. Ela parecia uma menina de cinco anos escondendo o fato de que não tinha escovado os dentes antes de dormir ou algo do tipo.

— Que carta você tem na manga, Gable? — perguntei.

Ela arregalou os olhos, surpresa, e arregaçou as mangas do casaco, revelando seus braços.

— Nenhuma.

Por um segundo, analisei sua pele macia, bronzeada, então encontrei seu olhar de novo. Esfreguei o nariz com o dedão.

— E o que você estava pensando em fazer?

— Vai ser surpresa. Não se preocupa, eu te busco de carro. Uma da tarde. Pode me esperar. — Ela começou a se afastar, mas então se virou, segurando as alças da mochila. — Ah, e Satanás?

— O quê?

— Você foi ótimo no ensaio hoje. Odeio ter que admitir, mas ninguém chegaria aos seus pés. Você é muito bom mesmo. Boa noite.

Ela se virou de novo e seguiu para o carro, então algo aconteceu com meu coração. Ele ficou apertado? Perdeu o compasso? Acelerou? Eu não sabia exatamente o que havia acontecido. Meu coração não costumava fazer nada além de seguir o ritmo de sempre. E então Shay Gable apareceu e abalou minhas estruturas com apenas um elogio gentil.

Será que ela estava sendo sarcástica? Seu comentário tinha sido sincero? Ela estava tentando me confundir?

Também quero conseguir interpretar você como a porcaria de um livro, Shay.

Fiquei observando enquanto ela — e sua bunda linda — se afastava, com meu coração ainda tentando entender o que havia acontecido.

Ele tinha mesmo perdido o compasso por causa da minha arqui-
-inimiga?

Mas. Que. Porra. Era. Essa?

～

Mas. Que. Porra. É. Essa?!

Sentado no carro de Shay, observei o local onde seria nosso encontro. Eu devia ter imaginado que ela estava armando alguma coisa quando me convidou para sair. Só não achei que seria algo assim.

Reptilianos era o nome curioso do estabelecimento diante de nós, um lugar infernal onde seres humanos doidos faziam a doideira de brincar com criaturas com que não deveriam brincar. Pela janela, vi uma cobra andando nos ombros de um cara.

Feito um psicopata.

— Que porra é essa? — bradei, minha pele começando a coçar só de pensar em entrar naquele lugar.

— É tipo um zoológico interativo de répteis e tal. Achei que seria divertido. — O tom dela era tão prático, e o medo devia estar estampado na minha cara. — Um passarinho me contou que você adora répteis.

— Um pass... — Parei de falar e gemi. — Vou matar a Raine.

— Ah, fala sério. Ela estava me devendo depois de te contar sobre os testes para a peça. Nada mais justo do que eu descobrir alguma coisa sobre você também.

— Bom, meus parabéns. Agora você sabe que odeio répteis. Fantástico. — Bati palmas devagar. — Mas não existe a menor possibilidade de eu entrar nesse lugar.

— Qual é o problema, Satanás? — murmurou ela, fazendo biquinho. — Está com medo?

— Não. Só não sou um idiota que acha graça em brincar com criaturas que não foram feitas para isso. Aquilo ali não é um poodlezinho; é uma jiboia, um animal que é fisicamente capaz de esmagar uma pessoa com o próprio corpo se lhe der na telha.

Ela sorriu.

— Parece divertido. Anda, vamos logo.

Ela abriu a porta do carro, saiu e eu continuei exatamente onde estava. Não havia nada no céu, no inferno ou em qualquer outro lugar fictício capaz de me convencer a tirar o cinto de segurança e saltar daquele carro.

Shay riu ao me ver.

— Quer dizer que o cara mais marrento de Raine, Illinois, realmente morre de medo de aranhas inofensivas?

— Tem tarântulas nesse lugar, cacete! Não tem nada de inofensivo numa tarântula, Shay!

Ela riu.

— Você está suando.

— Não estou — rebati, sabendo que era mentira.

A parte de trás dos meus joelhos suava, meus dedos dos pés suavam e meu saco estava basicamente mergulhado em uma poça de nervosismo.

— Está, sim. Por essa eu não esperava. Parece que o jogo virou e eu não sou mais a covarde nessa nossa relação de ódio. Você é quem é.

— Eu não sou covarde — bradei.

Ela se inclinou na minha direção, fez um biquinho e falou:

— Cocoricó...

Os pelos da minha nuca se arrepiaram.

Ela me deixava maluco, mas — de um jeito muito irritante — meio que me deixava com tesão também.

Tudo bem, chick.

Vamos lá.

Tirei o cinto, saí do carro e bati a porta com força.

— Você quer mesmo fazer isso? Beleza, mas não reclama quando tiver que tomar uma vacina de tétano na bunda por ter resolvido fazer carinho numa aranha-tigre.

Ela sorriu e foi andando na minha frente, seguindo na direção do prédio. Tive a impressão de que ela estava rebolando mais do que o normal em uma tentativa de me hipnotizar.

E estava dando certo — até o momento em que entrei no zoológico e senti uma necessidade imediata de dar meia-volta e sair correndo. Mas eu sabia que não podia arregar na frente de Shay. Era exatamente isso que ela queria que eu fizesse.

— Bala? — perguntou ela, me oferecendo uma. Fiz menção de pegá-la, mas ela hesitou. — Só não vai grudar no meu cabelo de novo.

— Eu me lembro do seu penteado naquele dia. Confia em mim, te fiz um favor.

Peguei a bala da sua mão, rasguei o papel, joguei-a na boca, mastiguei rápido e a engoli inteira.

Ela ficou boquiaberta.

— *O que foi isso?!*

— Isso o quê?

— Essa selvageria toda para comer uma bala. Não é para engolir tudo desse jeito. Elas devem ser saboreadas. Você parecia uma fera.

— Bom, foi mal, Bela. Por favor, me mostra o jeito certo de comer uma bala.

Ela tirou outra da bolsa e abriu a embalagem devagar, removendo o papel da bala amarela.

— A de banana é a mais gostosa, então gosto de ir bem devagar — explicou ela. — O certo é ir mordiscando, dando mordidinhas, para não acabar rápido. Não é para apressar o processo. Vai devagar.

— Você é doida. Enfia logo isso na boca.

— Não. É mais gostoso quando a gente vai com calma. As melhores coisas da vida merecem ser feitas no seu próprio tempo, tipo comer uma bala.

— Engole logo isso, *chick*. Você deve ter alguma experiência nessa área — brinquei.

Ela revirou os olhos e deu um tapa brincalhão no meu braço. Gostei daquilo. Eu gostava de quando ela encostava em mim, mesmo que depois dissesse:

— Você é nojento.

— Sou, mas você gosta de mim.

Ela sorriu, deixando sua covinha mais profunda, e continuou mordiscando a bala feito um hamster.

— Vem. Vamos fazer amigos — disse ela, seguindo para a recepção.

Antes de entrarmos para ver os animais, tivemos que assinar termos de responsabilidade.

Primeiro sinal de alerta.

Também fomos guiados para o salão com todas as criaturas e orientados a nunca tentarmos nos aproximar dos animais sozinhos, devido ao temperamento deles.

Segundo sinal de alerta.

Então, pediram que tirássemos todas as joias, porque alguns animais poderiam tentar puxá-las.

A porcaria do terceiro sinal de alerta.

— Essa é uma péssima ideia.

Fiz uma careta.

Shay continuou mordiscando sua bala de banana.

— Para de drama. Vai ser superlegal.

Arranquei a bala da mão dela, fiz uma bolinha com ela e a joguei dentro da minha boca.

Sem pensar duas vezes, ela mexeu na bolsa, abriu outra bala e começou a mordiscar de novo.

Mordisca, mordisca, mordisca. Mastiga, mastiga, mastiga.

Era como se ela fosse Willy Wonka, e sua bolsa, a fantástica fábrica de chocolate com estoque infinito.

Nosso guia naquela tarde se chamava Oscar, e ele parecia empolgado demais com a ideia de enroscar uma cobra no meu pescoço.

— Não se preocupa — disse ele, me dando um tapinha nas costas enquanto nos aproximávamos das gaiolas das cobras. — Elas não mordem e, se morderem, você vai morrer tão rápido que nem vai sentir nada.

Era para ser uma piada, mas eu não ri.

Eu estava ocupado demais com meu nervosismo.

Oscar pegou uma das criaturas, e, por reflexo, dei um passo para trás. Shay riu de mim, mas também não se aproximou da cobra. Ela parecia tão nervosa quanto eu. *Ótimo. Estamos no mesmo barco.* Ela havia botado banca de corajosa até finalmente estarmos no mesmo espaço que os bichos. Agora, seu olhar parecia mais arregalado e preocupado enquanto ela mastigava lentamente a bala.

— Damas primeiro — ofereci, gesticulando para Charlie, a serpente.

Shay respirou fundo, fez uma bolinha com a bala e a enfiou na boca, engolindo tudo de uma vez.

Isso aí.

Ela ficou quieta enquanto se aproximava da cobra. Notei que ela se retraiu algumas vezes enquanto Oscar se aproximava com a criatura, mas deixou que ele a colocasse em suas mãos. Ela estremeceu e se remexeu, provavelmente pela sensação estranha de segurar aquela coisa.

Minha mente não conseguia nem conceber a ideia de fazer algo parecido com aquilo. Eu continuava olhando para a saída.

Após ver algumas cobras diferentes, e de eu me recusar a segurá-las, Shay começou a me provocar de novo, cacarejando. Ela até começou a balançar os braços.

— Tá bom — gemi. — Me passa a cobra.

A última que conhecemos se chamava Greta, uma píton-real gigante e pavorosa.

Oscar me pediu que esticasse as mãos.

— Tremer não vai melhorar a sua situação — alertou ele.

— Escuta, esse é o máximo que eu consigo fazer, então me dá logo a cobra, tá?

Fui ríspido com o cara e me senti meio mal. O nervosismo estava me dominando. O suor escorria pela minha testa, e minha visão começou a embaçar. Mas, mesmo assim, eu não ia arregar — não com Shay olhando. Isso a deixaria feliz demais.

Ele baixou a cobra até as minhas mãos, e, em uma questão de segundos, tudo desapareceu.

〜

176

— Landon... ei, Landon. Acorda, levanta — disse uma voz enquanto minha mente despertava. Abri o olho esquerdo e dei de cara com o rosto de Shay pairando sobre mim. — Ah, ainda bem. Achei que tivesse matado você — exclamou ela.

Apoiei as mãos no chão para me sentar e esfreguei os braços.

— O que aconteceu?

— Bom, você ficou cinco minutos apagado — explicou ela. — Eu já estava planejando o seu enterro, mas aí você, sendo Satanás, renasceu das cinzas.

Gemi e tentei me levantar. Quando fiquei de pé, fui tomado por uma tonteira. Comecei a cambalear, mas Shay segurou meu braço, me ajudando a recuperar o equilíbrio.

— Calma — baixinho, em um tom quase preocupado. — Talvez fosse melhor a gente ir para o hospital. Você se estatelou de cara no chão.

— Eu estou bem. Mas chega de répteis por hoje.

— Ah... — Shay concordou devagar com a cabeça e levantou uma sobrancelha. — Então nós meio que fomos proibidos de voltar, porque, quando você caiu, acabou jogando a Greta dentro de outra gaiola, e... pois é, não somos mais bem-vindos.

— Poxa. Que pena. Eu estava torcendo para poder vir sempre e ficar jogando meu dinheiro fora com essa merda.

— Acho que hoje não é o seu dia de sorte.

Fiquei olhando para sua boca enquanto ela falava. Quanto mais eu a encarava, mais rápido eu conseguia me recuperar. Minha cabeça continuava enuviada, mas eu sabia que mais alguns segundos olhando para Shay me ajudariam a ficar cem por cento.

— Talvez seja melhor eu te levar para casa, para você colocar gelo na testa — sugeriu ela.

Passei os dedos pelo rosto e percebi que estava com um galo imenso. Que ótimo. O nariz do Pinóquio estava crescendo no meio da minha testa.

Não recusei a sugestão de irmos para casa. Quanto mais rápido eu saísse dali, melhor.

Fizemos o trajeto de volta em silêncio, mas, de vez em quando, Shay tinha uma crise de riso.

— O que foi?

— Nada, nada... — Mais risos. — É só que... quando você caiu, parecia uma árvore sendo derrubada no meio da floresta. Todo duro e esquisito, dando de cara no chão. Parecia cena de filme. *Madeeeeeira* — gritou ela.

— Nossa, que bom que você se divertiu.

— Eu me diverti mesmo. — Ela concordou com a cabeça. — A sua bunda nessa calça jeans enquanto você caía...

Ela começou a rir de novo. Eu queria provocá-la por ter falado da minha bunda, mas sua risada era muito fofa, e não quis interromper o som. Eu não sabia que dava para amar um som que você odiava.

— Valeu por um primeiro encontro horroroso — falei quando o carro estacionou na frente da minha casa.

Ela abriu um sorriso largo.

— De nada! Tenha uma péssima noite.

— É, é, você também. — Saí do carro e bati a porta. Comecei a seguir na direção da entrada da minha casa, mas me virei quando ouvi Shay chamar meu nome. — Sim?

— Sobre a sua bunda... — O sorriso dela aumentou, e a covinha ficou mais funda. — Não foi para ofender.

Quase sorri para ela, mas, em vez disso, acenei uma vez com a cabeça e voltei a andar na direção da minha casa, rebolando meu rabo de um lado para o outro. Pois é, eu estava rebolando minha bunda para Shay Gable depois de desmaiar por ter segurado uma cobra.

E uma parte de mim não estava nem irritada com isso.

∼

— Ah, não, não, não — exclamou Raine, balançando a cabeça ao me ver parado na varanda de sua casa naquela noite. — Não vou me meter de novo — disse ela, cruzando os braços.

Ela sabia que eu tinha vindo tentar descobrir mais informações sobre Shay e, a julgar pelo seu comportamento, ela não estava muito a fim de me ajudar.

— Eu desmaiei segurando uma cobra, Raine! — argumentei, esfregando o enorme galo na minha cabeça.

— É, fiquei sabendo. — Ela abriu um sorrisinho, depois começou a rir. — *Madeeeeeira*.

É claro que Shay já tinha contado para Raine. Eu devia ter imaginado. Apesar de eu ser amigo de Raine, sabia que ela e Shay também eram próximas — talvez ainda mais próximas do que nós dois. Aquela coisa de irmandade e tudo mais.

— Anda, Raine. Você precisa me dar uma força.

— Foi mal, não vai rolar. O Hank disse que vai parar de assistir a comédias românticas comigo se eu me meter nessa história de vocês de novo, e o meu passatempo favorito é ficar vendo ele se contorcer de vergonha alheia enquanto a gente assiste a comédias românticas.

Suspirei.

— Não vou conseguir ganhar a aposta se eu não tiver nada para usar contra a dona perfeitinha — falei.

— Perfeitinha? — Raine arqueou uma sobrancelha. — Você acha que a Shay é perfeita?

— Claro. A vida dela é perfeita demais. Ela não tem problema nenhum, não tem defeitos. Eu, por outro lado? Tenho um monte, e ela consegue ver todos. De algum jeito, ela me enxerga, e isso não é justo.

— A Shay é assim mesmo, ela é boa em interpretar pessoas. Então talvez você tenha que fazer isso também... talvez você tenha que interpretar a Shay.

— Pode acreditar, eu já tentei. As páginas do livro dela estão em branco.

— Ah, Landon... — Raine balançou a cabeça. — Ninguém tem páginas em branco. Sempre existe alguma mancha. Eu sei que a Shay também tem os problemas dela.

Abri um sorriso malicioso.

— Ah, é? Tipo o quê?

Ela abriu a boca para falar, mas então se controlou e apontou um dedo para mim, séria.

— Não. Não. Eu sou a Suíça. Eu sou fondue. Eu sou queijo suíço. Você vai ter que descobrir sozinho, sem a minha ajuda.

— Como vou fazer isso?

— É só olhar para ela, Landon, e quero dizer olhar de verdade. Tenta descobrir qual é a linguagem do amor que ela usa.

— Linguagem do quê?

— Pelo amor de... argh. Espera aí.

Ela marchou para dentro da casa, voltou para a varanda com um livro e o esticou para mim.

Olhei para o exemplar e li o título: *As cinco linguagens do amor*, de Gary Chapman.

— Que porra é essa? — perguntei.

— É o segredo para fazer a Shay se apaixonar por você. É um livro que ensina como as pessoas amam. Ele salvou meu namoro com o Hank alguns anos atrás. Sabe, eu achava que ele estava sendo machista, antiquado e tal, porque vivia tentando pagar tudo para mim quando a gente saía, e eu sou toda: "Fala sério, sou uma mulher independente e posso pagar minhas próprias contas." Aí a gente brigou feio por causa disso, e foi até meio fofo. Na noite da briga, ele estava usando aquela camisa de flanela que eu detesto, a que tem...

— Dá para ir logo para a parte importante? — eu a interrompi, sabendo que Raine era capaz de transformar qualquer historinha em uma narrativa épica com seu jeito enrolão de falar.

— Ah. Beleza. Aonde eu queria chegar? Ah, é! As linguagens. Existem cinco linguagens do amor: presentes, atos de serviço, tempo de qualidade, palavras de afirmação e toque físico. Cada pessoa tem uma. A minha é tempo de qualidade, como assistir a comédias românticas com o Hank, por exemplo. E a do Hank é atos de serviço. É por isso que ele sempre troca o óleo do meu carro, carrega meus livros na escola e tal, ou paga o jantar para mim quando a gente sai. É assim que ele demonstra seu amor. Agora, você só precisa ler esse livro e interpretar a Shay. Ela tem uma história, você só precisa prestar bastante atenção. E quem sabe? Talvez, no fim das contas, vocês percebam que têm mais em comum do que imaginam. Talvez tenham até a mesma linguagem do amor.

Eu duvidava, mas dane-se. Dava para perceber que Raine não me ofereceria mais ajuda além de um livro brega — não quando suas comédias românticas estavam em jogo —, então não havia por que continuar ali.

Agradeci pelas pequenas informações que ela havia me dado.

Ela olhou para mim e franziu a testa.

— Landon, talvez um bom ponto de partida seja mostrar para ela as partes que você esconde de todo mundo. Talvez isso a ajude a mostrar as dela também.

— Aham, valeu.

Nem por um caralho.

— Só lê o livro. Juro que vai ajudar. — Ela me lançou um olhar sério. — E isso não foi uma ajuda. De novo, sou um queijo suíço fedido. Não tenho nada a ver com essa história entre você e a Shay.

— Entendi, Raine. Não vou te perguntar mais nada sobre ela. Prometo.

— Ótimo. Boa noite.

— Boa noite.

Eu já estava seguindo em direção à rua quando ela me chamou

— Landon! Landon! Mais uma coisa!

— O quê?

Ela mordeu o lábio inferior e gemeu, dando um tapa no rosto.

— A Shay adora peônias!

— *Pênis?* — repeti.

Tudo bem, esse era o tipo de informação que me ajudava.

Ela gemeu mais alto.

— Não, seu pervertido idiota. Eu disse peônias. São as flores favoritas dela, mas não fui eu quem te contou!

Como diabos peônias e um livro sobre linguagens do amor me ajudariam a fazer Shay se apaixonar por mim? Eu não tinha a menor ideia, mas comecei a ler o livro assim que entrei em casa.

18

Shay

Eu queria ter saboreado o gostinho de ter torturado Landon por mais tempo, só que, quando cheguei à minha casa, encontrei uma zona de guerra de novo. As brigas continuaram mesmo depois do fim de semana, e eu estava exausta.

Após uma manhã de discussões em casa, o ensaio naquela tarde estava sendo puxado para mim. A gritaria havia recomeçado, e não importava o que meu pai fizesse, minha avó parecia incapaz de vê-lo com bons olhos. E com razão.

Pelo visto, eu não tinha imaginado o cheiro de uísque no seu hálito.

Eu estava exausta de toda a raiva que pairava em minha casa, algo que afetava meu sono. Não conseguia me lembrar da última vez que havia dormido bem de verdade. Na maior parte do tempo, sempre que eu fechava os olhos, me vinha à mente a preocupação com meu pai.

A falta de sono fez com que eu me enrolasse com as minhas falas durante o ensaio e perdesse o ritmo. Eu percebia que meus pensamentos estavam confusos, mas era difícil dispersar a confusão. No fim do ensaio, eu estava com raiva de mim mesma por ter errado tanto. Teria de ensaiar sozinha em casa para compensar.

— Você arrasou hoje — disse Landon enquanto eu arrumava minha mochila para ir embora.

Ele disse aquilo, mas estava completamente errado. Eu tinha parado nas posições erradas. Engasgara nas palavras. Tinha esquecido falas, mas, mesmo assim, lá estava ele, me dizendo que eu havia me saído bem. Foi impossível não pensar que ele estava implicando comigo de novo. Só que eu não estava a fim das nossas briguinhas.

Eu estava a fim de desmoronar ali mesmo e cair no choro.

— Não precisa me sacanear, Landon. Eu sei que errei um monte de coisas.

Ele arqueou uma sobrancelha e inclinou a cabeça, mas não disse nada. Apenas parou e me encarou, parecendo completamente chocado.

— O quê? — perguntei.

— Nada. — Ele balançou a cabeça. — Só estou me perguntando se você é sempre tão dura consigo mesma ou se isso é novidade.

— Eu tenho um pouco de dificuldade com essas coisas.

— Com o que você tem dificuldade?

— Com *isso*. — Gesticulei para o teatro. — Não tenho tanta facilidade com isso, não como você. A maioria das pessoas não consegue pegar um roteiro e decorar as falas como se fosse a coisa mais fácil do mundo.

Landon tinha abandonado o roteiro mais rápido do que o elenco todo. Tudo bem que eu ainda não estava completamente convencida de que ele entendia tudo o que falava, mas as palavras saíam da sua boca de um jeito tão mágico que você acreditava que ele era mesmo Romeu.

— Mas você faz parecer tão fácil — disse ele, falando baixo. — Você sobe naquele palco e preenche o espaço todo. Você prende a atenção das pessoas. Você exala confiança. Ver você atuando é como ver arte sendo criada. É viciante, hipnotizante, e você faz tudo parecer natural. — Ele passou a mão pelo cabelo, então a enfiou no bolso da calça jeans. Seus bíceps ficaram bem destacados, e ele se balançava para a frente e para trás. — Não importa se você tem facilidade ou não. O que importa é o que parece, e parece perfeito.

Eu queria pensar em uma resposta maldosa. Queria fazer uma gracinha, mas estava emocionalmente exausta para isso. Além do mais, suas palavras fizeram meu coração perder o compasso, e não dava para fazer gracinhas quando seu coração perdia o compasso.

— O que deu em você hoje? — perguntou ele.

— Nada.

— Porra nenhuma. Você está estranha. Por quê?

— Se eu estivesse estranha, algo que não estou, você seria a última pessoa com quem eu ia desabafar, Landon.

— Por quê?

— Porque eu sei que você não se importa de verdade. Eu sei que tudo o que acontece entre a gente é apenas parte de um joguinho idiota.

Ele baixou ligeiramente a cabeça, e seus ombros se curvaram para a frente, então aqueles olhos azuis me fitaram, com suas íris nadando em um mar tranquilo.

— Você está tendo um dia de merda, e tem razão, é melhor não confiar em nada que saia da minha boca. Tenho fama de ser frio e desalmado, mas entendo o que é ter dias ruins. Tudo o que tenho ultimamente são semanas ruins, *meses* ruins. Então sei o que é estar na merda. Por isso, eu nunca usaria seus dias ruins contra você, Shay. Nem pela aposta, nem por nada.

Eu queria agradecer, mas não deu tempo.

Ele girou nos calcanhares e murmurou:

— Mas espero que as coisas melhorem para você. Boa noite.

— Boa noite — murmurei, sem saber se ele tinha escutado.

Ao voltar para casa, tentei afastar o pensamento de que passaria as próximas semanas convivendo com Landon. Se bem que, ultimamente, eu preferia passar um. tempo na companhia dele a ficar com minha própria família.

Quando cheguei à varanda de casa, ouvi Mima berrando de raiva. Quando ela ficava muito irritada, começava a misturar inglês com espanhol, então falava apenas em espanhol quando chegava ao seu limite.

Abri uma fresta da porta da frente e fiquei ouvindo antes de entrar. Eu sabia que eles parariam de falar quando me vissem, e odiava não saber de todos os detalhes.

— Você precisa parar de ficar inventando desculpas para ele, Camila! Eu senti o cheiro quando ele chegou hoje. Ele correu para o banho para se limpar porque sabe que eu sei. Como você consegue fingir que está tudo às mil maravilhas quando seu marido teve *outra* recaída e mentiu? *De novo.*

— Mãe, não preciso disso agora. Sei que as coisas não estão nada bem. Você acha que eu não percebi que ele está numa fase ruim? Você acha que eu não sei que ele está perdendo o controle?

— É claro que eu sei que você sabe, Camila, mas acho que você pensa que é babá dele. Ele não para de ficar trazendo seus demônios para dentro desta casa.

— E ficar brigando com ele por qualquer coisinha não ajuda em nada. Você só está piorando a situação.

— Eu não tenho culpa se ele é um mentiroso. Eu não tenho culpa de nada disso, e queria que você parasse de ficar arrumando desculpas para justificar o comportamento dele. O que você está ensinando à sua filha sobre relacionamentos?

As duas continuaram discutindo a respeito de Mima querer que minha mãe largasse meu pai, que o abandonasse e, para falar a verdade, o que ela defendia fazia sentido. Quantas chances você deveria dar a alguém antes de desistir? Quantas vezes minha mãe sacrificaria o próprio bem-estar pelo dele?

Aquela situação já estava ficando vergonhosa e, aos poucos, eu ia me decepcionando com a pessoa na qual minha mãe estava se transformando. Eu sempre achei que ela era a mulher mais forte do mundo, e ela era mesmo... menos quando se tratava do seu amor pelo meu pai.

Nós éramos bem mais felizes quando ele estava preso.

Voltei para a varanda, sem querer entrar em casa.

Eu não queria chegar perto do meu pai se ele estivesse lá dentro. Ele havia mentido para mim. Há pouco tempo, ele olhou nos meus olhos e prometeu que não arrumaria mais problemas. Mas era isto que os mentirosos faziam — mentiam. Eu odiava o fato de ele viver nos decepcionando. Eu odiava o fato de que minha mãe o defendia todas as vezes.

Eu odiava aquele ciclo em que estávamos presos.

Peguei o celular e mandei uma mensagem rápida para Eleanor.

Eu: Posso dormir aí?

Eleanor: Sempre.

Fui para a casa da minha prima, meu refúgio sempre que meu pai perdia o controle. Toda vez que eu aparecia para dormir lá, meus tios sabiam que ele estava tendo outra recaída.

Tia Paige abriu a porta e, assim que bateu os olhos em mim, disse em um tom compreensivo:

— Sinto muito, Shay.

Ela parecia cansada, mas não tive muito tempo para analisar sua aparência, porque ela rapidamente me puxou para um abraço apertado. Tia Paige me dava os melhores abraços sempre que eu ia à sua casa.

Ela nem sabia por que sentia muito, ela só sentia que, quando eu aparecia para dormir lá sem aviso prévio, significava que minha família estava em guerra.

Abri um sorriso desanimado.

— Está tudo bem.

— Não está, não — disse tio Kevin com firmeza, entrando na sala. — Não está nada bem.

Era bom ouvir isso, ouvir que nada estava bem.

Quem dera minha família entendesse isso. As brigas me deixavam louca. Ver Mima e meu pai se atacarem o tempo todo acabava comigo. Às vezes, parecia que eles brigavam por qualquer bobagem. Se havia uma colher na pia, os dois trocavam farpas, discutindo sobre quem a deixara ali e, na tentativa de manter a paz, minha mãe sempre assumia a culpa, o que gerava outra briga com Mima, que dizia que minha mãe era permissiva, que não pensava na família como um todo.

"É o seu amor que impede ele de ser correto", dizia Mima para minha mãe. "Por que ele vai fazer a coisa certa se você sempre perdoa tudo o que ele faz de errado?"

Muitas vezes, eu achava que Mima tinha razão.

Muitas vezes, eu rezava para que ela estivesse errada.

Ir para a casa da minha prima sempre me trazia paz. Eu duvidava que eles brigassem e, se brigavam, provavelmente era sobre o que iriam assistir na televisão ou coisa assim. Eu nunca tinha visto três pessoas se darem tão bem. A família de Eleanor era praticamente perfeita. Eles eram iguais àquelas pessoas sorridentes que vêm no porta-retrato quando você o compra.

Uma família de comercial de margarina.

Minha família era um episódio de reality show. Você chegava à nossa sala e observava o que acontecia quando as pessoas paravam de ser educadas e resolviam que não estavam ali para fazer amigos.

Fui para o quarto de Eleanor, que já tinha enchido o colchão inflável. Ela estava deitada nele com um livro nas mãos. Eu teria tentado convencê-la a me deixar dormir no colchão e não na sua cama, mas, sempre que eu ia dormir lá, ela se recusava a me deixar ficar no colchão desconfortável.

"*Você já tá mal. Suas costas não precisam ficar ruins também*", dizia ela.

O quarto de Eleanor era repleto de estantes que iam do chão ao teto. Havia dezenas e dezenas de livros naquelas prateleiras, e se eu estivesse falando de qualquer outra pessoa, acharia que muitos deles jamais haviam sido abertos, mas, conhecendo minha prima, era bem provável que ela já tivesse lido todos mais de uma vez.

Desabei sobre sua cama, onde um pijama esperava por mim. Meus lábios soltaram o suspiro mais dramático de todos os suspiros do mundo.

Eleanor levantou os olhos do livro e o fechou.

Eu sabia que aquilo não pareceria grande coisa para muita gente, mas, em se tratando de Eleanor, fechar um livro para interagir com outro ser humano era uma coisa e tanto. Minha prima tímida e introvertida só fechava seus livros pelas pessoas que mais amava.

— Por que eles tão brigando? — perguntou ela, sentando-se com as pernas cruzadas para me encarar.

— Sei lá. Só ouvi os gritos e dei meia-volta.

— Isso tem acontecido com mais frequência ultimamente — comentou ela, e não fiz nenhum comentário, porque não era necessário.

Sim, isso estava acontecendo com mais frequência ultimamente.

Sim, eu odiava cada segundo de cada dia daquilo.

— Você acha que o seu pai...

As palavras de Eleanor foram sumindo, porque ela sabia como as palavras às vezes podiam magoar, mesmo quando não era a intenção. Ela não queria terminar seu raciocínio, mas eu sabia qual era a dúvida — meu pai tinha voltado a vender drogas?

Não, rezei.

Sim, era a resposta mais provável.

— Não sei — respondi, falando a verdade.

Na última vez que eu toquei nesse assunto com meu pai, ele havia jurado que não estava fazendo nada de errado, mas o discurso de um ex-mentiroso era difícil de engolir. Meu pai costumava mentir sobre tudo para encobrir suas falcatruas. E isso acabou até funcionando por um bom tempo, até ele desmaiar de tanto beber, sofrer uma overdose ou minha mãe pegá-lo na mentira.

Uma vez, ela o seguiu até uma casa onde ele foi vender drogas.

Eu tinha ficado esperando no banco de trás do carro.

Eu tinha dez anos.

Bons tempos.

— Espero que não — disse Eleanor.

Abri um sorriso triste, tenso, porque suas palavras fizeram meus olhos se encherem de lágrimas. Eu estava de saco cheio de chorar por causa do homem que deveria ser meu herói.

— Eu só queria que a minha família pudesse ser mais parecida com a sua. — Esfreguei o nariz para não fungar. — Vocês são perfeitos.

Eleanor fitou o chão e ficou um pouco séria.

— Nós não somos perfeitos. Também temos problemas. Problemas bem sérios.

— É, eu entendo. Ter problemas faz parte da vida, mas vocês enfrentam os seus... juntos.

Eles trabalhavam em equipe e queriam a mesma coisa da vida — felicidade. A minha família estava dividida em grupos. Claro, nós queríamos ser felizes, mas pegávamos caminhos diferentes para isso.

— Podemos mudar de assunto — sugeriu ela, sentindo o clima pesando.

— Por favor — falei com a voz embargada.

Eu falaria sobre qualquer coisa — qualquer coisa que não fossem as feridas da minha família, que pareciam piorar a cada dia.

Eleanor se levantou com um pulo e foi até sua escrivaninha. Ela pegou uma pilha de papéis e sentou-se ao meu lado na cama. Então jogou a papelada no meu colo com um baque.

— O que é isso? — perguntei.

— O roteiro que você me mandou.

Arqueei uma sobrancelha.

— Ellie, eu te mandei isso às dez da noite de ontem.

Quando não conseguia dormir, eu escrevia. Quando eu escrevia, mandava o texto para Eleanor. Na noite anterior, eu finalmente tinha terminado um roteiro que estava elaborando fazia três anos e o mandara para minha prima me dar sua opinião dolorosamente sincera.

— É, eu sei, e inclusive foi por sua causa que não escutei meu despertador tocar hoje de manhã. Li tudo três vezes, Shay. Fiquei tentando encontrar pontos em que você podia melhorar a construção dos personagens, o enredo, mas tem um grande problema.

Engoli em seco.

— Qual?

— Já está tudo perfeito.

Meu coração acelerou em um ritmo que eu não conseguia acompanhar.

— Não precisa pegar leve comigo só porque eu tive um dia horrível, Eleanor.

— Eu não estou fazendo isso. Shay, esse roteiro é uma obra-prima. Você só precisa dar um jeito de mostrá-lo para o mundo.

Senti um aperto no peito quando me dei conta de que a única pessoa para quem eu queria mostrar minha história era aquela que poderia estar passando por uma recaída. Eu não podia compartilhar todo o meu esforço e minha dedicação com meu pai se ele não estivesse bem.

O pai que andava na linha merecia dividir as paixões comigo. O pai mentiroso, não.

— Como eu mostraria isso para o mundo? — perguntei a ela.

— Dá uma olhada nisto aqui — disse ela, indo rápido até o computador. Ela se sentou à escrivaninha, abriu um site e começou a rolar a tela. — Pesquisei um pouco, e tem um monte de concursos nos quais você pode se inscrever para que profissionais leiam o seu roteiro. Você pode até mandá-lo para algumas faculdades e tentar conseguir bolsas ou auxílios. Sei que você ainda não decidiu se quer mesmo estudar cinema e escrita criativa, porque, se formos realistas, para uma pessoa normal, essa ideia não seria das melhores, mas você não é normal, Shay. Você é fantástica.

— Você só está dizendo isso porque sou sua prima favorita.

— Você é minha única prima — rebateu ela, cutucando meu braço. — Mas, sério, entendo que não queira correr riscos por conta da questão financeira. Mas acho que talvez seja legal você se inscrever em programas de bolsas de estudo para ver se consegue alguma coisa. Isso poderia aliviar boa parte da pressão de desperdiçar uma fortuna com uma formação artística.

Franzi o nariz.

— Pode ser.

Eleanor estava sempre me incentivando a pensar grande, a ir atrás dos meus sonhos, a me tornar a melhor pessoa possível. Pedi a ela que me mandasse por e-mail o site com os formulários e falei que olharia tudo com calma assim que tivesse tempo.

Eu não sabia o que o futuro me reservava, mas era bom ter alguém do meu lado que acreditava em mim.

Nós conversamos sobre absolutamente tudo até nossos olhos ficarem pesados de sono e, deitadas ali na escuridão do quarto, Eleanor me chamou.

— Sei que a gente nunca conversa sobre garotos, porque, tanto faz... mas o que está rolando com você e o Landon? — perguntou ela, fazendo meu estômago se revirar.

Eleanor nunca dava ouvidos aos dramalhões da escola e tinha uma habilidade fora do comum de não se misturar com ninguém. Se não tivesse a ver comigo, ela estava pouco se lixando para tudo o que acontecia nos corredores da nossa escola. Então o fato de ela ter percebido que havia algo rolando entre mim e Landon era chocante.

Era tão óbvio que nós dois tínhamos nos metido em uma situação maluca?

— Como assim?

— Ouvi falar que vocês fizeram uma aposta. As pessoas estavam comentando isso na escola. Tipo, elas não estavam falando comigo, mas eu escutei.

— Ah. — Não consegui pensar em mais nada para dizer.

— Você está bem? Está se apaixonando por ele?

— Não, não é nada disso.

Meu coração só perdia o compasso de vez em quando, mas estava tudo sob controle.

— Mas poderia — sugeriu Eleanor. — Seu coração é cheio de amor. Você amaria monstros se eles pudessem ser amados.

Eu ri.

— A Tracey diz que meu coração é sensível.

— E é mesmo. Não estou falando de um jeito negativo. Só acho que você sente as coisas com mais intensidade do que a maioria das pessoas. Seu amor é mais forte e profundo, fico com medo do Landon te magoar e...

— Ele não vai fazer isso — eu a interrompi. — Não vou deixar.

— Mas e se ele te magoar? E se você se apaixonar pelo Landon e ele partir seu coração?

— Não sei — confessei.

Eu não sabia o que faria se Landon criasse rachaduras na minha alma. A cada dia que passava, eu ficava ainda mais preocupada com essa possibilidade.

— Só toma cuidado. — Eleanor bocejou antes de se virar para o lado e abraçar o próprio travesseiro. — Não quero dar uma surra num cara popular, mas estou disposta a isso se precisar.

O que aconteceria se Landon conseguisse fazer com que eu me apaixonasse por ele? O que aconteceria se ele partisse meu coração?

Fiquei refletindo sobre isso por um tempo até chegar a uma conclusão sobre o assunto.

Abri ligeiramente os lábios e senti meu corpo estremecer enquanto eu anunciava minha mais nova verdade.

— Se ele partir meu coração, espero que os caquinhos formem uma boa história.

Eleanor estava praticamente dormindo quando respondeu, murmurando baixinho:

— Se ele partir seu coração, eu quebro a cara dele.

Eleanor Gable, minha salvadora, minha heroína.

Ela caiu no sono antes de mim, sua respiração baixa e suave.

Continuei acordada, pensando em Landon, percebendo que ele ficava surgindo na minha mente com muita facilidade. Continuei acordada, pensando no meu pai e me perguntando se ele estava tendo outra recaída. Continuei acordada, pensando em dois homens que não deviam me fazer perder o sono.

Por volta de meia-noite, meu celular apitou com uma mensagem de um número desconhecido.

Desconhecido: A gente devia ensaiar nosso beijo.

Reli as palavras diversas vezes, confusa. Quando eu estava prestes a baixar o telefone, ele apitou de novo.

Desconhecido: Essa não é uma parte importante do negócio? Romeu beijando Julieta.

Landon. É claro.

Eu: Como você conseguiu meu número?

Landon: Tenho meus métodos pra descobrir o que eu quero.

Raine.
Óbvio.

Landon: E aí, o que você acha? Do beijo? Você pula essa parte em todos os ensaios, então, se quiser praticar quando estivermos sozinhos, eu não me incomodaria.

Eu: Fica pra próxima.

Landon: Você pode me mostrar se é boa mesmo. Com a língua, os lábios, o quadril, os lábios...

Eu: Você disse lábios duas vezes.

Landon: Tô falando de dois tipos diferentes de lábios, *chick*.

Que Deus me proteja.
Meu estômago deu uma cambalhota enquanto eu relia as palavras dele várias vezes. Senti um leve formigamento entre as coxas e me forcei a ignorá-lo.

Eu: Você é tão obsceno.

Landon: E você é tão santinha.

Eu: Já não tá na sua hora de dormir?

Landon: Já não tá na sua?

Touché.

Landon: Posso ir te buscar se você quiser. A gente pode ensaiar na minha casa.

Eu: Acho uma péssima ideia.

Landon: Péssimas ideias são as melhores. Nenhum de nós tá conseguindo dormir mesmo. O que você tem a perder?

Eu: A cabeça, pelo visto.

Landon: A gente nem precisa ensaiar. Eu meio que tava brincando sobre a parada do beijo, só pra te encher o saco. A gente pode só conversar. Ou não. A gente pode só ficar sentado na mesma sala, sem falar porra nenhuma.

Olhei para minha prima adormecida e engoli em seco. OQEF — o que Eleanor faria? Bom, para começo de conversa, ela me mandaria dormir. Ela falaria que um cérebro cansado nunca toma decisões inteligentes. Ela me lembraria de como Landon era podre e do seu histórico de ser uma pessoa horrível.

Ela me diria que sou muita areia para o caminhãozinho dele. Ela me diria que não caísse naquele papinho. Ela me diria que fosse forte e recusasse. Mas a sábia Eleanor estava indisponível no momento. Ela havia desmaiado de sono, se desligando do mundo. Ela não podia me dizer nada, então ouvi meu coração, em vez de a cabeça.

Meu coração idiota e sensível.

Mandei o endereço para ele e prendi a respiração.

19

Landon

Eu já tinha lido o livro da linguagem do amor duas vezes.

Até sublinhei algumas merdas.

Desde então, estava me esforçando para ver Shay com outros olhos e, para minha surpresa, de certa forma, comecei a me reconhecer nela.

Eu teria que agradecer Raine por ter me passado o telefone de Shay, apesar de ela ter dito que havia feito isso sem querer. Raine não conseguia resistir à possibilidade de bancar a fada madrinha para a Bela e a Fera.

Shay parecia tímida quando a busquei no endereço que ela havia me mandado. Eu nunca a vira tão quieta. Passamos dez minutos no carro sem dar um pio. Normalmente, ela precisava de pouquíssimos segundos para começar a me provocar, mas, naquela noite, ficou em silêncio.

Eu queria perguntar se estava tudo bem, mas, levando em consideração que já era mais de meia-noite e que Shay estava no carro de um garoto que ela não suportava, dava para perceber que não estava tudo bem.

Tentei imaginar qual era a tempestade dentro da sua cabeça. Tentei imaginar se seus trovões eram tão estrondosos quanto os meus, se os raios atingiam sua alma diversas vezes, se ela se afogava nos próprios pensamentos.

Quando cheguei à minha casa, parei o carro e fiz menção de abrir a porta do motorista.

— Não — sussurrou ela, falando baixo.

— O quê?

— Não quero sair. Não quero entrar na sua casa.

Agora eu estava confuso. Eu não entendia muito bem como a mente feminina funcionava, mas sabia que rolava um monte de merda lá dentro, então confusão sempre era um desfecho provável.

— Então por que você... — comecei.

Ela deu de ombros.

— Eu não queria ficar remoendo meus pensamentos sozinha, só isso.

— Ah. — Levantei uma sobrancelha. — Você pode não ficar sozinha dentro da minha casa.

— Não. Não posso.

— Por que não?

— Porque tenho pensado em te beijar.

Abri um sorrisinho.

— Ah, é?

— Não fica se achando, seu palhaço. Eu quis dizer que, em algum momento, a gente vai precisar se beijar por causa da peça e ando pensando bastante nisso. Mas só por causa da peça, óbvio. Se eu entrar na sua casa, vou continuar pensando em te beijar, porque vou achar que você está pensando em me beijar e não posso ficar pensando em te beijar dentro da sua casa, porque lá dentro fica o seu quarto, onde está a sua cama, e não quero ser só mais uma garota que você beija na sua cama, mesmo que seja só para melhorarmos nossa atuação.

Eita, quanta coisa.

Ela baixou a cabeça.

— Você pode me levar de volta se quiser. Sei que seus planos para hoje eram diferentes.

— Não tem problema — murmurei. — Eu também não queria ficar sozinho.

— O que a gente está fazendo, Landon? Essa aposta, esse desafio idiota entre nós, essa implicância toda... o que é isso? Por que a gente está se dando ao trabalho de fazer um negócio tão bobo? Um desafio que foi bolado pelo Reggie, que não deve nem se lembrar mais disso... o que é isso?

Ela suspirou, implorando por uma resposta.

— Não sei — respondi. A verdade era que eu não sabia o que pensar a respeito de nós dois. Eu só sabia que, quando pensava nela, meus pensamentos não pareciam tão pesados. — É esquisito, né?

— É, sim.

— É só que... — Eu me recostei no banco e apertei o volante, fechando os olhos. — Se eu estiver pensando em você e nessa aposta idiota, sobra menos tempo para pensar em mim e em todas as merdas que estão acontecendo na minha vida.

— Digo o mesmo — confessou ela.

Quando abri os olhos, a cabeça de Shay estava inclinada na minha direção. Aqueles olhos castanhos e profundos penetravam minha alma com muita facilidade... Aqueles olhos eram o que eu mais gostava nela. Eles contavam histórias com começo, meio e fim sem dizer uma palavra.

Aquela parte era a que eu mais gostava quando a via no palco. Seus olhos sempre transmitiam suas emoções mais verdadeiras e, naquela noite, eles diziam algo desolador.

— Você está triste hoje — sussurrei.

— Estou — confirmou ela.

Prendi uma mecha de cabelo solta atrás da orelha dela. Eu não sabia se tinha permissão para encostar em Shay, mas o fiz mesmo assim, e ela deixou. Apoiei a cabeça no encosto do banco e continuei olhando em seus olhos.

— Posso fazer uma pergunta? — questionou ela.

— Não vou te impedir.

— Por que você me odeia? Por que você me odiou por todos esses anos?

— Fácil. Porque você sempre pareceu muito feliz, e eu tinha inveja disso. Eu tinha inveja do fato de que as pessoas te amavam, da sua vida toda perfeita. A minha vida é difícil desde que eu me entendo por gente, enquanto você anda por aí como se fosse um arco-íris e tal. Eu daria tudo para ter isso.

Ela deu uma risadinha.

— É por isso? É por isso que você me odeia?

— Basicamente. Você tem tudo o que eu sempre quis... uma vida estável.

Ela riu mais ainda.

— Se você soubesse como isso é engraçado.

— Me conta. Eu gosto de rir.

— Desde quando?

— Desde agora.

Ela mordeu o lábio inferior e deu de ombros.

— Ninguém tem uma vida perfeita. Algumas pessoas só escondem melhor seus segredos. Você disse que pareço um arco-íris, mas um arco-íris não aparece sem chuva, né? A minha vida não é fácil. Longe disso, na verdade. Só sou muito boa em esconder isso na escola.

Eu sorri.

— E você diz que não é boa atriz. Eu caí nessa.

— Bom saber. Acho que... sei lá. Às vezes, eu queria me abrir para as pessoas, só para não ter que aguentar tudo sozinha. Só para ter alguém que dissesse: "Isso é horrível, e eu sinto muito. Vou te dar um abraço." Sabe? Não preciso que ninguém resolva meus problemas nem nada, sou forte o suficiente para dar conta deles. Só queria ter alguém para me consolar de vez em quando. Mas eu estou bem. De verdade, estou bem. No geral, minha vida é boa.

— Você não precisa fazer isso — prometi.

— O quê?

— Dizer que está bem quando não está.

Ela baixou a cabeça e a balançou de um lado para o outro.

— As pessoas não gostam de mim quando eu estou triste.

— Como você sabe disso? Você nunca deixa ninguém se aproximar o suficiente para te ver chorar.

Ela abriu a boca, mas as palavras não saíram. Pela primeira vez na vida, eu enxerguei Shay. Vi a garota por trás da máscara, a que sentia tantas coisas e escondia esses sentimentos do mundo porque achava que eles seriam um fardo para os outros. Vi suas rachaduras, e elas eram tão lindas que quase fizeram meu coração congelado voltar a bater.

Eu não sabia que a tristeza podia ter uma beleza tão devastadora.

— Se você me contar os seus segredos, eu te conto os meus — sussurrei para ela, as palavras saindo com facilidade da minha boca e entrando por seus ouvidos.

Ela fechou os olhos por um segundo e, quando os reabriu, eles estavam transbordando de emoção, mas nenhuma lágrima ousou escorrer pelas bochechas dela.

Ainda era difícil deixar alguém se aproximar tanto assim.

— Meu pai é um mentiroso. Ele é assim desde que me entendo por gente, e minha avó o pegou na mentira hoje, de novo. Quando cheguei em casa depois do ensaio, ouvi os gritos, então fui para a casa da minha prima. Foi lá que você me buscou.

— Que droga. Eu sinto muito. — Torci para que ela acreditasse em mim.

— E minha mãe vai continuar aceitando as mentiras dele. Ela o ama demais. Se ele dissesse que o sol é roxo, ela nem questionaria. Simplesmente acreditaria de olhos fechados nele.

— Talvez as coisas mudem dessa vez.

— Talvez. Mas acho difícil. — Ela olhou para a marcha do carro e passou o dedo para cima e para baixo da barra, devagar. Então começou a fazer círculos pequenos, dando voltas e mais voltas. — Você já sentiu que estava andando em círculos? Como se o passado tivesse ficado para trás, e você estivesse tentando superá-lo, dando o seu melhor, mas então do nada começa a acontecer um monte de coisas que te levam de volta para ele? Cada passo que você dá para a frente acaba, de alguma forma, sendo dois para trás. Parece que, por mais que você lute pelo futuro, o passado te puxa.

— Sei bem como é.

— Quero que os meus pais sejam diferentes, mesmo que seja só por um dia. Quero que interrompam esse ciclo. Quero que o meu pai pare de mentir. Quero que a minha mãe peça o divórcio se ele não mudar. Quero que ela reconheça o próprio valor. Quero estabilidade. Quero que a mudança seja pra valer. Quero deixar de viver numa casa que me sufoca e faz com que eu me sinta saturada. — Shay não me deu tempo de responder. Ela afastou o cabelo do rosto, se empertigou e cruzou as pernas no banco do carona. — Agora me conta o seu segredo — pediu ela, e eu nem tentei me esquivar.

Eu queria saber todos os segredos dela e queria lhe contar todos os meus. Mas por quê? Por que eu me sentia tão próximo de uma garota que odiei por tanto tempo?

— Sabe quando você tem dias tristes como hoje? — perguntei.

— Sei.

— Todos os dias são assim para mim.

Eu nunca tinha contado isso para ninguém. Eu nunca tinha confessado o peso que meu coração tinha no peito, como era difícil respirar todo santo dia, mas ela havia desabafado comigo no meio da madrugada, então resolvi me abrir também. Que se dane. Naquela noite, estávamos no mesmo barco. Ela estava triste, e eu também.

Eu sofria em parte pela insônia, em parte por excesso de solidão, e principalmente por guardar tudo dentro de mim. Nunca achei que Shay seria a pessoa com quem eu me abriria, mas lá estava eu — desabafando e pedindo a ela que não me julgasse.

E ela não me julgou. Dava para perceber quando uma pessoa fazia isso, dava para ver as críticas em seu olhar, mas os olhos de Shay só demonstravam sinceridade. Eu não tinha ideia do quanto desejava aquela sinceridade até estar de frente para ela.

— Por que você fica triste? — perguntou ela.

— Não sei — confessei, e as palavras ecoaram pela minha cabeça.

Eu estava falando do mesmo jeito que meu tio, e não queria isso. Em muitos momentos, eu achava que as sombras dele haviam se infiltrado em mim. Talvez fosse uma questão de genética — o gene da tristeza.

De toda forma, eu tinha a impressão de que estava lutando uma batalha diária contra a depressão.

Depressão.

Por que essa palavra parecia tão pesada?

Por que ela fazia com que eu me sentisse um fracassado?

Eu estava lutando para não ser engolido vivo pela minha própria mente, e isso era bastante exaustivo. Queria que tivéssemos aprendido sobre depressão na escola. Queria que a gente recebesse dicas e macetes para não mergulhar tão fundo na escuridão. Em vez disso, aprendíamos equações. Eu mal podia esperar para aplicá-las na minha vida.

— Você está deprimido? — quis saber ela, como se a pergunta não parecesse uma pistola apontada para a minha cara.

— Não — menti.

E eu sempre mentiria sobre isso. As pessoas encaravam você com outros olhos quando achavam que estava deprimido, ainda mais quando a sua vida parecia fazer sentido, quando não parecia haver qualquer motivo para tristeza. Depois que soube que Lance sofria de depressão, passei a vê-lo de outra forma. Não era de propósito, mas, quando uma pessoa que você ama está com problemas, você enxerga suas rachaduras sempre que ela está por perto e tenta descobrir o que fazer para consertá-las.

— Você sempre mente sobre esse assunto?

— Não — respondi, falando a verdade. — Nunca precisei mentir, porque ninguém nunca me perguntou.

— Você vai ficar de saco cheio de mim. Sou muito direta. Não fico colocando panos quentes nas coisas.

— Que bom. Não gosto disso. E também não sou de colocar panos quentes em nada. Não tenho saco para isso.

Ela ficou me encarando por um tempo, inclinando a cabeça de um lado para o outro, me estudando. Então abriu a boca.

— É melhor eu voltar para a casa da minha prima antes que percebam que eu saí.

— Tá, beleza.

Eu queria que ela ficasse um pouco mais. A gente nem precisava conversar. Se só ficássemos sentados ali em silêncio, já estaria bom para mim. Só que eu não podia ficar ali com ela para sempre.

Ela ainda estava triste, preocupada com o pai, e com razão. Lance também tinha mentido sobre seus problemas, e isso havia causado sua morte no fim das contas, então eu sabia como a situação era séria.

Nem tentei convencê-la a se animar. Só deixei que ela sentisse tudo o que tinha para sentir.

No caminho, passamos por um parque, e Shay de repente perguntou:

— Podemos parar aqui rapidinho?

Levantei uma sobrancelha.

— Por quê?

— Quero ver um negócio.

Aproximei o carro do meio-fio, parei, e nós dois saltamos. Agora, era a minha vez de confiar nela para me guiar. Seguimos por um bosque, passando uma trilha, e Shay parecia estar procurando alguma coisa.

Quando chegamos a uma clareira com dois salgueiros imensos, ela se aproximou das árvores, passando os dedos pelo casco. As duas estavam conectadas, entrelaçadas uma na outra, como se fossem uma só. Quanto mais eu me aproximava, mais notava as letras entalhadas nelas.

— São as árvores dos apaixonados — explicou Shay, procurando alguma coisa ali. — Dizem que, se um casal vier aqui e entalhar seus nomes no casco, o amor deles vai durar para sempre. Minha família faz isso há décadas.

— Que brega — murmurei.

Mas aquilo era meio legal também.

— Eu acho lindo — disse ela. — Bom, *achava*.

Ela parou quando encontrou um par de iniciais.

CAM & KJG

Antes que eu tivesse chance de perguntar quem era o casal, Shay enfiou a mão no bolso, pegou um molho de chaves e começou a riscar as letras.

— Espera, espera, espera, calma aí — gritei, agarrando-a pela cintura e puxando-a para trás.

Mas, apesar de pequena, ela era forte. Shay escapou dos meus braços e continuou a riscar o casco.

Eu a agarrei de novo, agora com mais força, e a virei de frente para mim, de costas para a árvore.

— Que diabos você está fazendo, *chick*? Você não pode sair por aí destruindo o final feliz das pessoas.

— Não, eu preciso fazer isso. Reza a lenda que as iniciais significam que o amor do casal vai durar para sempre, não que eles serão felizes, e meus pais não estão felizes. Eles estão presos num ciclo horrível, e eu preciso acabar com isso.

Meu coração frio se partiu. Ela tremia enquanto tentava voltar para a árvore, mas eu não a soltei. Não podia fazer isso. Shay estava desmoronando nos meus braços, as lágrimas escorrendo por suas bochechas enquanto ela se perdia em mim.

— Essas árvores não são um presente, são uma maldição, e a minha mãe nunca vai conseguir se livrar do meu pai, se continuar presa a essa coisa. Do mesmo jeito que a minha avó ficou presa ao meu avô, do mesmo jeito que aconteceu com meus bisavós. Essas árvores estão amaldiçoadas. Preciso tirar os nomes deles dali — choramingou ela.

— Shay — sussurrei, minha voz falhando enquanto a via desmoronar. — Shay, me escuta. Riscar letras numa árvore não vai fazer com que seus pais mudem.

— Talvez faça. Talvez essas árvores estejam ligadas a uma maldição ou coisa assim. Talvez... talvez... talvez...

Ela deixou o chaveiro cair e começou a chorar de verdade nos meus braços. Eu não sabia o que dizer. Não consegui pensar em nada para fazê-la se sentir melhor, então simplesmente fiquei parado ali, abraçado a Shay enquanto ela desabava.

Por um bom tempo, eu odiei Shay por achar que ela era a dona perfeitinha. Eu odiei sua felicidade. Eu a odiei porque eu tinha cicatrizes, e ela não; mas agora eu me sentia o maior idiota do mundo por pensar assim. No fim das contas, todo mundo tinha cicatrizes. Todo mundo tinha rachaduras e cortes que faziam sua alma sangrar todas as noites. Mas algumas pessoas tinham mais facilidade em escondê-las.

Ela apertou minha camisa branca de mangas compridas e chorou, se entregando por completo, e eu a abracei como se não pretendesse soltá-la nunca mais. Enquanto ela estava ali nos meus braços, meu coração derreteu um pouco por ela, por suas mágoas, por sua dor e seu sofrimento. Quando finalmente parou de chorar, Shay se afastou, um pouco envergonhada. Então limpou o nariz com as costas da mão e fungou algumas vezes, se virando de costas para mim.

— Desculpa — murmurou ela, secando os olhos. — Eu estou toda entupida e horrorosa.

Seus olhos estavam vermelhos e inchados, as lágrimas ainda escorriam deles, e ela estava certa — parecia mesmo acabada. Arrasada, verdadeira e...

— Linda — falei, sendo sincero. — Você está linda.

Para falar a verdade, Shay parecia mais bonita e real do que nunca. Sua dor tinha uma beleza que fazia com que você sentisse vontade de protegê-la do mundo. Eu queria abraçá-la de novo, consolá-la, dizer que suas emoções a tornavam real.

— É melhor a gente ir — disse ela fungando, com as bochechas rosadas e os olhos cansados.

— É melhor mesmo.

Eu me abaixei para pegar as chaves de Shay e, antes de entregá-las para ela, fui até as árvores e risquei o restante das iniciais dos pais dela. Se as tais árvores fossem uma maldição, eu queria acabar com ela por Shay. Queria quebrar o feitiço do amor problemático que afetava sua família. Queria libertá-la para que, em algum momento, ela pudesse encontrar o verdadeiro amor.

Ela soltou um suspiro pesado e tirou o molho de chaves da minha mão. Seus dedos roçaram minha palma, e uma parte da minha alma que eu nem sabia que existia se iluminou. O que foi aquilo? O que era aquela sensação, e como Shay a despertara?

— Obrigada, Landon — sussurrou ela.

— Sempre que você precisar — respondi.

E acho que fui sincero.

Acho que quis dizer sempre que ela precisasse mesmo.

Voltamos para a casa da prima dela, e, quando parei o carro, me virei rapidamente para me despedir dela e encontrei seus lábios.

Os lábios de Shay.

Pressionados contra...

Os meus.

Suas mãos tocaram minhas bochechas enquanto ela me puxava em sua direção. Ela tinha gosto de lágrimas salgadas e brilho labial de pêssego e, por mais estranho que parecesse, aquele era meu novo gosto favorito. No começo, não retribuí o beijo. No começo, fiquei paralisado, achando que, se me mexesse, o momento passaria e eu jamais conseguiria tê-lo de volta.

— Landon — sussurrou ela com os olhos fechados, apoiando a testa na minha.

Adorei aquilo. Adorei quando ela falou meu nome. Não Satanás. Não babaca. E sim Landon.

Adorei quando aquelas duas sílabas saíram da sua boca.

Eu me senti visto. Nem me lembrava da última vez que alguém tinha me visto com tanta clareza.

— O que foi? — arfei, meu hálito roçando contra sua boca, sua boca carnuda.

— Me beija — ordenou ela, e eu obedeci.

Meus lábios.

Pressionados contra...

Os dela.

Eu a beijei devagar no começo, tentando ignorar o jeito como minha calça jeans estava ficando apertada conforme meu pau registrava o fato de que eu estava beijando uma garota — e não uma garota qualquer, e sim *a* garota. Eu estava beijando Shay Gable, e, cada vez que os nossos lábios se tocavam, ela roubava um pedaço de mim.

Então eu a beijei com mais vontade, com mais intensidade, abrindo levemente seus lábios para deslizar minha língua para dentro da sua boca. Eu queria beijá-la com tanta força que seus gemidos seriam a única coisa que me alimentaria pelo restante da minha existência. Eu queria enroscar minha língua na dela, queria deixar minhas mãos percorrerem seu corpo, sentindo cada milímetro de seu ser. Eu queria aquela garota.

Eu queria tanto aquela garota que chegava a doer.

Mas, então, ela parou.

Ela se afastou, sua pele mais corada e as bochechas mais vermelhas do que nunca. Ela passou os dedos pelo cabelo e abriu um sorriso hesitante.

— Pronto — sussurrou Shay, esfregando o dedão pelo lábio inferior lentamente antes de mordê-lo com um ar nervoso.

Nossa, chick.

Faz isso de novo.

— Esse foi o seu beijo, Romeu — disse ela, abrindo a porta e saltando do carro.

— Obrigado, Julieta — falei, ofegante. Pelo menos acho que falei. Minha cabeça estava tão desnorteada que eu tinha perdido completamente o senso de direção. Apenas ajeitei a região da minha virilha e me inclinei na direção dela. — A gente não devia continuar ensaiando? Para a peça. Quero que pareça o mais realista possível.

Ela riu, e o som de sua risada me deixou ainda mais duro.

Lembrete: não usar calça jeans perto da Shay. De agora em diante, só moletom.

— Boa noite, Landon.

Ela fechou a porta do carro.

Landon.

Fala de novo.

Ela começou a se afastar, e eu continuava ali no carro, inclinado, como um cachorrinho desesperado pela atenção do dono. Abri a janela do passageiro depressa e a chamei.

— *Boa noite! Boa noite! A despedida é uma dor tão doce* — gritei.

Ela olhou para mim, e seus lábios se abriram num sorriso largo enquanto suas mãos iam até o peito.

— *Que estaria dizendo "Boa noite" até que chegasse o dia.*

Nós citamos *Romeu e Julieta*. Eu tinha começado a frase, e ela, terminado.

Mas que...

Porra...

Era aquela?

E que...

Porra...

Eu estava fazendo?

Era difícil me reconhecer, mas lá estava eu, sentado no meu carro às duas e meia da manhã, citando Shakespeare para a garota que eu costumava odiar. Costumava — no passado. A verdade era que eu nem me lembrava da última vez que tinha sentido ódio por aquela garota. Talvez quando ela entrou no meu quarto um ano atrás, talvez nunca. Eu só sabia que minha boca formigava pelo contato com a dela e que eu tinha adorado seu gosto.

Esperei até que ela entrasse na casa, depois me joguei no encosto do banco do motorista. Levei as mãos ao peito e senti meu coração batendo disparado contra minhas costelas.

Ela havia feito aquilo comigo.

Ela havia feito meu coração voltar a funcionar.

Seu beijo tinha me dado vida.

Fiquei sentado ali, feito um idiota sob o efeito de drogas, sorrindo de orelha a orelha porque tinha citado Shakespeare para uma garota e ela havia completado a frase.

Talvez tudo fosse parte do jogo. Talvez ela só estivesse tentando mexer com a minha cabeça para despertar meus sentimentos. Talvez aquilo tudo fosse mentira, mas, naquele momento, eu não me importava, porque parecia tão real, e a sensação era tão boa.
Vá se ferrar, Shay Gable.
Ela podia ir se ferrar por me fazer sentir alguma coisa de novo.

20

Shay

— Bom dia. — Tia Paige sorriu quando entrei na cozinha para passar o café.

Para minha surpresa, ela já havia preparado um bule. Na minha casa, eu costumava ser a primeira a acordar e começar o dia. O café sempre estava pronto antes de minha mãe sair da cama para se juntar a mim, mas parecia que Paige gostava de acordar cedo também.

— Bom dia. — Peguei uma caneca e me servi.

— Quer leite?

— Não, bebo puro, que nem meu pai.

Ela estremeceu só de pensar nisso.

— Deus me livre. Gosto de uma gota de café no meu leite — brincou ela.

Tia Paige era linda. Ela era uma artista e vivia com um pincel preso atrás da orelha. Suas roupas sempre tinham manchas de tinta, e seu sorriso era capaz de iluminar qualquer espaço.

Ela também gostava de usar bandanas na cabeça e, quando você olhava para ela, era como se estivesse diante de uma obra de arte.

Eleanor era tão parecida com a mãe que chegava a dar nervoso. Da mesma forma que eu era parecida com a minha, pelo visto. Era como se meu tio e meu pai não tivessem genes fortes o suficiente. As mulheres da família pareciam fazer a maior parte do trabalho quando se tratava de genética.

Paige apertou a bandana na cabeça e olhou para mim.

— Então, como foi seu passeio de madrugada? — Meus olhos se arregalaram quando ouvi aquelas palavras, e ela abriu um sorriso doce. — Não precisa se preocupar. Não vou contar para os seus pais, mas não quero ver você metida em encrenca, Shay. Eu te amo e me preocupo muito com você, e não quero que se magoe. Está tudo bem?

Fiz que sim com a cabeça.

— Estou bem.

Ela abriu um sorriso torto.

— Eu era parecida com você quando tinha a sua idade, era meio rebelde. Quer o conselho de uma velha? — perguntou ela.

— Claro.

— Tenha certeza de que ele vale mesmo a pena.

— Como você sabe que eu saí com um garoto? — perguntei.

Ela riu.

— Porque essas escapadas noturnas sempre são com um garoto. Siga seu coração, mas não esqueça seu cérebro. — Ela se aproximou de mim e me deu um beijo na testa. — Vou acordar a Eleanor. Se eu deixar, ela continua dormindo mesmo com o despertador tocando.

— Tá bom. Obrigada, tia Paige.

Suas palavras ficaram dançando pela minha cabeça e pelo meu coração.

Tia Paige já estava quase no corredor quando olhou mim.

— Ah, e Shay?

— Oi?

— Sei que é pedir muito, mas... será que você pode levar a Eleanor num desses passeios, se tiver uma oportunidade? Sei que ela é introvertida, mas quero que viva um pouco a vida. Não quero que ela fique tão presa aos livros e se esqueça de ter as próprias experiências.

Os olhos dela se encheram de lágrimas, transbordando tanta emoção que fiquei até nervosa.

— Está tudo bem? — perguntei baixinho.

Ela deu uma risada, mas parecia meio triste.

— Está. Mesmo quando as coisas parecem não fazer muito sentido, o universo faz com que tudo dê certo no final. Só me promete que você vai cuidar da Eleanor?

— Prometo.

Uma lágrima escorreu por sua bochecha e ela a secou, assentindo com a cabeça.

— Obrigada.

Não insisti na conversa, porque dava para perceber que tia Paige não queria se estender no assunto. Eu sabia que poderia cumprir aquela promessa. Eu cuidaria de Eleanor assim como ela estava sempre cuidando de mim. Por toda a eternidade.

~

Quando cheguei à escola na manhã seguinte, abri meu armário e arfei ao descobrir que ele estava cheio de peônias e dezenas de balas de banana. Havia um bilhete grudado na porta, então o puxei e li a mensagem:

Aqui estão umas flores e balas pra compensar sua noite ruim. Eu ia arrumar uns pênis, mas achei que peônias seriam melhores.

— *Satanás*

P.S.: *Você tem noção de como é difícil achar peônias nesta época do ano?*
É quase impossível.
Quase.

Olhei para o fim do corredor, na direção do armário de Landon. Obviamente, o encontrei parado lá com uma garota, que estava toda se querendo para o lado dele. Mas ele não parecia estar prestando atenção nela, já que seus olhos estavam grudados em mim.

Peguei as flores e as cheirei. Elas eram perfeitas. Tão, tão perfeitas.

Coloquei-as de volta no armário, peguei uma bala e joguei-a na boca. Olhei de novo para Landon.

Os olhos dele?

Ainda em mim.

Sorri.

Ele quase sorriu para mim também. O lado direito da sua boca se curvou ligeiramente para cima e, para mim, aquilo era uma vitória.

Quando deu a hora do almoço, eu me sentei na frente dele.

— Onde você arrumou tantas balas de banana? — perguntei, curiosa.

Ele deu de ombros.

— Encontrei um pacote no mercado. Não foi nada de mais.

Não parecia assim tão "nada de mais".

— Achei fofo.

— Bobagem. — Ele estava sendo o Landon mal-humorado e ranzinza de sempre, mas o canto direito de sua boca se curvou para cima de novo. — Você já está apaixonada por mim? — perguntou ele.

— Não. Nem um pouco. Você já me ama?

Seus olhos se fixaram na minha boca.

— De jeito nenhum.

— Você ainda me odeia? — sussurrei, meus olhos indo para sua boca... a mesma boca que eu tinha provado... a mesma boca que tinha me provado.

— Odeio.

— Que bom, porque eu também te odeio.

— Que bom — repetiu ele.

— Que bom — respondi.

Senti um arrepio subir pelas minhas costas enquanto comíamos o almoço em silêncio, com todos os nossos amigos sentados à mesa e conversando ao nosso redor.

Que bom.

Seguimos caminhos diferentes depois do almoço e, por algum motivo, senti a necessidade de arrombar o armário de Landon durante o sexto tempo para deixar um bilhete de agradecimento pelas balas e pelas flores. Então, quando consegui abrir o armário, encontrei sacos de balas — com todos os sabores, menos banana. Ele tinha comprado sacos gigantes e separado meu sabor favorito.

Quem imaginaria que ele um dia faria uma coisa dessas?

Quem imaginaria que meu coração poderia perder o compasso pelo diabo em pessoa?

~

Tudo mudou depois que eu e Landon nos beijamos — pelo menos para mim. Era como se a barreira que tínhamos passado anos construindo finalmente estivesse sendo derrubada, tijolo por tijolo. Depois da madrugada que passamos juntos, depois da madrugada em que eu havia lhe mostrado minhas cicatrizes, e ele tinha me mostrado as dele, fiquei viciada. As balas e as flores foram o empurrãozinho que faltava.

Eu queria estar perto de Landon, porque gostava do jeito como ele fazia meu coração acelerar. Eu queria estar perto dele, porque gostava do jeito que ele fechava a cara. Eu gostava ainda mais do jeito como ele sorria.

Eu lhe mandava mensagens pedindo que ensaiássemos nossas falas, e terminávamos todas as noites nos beijando, sem fazer nada além disso. Às vezes, suas mãos tentavam explorar meu corpo, mas eu sempre as afastava com um tapa. Porém, uma vez, deixei que ele apertasse minha bunda.

Gostei disso... *mais* do que devia, e esse era o motivo para que eu continuasse guiando suas mãos para minha cintura.

Mas ele nunca tentava ultrapassar os limites. Era como se qualquer toque fosse suficiente para ele. Eu, por outro lado? Eu queria mais. Por dentro, ficava pensando em como seria beijá-lo, tocá-lo, deixá-lo me levar para sua cama. Mas a aposta não saía da minha cabeça, sem contar que Eleanor também ficava me lembrando dela o tempo todo.

"Não deixa ele te fazer de boba", dizia ela. "É assim que ele está te ganhando, sendo fofo. Flores e balas? Todo cara faz isso para conquistar uma garota. Pelo menos nos livros que eu leio."

Eu sabia que havia uma possibilidade de ela estar certa, e talvez eu estivesse baixando a guarda cedo demais, só que não conseguia evitar. Meu coração o queria, mesmo que meu cérebro fosse contra. Eu me esforcei o máximo que pude para ouvir o conselho de Paige, mas o coração era um negócio teimoso. Ele era capaz de bater mais rápido por certas pessoas mesmo sem a permissão do cérebro.

E nós dois tínhamos a língua afiada. Ainda ficávamos trocando farpas todos os dias, mas nossos comentários pareciam mais leves, mais divertidos, como se estivéssemos flertando.

Às vezes, ele sorria para mim, e isso era o suficiente para que eu passasse o dia inteiro com um sorriso no rosto

Escrevi tudo sobre ele no meu caderno. Antes de a aposta começar, eu já tinha preenchido um caderno inteiro com anotações sobre Landon. Comecei na noite do velório do tio dele. Depois disso, não consegui mais tirá-lo da cabeça, então continuei anotando minhas reflexões a respeito do tipo de pessoa que ele parecia ser de vez em quando. No começo, as palavras não eram muito generosas. No início, eu escrevia com raiva e irritação. Descontava a raiva que tinha dele no texto. Mesmo depois da aposta, minhas palavras continuaram tensas. Mas, ultimamente, o tom havia mudado. A história do garoto que eu odiava virava algo diferente sempre que ele me mostrava uma parte de si que escondia do restante do mundo. Ele era um dos personagens mais complexos que eu já havia tido a honra de analisar e, se continuássemos seguindo por aquele caminho, seria o meu coração que se apaixonaria primeiro, de verdade, e não o dele.

Além disso, ele havia se tornado minha válvula de escape do dramalhão da minha casa. A tensão só aumentava na minha família e, agora, as brigas entre minha mãe e Mima aconteciam com mais frequência. As duas nunca brigaram quando meu pai estava preso. Elas se davam muito bem quando ele não estava por perto. Eu odiava ver que ele estava rompendo um laço que se mostrava bem forte durante sua ausência.

Quando eu precisava de uma folga, procurava Landon e me perdia nele, em nós — fosse lá o que nós fôssemos. E ele sempre aceitava me encontrar. Não importava o horário, nem que eu avisasse em cima da hora, ele sempre me chamava para ir para sua casa. Eu me sentia agradecida por isso, pela sua disposição em me receber.

Eu dizia que queria ensaiar. Acho que ele sabia que era mais do que isso. Acho que Landon estava aprendendo a me interpretar da mesma forma que eu o interpretava. Ele nunca me questionava. Se alguém sabia da necessidade de fugir da própria vida de vez em quando, esse alguém era Landon.

Aquele sábado não foi diferente. E lá estava ele quando eu mais precisei.

— A gente devia mesmo ensaiar. — Eu ri no intervalo entre beijos rápidos.

Eu finalmente tinha criado coragem para entrar em sua casa para ensaiarmos nossas cenas, mas me proibia de entrar no seu quarto, ou no closet. Os closets da casa de Landon tinham um histórico perigoso.

— Nós estamos ensaiando — murmurou ele contra meus lábios enquanto segurava minha bunda e me puxava para seu colo.

Eu o abracei e balancei a cabeça ao mesmo tempo que delicadamente sugava seu lábio inferior.

— Eu quis dizer que a gente devia ensaiar nossas falas.

— Essas são as nossas falas — murmurou ele, deslizando a língua para dentro da minha boca e forçando um gemido a escapar de mim enquanto eu sentia a rigidez em sua calça de moletom.

Eu realmente não devia estar sentada no colo dele, porque, conforme ele crescia, meu desejo de me esfregar nele crescia junto.

Deslizei para o sofá, saindo pelo lado esquerdo, sentindo um pouco de vergonha daquela situação toda. Não era a primeira vez que eu sentia o dito-cujo de Landon desde que tínhamos começado a nos pegar com certa regularidade, mas isso ainda me fazia corar. Puxei a gola da minha camisa até a boca e comecei a mordê-la, tentando esconder o nervosismo.

— Você sempre faz isso, sabia? Morde alguma coisa quando está nervosa — comentou ele, passando as mãos pelo cabelo.

— Você sempre faz isso. — Assenti com a cabeça para ele. — Passa as mãos pelo cabelo quando está com tesão.

— Bom, você não para de me deixar com tesão.

Ele sorriu, me agarrando de novo e me puxando de volta para o seu colo. Landon inclinou o quadril um pouco para cima, se pressionando contra minha calça jeans. Minhas coxas começaram a tremer, e meu coração acelerou na mesma hora. Ai, nossa, ele estava sarrando em mim... pelo menos era isso que eu achava que estava acontecendo. Aquela parte era um mistério para mim, já que eu e Eric mal nos beijávamos.

— É muito fácil deixar você excitado — eu me forcei a dizer, me sentindo tonta.

Fiquei me perguntando se alguma droga seria capaz de me deixar daquela maneira — atordoada, confusa, meio fantástica demais.

Um gemido baixo escapou dos meus lábios quando ele pressionou o quadril para cima e o parou ali. Fechei os olhos em êxtase quando ele começou a se esfregar para a frente e para trás contra minha calça jeans. Apoiei a testa na dele e fechei os olhos.

— Isso... — sussurrei, fazendo-o se esfregar ainda mais rápido. Meus dedos pararam em suas escápulas e eu o apertei ligeiramente enquanto ele percorria meu pescoço com os lábios e o chupava. — Isso... — murmurei mais uma vez, adorando cada vez mais o que ele estava fazendo.

Ele gemeu contra minha pele, e sua voz se tornou grave e rouca.

— Deixa eu te provar — implorou ele, grunhindo contra meu pescoço.

Minha mente estava confusa, eu mal conseguia respirar, e, ah, nossa, como aquilo podia ser tão gostoso?

— Eu... Eu nunca... — Nenhum garoto nunca tinha me chupado antes e, apesar de eu querer, ouvi a voz de Eleanor na minha cabeça. *Isso faz parte... isso faz parte da aposta.* — Não — respondi na mesma hora, pulando de seu colo. — Não, não, não.

Eu me levantei, balancei as mãos no ar e sacudi as pernas.

Ele se empertigou e levantou uma sobrancelha, apesar de essa não ser a única coisa em pé no seu corpo, sem dúvida. A barraca armada na sua calça de moletom estava quase explodindo.

Além disso, garotos deviam ser proibidos de usar calças de moletom perto de meninas. Não dava para pensar direito daquele jeito.

— O que foi? — perguntou ele.

Comecei a andar de um lado para o outro.

— Isso é parte da aposta. Eu acabei me empolgando, mas isso faz parte da aposta.

Ele riu, balançando a cabeça.

— Shay, isso não tem nada a ver com a aposta. Somos só nós dois agora.

— E o que exatamente nós somos?

— Sei lá, nós somos nós. Escuta, você está fazendo tempestade num copo d'água.

— Não estou, não. Quer dizer, estou, mas não sei agir de outra forma. Se essa aposta não existisse, eu podia fazer o que me desse na telha, mas nós fizemos uma aposta, querendo ou não. E não posso simplesmente dar para você, tá? Não posso.

— Tá bom.

Ele falou de um jeito tão tranquilo que fiquei completamente atordoada de novo.

— Espera, o quê?

— Eu disse que tudo bem. A gente não precisa transar nem se pegar. Escuta, eu entendo que a aposta está rolando, e entendo que você esteja em alerta, mas, sendo sincero, sincero de verdade, gosto de estar com você. Eu estou morrendo de vontade de te comer? Estou, é óbvio. Mas posso esperar até você se sentir pronta? Posso. Ainda mais por você ser virgem.

— O quê? — Eu me empertiguei. — Quem disse que eu sou virgem?

Ele riu e apontou para mim.

— Está estampado na sua cara. Eu tinha minhas dúvidas, mas depois ficou bem nítido. Você fica toda tensa quando a gente está se beijando e eu começo a passar a mão em você.

Fiquei com vergonha, me sentindo exposta... como uma criança. Ele tinha percebido que eu era virgem, o que obviamente significava que eu estava fazendo algo errado. Mas o quê? Como?

— Para com isso — disse ele.

— Parar com o quê?

— Para de ficar remoendo as coisas e mordendo sua blusa.

Soltei a blusa que eu nem tinha percebido que estava na minha boca.

— Estou me sentindo uma idiota, só isso.

— Por quê?

— Porque está na cara que eu sou inexperiente, e você, não.

— *Chick*. — Ele se levantou e veio até mim. Então colocou um dedo embaixo do meu queixo, ergueu minha cabeça para que nossos olhos se encontrassem e disse: — Quando eu te beijo, sinto que estou no paraíso. Você está longe de ser inexperiente. Sua virgindade não muda o fato de que nunca conheci ninguém que beijasse tão bem quanto você. Eu poderia passar o dia inteiro te beijando que não ia me cansar. O fato de você ser virgem? Sua virgindade é importante, e não vou mudar isso sem que você esteja pronta. Tá bom?

Assenti com a cabeça, meio tímida.

— Tá bom.

— E só para você ficar sabendo — ele aproximou a boca da minha orelha, e seu hálito quente fez todos os pelos do meu corpo se arrepiarem —, eu posso te comer de um milhão de formas diferentes sem fazer com que você perca a virgindade.

Minhas bochechas esquentaram.

— Vou me lembrar disso.

Ele finalmente pigarreou.

— Então tá... bom, vou dar um pulinho no banheiro para resolver, hum, o problema na minha calça. Depois a gente pode ficar conversando, e... *porra*...

Sua voz sumiu assim que ele se deu conta de que eu tinha deslizado a mão para dentro de sua calça. Meus dedos envolveram sua rigidez, e comecei a acariciá-lo para cima e para baixo, lentamente. Meu coração batia disparado no peito, e parte de mim ficou com medo de Landon ouvi-lo, mas, quando o fitei, seus olhos estavam fechados e havia um sorriso estampado em seu rosto. Era bem óbvio que ele não estava pensando no meu coração palpitante, porque estava aproveitando a própria experiência.

Eu não sabia muito bem o que estava fazendo. Tudo que eu sabia sobre punhetas havia aprendido com Raine, Tracey e a *Cosmopolitan*. Caramba, tudo que eu sabia sobre sexo tinha aprendido com Raine, Tracey e a *Cosmopolitan*.

Enquanto eu o acariciava para cima e para baixo, Landon parecia estar gostando, parecia estar feliz, o que me deixou feliz. Nós voltamos para o sofá quando percebi que suas pernas estavam prestes a ceder e, quando ele se sentou, eu me ajoelhei e continuei acariciando-o, bem devagar.

— Aperta mais — disse ele, entre grunhidos de prazer. — Você pode segurar com mais força, Shay. Juro que não vai quebrar.

Fiz o que ele pediu, e seu sorriso aumentou.

Tirei a mão de dentro da calça por um instante, lambi a palma e a enfiei de novo lá dentro.

Dica de masturbação da *Cosmopolitan* para iniciantes: para ele suar, tem que molhar.

— Isso... isso... e a cabeça... esfrega a cabeça... — Ele suspirou, nitidamente gostando de cada segundo.

Que fetiche esquisito, mas tudo bem.

Arqueei uma sobrancelha e, apesar de não entender muito bem o que estava rolando, fiz o que ele pediu. Comecei a esfregar a cabeça dele com minha mão livre, entrelaçando os dedos pelo seu cabelo enquanto continuava acariciando suas partes íntimas.

Segundos depois, Landon soltou uma gargalhada, fazendo com que eu me inclinasse para trás, meio confusa.

— Não a cabeça de *cima*, Shay. A cabeça de *baixo*. A ponta do meu pau.

Ah!

Bom, que situação absurdamente constrangedora.

Tirei a mão de dentro da calça dele na mesma hora, horrorizada, e cobri o rosto com ela. Então percebi que eu estava acariciando o pênis de Landon com aquela mão, e que agora eu estava com a cara suja de pênis, e ele provavelmente ficaria olhando para mim e para minha cara suja de pênis, e...

AimeuDeus, eu quero morrer.

Meu estômago se revirava de tão nervosa que eu estava que cheguei a ficar enjoada e cogitei sair correndo da casa dele, mudar de escola antes de segunda-feira e nunca mais olhar para a cara de Landon e seu pênis idiota outra vez.

Parei com a aposta, Landon. Estou de mudança para a Europa. Adiós, mi enemigo!

— Está tudo bem. — Ele riu.

— Não está, não — resmunguei entre meus dedos sujos de pênis, que ainda escondiam meu rosto vermelho.

— Não, acredita em mim, está. Essas coisas acontecem quando ainda estamos entendendo as paradas.

— Duvido que algo assim já tenha acontecido com você.

— Acredita em mim, já aconteceu.

Afastei os dedos sobre meu rosto e estreitei os olhos enquanto o espiava.

— Me conta.

Ele suspirou e passou a mão pelo cabelo, que eu tinha bagunçado.

— Tá bom. A primeira vez que chupei uma garota, fui com tudo feito um louco, lambendo, chupando, fazendo a festa e, quando perguntei se ela estava gostando, ela respondeu: "Hum, essa é a porta de trás, não a da frente."

— Ai, nossa... — Minhas mãos despencaram, junto com meu queixo. — *Você chupou o cu de uma garota?!*

— Não precisa achar tão engraçado assim — reclamou ele, mas eu não conseguia me controlar. A crise de riso foi mais forte que eu. Ele franziu o nariz. — Para de rir — ordenou ele, mas eu não conseguia me controlar.

As risadas continuavam escapando pela minha boca sem que eu pudesse controlar, e me curvei de tanto gargalhar, pensando na ideia de um jovem e inocente Landon lambendo o cu de uma garota.

— Para — ordenou ele de novo, mas com um sorrisinho.

Eu não conseguia parar nem se quisesse; aquilo era perfeito e errado demais.

Quanto mais eu ria, maior se tornava o sorriso dele. Então ele pulou em cima de mim, me prendendo.

— Então tá, se você quer tanto rir, vou te ajudar. — Ele começou a fazer cócegas em mim, causando ainda mais risadas. Eu girava de um lado para o outro, tentando escapar, mas ele não parava. — Se rende! — mandou ele.

— Tá, tá, eu me rendo!

— Diz: o Landon é maravilhoso, e a Shay estava errada em rir dele.

— O Landon é maravilhoso, e a Shay estava errada em rir dele — repeti.

— Tudo bem então.

Ele parou de fazer cócegas, e imediatamente senti falta de seus dedos em minha pele.

Nossa respiração estava ofegante e cansada da batalha. Ele me cercou com seu corpo e sua cabeça estava a centímetros da minha. Pressionei as mãos contra seu peito e pude sentir as batidas de seu coração. Elas estavam descontroladas, erráticas, agitadas — assim como as minhas.

— Me beija — sussurrei.

Ele obedeceu.

— De novo.

E de novo, e de novo, e de novo...

Nós nos moldamos um ao outro, com a virilha dele me pressionando. O ar antes tomado pelas risadas agora estava cheio de desejo. A rigidez em sua calça estava de volta, e isso me deixou contente.

Se não der certo na primeira tentativa, persista.

— Sofá — sussurrei.

Ele se mexeu sem que eu precisasse dizer mais nada. Quando ele se sentou, eu me ajoelhei de novo.

Seus olhos encontraram os meus.

— Você não precisa fazer isso, Shay — reforçou ele, e eu sabia disso.

Mas eu queria. Eu queria dar prazer a ele e à sua cabeça e, desta vez, faria isso com a cabeça certa.

Comecei devagar de novo, e a forma como o pau dele cresceu com o meu toque me deixou mais excitada do que eu imaginava que fosse possível. Aumentei a velocidade, massageando a cabeça em círculos com o dedão.

— Isso, aí, nossa, isso... — gemeu ele. — Nossa, Shay... aí... *ah, caralho...*

Sempre que ele gemia de prazer, eu ficava ainda mais excitada. Comecei a mexer o quadril no mesmo ritmo da minha mão. Para cima e para baixo, para cima e para baixo, para cima e...

— Amor... — Gostei disso. Ele nunca tinha me chamado de amor antes. — Shay, bem aí... — Gostei ainda mais quando ele gemeu meu nome, como se eu controlasse sua mente e seu coração com meus toques. — Eu vou... Shay, eu vou... se afasta — alertou ele, mas não obedeci.

Continuei acariciando, para cima e para baixo, para cima e para baixo, apertando, apertando... meu quadril se movendo contra o ar enquanto minha mão se movia, acariciando o pau dele.

— *Porraaaaa* — gemeu ele, enquanto seu corpo enrijecia e ele gozava na minha mão.

Continuei acariciando-o, me sentindo eufórica e excitada, e com tesão, e orgulhosa.

Foi muito bom causar a mesma sensação nele.

Tirei a mão de dentro da calça dele e lambi meus dedos lentamente enquanto ele assistia. Era salgado e nojento, mas tentei disfarçar.

Ele riu.

— Não precisa fazer isso — repetiu ele. — Você pode lavar a mão. Acredita em mim, você já fez muito. Nossa... — murmurou ele, desabando no sofá. — Isso foi tudo. Você. É. Tudo.

Fui me limpar no banheiro e, antes de lavar as mãos, parei na frente do espelho e terminei de lamber os dedos.

Descobri que eu gostava daquilo. Gostava do sabor dele na minha boca.

Quando terminei, voltei para a sala e encontrei Landon usando uma calça de moletom diferente. Ele sorriu para mim.

— Verdade ou desafio? — perguntou ele quando me joguei ao seu lado no sofá.

— Verdade.

— É verdade que eu te desafio a tirar a calça.

Eu ri e joguei uma almofada nele.

Ele deu de ombros e ergueu as mãos, aceitando sua derrota.

— Eu precisava tentar.

Justo.

Eu me remexi no sofá e cruzei os braços.

— Posso fazer uma mudança nas regras da aposta?

Ele arqueou uma sobrancelha.

— No que você está pensando?

— Tem que ser real. Só verdades, nada de mentiras. Chega de armação. Vamos parar de tentar impressionar ou provocar um ao outro só para tentar ganhar o jogo. Preciso que você seja você, quero a sua versão mais verdadeira, e eu serei a minha versão mais verdadeira. Aí, se um de nós se apaixonar, pronto. É assim que vamos determinar o vencedor, sendo reais.

Ele fez uma careta e ficou esfregando o queixo.

— Só verdades?

— Só verdades.

Ele soltou um suspiro demorado e baixou um pouco a cabeça, então a levantou e me encarou.

— Acho que vou ficar em desvantagem.

— Por quê?

— Porque as minhas verdades não merecem tanto amor assim.

Ah, Landon.

Só aquelas palavras já faziam meu coração doer.

— Acho que essa é uma decisão que cabe a mim, não a você — falei.

No começo, Landon hesitou. Ele não sabia se estava disposto a me mostrar seu lado mais sombrio, a se abrir de um jeito que com certeza nunca havia feito antes. Mas lá estava eu, oferecendo uma trégua, lhe dando a oportunidade de ser verdadeiro pela primeira vez na vida.

— Anda, Landon — sussurrei, abrindo um sorrisinho. — Qual é a pior coisa que pode acontecer?

Ele franziu a testa, mas então abriu um sorrisinho para mim. Era tão pequeno que quase passou despercebido, mas, por sorte, eu conseguia analisá-lo por todos os ângulos.

— Não sei falar direito sobre os meus sentimentos, na verdade. Eu meio que me fecho — confessou ele.

— Tudo bem. — Fui até minha mochila e peguei uma caneta e um caderno novinho. — Se você não consegue falar, então escreve o que estiver pensando para que eu leia depois.

— Você sempre carrega vários cadernos por aí?

Eu ri.

— As pessoas não fazem isso? — Peguei a caneta e escrevi uma pergunta na primeira página para que Landon respondesse. — Pronto. É só responder quando você sentir vontade e deixar o caderno no meu armário. Você também pode me perguntar o que quiser. A gente nem precisa conversar sobre nada do que escrever. Podemos só ler as verdades um do outro e seguir a partir daí. Combinado?

Ofereci minha mão para que fechássemos o acordo.

Ele a pegou.

— Combinado.

Quando nos tocamos, senti uma faísca percorrer meu corpo inteiro, e provavelmente permaneci segurando a mão dele por tempo demais... ou ele segurou a minha por tempo demais. De toda forma, ficamos nos segurando, demorando para nos separar.

Eu gostava da sensação da pele dele na minha.

Quando percebi que aquela sensação estava ficando intensa demais, soltei sua mão.

— Acho melhor eu ir para casa, na verdade. Já está bem tarde.

— Nossa, você conseguiu o que queria e agora vai embora. Estou me sentindo usado, *chick*.

— Bom, quem sabe um dia eu deixe você me usar também — rebati, e parte de mim ficou chocada quando essas palavras saíram da minha boca. — Me leva até meu carro?

— Claro.

Nós saímos da casa, ele abriu a porta do carro para mim, como o cavalheiro que eu nunca imaginei que ele seria, então lhe agradeci.

— Ah, espera, tenho uma última pergunta — falei.

— O quê?

Pressionei a língua contra a bochecha e franzi o nariz.

— Tinha algum pedaço de papel higiênico na bunda dela e, se sim, você engoliu sem querer?

Ele balançou a cabeça, rindo.

— Eu te odeio muito.

— Eu também te odeio.

— É, bom, mas eu te odeio mais que tudo — disse ele, inclinando-se para a frente e beijando a minha testa.

Aquilo parecia bem mais íntimo do que qualquer outra coisa que já tínhamos feito. Beijos na testa se tornaram oficialmente o que eu mais gostava que ele fizesse.

— Dirija com cuidado, *chick* — disse ele antes de se afastar.

Senti aquele frio na barriga durante todo o caminho até a minha casa, e sempre que eu pensava na minha mão envolvendo o pênis duro dele, sempre que eu imaginava seu rosto enquanto eu o levava ao êxtase, sentia meu corpo inteiro quente de novo.

∽

Entrei em casa me sentindo nas nuvens. Meu coração saltitava lembrando-se do que havia acontecido entre mim e Landon, mas a realidade da minha vida foi como um banho de água fria.

A casa estava silenciosa, calma como um rio seguindo a correnteza. Eu não conseguia me lembrar da última vez que sentira aquela serenidade em casa, só que não era uma calmaria tranquila. Era assustadora.

— O que houve? — perguntei ao entrar na sala.

Mima estava parada ali com seu casaco e três malas ao seu lado. Também havia algumas caixas empilhadas.

Minha mãe ergueu o olhar da mesa de jantar e se levantou. Ela se aproximou de mim, e imediatamente notei seus olhos inchados.

— Shay... a gente achou que você voltaria um pouquinho mais tarde, e...

— O que houve? — repeti, interrompendo-a.

Mima sorriu para mim, o sorriso mais triste que eu já tinha visto. Eu nem sabia que Mima era capaz de dar sorrisos tristes. Aquilo foi suficiente para partir meu coração.

— Nós decidimos que seria melhor eu ter minha própria casa. Vou me mudar para um apartamentinho aqui perto.

O quê? Não.

— Você não pode ir embora. A sua casa é aqui. Você está em casa — falei com a voz engasgada, sentindo meu corpo inteiro começar a tremer.

Mima não podia nos abandonar. Ela era a força que nos sustentava. Ela era a âncora que nos segurava e, sem sua presença...

Nós vamos desabar.

— Mima, não. Guarda as suas coisas. Que ideia ridícula — insisti, indo em direção às malas. — A sua casa é aqui. Você não pode ir embora.

— Shay... — minha mãe me interrompeu, mas eu me virei para ela com raiva.

— Isso é por causa do meu pai? — bradei, sentindo meu peito arder em chamas. — É por causa dele? Se for, é ele quem deveria ir embora. Eu também senti o cheiro, mãe. Senti o cheiro de álcool no hálito dele. Aposto que você também sentiu, né? E ele chegou a explicar como arrumou dinheiro para comprar aqueles brincos? Mãe, ele mentiu. Foi ele que mentiu para a gente, não a Mima. Ele que deveria ir embora, não ela — falei, minha voz tremendo de raiva.

Como aquilo podia estar acontecendo? Por que minha avó estava saindo de casa quando era o meu pai o mentiroso ali?

Isso não está certo.

— Shay, você precisa entender — argumentou minha mãe, seus olhos se enchendo de lágrimas. — Não foi uma decisão fácil.

— Não foi uma decisão, porque ela não vai embora. Não é, Mima? — implorei, me virando para encarar minha avó.

Os olhos dela também estavam marejados, e isso partiu ainda mais meu coração. Mima era forte. Ela não chorava. Ela não se rendia. Ela era nossa força.

Ela fungou e se empertigou.

— Vai ser melhor assim, Shannon Sofia.

Shannon Sofia.

Ela havia usado meu nome inteiro, o que significava que não voltaria atrás.

Ela iria embora mesmo. Ela sairia pela porta da frente e iria embora por causa do bêbado do meu pai e das suas mentiras.

Como aquilo podia ser considerado certo? Como aquilo era justo?

— Ela ficou do nosso lado quando ele não estava com a gente, mãe. Como você tem coragem de fazer uma coisa dessas?

Minha mãe começou a chorar e saiu da sala como se não conseguisse mais suportar aquilo. Se era insuportável, por que ela estava permitindo que aquilo acontecesse?

— Vou com você, Mima — falei.

Não era justo que ela ficasse sozinha. Ela não devia ter de sair por aquela porta sozinha.

— Não. Você vai ficar aqui. Esse é o certo. Você tem que ficar aqui, esta casa é o seu lar.

— Esta casa não é um lar sem você. Você é o meu lar — sussurrei, com lágrimas começando a escorrer pelas minhas bochechas. Corri até ela e a abracei, apertando-a. — Por favor, Mima. Por favor, não me deixa aqui com ele. Não aguento mais isso. Não aguento mais ficar vendo minha mãe sendo enrolada por ele.

Ela me apertou com força.

Com. Muita. Força.

— *Sé valiente, mi amor* — sussurrou ela. Seja corajosa, meu amor. — *Sé fuerte.* — Seja forte. — *Sé amable.* — Seja gentil. — *Y quédate.* — E fique. — Fique do lado da sua mãe. Ela precisa de você, Shay. Mais do que você imagina. Ela precisa muito de você. Não piore a situação para ela.

— Não consigo entender. Por que ela faz isso? Por que é tão fraca quando se trata dele? Odeio ele. Odeio tanto ele, mas odeio ela ainda mais por amá-lo. Odeio os dois por tirarem você de mim.

— Não, não, não — repreendeu-me Mima, segurando meus ombros. — Nunca fale mal da sua mãe. Ela enfrentou mais guerras do que você imagina. Você não sabe de metade das coisas que ela já fez para te proteger, para cuidar de você.

— A melhor coisa que ela poderia fazer por mim seria largar o meu pai.

— Ah, querida... — Ela baixou a voz e balançou a cabeça. — Sinto muito por isso ser tão difícil para você. É difícil para mim também. Meu coração está pesado.

Eu estava começando a ter dificuldade para respirar, e meu coração se contorcia conforme a ficha ia caindo. Ela ia mesmo embora. Ela ia me abandonar. Eu a puxei para outro abraço.

— Mima... — chorei agarrada a ela. Mas ela não chorou. Mima nunca desabava; ela simplesmente dava força para os outros. — Por favor, me deixa ir com você, Mima. Por favor. Não vou aguentar ficar aqui sem você.

— Você não vai ficar sem mim, Shay. Vou estar aqui perto. Mas e a sua mãe? Ela não vai aguentar viver sem você aqui. Essa é a maior verdade de todas. Seja gentil com o coração dela. Seja generosa com a alma dela, que está machucada e sensível. Você é a única luz que ela tem agora. Então, por favor... fique.

Chorei nos braços dela por um tempo, então Mima me pediu que a ajudasse a levar as coisas para o carro. Antes de ir embora, ela me puxou para outro abraço e me deu um beijo na testa.

Quem diria que beijos na testa podiam curar e machucar ao mesmo tempo?

Continuei ali na calçada até ver o carro dela virar a esquina.

Meu pai nem estava em casa. Ele devia estar em algum bar, enchendo a cara ou se metendo com gente de quem deveria manter distância, sem se preocupar como seu comportamento afetava nossa família. Cada decisão equivocada que ele tomava ia acabando com a gente aos pouquinhos, mas ele seguia em frente, sem pensar em nós, sem pensar em ninguém além de si mesmo.

Voltei para casa batendo o pé, arrasada e furiosa. Eu precisava fazer minha mãe me escutar. Precisava que ela acordasse daquele pesadelo de romance que vivia havia tempo demais. Assim que entrei, pronta para a briga, fui diminuindo o passo enquanto seguia em sua direção. Ela estava trancada no banheiro, e dava para ouvir que chorava descontroladamente. Sua respiração estava ofegante e cansada. Quando virei a maçaneta e abri a porta, encontrei-a sentada na beirada da banheira, cobrindo o rosto com as mãos.

Eu continuava com raiva, magoada, confusa. Ainda pretendia deixar bem claro como eu me sentia. Ainda pretendia dar minha opinião e dizer que as decisões dela estavam afetando tudo e todos ao nosso redor, não apenas ela mesma... mas não podia fazer isso naquele momento.

Ela já estava mal, e eu não podia piorar ainda mais a situação.

Sé valiente, sé fuerte, sé amable, y quédate.

Então entrei no banheiro, me sentei ao seu lado na beirada da banheira e a abracei.

E fiquei.

21

Shay

Não consegui dormir naquela noite. Na mesa de cabeceira, as luzes vermelhas do relógio exibiam a hora, zombando de mim e da minha exaustão. Meu pai não tinha voltado para casa. Minha mãe continuava chorando no quarto, e Mima não estava ali. A casa parecia ter perdido sua luz, e isso fazia com que fosse impossível que eu caísse no sono.

Olhei mais uma vez para o relógio.

00:09

Está tarde demais para ligar para ele, pensei. Além disso, para que me dar ao trabalho? Se eu o acordasse, me sentiria culpada por interromper seu sono, já que ele normalmente tinha dificuldade para dormir. Mas, se ele estivesse acordado... se a noite estivesse perturbando seu sono, eu queria ouvir a voz dele do outro lado da linha.

Liguei para o número de Landon. Fiquei ouvindo o toque da chamada, sentindo o coração na garganta, e me esforcei para tentar me acalmar.

— Está tudo bem? — Foram as primeiras palavras que saíram de sua boca quando ele atendeu. Sua voz tinha a rouquidão de sempre, mas não parecia que ele havia acabado de acordar.

Meu coração, que continuava entalado na garganta, disparou. Levei a gola da camisa até a boca e a mordi de leve.

— Por que a pergunta?

— Porque já passou de meia-noite, e ligações depois de meia-noite costumam ser para dar notícias ruins ou para chamar alguém para transar. Se você quiser transar, retiro o que disse...

Dava para imaginar o sorrisinho em seu rosto.

— Não quero transar.

— Droga. Então voltamos para minha primeira pergunta... está tudo bem?

— Defina bem. — Eu ri, apertando os dentes contra o pano. — Minha avó saiu de casa hoje. Quer dizer, minha mãe praticamente a expulsou depois de outra briga envolvendo o meu pai.

— O quê? — A voz dele estava alerta. — Onde ela está? Ela está bem? Para onde ela foi?

Eu quase me esqueci de como Mima tinha sido importante na vida de Landon. A apreensão em sua voz me fez desejar que ele estivesse ali, do meu lado, para que pudéssemos dividir nossa preocupação em relação à minha avó.

— Ela está bem? — repetiu ele.

— Ela alugou um apartamento. Mas é difícil saber como ela está. Minha avó é dura na queda e finge não se abalar com nada, mas sei que não é bem assim. Ela nunca demonstra suas fraquezas e, quando está mal, acho que não consigo nem perceber. Ela sempre foi a base da nossa família. Não sei quem dá apoio para ela nos seus momentos ruins, porque nós passamos o tempo todo contando com o apoio dela. Mas estou preocupada que ela possa estar sofrendo com isso tudo, e que não queira admitir. Ela não é de demonstrar suas emoções.

— As pessoas que menos demonstram emoções costumam ser as que mais sofrem — disse ele.

Senti um aperto no peito.

— Você está falando por experiência própria?

— Tipo isso. — O tom de sua voz deixou claro que ele não queria se aprofundar no assunto. — A Maria é muito importante para mim. Eu sei que ela só trabalha para mim, mas ela esteve do meu lado em alguns dos dias mais difíceis da minha vida.

— Ela trabalha para você? — perguntei, confusa.

— É. Ela vem todo domingo arrumar a casa. Ela faz isso desde sempre.

— Landon, a minha avó não trabalha como doméstica há anos. Faz quatro anos que ela abriu o próprio estúdio de ioga... — Meu coração se apertou quando pensei em Mima e no que ela sempre dizia que fazia nas tardes de domingo. — Ela diz que seus domingos são reservados para um amigo querido.

Landon ficou quieto do outro lado da linha. Imaginei suas sobrancelhas grossas se unindo, a confusão tomando conta de sua mente enquanto o silêncio se prolongava na ligação.

— Ela não trabalha mais como doméstica?

— Não. Há muito tempo.

Mais silêncio.

— Não entendo... — confessou ele. — Não entendo como ela consegue ser uma pessoa tão boa.

— É, nem eu.

— É por isso que você não consegue dormir? Porque está preocupada com a Maria?

— Sim. — Eu me ajeitei na cama. — Por que você está acordado até agora?

— É meio que um hábito ficar acordado.

— Você precisa dormir, Landon.

— Eu sei, mas só porque você precisa fazer uma coisa não significa que isso seja algo fácil.

Verdade.

— Posso ficar no telefone até você dormir, se ajudar.

— Não sei se vai adiantar, mas podemos tentar. E, *chick*?

— Sim?

— Para de morder a camisa.

Tirei o pano da boca e me mexi na cama.

— Vamos falar sobre o quê?

— Sobre o que você quiser... qualquer coisa.

Então foi exatamente isso que fizemos. Conversamos sobre bobagens. Sobre o que a gente mais gostava. Sobre esportes.

Eu não tinha muito o que falar sobre esportes, mas ele me contou para quais times torcia. Apesar de ser de Illinois, ele era fanático pelo Green Bay Packers. Por mais que devesse vestir a camisa laranja e azul, suas cores no esporte eram verde e amarelo.

Eu disse que ele era um traidor, apesar de não entender nada sobre futebol americano. Ele disse que eu era linda, sem motivo algum.

O chocolate favorito dele era Reese's. O refrigerante favorito, Mountain Dew. Se ele pudesse visitar qualquer estado americano, escolheria a Califórnia. Ele tinha medo de cobras e adorava cachorros.

Seu filme favorito era *Esqueceram de mim*.

— Adoro a parte em que ele coloca o filme para passar, e o ator fala "Feliz Natal, seu animal imundo". Juro, quando eu tinha dez anos, passei um ano inteiro falando isso para todo mundo que eu encontrava. Até hoje eu acho engraçado pra caralho — explicou ele, rindo sozinho.

Eu amava sua risada mais do que qualquer outra coisa.

Também falei sobre mim. Contei que meu objetivo de vida era fazer com que pelo menos um dos meus roteiros virasse um filme ou uma série de televisão. Falei que eu sonhava em alcançar um EGOT — um Emmy, um Grammy, um Oscar e um Tony. Tudo bem que aquilo parecia ser um sonho impossível, mas, se Audrey Hepburn tinha conseguido, talvez eu também fosse capaz.

Apesar de eu não chegar nem perto de ter o talento de Audrey.

Contei para ele que ela era minha atriz favorita. As comédias românticas que ela havia feito estavam entre as minhas prediletas e eram o motivo para eu ter me apaixonado por escrever romances. Também listei meus escritores favoritos.

Contei para ele muitas coisas que outras pessoas provavelmente achariam tediosas, mas ele me escutou e fez perguntas sobre meus sonhos, meus desejos e minhas esperanças.

— Você pode conquistar isso tudo, *chick*. Você *vai* conquistar isso tudo — prometeu ele. — Você é teimosa demais para não conseguir o que quer.

Isso não era mentira. Mesmo que eu não fizesse tudo, lutaria com unhas e dentes para chegar o mais próximo possível de realizar meus sonhos.

— E você? — perguntei. — O que você quer fazer?

— Odeio essa pergunta — murmurou ele. — Ela sempre parece carregada demais.

— Carregada de quê?

— De pressão. — Ele resmungou um pouco do outro lado da linha, então pigarreou. — Todo mundo tem uma noção do que quer fazer da vida. O Hank e a Raine vivem falando daquela história de abrir uma padaria e cafeteria. O Eric quer estudar engenharia. O Grey com certeza vai assumir a empresa de uísque da família. O Reggie vai virar um babaca que foi jogado na rua e vai ficar pedindo esmola para conseguir comprar uma passagem de volta pro Kentucky. Todo mundo sabe o que quer da vida, enquanto eu estou perdido pra caralho, andando por aí feito o John Travolta em *Pulp Fiction*. — Ele fez uma pausa. — Esse é outro filme que eu adoro. *Esqueceram de mim*, depois vem *Pulp Fiction*.

— Nunca assisti.

— Ah, justo agora que eu estava começando a ver graça em você.

Eu ri.

— Na verdade, estou começando a ver graça em você também.

— É mesmo?

— É. Porque você é um palhaço ridículo.

Ele soltou uma gargalhada, e o som me causou um frio na barriga imediato. Eu gostava daquilo. Gostava de fazê-lo rir.

— Você não precisa planejar sua vida inteira agora, Landon. Muita gente termina a escola sem saber o que quer. Algumas pessoas tiram um ano sabático para descobrir o que querem fazer. Nem todo mundo faz faculdade. Nenhuma dessas opções é errada. Nenhuma delas é pior do que a outra.

— Pois é. Eu só queria que meu pai entendesse isso.

— Estou começando a achar que os pais não conseguem entender os filhos.

— E a gente também não consegue entender nossos pais — acrescentou ele.

Aquela era a mais pura verdade. Fiquei me perguntando se os pais ainda se lembravam de como era ser jovem, de estar confuso e completamente desnorteado.

Por outro lado, minha mãe parecia estar exatamente assim mais cedo.

Talvez nossos pais ainda fossem crianças com corações velhos e cansados, que ganhavam novas rachaduras a cada batida.

Meu telefone apitou. Eu tinha recebido uma mensagem de Tracey. Ela e Raine tinham passado a noite toda me mandando mensagens sobre uma festa na casa de Reggie — que era o último lugar onde eu queria estar.

Tracey: Você tinha razão sobre o Reggie. Ele é um babaca, e eu nunca mais quero olhar na cara dele.

O alívio que senti ao ler aquelas palavras foi absurdo. Por um breve instante, fiquei me perguntando o que tinha causado esse momento de epifania. Então percebi que não fazia a menor diferença. Contanto que ele estivesse fora de cena, eu já me dava por satisfeita.

— Parece que a Tracey finalmente cansou do Reggie — bocejei no telefone.

— Que bom. Ele é babaca pra caralho. E, vindo de um babaca que nem eu, isso é muita coisa.

— Você não é babaca, Landon — bocejei de novo. — Você é tipo um ursinho de pelúcia que usa uma fantasia de urso de verdade.

Ele riu.

— Você já está bocejando — observou Landon. — Vai dormir.
Esfreguei os olhos, tentando afastar o sono.
— Continuo aqui. Estou bem.
Bocejei de novo.
— Desliga — disse ele.
— Só depois que você dormir.
— Você vai dormir antes de mim.
— Mas fica na linha até você dormir também.
— Tá bom.
Bocejei de novo, sentindo meus olhos pesarem.
— Promete?
— Prometo.
Eu não sabia se ele era um garoto que quebrava promessas, mas torci para que não fosse.
Enquanto eu caía no sono, falei baixinho:
— Você podia ser ator, Land. Você sabe disso, né? Você é muito bom. Você podia ser o melhor ator do mundo.
— É o sono falando. Você está delirando. — Então ele bocejou. *Perfeito.* — Boa noite, *chicken*. Eu te odeio.
Ele tinha me chamado de *chicken*, e eu não sabia que poderia amar um apelido nascido do ódio.
— Também te odeio, Satanás.
— É, só que eu te odeio mais que tudo.

22

Landon

Shay pegou no sono antes de mim, mas eu cumpri minha promessa e continuei na linha até dormir também — e dormi mesmo. Eu não sabia se havia sido o som da respiração de Shay ou o fato de que eu tinha a sensação de que ela saberia se eu desligasse, mas acabei apagando.

Fui dormir com a lua no céu e acordei com o sol.

Acordei rejuvenescido, algo que não acontecia havia muito, muito tempo.

Quando a campainha tocou naquela tarde, corri para o andar de baixo para atender, sabendo que só poderia ser uma pessoa. Abri a porta e lá estava Maria, exibindo seu sorriso habitual.

— Boa tarde, Landon. — Ela sorria de orelha a orelha e trazia um pote de comida. Bolo de carne; pelo menos tinha cheiro de bolo de carne. Ela o entregou para mim e me olhou de cima a baixo. — Você parece descansado. Que bom. Conseguiu dormir?

— É, consegui. — *Graças à sua neta e aos poderes mágicos que ela tem sobre mim.* — A casa não está tão bagunçada hoje, então, se você quiser, podemos só bater um papo ou ver televisão.

— Eu não sou paga para assistir à televisão, Landon Scott.

Eu desconfiava de que ela nem estava sendo paga.

— Esse pode ser nosso segredo. — Sorri, cutucando-a. — Além do mais, fiz seus biscoitos favoritos. Aveia com passas e nozes-pecã.

Ela ergueu uma sobrancelha.

— Você fez biscoitos para mim?

— Fiz. E aí, o que acha? Que tal um dia de folga?

Ela desviou o olhar, e imaginei que fosse para esconder suas emoções. Maria era orgulhosa demais para falar sobre os próprios problemas, e eu sabia disso. Então eu não tentaria convencê-la a desabafar comigo. Meu plano era fazer com que seu dia fosse o mais agradável possível, lhe dando um pouco de alegria em um momento difícil pelo qual estava passando.

— Você não vai contar para os seus pais? — perguntou ela, com a voz baixa, preocupada.

— Não. A gente pode assistir à televisão na sala. Tenho os DVDs de *Friends*.

— Nunca vi essa série — admitiu ela.

Por que a família de Shay tinha essa mania de nunca assistir a coisas boas?

— Bom, hoje é o seu dia de sorte. Vamos.

Passamos o dia inteiro sentados na sala, maratonando episódios de *Friends*. De vez em quando, Maria ria de alguma cena engraçada, mas, na maior parte do tempo, apenas balançava a cabeça e resmungava *"Dios mío!"*, irritada com os personagens.

Ela nem fez questão de se sentar à mesa de jantar para comer. Continuamos assistindo à série enquanto comíamos o bolo de carne com purê de batata e depois muitos biscoitos com sorvete.

— Você é bem parecido com aquele Joey — observou Maria, apontando com a cabeça para a tela. — Um cara bobo, bonito.

Eu ri e levantei uma sobrancelha, olhei para ela e imitei a famosa fala dele:

— Como vai você?

Maria apenas deu de ombros, sem entender que aquele era o bordão de Joey.

— Eu estou bem, mas essa série é horrível.

Isso me fez rir ainda mais.

Eu não tinha convivido com minhas avós, mas imaginava que seria assim. Uma coleção de momentos aleatórios que se transformavam em algo maior, em lembranças importantes. Era isso que Maria representava para mim. Todos aqueles breves momentos com ela faziam parte de algo muito maior. Não havia muitas coisas especiais na minha vida, mas ela era uma delas.

Maria estava entre as cinco primeiras, no mínimo.

A neta dela também estava subindo de posição na lista.

Mais tarde, à noite, Maria pegou suas coisas e seguiu em direção à porta.

— Obrigada por hoje, Landon. Sei que talvez você não saiba, mas eu precisava disso aqui. Precisava de um dia de folga.

— Que bom que pude ajudar. — Passei uma das mãos pelo cabelo e depois coloquei as duas nos bolsos da calça jeans. — Ah, Maria?

— Sim?

— Como está o seu coração?

Ela abriu um sorrisinho com os olhos marejados e, para minha surpresa, uma pequena lágrima escorreu por sua bochecha.

— Continua batendo.

Eu a abracei sem pedir permissão, porque Maria não era o tipo de pessoa que precisava de um aviso para saber que seria abraçada.

Ela simplesmente retribuía.

∽

A novidade de segunda-feira era que Monica e Reggie agora estavam juntos, e isso era esquisito, porque eu tinha quase certeza de que ele e Tracey haviam terminado o rolo deles, tipo, quarenta e oito horas antes. Quando se trata de adolescentes, muita coisa pode mudar em um único fim de semana. Os hormônios agiam tão rápido que era difícil acompanhar quem amava quem a cada semana. Monica fez questão de ficar grudada no aspirante a Eminem e, a cada oportunidade que tinha, me lançava um sorrisinho maldoso que dizia: *Está com ciúme?*

Nem um pouco, Mon.

Monica estava com a aparência cada vez pior. Eu queria perguntar como ela estava, queria me certificar de que estava se alimentando e de que pelo menos tentava dormir, mas, com o passar do tempo, percebi que eu não era a pessoa que ela queria que eu fosse. Por isso achei que seria melhor manter distância.

Mesmo assim, me incomodava vê-la com Reggie. No fim das contas, nenhuma garota merecia aquele babaca. Nem Monica. Mandei uma mensagem para ela dizendo que ele era um cara problemático além de um escroto abusivo, mas ela me respondeu dizendo que eu fosse cuidar da minha vida.

Desviei o olhar do casal esquisito e fui até Eric, que estava parado em frente ao próprio armário.

— Você ficou sabendo? Parece que a Monica e o Reggie estão juntos agora — comentei, dando um tapinha nas costas dele.

— É, eles se pegaram na festa do fim de semana — disse Eric, falando baixo.

Ele não tinha se virado para me encarar e não parecia tão animado como de costume. Eric era a pessoa mais matinal do mundo. Ele andava por aí cantando músicas de *A noviça rebelde* às sete da manhã, como se isso não fosse nada irritante.

— O que houve? Você ainda não acordou direito? A festa foi tão boa assim? — perguntei.

Ele finalmente se virou para me encarar, revelando um olho roxo. Levantei uma sobrancelha, como se estivesse perguntando "mas que porra é essa?". No fim de semana, os caras (+ Raine) tinham me enchido de mensagens sobre uma festa na casa de Reggie. Eles me chamaram para ir, dizendo que eu ia me divertir, mas eu ignorei todo mundo, porque tive de escolher entre passar tempo com Shay e ir à festa do garanhão sulista. A Shay sempre ganharia nessa.

Droga, ultimamente, se eu tivesse de escolher entre Shay e qualquer outra pessoa, era bem provável que ainda preferisse Shay.

— Mas o que foi que aconteceu com você? — questionei, olhando-o de cima a baixo.

Ele fez uma careta e balançou a cabeça.

— Nada. Foi uma bobagem — murmurou ele.

— Cara, metade do seu rosto está roxo. Isso não parece bobagem.

— Ai, deixa isso pra lá, tá, Land?! — rebateu ele, ríspido.

Pois é, foi isso mesmo — Eric, o cara mais gente boa do mundo, tinha sido ríspido.

E ele não fora ríspido, como tinha sido ríspido comigo.

Foi então que Reggie passou por nós dois abraçado à Monica, olhou na direção de Eric e balançou a cabeça com uma expressão de nojo.

— Bichinha de merda — murmurou ele.

Fiquei tenso na mesma hora e estufei o peito.

— O que foi que você falou? — bradei, fazendo Reggie olhar para mim.

— Não foi com você, Landon. Fica frio — disse ele.

— Foi ele quem fez isso com você, Eric? — sussurrei.

A testa franzida de Eric confirmou tudo. O sangue nas minhas veias começou a ferver enquanto a raiva subia pelo meu corpo. Havia apenas um punhado de coisas com as quais eu me importava, um punhado de pessoas por quem eu daria a vida. Reggie tinha decidido encostar em uma dessas pessoas, e eu não deixaria barato.

Trinquei o maxilar e segui na direção de Reggie.

— O que foi que você falou? — perguntei de novo.

— Eu disse bichinha — repetiu ele, apontando para Eric. — Aquele babaca teve a coragem de aparecer na minha casa, encher a cara e ficar se atracando com um cara aleatório no meu quarto. Isso é nojento pra caralho. O mundo não precisa de gente doente como...

O babaca homofóbico já tinha falado demais.

Calei a boca dele com meu punho. Noventa e nove por cento dos meus motivos para dar um murro no maxilar de Reggie eram por causa de Eric, mas aquele um por cento restante e egoísta era por mim mesmo. Eu queria dar um soco naquele cara desde o dia em que o conheci.

Reggie cambaleou para trás como um gorila gigante e desajeitado. Ele esfregou a boca, limpando o sangue.

— Seu merda.

Ele grunhiu e então veio com tudo para cima de mim, mas eu já estava pronto para acertar sua cara de novo. Ele me jogou contra os armários, então nós dois caímos no chão e saímos rolando chão feito dois loucos. Ele acertou alguns golpes em mim, mas então eu o virei e comecei a esmurrar sua cara. Para que ele ficasse roxo, do mesmo jeito que ele tinha feito com meu amigo — eu bateria nele até deixá-lo todo roxo.

Uma multidão se formou à nossa volta, e foi preciso que alguns professores aparecessem para conseguir nos separar.

— Reggie! Landon! Diretoria. *Agora!* — berrou o Sr. Thymes.

Nós dois fomos arrastados pelos professores, e o Sr. Thymes me fitou como se estivesse decepcionado comigo por eu ter recorrido à violência. Mas, droga, eu tinha certeza de que Romeu havia se metido em algumas brigas na época dele.

Esfreguei o canto do olho, que ardia. Reggie me acertou feio, e o sangue escorria pela minha bochecha. Ergui o olhar e vi meu par de olhos castanhos favorito me encarando. Ela parecia apavorada ali, abraçada aos livros. Eu não sabia se ela estava assustada com a briga em si ou só comigo. Eu sabia como eu ficava nessas situações. Eu sabia que ficava descontrolado quando estava com raiva. Não queria que ela visse essa parte de mim. Não queria que ela me julgasse pelo meu lado sombrio.

Mas aí olhei para aqueles lábios. Eles se abriram um pouco e articularam, sem emitir nenhum som:

— Você está bem?

Ela estava preocupada comigo. Apesar de eu estar nervoso e machucado, apesar de eu parecer uma fera selvagem, a Bela ainda me enxergava e se preocupava com meu bem-estar.

Assenti uma vez com a cabeça.

Sim, chick.

Estou bem.

∼

O diretor Keefe era um homem mais velho, com barba e barriga de Papai Noel. Fazia um tempo que eu não vinha à sua sala por causa de uma briga. Depois da morte de Lance, parei de sentir necessidade de colocar para fora meu lado agressivo. Ainda assim, o diretor Keefe não pareceu nem um pouco surpreso com minha presença. Era quase como se ele esperasse que aquilo voltasse a acontecer em algum momento.

— Cheguei a pensar que a gente já tivesse passado dessa fase, Sr. Harrison — murmurou ele, com a voz baixa e controlada.

É, pois é. Eu também, diretor Keefe.

Reggie se sentou ao meu lado, seu rosto já mudando de cor, e pelo menos tive o privilégio de testemunhar esse momento. Ele parecia desconfortável.

Ótimo.

Ele não merecia nem um pingo de conforto.

Apesar de Reggie ter perdido a briga, ele ainda tinha a língua afiada. O diretor Keefe se levantou para buscar alguma documentação e nos deixou sozinhos na sala.

Reggie passou a mão embaixo do nariz e murmurou baixinho.

— Você está de babaquice só porque estou comendo sua puta.

Fechei as mãos em punhos, mas não reagi. Eu não queria lhe dar a satisfação de me tirar do sério outra vez. Além do mais, Shay iria querer que eu me comportasse melhor, que fosse uma pessoa melhor. Eu também queria me comportar melhor e ser uma pessoa melhor. Então não cairia nas provocações dele — pelo menos não planejava deixar que isso acontecesse, até ele continuar falando.

— Isso aí, estou comendo sua ex-puta, e mal posso esperar para comer a atual também. E aquela boca que a Shay tem? Vou adorar esfregar meu pau naquela carinha linda. Ela é tão boazinha que aposto que vai até pedir por favor e agradecer com obrigada depois que engolir a minha porra — zombou ele e, bom, aquilo foi demais.

Começamos a brigar de novo na diretoria, e esse brigar significava que eu o tinha prendido no chão e estava esmurrando a cara dele.

— Landon! Mas o que é isso?! — berrou o diretor Keefe, voltando para a sala com os olhos arregalados.

Ele rapidamente me tirou de cima de Reggie, que se levantou todo desajeitado.

— Viu só, diretor Keefe? Ele me atacou de novo — mentiu Reggie, chorando feito um merdinha. — Eu não fiz nada. Está na cara que ele é agressivo e ficou com raiva por eu estar saindo com a ex dele. Eu não sou de brigar com ninguém. Isso não é do meu feitio. Respeito demais o senhor e o corpo docente deste colégio para fazer uma coisa dessas.

Juro que, se Reggie fosse um pouquinho mais puxa-saco, estaria lambendo as bolas de Keefe.

E o diretor Keefe estava caindo no papinho dele. Talvez porque já estivesse acostumado a me ver metido em confusão. Talvez porque não conhecesse o perfil de Reggie, mas conhecesse bem o meu. Ele sabia que eu era sinônimo de encrenca, isso era fato. Mas não sabia que o Kentucky era pior do que eu.

— Tentem se controlar, garotos — orientou o diretor Keefe, sério, mas seu olhar estava apenas em mim. — Vou pegar mais gelo para você, Reggie. Landon?

— Sim?

— Não se mexa.

Entendido.

Os pais de Reggie chegaram, falando com seus sotaques sulistas preocupados, apreensivos pelo "filhinho" ter se metido em uma briga.

— Ele não é disso! — anunciou sua mãe, demonstrando que não conhecia o próprio filho. — O Reggie jamais bateria em ninguém. Ele é um bom menino. Deve ter sido provocado — disse ela, me encarando de cima a baixo.

Não falei nada nem a fitei de cara feia. Ela logo descobriria quem era o filho que estava criando. Ninguém conseguia esconder as próprias sombras para sempre, nem mesmo o garanhão sulista.

— Ele deu uma festa na casa de vocês no fim de semana — murmurei para os pais dele enquanto saíam da diretoria. — Acho melhor conferirem os armários de bebida.

Os olhos de Reggie se arregalaram em choque por eu tê-lo dedurado. É, foi um golpe baixo e completamente desnecessário, mas fazer o quê? Eu estava me sentindo mais maldoso do que o normal, porque ele tinha ousado encostar no meu amigo.

Fiquei na diretoria até meu pai chegar. Minha mãe ainda estava na Europa, curtindo a vida. Ela deixava mensagens na minha caixa postal todo dia, mas eu nunca retornava suas ligações. Achei que ela merecia um gelo.

Mas eu mandava mensagens de texto para avisar que ainda estava vivo. Eu continuava irritado com a minha mãe, mas não queria que ela ficasse preocupada.

Meu pai ia ficar revoltado comigo. Eu sabia que ele já estaria irritado por ter de voltar de Chicago durante o expediente para resolver meus problemas, e, assim que entrou, vi a raiva estampada em seu rosto. Meu pai não era de se expressar muito com palavras, então seu rosto emburrado já dizia tudo.

O diretor Keefe explicou que não tinha certeza de como a briga havia começado e disse que só sabia que os professores precisaram nos separar.

— Veja bem, normalmente nós cogitaríamos uma suspensão curta, mas como o Landon é o ator principal da peça da escola, que vai estrear em poucos dias... — O diretor Keefe fez uma pausa, procurando algumas anotações. Nossa escola era conhecida por duas coisas: basquete e artes. A possibilidade de o departamento de teatro perder seu precioso Romeu por alguns dias era demais para o coraçãozinho do diretor Keefe. — E achamos que a atividade extracurricular tem feito bem a ele. Apesar desse deslize, estamos torcendo para que tenha sido um caso isolado. Ele e o Reggie foram orientados a manter distância um do outro.

Isso não seria um problema para mim.

Meu pai pareceu surpreso ao descobrir sobre a peça. Eu nunca havia demonstrado o menor interesse em atuação e, bom, a gente nunca tinha conversado sobre o assunto. Ele franziu a testa e pediu desculpas por eu ter agido como um completo inconsequente.

Meu pai começou a resmungar quando saímos da sala.

Coloquei a mochila nas costas e dei de ombros.

— Desculpa por terem te chamado aqui. Não foi nada sério.

— Você socou a cara de um aluno, Landon. Isso é sério.

— É, mas...

Ele apertou o topo do nariz e balançou a cabeça.

— Não tenho tempo para isso agora. Não estou com cabeça para as suas palhaçadas. E que história é essa de peça de teatro?

— Eu só... — Respirei fundo e apertei as alças da mochila. — Estou gostando bastante desse negócio de teatro, pai. Pensei em estudar atuação depois que eu me formar.

Ele bufou e balançou a cabeça.

— Aham, tá bom, Landon.

— Estou falando sério, pai. É um assunto que me interessa bastante, e a Universidade de Chicago tem um departamento de teatro muito bom, com...

Ele me interrompeu:

— Eu te proíbo.

— O quê?

— Eu disse que te proíbo. Não vou pagar por um curso idiota só para você jogar seu tempo e o meu dinheiro fora. Eu te proíbo. Você vai estudar Direito, como já tínhamos combinado.

— Nós não combinamos nada disso. Você que decidiu isso. Pai, eu...

Ele não estava me escutando. Ele nunca me escutava. Não adiantava falar.

Pelo menos minha mãe teria me escutado. Ela sempre me escutava.

Ele olhou para o relógio.

— Não tenho tempo para isso. Preciso voltar para Chicago e tentar compensar por hoje, o que significa que devo ter que trabalhar no sábado também. E só para te avisar, provavelmente vou estar ocupado no fim de semana que vem também.

— No fim de semana que vem? — Eu me empertiguei, alerta. — Mas é o fim de semana do meu aniversário. Achei que você estaria em casa, já que minha mãe não vem.

— É, eu também achei. Até você começar a espancar os outros feito um doido. Você está aí teimando que essa besteira de teatro é séria, mas não tem maturidade para resolver seus problemas sem recorrer à violência. Você devia estar preocupado em ter um comportamento coerente com a sua idade. Você não é mais uma criança. Para de se comportar como uma. Mais tarde a gente conversa.

Só que a gente não conversaria mais tarde. Aquele assunto seria varrido para debaixo do tapete, assim como todas as outras brigas que tínhamos. Meu pai voltaria a mergulhar no trabalho, e eu voltaria a mergulhar nos meus próprios pensamentos, e cada um resolveria os próprios problemas sozinho.

Eu sentia falta da minha mãe.

Ele saiu andando, me deixando parado ali feito um idiota, completamente perdido, sabendo que ficaria sozinho no meu aniversário. Eu precisava dele. Eu precisaria dele mais do que nunca, e ele não estaria lá para mim.

Perfeito.

Meu pai foi embora, então eu fui em direção à saída. Eu já estava com a cabeça a mil por causa do meu aniversário, e não havia a menor chance de eu assistir à aula de história americana e ficar ouvindo sobre um monte de gente morta uma vez que a minha mente já me assombrava todos os dias.

— Aonde você vai? — perguntou alguém quando abri a porta.

Quando eu me virei, dei de cara com Shay parada ali, exibindo o mesmo olhar preocupado do Sr. Thymes quando ele me levou para a diretoria.

— Sei lá. Só quero sair daqui — eu me obriguei a falar.

Eu não queria conversar. Não queria estar com ninguém, nem com Shay. Não queria que ela me visse em um dos meus piores momentos. Deus era testemunha de que ela já havia visto o suficiente disso.

— Tá bom — respondeu ela, se aproximando e abrindo a porta.

Arqueei uma sobrancelha.

— O que você está fazendo?

— Vou com você.

Ela falou em um tom tão prático, como se aquilo fosse uma questão de bom senso. Se estava indo embora, claro que ela iria também. Óbvio.

— Não vai, não. Você não é o tipo de pessoa que mata aula.

— Bom, isso vai mudar hoje. Anda, a gente pode ir para a minha casa. Não tem ninguém lá, e posso te ajudar a dar um jeito no seu rosto.

— Escuta, Shay, sem querer ser dramático...

— Então não seja.

— O quê?

— Não seja dramático. Só me deixa ajudar você hoje, Landon. Tenho certeza de que você vai para casa e vai ficar triste e sozinho. Você até pode fazer isso mais tarde, claro, mas não deveria ficar sozinho agora. Então, vamos.

Ela foi andando em direção ao meu carro, sem me dar escolha.

Além disso, uma parte de mim sabia que eu queria segui-la aonde quer que ela fosse.

Quando chegamos ao meu carro, até lhe entreguei as chaves. Eu não estava com cabeça para me concentrar na estrada e sabia que seria mais seguro se ela o guiasse.

Quer dizer, até ela se sentar ao volante e começar a fazer o carro dar solavancos para a frente e para trás feito uma psicopata.

— Caramba, *chick*, não quero morrer do coração.

— Bom, então você deveria dirigir um carro automático que nem a maioria das pessoas, em vez de um manual.

Eu me empertiguei no banco com os olhos arregalados de pavor.

— Você não sabe passar marcha?! — questionei.

— Não. — Ela deu de ombros. — Achei que não seria tão diferente de dirigir um carro automático.

Solavanco. Parada. Solavanco. AimeuDeusagentevaimorrer.

— Para o carro!

— Mas...

— Shannon Sofia! Para o carro agora! — berrei, fazendo-a esbugalhar os olhos e estacionar na mesma hora.

— Tá bom, tá bom. Nossa! Você está falando igualzinho à minha avó. Estou saindo!

— Ótimo.

Nós trocamos de lugar, e eu me esforcei para me concentrar em nos levar para a casa de Shay em segurança.

— Como você sabe meu nome do meio? — perguntou ela baixinho, olhando para mim.

Esfreguei o nariz com o dedão e tentei pensar em uma desculpa aceitável.

— Uma vez, quando você era pequena e ia na minha casa com a sua avó, ela gritou o seu nome. Isso ficou na minha cabeça, só isso.

Isso e todos detalhes sobre ela, desde a primeira vez que a vi.

Senti que ela me observava e desejei ser capaz de ler seus pensamentos. Queria saber como a cabeça dela funcionava. Desejei ser capaz de interpretá-la com a mesma facilidade com que ela me interpretava.

Quando chegamos à sua casa, ela me levou direto para o seu quarto, sem me dar tempo de olhar ao redor, e me indicou sua cama para que eu me sentasse.

— Vou pegar uma toalha quente para limpar o seu rosto. Já volto — disse ela.

Observei o quarto e notei que as paredes estavam cobertas de páginas de roteiros de filmes e pôsteres de atores e atrizes. Havia uma estante cheia de cadernos, que eu apostaria estarem preenchidos até a última página.

As palavras vinham com facilidade para ela. Eu não tinha pensamentos suficientes para encher um caderno, que dirá dezenas deles.

Shay voltou com a toalha quente e a colocou sobre meu rosto. Eu me retraí um pouco, mas gostei do calor.

— Você costumava brigar muito — sussurrou ela, limpando minha bochecha com delicadeza. — Quando éramos mais novos.

— É.

— As pessoas deviam achar que você era uma peste ou coisa parecida, mas você só brigava com quem fazia bullying com as pessoas... pelo menos era isso que eu percebia.

— Você ficava prestando atenção nas minhas brigas?

— Eu prestava atenção em tudo relacionado a você — confessou ela, e meu coração congelado derreteu um pouco. Isso sempre acontecia quando eu estava perto dela. — O Eric me contou o que você fez por ele hoje. Foi muito corajoso da sua parte.

— Foi uma idiotice. Eu podia ter perdido o papel na peça da escola. Podia ter atrasado minha formatura.

— É, foi idiotice, mas coisas idiotas também podem ser corajosas. O Eric não fala muito sobre esse assunto, sobre a sexualidade dele.

— Foi por isso que vocês terminaram?

Ela assentiu com a cabeça.

— Já faz um tempo que eu sei. Você sabia?

Dei de ombros.

— Eu desconfiava, mas nunca perguntei. Isso não é da minha conta e muito menos muda o fato de que ele é uma das pessoas mais importantes da minha vida. Ele pode amar quem bem entender que isso não vai mudar o que sinto por ele.

— Nossa.

Ela soltou o ar devagar e se sentou sobre os calcanhares. Ela me fitou com aqueles olhos de novo, e o meu coração fez o quê? Virou uma poça.

— No que você está pensando? — perguntei.

Minha mãe sempre me fazia essa pergunta quando eu era pequeno.

— Eu só... Você só... — Ela suspirou. — Você é completamente diferente da pessoa que passei anos imaginando que fosse.

— Você também e, a cada dia que passa, tenho mais certeza disso.

— Se você tivesse que escolher uma palavra para me descrever, qual seria? — perguntou ela, e essa era a pergunta mais fácil do mundo.

— Boa.

Ela levantou uma sobrancelha.

— Boa? É isso mesmo?

— É. Boa. Você é boa com todo mundo, de tantas formas, até com gente que não merece, como eu. Você se dá ao trabalho de prestar atenção em todo mundo e enxergar as coisas sob outros pontos de vista. E você também é paciente. Essa seria a segunda palavra que eu usaria para te descrever. Você não força a barra para as pessoas se comportarem do jeito que você acha que deveriam se comportar. Você simplesmente deixa que elas existam.

— Nossa... — Ela levou a mão ao peito. — Essa foi a coisa mais legal que um inimigo já me falou — disse ela, brincando.

Eu ri.

Não sou seu inimigo, chick. *Nunca serei seu inimigo.*

— E eu? Que palavra você usaria para me definir? — perguntei.

— Bom — repetiu ela.

— Copiona.

— Talvez, mas é verdade.

Girei os ombros para trás.

— Já me chamaram de muita coisa, mas nunca de bom. — Olhei para a estante cheia de cadernos. — Todos eles estão cheios?

— Estão. São meus portfólios de personagens baseados nas pessoas que conheço. Eles me ajudam a escrever os personagens das minhas histórias.

Levantei uma sobrancelha.

— Tem algum sobre mim?

Ela corou.

— Talvez alguns.

— Posso ler?

Ela riu.

— De jeito nenhum. Posso te fazer uma pergunta?

— Manda.

— Por que a gente se odiava?

Dei de ombros.

— Sei lá. Talvez a gente fosse idiota demais para encarar a verdade.

— E qual é a verdade?

Ela chegou mais perto de mim, roçando a boca de leve na minha. Nossa respiração se misturava.

Abri os lábios e os passei nos dela.

— A verdade é que...

Ela interrompeu minha fala com um beijo intenso. Sua língua deslizou para dentro da minha boca e minhas mãos foram para sua bunda. Eu levantei Shay, e ela se enroscou em mim, nosso beijo se intensificando. Juro que eu poderia passar a eternidade com os lábios grudados aos dela sem nunca me cansar do seu gosto.

Alguns dos meus momentos favoritos na vida eram quando sua boca colava na minha. Seus beijos tinham gosto das balas de limão que ela vivia chupando, ou de balinhas azedas, ou de Skittles.

Meu Deus, eu amava os beijos doces dela. Amava o jeito como ela passava a língua pelo meu lábio inferior antes de abrir a boca para que eu a saboreasse ainda mais. Amava a forma como as mãos dela se apoiavam no meu peito enquanto as minhas desciam por suas costas. Amava ouvi-la gemendo baixinho contra meus lábios. Amava quando via sua coluna se curvando na minha direção. Amava quando eu a devorava com a minha língua, e ela me devorava com a mesma intensidade.

Eu me afastei e a encarei. Eu queria mais. Queria sentir o gosto dela, queria explorá-la. Queria me alimentar do seu corpo e da sua alma.

— Posso...? — perguntei, nervoso, como um idiota sem experiência nenhuma, mas não estava nem ligando.

Se fosse para eu parecer um idiota, seria por ela.

— Pode.

Ela assentiu, saindo do meu colo para se deitar na cama.

Amei tirar sua roupa, observando enquanto seus olhos se dilatavam de ansiedade. Amei ver Shay querendo que eu assumisse o controle, mas, droga, eu amava ainda mais quando ela me controlava. Amei ouvi-la estremecer com o meu toque, embora seus olhos me dissessem que continuasse. Amei sentir minhas mãos estremecendo em sua pele, embora meu coração me dissesse que continuasse...

Que continuasse sentindo...

Amei quando abri suas pernas, comecei a chupá-la, e ela gemeu de prazer. Amei quando comecei a subir para beijar sua boca, e ela me disse não, então voltei para o começo a fim de terminar minha refeição favorita. Amei quando ela ergueu o quadril enquanto minha língua fodia seu clitóris. Amei quando ela me pediu que fosse com mais força e mais fundo conforme minha língua lambia seu centro várias vezes. Amei o gosto dela. Eu me senti recompensado por um trabalho bem-feito quando vi o quanto ela estava molhada de prazer.

Então, fiquei viciado quando seus gemidos foram aumentando cada vez mais, me fazendo fodê-la mais forte e mais fundo com o dedo, minha língua entrando e saindo dela, sugando seu clitóris, provocando cada centímetro do corpo de Shay enquanto suas mãos permaneciam entrelaçadas no meu cabelo.

— Ai... meu... Land... espera... isso... vai... devagar...aimeuDeus — gritou ela.

Eu amava quando ela implorava.

— Isso, isso, isso...

Eu amava aquilo. Eu amava tanto aquilo. Eu amava...

Eu...

Amava...

— O que é que está acontecendo aqui? — perguntou alguém, interrompendo nosso devaneio hipnotizante.

Levantei a cabeça e vi uma mulher me encarando.

— Mãe, oi — berrou Shay, agarrando um cobertor e enrolando-o no corpo. — Ai, nossa, eu... você... nós...

Suas palavras se embolaram uma na outra, e eu me levantei depressa, chocado ao ver a mãe de Shay parada olhando para nós... no quarto de Shay... segundos depois de a minha cabeça estar entre as pernas de sua filha.

Nada naquela situação parecia bom.

— O que você está fazendo em casa? — perguntou Shay, nervosa, apertando o cobertor contra a cintura.

Puta merda, a mãe de Shay acabou de me pegar chupando a filha dela.

Eu queria morrer de um jeito lento e doloroso, e o rubor no rosto de Shay dizia que ela sentia a mesma coisa.

A mãe dela ergueu uma sobrancelha.

— Vim almoçar em casa. O que você está fazendo aqui? Você devia estar na escola!

— Desculpa, Sra. Gable. A culpa é minha, e eu... — tentei explicar, mas ela apontou para a porta.

— Sai daqui.

Eu obedeci. Que opção eu tinha? Tentar explicar para ela por que minha cabeça estava perfeitamente encaixada entre as coxas da filha dela no horário de aula?

Fui para casa e mandei uma mensagem para Shay assim que cheguei.

Eu: Tudo bem?

Nenhuma resposta. Mandei mais uma umas dez mensagens aquela noite, mas não tive nenhuma resposta. No dia seguinte na escola, ela me procurou. Veio falar comigo apertando as alças da mochila, e sorriu.

— Ficou de castigo? — perguntei.

— Fiquei de castigo — respondeu ela.

— Sem celular?

— Aham, e sem internet.

Fazia sentido.

— Sem arrependimentos? — perguntei, baixando as sobrancelhas.

Os lábios dela se curvaram em um sorriso maior ainda, e suas lindas bochechas ficaram rosadas.

— Sem arrependimentos.

~

Certa tarde, Eric me mandou uma mensagem pedindo desculpas pelo que tinha acontecido com Reggie. Ele também disse que estava com vergonha, e achei isso triste. Ele não tinha porra de motivo nenhum para se envergonhar.

> **Eric:** Não que eu seja gay, sabe... Quer dizer, só estou tentando entender as coisas.
>
> **Eu:** Você pode ser o que quiser, não faz diferença para mim.
>
> **Eric:** Valeu, Land.
>
> **Eu:** Eu meto a porrada em qualquer um por você, E. É só falar comigo que acabo com a raça de quem quer que seja.

Eu sentia falta dos encontros à tarde com Shay, mas fazia sentido ela estar proibida de fazer qualquer coisa além de ir para a escola e voltar para casa. Se eu fosse o pai dela, qualquer interação humana estaria proibida pelos próximos trinta anos. Pelo menos eu tinha sorte de encontrá-la durante as aulas e nos ensaios.

Naquela terça-feira, bateram à minha porta, e fui correndo atender, torcendo feito um idiota para que fosse Shay. Para minha decepção, dei de cara com Monica. Ela era a última pessoa que eu queria ver, mas, como um vício, Monica sempre surgia nos piores momentos possíveis.

— O que você quer? — perguntei, abrindo a porta.

— Ficar doidona com você — murmurou ela, já completamente alucinada.

— Não tenho tempo para isso, Monica — respondi, sério, já fechando a porta.

Ela parou a porta com o pé, me impedindo de fechá-la.

— Monica, é sério. Estou ocupado.

— Com aquela vaca? — sibilou ela.

Trinquei o maxilar.

— Não chama ela assim.

— Ah, entendi. Agora você está todo protetor com ela em vez de se preocupar comigo?

Revirei os olhos e fechei a porta. Ela não estava em condições de conversar. O KJ não tinha dito que ia parar de vender para ela?

— Ela já viu?! — berrou Monica na minha varanda. — Vocês já estão próximos o suficiente a ponto de você mostrar suas cicatrizes escrotas e feias para ela?! Ela já viu o que você fez com o próprio corpo?!

Suas palavras reverberaram pela minha pele enquanto eu escancarava a porta de novo. Agarrei o braço dela e a puxei para dentro, batendo a porta.

— Mas que porra é essa, Monica? — sibilei, meu coração batendo cada vez mais rápido no peito.

— Me solta — choramingou ela, puxando o braço.

— Que me dizer de uma vez por todas qual é o seu problema? Quem você pensa que é para aparecer aqui e ficar gritando feito uma louca?

— Eu não estaria gritando feito uma louca se você não me irritasse tanto! — gemeu ela, seu corpo estremecendo.

Ela se tremia toda, e dava para perceber que estava muito drogada. Arqueei uma sobrancelha.

— O que você usou? — perguntei.

— Nada — respondeu ela, falando arrastado, suas palavras cheias de tristeza.

Droga, Monica.

Eu odiava aquela garota. Eu odiava que ela fosse viciada, e odiava o fato de que eu me enxergava em seu olhar arrasado.

— Me fala, Mon — ordenei.

— Já falei. Não usei nada. O quê? Você acha que é o único babaca que consegue ficar sóbrio?

— Você comprou alguma coisa com o KJ?

Na última vez que nos encontramos, eu havia pedido a ele que parasse de vender drogas para Monica. Eu implorei para que ele a deixasse em paz, expliquei que ela estava ficando cada dia pior. Ele jurou que pararia, mas promessas de um traficante eram como promessas do Papai Noel — pura ficção.

A raiva que eu sentia de Monica por vir me incomodar, por se meter na minha vida, na vida que eu estava tentando melhorar, não era mais a mesma. A raiva se transformou em uma preocupação genuína, em medo real. Eu estava preocupado com a pedra no meu sapato.

Cruzei os braços.

— Quando foi a última vez que você comeu?

— Cala a boca, Land.

— Responde.

Ela deu de ombros.

— Sei lá.

Suspirei, apontando para a sala de jantar.

— Senta.

— Ah, então agora você quer que eu fique? Vai se ferrar, Landon. Posso pegar meu celular e encontrar uma porrada de homens que vão querer que eu fique, que vão querer que eu toque neles, que eu queira eles, que eu abra as pernas pra...

— *Porra, Monica, senta logo aí!* — bradei.

Monica estava testando a minha paciência, e eu sempre ficava irritado quando ela me contava o que outros homens faziam com ela — não porque eu queria ficar com ela, mas por saber que eles não a queriam. Eles a faziam de gato e sapato e depois a descartavam.

Do mesmo jeito que Reggie acabaria fazendo em algum momento.

Ela abriu um sorriso malicioso, fez uma reverência e se sentou à mesa de jantar.

Fui para a cozinha, fiz um sanduíche de geleia com pasta de amendoim, peguei um copo de leite e coloquei tudo na frente dela.

Eu me sentei à mesa, o mais longe possível de Monica.

— Come — falei.

Ela revirou os olhos e me mostrou o dedo do meio. Então pegou o sanduíche e deu uma mordida nele.

A cada mordida que ela dava, parte de mim suspirava de alívio.

Eu tinha passado muitas noites sentado ali com ela, comendo sanduíches de geleia com pasta de amendoim, bêbado, chapado, completamente alucinado. Eu não sentia falta daquelas noites.

Eu não sentia falta daquela sensação gélida de desespero, daquele vazio

Mesmo quando estávamos juntos comendo sanduíches, eu sempre me sentia sozinho. Talvez a solidão dela piorasse ainda mais a minha.

— Foi por minha causa? — perguntou ela.

— O que foi por sua causa?

— A briga com o Reggie. Você brigou com ele por minha causa?

Aquela pergunta era tão pesada, e o desespero estava nítido em seu olhar. Monica queria que a gente brigasse por causa dela. Queria ser o motivo pelo qual homens perdiam a cabeça. Eu nunca havia conhecido uma mulher que quisesse tanto ser desejada. Aquilo era triste. Não respondi por dois motivos. Primeiro, se eu dissesse a verdade e falasse que não, seu coração já sofrido ficaria ainda mais magoado; e segundo, porque eu sabia que meu silêncio seria o suficiente.

Os olhos dela ficaram marejados por um milésimo de segundo, então Monica voltou a me fitar com aquele olhar sinistro. De vez em quando, dava para ter vislumbres da garota perdida que ela era. Dava para ver nos seus olhos, mas ela nunca deixava isso transparecer por tempo suficiente para as pessoas notarem.

— Então... você mostrou? — perguntou ela.

— Mostrei o quê?

— As suas cicatrizes? Para ela...

— A gente não vai conversar sobre isso.

Ela riu, balançando a cabeça.

— Porque ela nunca vai te aceitar. Ela nunca vai aceitar todas essas cicatrizes. Ela nunca vai amar quem você é de verdade, Landon. Ela nunca vai amar...

— Para — falei, batendo na mesa.

Ela bateu na mesa também.

— Não. Não. Não. Não!

— Monica!

— Landon!

— Você precisa...

— Por que ela?! — berrou Monica, jogando as mãos para o alto, frustrada.

— O quê?

— Por que... — Sua voz falhou. — Ela? — Seus olhos se encheram de lágrimas, seu corpo tremia, e eu me dei conta de que não era por causa das drogas que estavam em seu organismo. As emoções de Monica a dominavam a ponto de não terem alternativa a não ser transbordar pelos seus dutos lacrimais. — Por que não eu? Por que você não se apaixonou por mim?

— Monica, para com isso. Você sabe por que nunca daria certo. Nós dois somos tóxicos.

— É, tipo *Romeu e Julieta*. Você não entende? Eu quero ser a sua Julieta. Eu nasci para ser a sua Julieta, não ela. Ela não te merece.

Mentira.

Eu não merecia Shay. Eu não a merecia, mas não conseguia deixar de querer ficar com ela.

Não respondi a pergunta de Monica, porque ela estava alucinada e emotiva. Seria uma conversa inútil. Eu só queria que ela terminasse o sanduíche e fosse embora para a casa dela. Eu estava cansado de ficar andando em círculos com Monica nos últimos anos. Aquilo já estava me deixando enjoado.

— Então vai ser assim, né? Você não vai falar nada? — sibilou ela.

— Vai só me ignorar? Bom, vá se foder, Harrison!

Ela pegou o prato e o arremessou do outro lado da sala, fazendo-o se espatifar na parede.

Lá estava ela, a Monica irritada. Que surpresa!

— Tudo bem — murmurei, me levantando da cadeira. — Está na hora de você ir embora.

Fui ajudá-la a se levantar da cadeira, e ela bateu na minha mão.

— Não preciso da sua ajuda — disse Monica, irritada, levantando-se sozinha, cambaleando. — Não preciso da ajuda de ninguém.

Ela começou a andar na direção da porta da frente, e eu a segui, mas sempre mantendo certa distância.

Quando ela chegou à varanda, se virou para me encarar.

— Só para deixar claro, Landon, eu não era tóxica. Eu não era o seu veneno. Você nasceu doente igual ao fodido do seu tio, e qualquer um que se aproxime de você acaba se infectando. Então, vai se foder por me julgar quando foi você que fez isso comigo! — berrou ela.

Não falei nada. Ela estava alucinada, não sabia o que estava dizendo.

Ela me empurrou.

— Em algum momento, você vai surtar. Você vai mostrar quem é de verdade. Vai explodir de raiva, e espero que a sua Julieta idiota veja tudo isso, espero que ela veja todas as vezes que você chegar ao fundo do poço, espero que ela veja tudo o que você me fez passar esse tempo todo, seu babaca. A sua hora está chegando. Você vai ver só, seu escroto.

Ela me deu outro empurrão, e eu não me mexi. Monica estava magoada, com raiva e perdida, e eu a entendia. Se eu precisasse ser seu saco de pancada, aguentaria o baque.

— Revida — ordenou ela, enquanto me batia, me empurrando, implorando por uma reação minha.

Ela queria que eu perdesse o controle, que voltasse para a escuridão ao seu lado, que fizesse companhia às suas sombras, só que eu não aguentava mais aquilo. Eu não aguentava mais dançar conforme nossa antiga música, não suportava mais ser a pessoa que ela queria que eu fosse. Eu estava mudando, porque Shay acreditava que eu era capaz de melhorar. Ela acreditava em mim.

E eu estava começando a acreditar também.

— Revida, Landon!

— Não. — Minha voz soou controlada e firme.

Ela me bateu mais algumas vezes, porém eu não cedi. Não revidei. Não briguei com ela.

— Tá bom! — Ela finalmente se afastou e começou a descer a escada. — Aproveita a sua peça idiota, e a sua Julieta idiota, e o seu conto de fadas de mentira idiota. Mas vou te dar um spoiler, Romeu! — berrou ela, ainda gesticulando dramaticamente com as mãos. — *Vocês dois morrem na porra do final!*

Ela foi embora batendo os pés, de volta para sua casa, sem parar de me xingar, ainda irada.

Esperei na varanda até que ela entrasse em segurança.

Mais tarde naquela noite, quando a mãe de Monica parou com o carro na garagem, fui até lá para falar com ela. A Sra. Cole não ia muito com a minha cara e, verdade seja dita, eu também não ia muito com a dela. Ela era uma mulher desagradável que zombava da aparência de Monica inclusive na minha frente. Toda dieta maluca que Monica tentara na vida havia sido por causa da mãe. Devia ser fácil para a Sra. Cole julgar o corpo dos outros, já que o dela tinha sido praticamente todo recauchutado em uma clínica de cirurgia plástica no México.

— Sra. Cole, a gente pode conversar rapidinho? — perguntei.

Ela olhou para mim, parecendo incomodada só de ouvir a minha voz. Seus olhos se moveram de cima para baixo enquanto me analisavam. Então ela ergueu o olhar.

— O que foi, garoto?

Ela sabia meu nome. Só preferia nunca o usar.

— Queria avisar que acho que a sua filha precisa de ajuda. Ela anda se metendo em confusão e está com problemas. Eu só queria avisar para ver se...

— Não era você quem vivia fumando maconha e ficando bêbado com a minha Monica? — bradou ela, apertando a bolsa contra a lateral do corpo.

— Bom, era, mas...

— Não precisa dizer mais nada. A minha filha vai ficar bem, desde que fique bem longe da sua pessoa, seu garoto tóxico. Eu conheço você, Harrison. Já ouvi suas histórias terríveis e sombrias. Fica longe da minha filha, está me ouvindo? Você não faz bem a ela.

Será que ela tinha ouvido alguma palavra do que eu disse?

— Escuta, a senhora pode me odiar o quanto quiser, mas a Monica está doente e precisa dos pais...

— Ela tem pais. Não ouse me dizer como criar a minha filha. Ela está bem. Agora saia da minha garagem antes que eu chame a polícia. Se eu te pegar perto da Monica de novo, pode acreditar que haverá consequências.

Ela não ia me escutar. Ela era incapaz de abrir os olhos e enxergar que havia um problema maior na sua frente. Ela era incapaz de lidar com a possibilidade de não ser uma boa mãe.

Deixei o quintal dela e mandei uma mensagem para KJ xingando-o por ter continuado vendendo drogas para a adolescente mais instável do mundo.

Voltei para minha casa. Na sala de estar, havia um relógio de coluna imenso que tiquetaqueava alto. Monica tinha razão sobre uma coisa: conforme meu aniversário se aproximava, meus pensamentos se tornavam cada vez mais altos. O momento em que eu perderia o controle parecia estar próximo. Mas eu estava me esforçando para evitar a explosão.

Naquela noite, não consegui dormir, então finalmente criei coragem para abrir o caderno que Shay havia me dado para que eu revelasse minhas verdades.

Li sua pergunta no topo da página e me senti meio nervoso ao escrever minha resposta. A letra dela era tão bonita. As palavras se curvavam umas nas outras, e a tinta dançava pelas linhas do caderno.

O que te deixa triste?

Não fiquei pensando muito na minha resposta. Não fiquei quebrando a cabeça para tentar soar de uma forma específica, nem para não parecer um idiota patético. Escrevi as minhas verdades. Cada vírgula ali continha um pedaço de mim e, no dia seguinte, coloquei o caderno dentro do armário dela.

23

Shay

No dia seguinte na escola, encontrei o caderno no meu armário.

Eu o peguei na mesma hora e o abri na primeira página, na qual Landon havia escrito suas reflexões para mim. Li suas palavras várias e várias vezes, desejando absorver todas as coisas que tornavam Landon a pessoa que ele era, e fui me apaixonando um pouquinho mais a cada vez que eu lia.

> Chick,
> O que me deixa triste? Essa pergunta parece difícil, e não sei como ir direto ao ponto. Então talvez eu acabe só divagando, mas paciência. Era isso que você queria, né? Que eu expusesse meus pensamentos esquisitos e aleatórios.
> Os Bulls me deixam triste, e o desempenho horrível deles na última temporada também. Fico triste por não ter tido a chance de ver como o Michael Jordan era gigante nas quadras, e agora só me resta assistir a vídeos antigos dele. Eu não acreditava que havia mágica nos esportes até ver imagens dele jogando.
> O Presunto me deixa triste quando come a parte de trás dos meus tênis da Nike. E ele só come o pé esquerdo, nunca o direito. O mínimo que ele podia fazer era estragar os dois tênis do mesmo jeito. Aquele desgraçado. Se eu não amasse tanto aquele cachorro, morreria de raiva dele.
> Mas acho que não é essa a resposta que você quer. Você parece o tipo de garota que gosta de papos mais profundos.

Então vamos lá.

Ficar sozinho me deixa triste, e cheguei a achar que eu me acostumaria com isso. Faz muito tempo que estou sozinho, então pensei que a parte triste passaria em algum momento, mas ela permanece ali. Toda noite, eu me sento na cama e a solidão me engole por inteiro. Tenho dificuldade para dormir e também para parar de remoer meus pensamentos. Isso é um saco, e é uma coisa que odeio.

Um dia, espero superar essa sensação. Um dia, espero conseguir dormir e ser feliz.

Essa coisa toda de ficar triste é exaustiva. Estou cansado. O tempo todo. Você já teve a sensação de ser muito velha, mesmo sendo muito nova? Esse é o meu nível de cansaço. Eu me sinto tão cansado quanto um velho de noventa anos, tipo uma pessoa que sente o corpo todo doer até os ossos.

Estou sendo emo demais e estou quase rasgando esse caderno todo e desistindo dessa ideia, então é melhor fechá-lo e calar a boca.

— *Satanás*

Fui para minha próxima aula, apertando o caderno contra o peito, e, em vez de prestar atenção no professor, fiquei relendo as palavras de Landon várias e várias vezes, assimilando tudo, assimilando tudo sobre ele. Então coloquei o caderno de volta no armário de Landon para que ele pudesse responder às outras perguntas que eu tinha deixado anotadas ali. Depois disso, não paramos de ir para lá e para cá com o caderno. As respostas de Landon pareciam uma passagem secreta para seu coração e, com base no peso de suas respostas, eu sabia que compartilhar aquela parte de si comigo significava muito para ele. Eu torcia para que escrever o ajudasse da mesma maneira como estava me ajudando. Colocar os pensamentos no papel às vezes tornava mais fácil lidar com certas emoções. Era como se a palavra escrita fosse uma válvula de escape para não ser engolido pela própria mente.

∽

Qual é a época do ano de que você mais gosta?

Chick,
 Adoro o outono. Ver as folhas mudando de cor e voando até o chão é mágico. É como se as árvores estivessem morrendo e voltassem à vida depois de poucos meses. As pessoas também parecem mais felizes no outono. Ainda não consegui entender bem por quê, mas talvez seja porque todos sabem que os melhores feriados estão se aproximando. Dia das Bruxas, Dia de Ação de Graças, Natal... é tipo a trindade da alegria.
 É idiotice gostar das festas de fim de ano? Minha mãe nunca viaja durante a trindade, então é legal ter a companhia dela. Ela leva essas besteiras de fim de ano muito a sério — principalmente o Natal. Parece até que ela é a Mamãe Noel. Sempre insiste para que eu coma todos os biscoitos já inventados no mundo. O único problema é que minha mãe é péssima na cozinha. Ela acha que bicabornato de sódio e fermento em pó são a mesma coisa, o que é bem problemático. Mesmo assim, eu como seus biscoitos horrorosos, porque ela fica toda orgulhosa com essas merdas.
 Nós nos sentamos à mesa, assistimos àqueles filmes de Natal horríveis recheados de clichês, mas, cá entre mim e o caderno, até que gosto dessas breguices, e nós dormimos sob a luz do pisca-pisca da árvore de Natal.
 Minha mãe vai perder meu aniversário este ano.
 Ainda estou meio triste com isso. E quando digo "meio", quero dizer muito.
 Durante um bom tempo, acreditei que ela era uma das poucas pessoas que nunca me decepcionariam quando eu mais precisasse. Mas acho que as pessoas são assim mesmo — às vezes elas acabam te decepcionando mesmo.
 Mas espero que ela esteja em casa no próximo final de ano. Ainda vou comer os biscoitos horrorosos dela.
— *Satanás*

Para você, como seria um dia/encontro perfeito com uma pessoa?

Chick,

Sexo. Sexo selvagem, daqueles que rendem uma cabeceira da cama quebrada.

Era essa a resposta que você queria?

Se sexo de quebrar a cabeceira da cama não for uma possibilidade, acho que minha segunda opção de dia perfeito seria sentar no sofá, comer pizza e maratonar Friends. Se uma pessoa gosta do mesmo seriado que você, acho que isso significa que ela é sua alma gêmea.

— Satanás

P.S.: Se quiser realizar minha primeira ideia de dia perfeito, você sabe onde eu moro. A cabeceira da minha cama é bem resistente, mas, com determinação, a gente pode tornar meus sonhos realidade.

∽

Página em branco. Tema livre sobre seus pensamentos.

Chick,

São três da manhã, e eu não consigo dormir.

Tem uma tempestade surrando as janelas, e o som de trovoadas está me deixando com dor de cabeça. Odeio tempestades. Os sons parecem estar me afogando. É claro que posso estar pensando isso só porque amanhã é meu aniversário. Odeio aniversários. Não todos os aniversários, só o meu. Sinto que, agora, eles são amaldiçoados, já que é o dia em que o Lance morreu. Eu até entendo por que minha mãe fugiu para Paris. Isso tudo deve ser difícil demais para ela. Como celebrar uma vida sem lamentar uma morte? Quero odiá-la por não estar aqui amanhã, por preferir trabalhar a ficar comigo, mas uma parte estranha de mim até entende. Não sei como eu me sentiria comemorando um aniversário no mesmo dia em que meu irmão tirou a própria vida.

Mas gosto de fingir que eu teria um comportamento diferente. Gosto de pensar que eu diria para o meu filho ou para minha filha que o mundo é um lugar melhor por causa da sua presença. Gosto de pensar que tentaria incentivar meu filho a não se sentir culpado. Gosto de pensar que gritaria meu amor por ele aos quatro ventos, porque saberia que ele ia se odiar em alguns momentos.

Mas o que eu sei da vida? É difícil se colocar no lugar de outra pessoa quando você não entende o que ela está passando. Talvez meus pais estejam fazendo o melhor que podem. Talvez eles estejam apenas tentando sobreviver um dia após o outro sem desmoronar.

Quero odiar meu tio também, por tirar sua vida no meu aniversário. Mas acho que ele nem sabia que dia era quando fez aquilo. Àquela altura, seu estado mental já estava perdido.

Meu objetivo amanhã é apenas aguentar firme. Nada mais, nada menos.

Então vou esperar outros trezentos e sessenta e cinco dias para fazer exatamente a mesma coisa.

Eu queria ter nascido no dia vinte e nove de fevereiro. Aí só precisaria passar por essa merda a cada quatro anos.

Enfim, o ponto alto da noite foi que pensei várias vezes em você.

Isso conta alguma coisa, né?

— Satanás

Nós tínhamos regras sobre o que havia no caderno. Nunca conversávamos sobre o que Landon havia escrito. Ele não queria falar suas verdades em voz alta, e tentei ao máximo manter minha palavra. Mas, naquela sexta, quando li o que Landon tinha escrito, fui procurá-lo.

Ele estava parado no meio do refeitório, prestes a pegar sua bandeja de almoço, quando disparei em sua direção.

Sem falar nada, joguei meus braços na direção dele e o puxei para o abraço mais apertado do mundo. Eu tive certeza de que todo mundo no refeitório ficou olhando. Todo mundo viu Shay Gable dar um abraço em seu arqui-inimigo. Todo mundo viu Landon Harrison me abraçar também.

Ele me abraçou também.

Ai, nossa, ele estava retribuindo o abraço, e isso me fez apertá-lo ainda mais. Não tinha como saber quais batimentos vinham do coração dele e quais vinham do meu. Era como se eles batessem juntos, como se nós fôssemos os dois salgueiros entrelaçados.

No dia do aniversário dele, Landon estava com um perfume amadeirado e vestia roupas escuras.

Minha versão favorita dele — a mais verdadeira.

— Feliz aniversário — sussurrei, com a cabeça apoiada no seu peito.

Eu não sabia nem se ele tinha me escutado, pois as palavras saíram baixas da minha boca.

Ele me puxou para mais perto, beijou o topo da minha cabeça e apoiou o queixo ali.

— Obrigado, *chick* — disse ele baixinho, suas palavras falhando, como se tivessem dificuldade para sair.

— Sempre que você precisar, Satanás — respondi.

E acho que fui sincera.

Acho que quis dizer sempre que ele precisasse mesmo.

24

Landon

Trezentos e sessenta e cinco dias tinham se passado.

A Terra havia orbitado o Sol nos últimos trezentos e sessenta e cinco dias.

A Lua tinha subido até o céu em cada um desses trezentos e sessenta e cinco dias.

As pessoas riram, choraram e comemoraram uma série de ocasiões.

E Lance havia perdido isso tudo.

Ele tinha perdido as auroras, os crepúsculos, as tempestades e os dias ensolarados.

Ele tinha perdido meu aniversário.

Meu aniversário.

Eu tinha dezoito anos.

Jovem e idiota, mas me sentindo velho pra caralho.

Eu não conseguia me lembrar da última vez que tinha dormido por mais de meia hora — tirando quando Shay me obrigou a dormir. A última semana havia sido difícil, já que ela estava sem o celular e não podia me ligar de madrugada.

Minha cabeça latejava pela falta de sono, e não importava o que eu fizesse, as olheiras continuavam lá, pesadas e profundas.

O abraço que ela me deu no refeitório foi mais necessário do que ela imaginava. Eu estava parado ali, com minha mente berrando comigo, e não conseguia me mexer. Aí veio Shay com seu abraço. Mas talvez ela soubesse. Talvez ela tivesse se tornado uma expert em me interpretar e por isso sabia que precisava me ajudar sempre que eu estava à beira de desabar.

No sexto tempo, encontrei o caderno novamente no meu armário com a seguinte pergunta: *O que te deixa feliz?*

Deixei a página em branco.

~

Depois da escola, o Quarteto Fantástico (+ Raine) tentou me convencer a ir comemorar meu aniversário na casa de Hank, mas menti dizendo que sairia com meu pai. Eu não estava no clima de socializar naquela noite. Minha mente estava agitada demais, e eu não queria deixar meus amigos desanimados com meus dramas.

Tentei não pensar no fato de que meus pais não estavam em casa. Minha mãe havia ligado de manhã bem cedo, no fim da noite em Paris. Depois ligara várias outras vezes.

— *Eu te amo, e eu te amo* — repetia ela todas as vezes. — *Me desculpa mesmo, querido, prometo que vou explicar tudo. Feliz aniversário. Por favor, me liga. Por favor, me manda uma mensagem. Por favor. Tá bom, eu te amo, Landon. Já vou voltar pra casa. Eu te amo.*

Não atendi às ligações dela porque não queria ouvir suas desculpas para não estar presente, mas mandei uma mensagem, porque, puta merda, eu era patético e não queria que ela ficasse preocupada comigo naquele dia.

Eu: Estou bem. Espero que você esteja bem também.

Eu podia apostar que ela chorou quando leu a mensagem. Minha mãe sempre chorava fácil.

Meu pai não dera nenhum sinal de vida. Ele nem precisava me desejar um "feliz" aniversário, porque seria difícil ficar feliz em um dia como aquele, mas uma simples "mensagem de aniversário" já teria feito toda diferença.

Fui para casa, brinquei com Presunto e joguei video game até não aguentar mais. Ouvi alguém jogando coisas na minha janela, mas as cortinas estavam fechadas. Eu sabia que era Monica tentando chamar minha atenção, mas não tinha forças para interagir com ela naquela tarde. Não tinha forças para interagir com ela nunca mais.

Quando a campainha tocou, por volta das seis da tarde, fui abrir a porta resmungando. Eu tinha certeza de que era Monica, vindo me xingar por não ter aberto a janela, mas, para minha surpresa, dei de cara com Shay segurando uma caixa grande.

— Oi. — Ela abriu um sorriso largo. E eu estava me apaixonando.

Eu estava me apaixonando muito por ela, e eu com certeza ia perder nossa aposta.

— O que você está fazendo aqui? — perguntei, levantando uma sobrancelha. — Você não está de castigo?

— Estou, mas fugi.

— *Chick*..

Suspirei, sentindo meu estômago embrulhar. Ela não era o tipo de garota que saía escondido de casa. Ela não era o tipo de garota que quebrava regras nem matava aula, nem costumava mentir. E agora estava fazendo todas essas coisas.

Por que eu tinha a impressão de que ela estava sendo demasiadamente influenciada pelo meu comportamento ruim?

— Você não vai me convidar para entrar? — perguntou ela, ainda sorrindo. — Ou vou ter que ficar parada aqui feito uma boba, segurando esta caixa?

Dei um passo para o lado.

Ela entrou e seguiu direto para a cozinha.

— O que tem na caixa? — perguntei.

— É uma surpresa para mais tarde — respondeu ela, abrindo a geladeira e a guardando lá dentro. — Não olha. — Então ela se virou, e eu continuei me apaixonando, me apaixonando, me apaixonando...

— Achei que a gente podia passar um tempo junto hoje, pedir uma pizza e assistir a *Friends*.

Um dia perfeito com a garota perfeita.
Estou me apaixonando por você...
— Claro.

Eu estava tão nervoso que podia jurar que ela conseguia ouvir meu coração batendo loucamente.

Nós nos sentamos no sofá da sala, e fiquei feliz pra cacete por ela ter apreciado a obra-prima que era *Friends* mais do que sua avó. Sempre que ela ria de algo que Joey dizia, eu guardava seu sorriso em minha mente. Sempre que ela mordia a camisa quando Ross e Rachel dividiam uma cena, eu guardava seus olhos lindos.

— Você sempre fica encarando as pessoas quando elas estão distraídas? — brincou ela, tirando um pepperoni da sua fatia de pizza.

— Só você. Só com você mesmo.

Ela se virou para mim, parecendo surpresa com minhas palavras. Ela baixou sua pizza, limpou as mãos em um guardanapo e chegou mais perto de mim. Seu dedo percorreu meus lábios, que se abriram enquanto Shay me analisava. Então ela apoiou a testa na minha e fechou os olhos.

Sua mente estava acelerada, mas eu não sabia por quê.

— Quero saber o que você está pensando — sussurrei. — Quero seu tempo... quero seu coração... — Puxei o ar com força. — Quero você.

— O que a gente está fazendo, Landon? — perguntou ela, sua voz tão baixa e trêmula.

— Não sei.

— Isso ainda é um jogo?

— Não sei...

Isso era verdade. Eu não sabia se continuávamos fazendo aquilo por causa da aposta ou se era algo real para nós dois. Eu não sabia se ela estava começando a sentir as mesmas coisas que eu. Eu não sabia se ela estava se apaixonando, se apaixonando, se apaixonando...

— Estou com um pouco de medo — confessou ela. — As coisas que acontecem com meu coração quando estou perto de você... me deixam com medo.

— Também estou com medo, mas tenho certeza de uma coisa — falei, colocando meus dedos sob seu queixo e erguendo-o para que pudéssemos olhar nos olhos um do outro.

— Do quê?

— Vou gostar de te amar tanto quanto eu gostava de te odiar.

Ela me beijou, e a última parte adormecida da minha alma finalmente despertou ao sentir os lábios dela nos meus.

Senti o gosto do paraíso enquanto a enchia com meus pecados.

— Podemos ir para o seu quarto? — perguntou ela, e fiquei meio tenso.

— Nada de bom acontece quando a gente entra no quarto um do outro, *chick*, e, se eu te levar para lá, vou querer...

— Quebrar sua cabeceira? — Ela sorriu.

Eu ri.

— Exatamente. E...

Ela me interrompeu de novo, colando sua boca na minha. Então sussurrou contra meus lábios.

— Podemos ir para o seu quarto? — repetiu ela, me enchendo de beijos.

Eu enrijeci com suas palavras e a envolvi em meus braços.

— Tem certeza? — perguntei.

— Tenho — afirmou ela.

Eu a peguei no colo e subi para o meu quarto. Assim que chegamos, expulsei Presunto de lá no mesmo instante e fechei a porta. A vantagem de ter a minha vida? Eu sabia que ninguém nos pegaria no flagra naquela noite.

Eu a coloquei na cama e parei na sua frente. Ela me fitou com seus olhos grandes e castanhos, arregalados de fascínio, e a observei analisar meu corpo, seu olhar indo de cima a baixo.

— Nervosa? — perguntei.

— Estou — respondeu ela.

— Você ainda quer?

Ela segurou a barra da camisa e a puxou sobre a cabeça, jogando-a do outro lado do quarto.

— Quero.

Por que diabos eu estava usando calça jeans perto dela de novo? Meu pau explodiria na calça a qualquer segundo. Ela se aproximou para levantar minha camisa, e congelei, ficando nervoso.

— Espera, *chick*... — hesitei.

Fechei os olhos. Respirei fundo, e ela parou.

— O que foi?

— Eu, hum... — Eu me virei de costas para ela e fechei as mãos em punhos. Dava para ouvir Monica gritando na minha cabeça. *Ela já viu as suas cicatrizes?* — É só que...

— Ei. Está tudo bem. Conversa comigo — disse ela, sua voz num tom reconfortante.

Assenti uma vez com a cabeça, sabendo que ela estava sendo sincera, mas eu sabia que palavras não resolviam meu problema. Não era algo que devia ser dito; era algo que devia ser mostrado.

Ainda de costas para ela, levantei a barra da camisa e a puxei por cima da cabeça. Revelei as marcas que percorriam meus braços. Cortes feitos pelas minhas crises de pânico passadas. Cortes feitos pelo meu cérebro confuso. Cortes feitos pelo meu coração machucado.

Ela arfou alto.

— Ai, nossa, Landon. O que aconteceu com você? — perguntou ela, se aproximando para analisar as marcas na minha pele.

Cada cicatriz representava um momento em que eu tinha me perdido. Cada uma estampava meu sofrimento e minhas batalhas na minha pele.

As cicatrizes tinham se curado, mas continuavam mais vermelhas do que outras partes da minha pele. Elas seguiam direções diferentes. De um lado para o outro, de cima para baixo, pedaços de mim expostos para ela ver.

Fechei os olhos, sabendo que Shay devia estar apavorada. Todos os dias, quando eu tomava banho, meus dedos percorriam as memórias da minha mente.

Ela provavelmente achava que eu era um lixo, que não merecia amor, que não merecia nada nem ninguém. Quem conseguiria amar uma pessoa com uma mente tão pesada quanto a minha? Quem iria querer alguém com marcas tão feias do próprio sofrimento em sua pele?

— A minha, hum... — Respirei fundo, ainda incapaz de verbalizar minha verdade. — Escuta, entendo se você não quiser fazer mais nada depois de ver isso, depois de ver como a minha cabeça é fodida, mas achei que seria melhor te mostrar antes que você acabasse tirando minha camisa e se assustando, e...

Um calafrio percorreu minhas costas quando os dedos dela tocaram as marcas nos meus antebraços. Meus ombros se curvaram para a frente, e ela percorreu as cicatrizes. Baixei a cabeça e fechei os olhos. Eu nunca tinha me sentido tão fraco, tão exposto... tão real.

— Você está triste? — sussurrou ela.

— Estou.

— Muito?

— Muito.

— Com que frequência você fica triste?

Engoli em seco.

— O tempo todo. — Essa era a verdade mais difícil de revelar. — Meu tio também era triste. Ele não externava sua tristeza. Às vezes eu percebia. Eu percebia e não fazia nada. Não que eu pudesse ter feito alguma coisa. Mas devia ter tentado mais. Se eu tivesse tentado mais, talvez ele não... — Respirei fundo. Baixei a cabeça. — Encontrei os diários dele depois da sua morte. Ele tinha muitos pensamentos sinistros. Ele se sentia tão sozinho... só que a parte mais assustadora de ler suas palavras foi ver o quanto elas batiam com os meus pensamentos, e isso me dá medo. Tenho medo do quanto sou parecido com meu tio.

— Você não é ele, Landon — sussurrou ela, e assenti com a cabeça lentamente.

— É... mas e se eu for pior? E se eu for tão problemático a ponto de nunca sair dessa? E se eu terminar igual a ele?

— Isso não vai acontecer.

— Como você sabe?

— Porque eu não vou deixar.

Fechei os olhos. Tentei afastar minhas emoções. Tentei entender por que ela ainda não tinha saído correndo da confusão que eu era.

— Posso te fazer uma pergunta que eu já fiz antes? — sussurrou ela, sua voz baixa, controlada, perfeita.

— Pode.

— Você está deprimido?

As lágrimas escorriam pelas minhas bochechas, mas nem tentei secá-las. Concordei lentamente com a cabeça, pois parecia que a bomba dentro do meu peito estava prestes a explodir.

— Estou.

— Tudo bem. — Ela suspirou e chegou mais perto. — Tudo bem.

Foi só isso que ela disse. Ela não fugiu. Ela não falou que era errado eu estar deprimido. Ela não fingiu que não tinha escutado.

Era exatamente isso que eu precisava.

Eu só precisava de alguém que ficasse.

Sua boca tocou minhas cicatrizes, e ela as beijou. Ela fez questão de beijar cada uma delas antes de seguir para minhas bochechas, secando minhas lágrimas com seus beijos.

— Você é muito mais do que a história que essas cicatrizes contam, Landon. Você é muito mais do que o seu tio. Você é muito mais do que a sua depressão. Você é bom. — Ela beijou meu peito. — Você é forte. — Ela beijou meu pescoço. — Você é inteligente. — Ela beijou a palma das minhas mãos. — Você é talentoso. — Ela beijou meus polegares. — Você é lindo. — Ela beijou o canto dos meus olhos. — E este mundo precisa de você. Sei que só estou oferecendo palavras, e talvez você não acredite em mim, mas vou repetir isso todo santo dia, só para você lembrar quando precisar.

Ela continuou falando coisas sobre mim enquanto beijava cada parte do meu corpo. Para cada cicatriz, ela fazia mais cinco elogios, dizendo que eram as minhas verdades. Para cada memória dolorosa, ela prometia uma melhor para o futuro. Ela beijou minhas cicatrizes e as chamou de lindas.

— Landon? — disse ela baixinho, pressionando o corpo contra o meu.

— O quê?

— Posso ficar com você hoje?

Sim... sim... mil vezes sim.

— Pode, mas a pergunta que não quer calar é: posso ficar com você?

— Todinha — prometeu ela. — Eu sou toda sua.

Ela assentiu, cheia de determinação, e sua certeza quase fez meus olhos se encherem de lágrimas outra vez. Mas não permiti que isso acontecesse, porque minha mente agora estava focada no melhor presente de aniversário que eu receberia na vida: ela.

Apaguei a luz, ainda me sentindo desconfortável em mostrar minhas cicatrizes. A única iluminação vinha da lua, entrando pela janela.

Primeiro, terminei de tirar a roupa dela, e Shay se apressou em tirar minha calça jeans. A liberdade que meu pau sentiu ao sair de lá era absurda. Ela analisou meu pau duro, parecendo meio fascinada, como se ainda não soubesse o que fazer. Seu dedo roçou pelo pano da minha cueca boxer, e estremeci ao seu toque, fechando os olhos.

— Por você. Só por você.

Ela fez menção de tirar minha cueca e de se ajoelhar, mas a impedi.

— Não — ordenei, virando-a e deitando-a na cama. — Você primeiro.

Ajoelhei, abri suas pernas e voltei para meu novo passatempo favorito — fazer os joelhos de Shay tremerem de prazer.

Ela enroscou as mãos nos lençóis enquanto eu a lambia, gemendo enquanto eu a chupava, gritando de prazer enquanto eu a satisfazia. Sempre que ela impulsionava o quadril na direção do meu rosto, eu roçava mais seu clitóris. Sempre que ela tentava se afastar, eu a prendia com mais força. Eu só pararia quando Shay explodisse na minha língua de um jeito que ela não sabia que o corpo era capaz de fazer. Eu queria sentir o gosto dela toda. Queria me afogar nela, sem nem me preocupar em tentar recuperar o fôlego.

— Landon! — gritou ela contra o travesseiro enquanto seu corpo liberava aquilo que eu desejava, e a limpei com a língua, guloso, enquanto meu pau latejava de tão duro. — Ai, nossa, Landon, isso foi... isso foi...

Suas palavras morreram, e eu sorri.

— Bom? — perguntei.

— Bom. Pra. Cacete.

Sua respiração estava ofegante, e ela me puxou para sua boca. Eu me apoiei sobre seu corpo, meus olhos percorrendo-a, e amei cada centímetro que consegui enxergar.

Ela pressionou a testa contra a minha.

— Agora, quero você, você todo, dentro de mim.

Hesitei por um instante, sabendo como isso era importante para ela.

— Tem certeza?

— Tenho, mas... — Ela parou seus movimentos discretos contra os lençóis e me fitou com um olhar intenso, emocionado. Havia um leve medo por trás de seus olhos castanhos. Sua vulnerabilidade era nítida com ela ali, deitada na minha cama, nua. Eu sabia que ela devia estar assustada, permitindo que eu a visse daquela maneira. Tinha a impressão de que poucas pessoas viam esse lado de sua personalidade. — Você pode me fazer um favor? — sussurrou ela, levando as mãos ao meu peito nu.

— Posso. Qualquer coisa.

Ela baixou minha boca até a sua e falou baixinho, fazendo suas sílabas irem direto para minha cabeça.

— Vai devagar.

Eu não sabia se ela queria que eu fosse devagar com seu corpo ou com seu coração.

Então fui aos poucos com os dois.

Nós nos tornamos um naquele momento, nossos corações batendo no mesmo ritmo. Quando a penetrei, ela gemeu alto, e me controlei para ter calma, para ir sem pressa, para lhe dar tudo de mim em um ritmo que fosse bom para ela.

Amei. Amei senti-la. Amei o jeito como ela gemia.

Eu amava... Shay.

Eu não podia dizer aquilo naquele momento. Se eu tinha certeza de uma coisa, era que não se podia dizer para uma garota que a amava na primeira vez que vocês transavam. Essa era a regra básica para não ser um babaca.

Mas eu a amava. Eu sabia que amava. Como poderia não amar?

Talvez eu sempre a tivesse amado, mesmo quando a odiava. Amar Shay era tão fácil quanto sentir o vento. Era algo que atravessava meu corpo e me deixava completamente sem ar.

Eu estava fazendo amor com ela, e ela nem sabia disso... ela não sabia dos meus sentimentos, não sabia que despertava partes adormecidas em mim. Ela não sabia como tornava minha vida melhor.

Então fiz questão de que ela sentisse isso. Com cada movimento, cada beijo, cada gemido, transmiti meu amor. Eu a preenchi, torcendo para que ela soubesse, torcendo para que ela sentisse aquilo, torcendo para que ela sentisse o que eu sentia por ela. Mas, pela forma como ela abriu os olhos e me fitou? Pela forma como acariciou meu rosto? Pela forma como sussurrou meu nome?

Acho que ela também sentiu.

Acho que ela sentiu o amor.

Quando terminamos, desabamos um sobre o outro, completamente entregues, expostos e reais.

Tão reais.

— Isso... foi... — arfou ela.

— Maravilhoso — completei a frase.

Ficamos em silêncio por um tempo. Continuamos deitados na cama ouvindo apenas o som da nossa respiração pesada e do nosso coração batendo descontroladamente.

— É melhor a gente se vestir — disse ela por fim, estremecendo um pouco. — Estou ficando com frio, e ainda precisamos fazer nossa maratona de filmes.

Assenti, apesar de parte de mim querer ficar deitada ao seu lado por toda a eternidade.

Voltamos para a sala e assistimos a mais episódios de *Friends* antes de passar para *Esqueceram de mim* e *Pulp Fiction*, seguidos por *Bonequinha de luxo* e *Sabrina*. Dois filmes para mim, dois filmes para ela.

Nós rimos também, algo que nunca achei que faria no meu aniversário, mas Shay era assim. Ela conseguia arrancar risadas de mim mesmo quando eu achava que seria impossível. De algum jeito, ela conseguia devolver ao meu coração perdido uma calma que só ela gerava. Ela fazia os dias mais sombrios parecerem ensolarados.

Já passava da meia-noite, e eu sabia que ela tinha que ir para casa. Eu sabia que ela arrumaria um problema enorme com os pais na manhã seguinte, mas resolvi ser egoísta. Eu pediria algo que provavelmente não tinha o direito de pedir.

— Shay?

— Sim?

— Dorme aqui hoje?

Engasguei com as palavras, mas consegui arrancá-las da minha alma. Eu não teria vergonha de implorar que ela ficasse comigo. Eu não teria vergonha de me ajoelhar e pedir a ela que continuasse do meu lado. Eu só sabia que, quando ela estava perto de mim, eu me sentia um pouquinho melhor. Eu me sentia um pouquinho menos sozinho.

Ela não hesitou diante do meu pedido. Ela não balançou a cabeça, me recusando. Ela apenas se levantou, esticou as mãos para mim e me puxou para me levantar do sofá.

— Vamos para a cama.

Não falamos mais nada naquela noite. Mas, quando chegamos ao meu quarto, eu a puxei para um beijo. Pressionei minha boca na dela e sussurrei uma mentira.

— Eu te odeio.

Ela sorriu contra meus lábios.

— Eu também te odeio.

— Tá bom, agora me beija e tira a roupa.

Ela obedeceu, e tirei as minhas em um instante também.

Fui apagar as luzes, e ela segurou minha mão, balançando a cabeça.

— Não, Landon... por favor... — Ela ficou na ponta dos pés e beijou minha boca enquanto sussurrava: — Quero te ver. Quero te ver todo. Faz amor comigo com a luz acesa.

Nossos corpos se encontraram, e fui com calma de novo. Atendi ao pedido que ela havia feito mais cedo e fui devagar. Eu nunca tinha transado daquele jeito antes. Nunca havia feito aquilo com emoções, com sentimentos, com verdades.

Agora, ela conhecia partes de mim que eu havia escondido por muito tempo, e ainda assim...

Ela ficou.

Naquela noite, adormeci, com Shay em meus braços, sabendo que nenhuma parte de mim a merecia. Mas, mesmo assim...

Ela ficou.

∼

Quando acordei, ela havia ido embora, e fazia sentido.

Já passava do meio-dia. Aquela tinha sido minha melhor noite de sono em anos.

Desci para a sala de estar e vi que tudo estava arrumado. As caixas de pizza e as embalagens dos lanches que havíamos comido estavam nas lixeiras.

Na geladeira, havia um bilhete: *Me abre.*

Abri a porta e encontrei a caixa grande de Shay na prateleira do meio. Eu a tirei de lá e a abri, então encontrei nove cupcakes perfeitamente confeitados, cada um com uma letra no topo.

EU TE ODEIO

Havia um bilhete ao lado deles, que li várias vezes.

Feliz aniversário, seu animal imundo.
— Chick

P.S.: Não precisa se preocupar, eu ainda te odeio, mas todo aniversariante merece um cupcake.

Peguei um cupcake e dei uma mordida enorme nele.
Nossa! Estava delicioso.
Porra, chick.
Eu também te odeio.

25

Shay

Meus pais estavam sentados na minha frente, no sofá da sala. Eles me encaravam como se não soubessem mais quem eu era, porém, para ser justa, eu os encarava da mesma forma. Eu sentia falta de encontrar Mima ao chegar em casa. Eu sentia falta de sua risada, de seu carinho, de sua sabedoria tão perto de mim.

— Você está de castigo — disse minha mãe, seus olhos ardendo de emoção.

— Grande novidade — murmurei, cruzando os braços.

— Não responde assim à sua mãe — rebateu meu pai com rispidez, apontando para mim. — Você está aprontando por aí, e isso não está certo. Então, a partir de agora, o buraco é mais embaixo. Você não vai mais sair escondida, Shannon Sofia. Você não vai mais falar com a gente desse jeito. Você não vai trazer garotos para nossa casa, e com certeza não vai ficar na rua até amanhecer. Está me entendendo? Você me ouviu?

Fiquei quieta, e o silêncio pareceu irritá-lo.

Ele se levantou e se aproximou de mim.

— Eu perguntei se você me ouviu.

Trinquei os dentes.

— Perfeitamente.

— Por que você está fazendo isso, Shay? Você nunca foi de fazer essas coisas. Você sempre foi uma menina tão comportada — questionou minha mãe.

— Isso, explica para a gente. Não faz sentido você estar agindo assim. Não estamos entendendo por que você está querendo dificultar a vida de todo mundo nesta casa — acrescentou meu pai, e senti os pelos do meu corpo se arrepiarem.

Bufei.

— Vocês estão de brincadeira, né? Sou eu quem está dificultando a vida de todo mundo?

— Não estou gostando desse tom, Shannon Sofia — sibilou meu pai, fechando as mãos em punhos.

— Bom, sinto muito. Eu não gosto de saber que você é um mentiroso.

— Escuta, gente — começou minha mãe, mas eu a interrompi.

E me empertiguei.

— A gente vai fazer outra reunião de família para discutir o fato de você estar vendendo drogas de novo? — perguntei ao meu pai. — Ou vamos fingir que nada está acontecendo?

— Shay! — bradou minha mãe.

— O quê? Não entendo por que não podemos falar desse assunto. Não foi por isso que a Mima foi embora? Se não foi por isso, por que você expulsou ela de casa? Por falar a verdade? Se vocês querem brigar com alguém por aprontar por aí, a gente devia começar com o meu pai, pelo comportamento dele.

Isso o fez perder a calma, e eu o vi fechar os punhos.

— Você está muito atrevida, mocinha — bradou ele, a raiva estampada em seu olhar.

Ele deu um passo na minha direção, e minha mãe se levantou com um pulo, entrando na sua frente para bloquear o caminho.

Ela segurou os ombros dele.

— Para, Kurt — ordenou ela.

Ele fez uma careta e cravou o olhar em mim por um segundo antes de dar um passo para trás.

— Vai para o seu quarto — ordenou ele. — E nem pense em sair de lá sem a nossa autorização.

Eu o odiava. Odiava o fato de ele ter feito Mima ir embora. Odiava minha mãe por permitir que isso acontecesse. Odiava sentir que nossa casa não era mais um lar. Aquilo parecia uma cela de prisão, e eu queria liberdade.

Obedeci aos dois. Fui para o meu quarto e me deitei na cama, sem me arrepender nem um pouco de ter ficado ao lado de Landon. Ele precisava de alguém ontem, e eu estava feliz por ter ajudado no momento em que mais precisava.

~

Quando a segunda-feira chegou, eu só pensava em Landon. E então pensei em Monica, que flagrei vasculhando meu armário.

— O que você está fazendo? — bradei.

Ela deu um passo para trás e bateu a porta do armário.

— Opa, armário errado — sibilou ela, abrindo um sorriso tenso.

— Por que desconfio de que isso seja mentira? Por que você estava mexendo nas minhas coisas?

— Relaxa, Shay. Não é como se você tivesse qualquer coisa interessante guardada aí dentro. — Ela pegou um batom e começou a passá-lo na boca. — Vi que você passou o aniversário do Landon com ele. Que fofo. O que vocês fizeram? Jogaram damas? Um jogo de tabuleiro?

— Não é da sua conta.

Ela inclinou a cabeça e me analisou.

— Ele te mostrou as cicatrizes dele?

— Já disse... não é da sua conta.

— Ahh — cantarolou ela, batendo uma unha esmaltada na boca. — Ele mostrou, e deixa eu adivinhar, você também deu para ele. O pobrezinho do Landon merecia comer alguém no aniversário dele, e a piranha da Shay estava lá para proporcionar isso.

— Qual é o seu problema comigo, Monica? O que eu já fiz para você?

— Essa é mole. Você pegou algo que era meu, e eu quero de volta.

— O Landon não é seu.

Ela bufou.

— Ele é mais meu do que poderia ser seu. Eu entendo, Shay. Você quer acreditar que o Landon não é o mesmo merdinha que era no ano passado, quer pensar que ele mudou de vida, mas encare os fatos. Ele é um monstro, igual ao tio, e eu não me surpreenderia se acabasse batendo as botas também.

— Você é podre — falei.

— Pois é. — Ela jogou o cabelo para trás. — Acho que sou mesmo, mas pelo menos não finjo ser alguém que não sou, que nem o Landon. É tudo uma farsa, *chick*, e esse joguinho de vocês vai acabar logo, logo. Aproveita ele enquanto pode. Ele vai acabar voltando para mim. Ele sempre volta.

Odiei ouvi-la me chamando de *chick*, como se tivesse o direito de usar o apelido que Landon me dera. Odiei o fato de que ela achava que podia se meter em algo que era obviamente meu e dele. Odiei ouvi-la pronunciar aquela palavra como um veneno para me ferir.

Eu a odiava.

Apesar de eu ter as minhas opiniões sobre Landon, sabia que, lá no fundo, nunca o odiara de verdade. Sabia que havia algo verdadeiro ali, algo meio charmoso, e meu ódio não era tão grande assim. Talvez fosse uma forte antipatia.

Mas a Monica?

Nossa, como eu a odiava.

Eu a odiava de verdade, profundamente, mais do que já tinha odiado qualquer pessoa — sem contar meu próprio pai. Monica não era apenas cruel; ela era maldade pura. Ela magoava as pessoas apenas para se divertir. Ela implicava com os outros só porque queria. Destruía vidas porque estava entediada. Eu também odiava o senso de superioridade dela e o fato de ela parecer muito confiante de que nunca sofreria as consequências de nada por ser quem era, por ter dinheiro e pelo status de sua família. Eu ficava incomodada no fundo da minha alma por ela acreditar tanto na própria capacidade de arruinar a vida dos outros, na própria capacidade de prejudicar as pessoas.

Mas ela não conseguiria me intimidar nem me assustar.

Por muito tempo, eu havia feito questão de ficar longe do caminho dela, não revidava porque sabia como ela era. Eu conhecia a feiura que se escondia por trás das suas unhas feitas e dos seus cílios postiços. Eu conhecia a fera interior e sabia como ela atacava.

Agora, eu havia perdido o medo de liberar aquela fera, porque, no fim das contas, também havia um monstro dentro de mim, pelo menos quando as pessoas mais importantes da minha vida estavam em jogo, e Landon agora era uma delas.

— Você não está velha demais para ficar implicando com as pessoas? O Landon não te quer mais, Monica, e sei que você também não quer ele. Acho que nunca quis. Por que você não deixa ele em paz? Deixa a gente em paz. Você vai para a faculdade no ano que vem de qualquer forma. Por que não para de encher o saco dos outros? Nós não estamos te incomodando, então para que incomodar a gente?

— Porque eu não gosto de você, Gable. Entendeu? Eu não gosto dessa sua pose de santinha, e, por muito tempo, o Landon também te odiava. Além do mais, só porque eu não quero ficar com ele, não quer dizer que vou deixar qualquer uma ficar com os meus restos. Então já vou te avisando: fica longe do Landon, Shay, ou você vai se arrepender.

— Você não me assusta. Não tem nada que você possa fazer comigo. Não sou uma marionete para você manipular, Monica. Se eu quiser falar com o Landon, vou falar. Não tem nada que você possa fazer contra mim.

— Ah, *chick* — sibilou ela, se inclinando para perto de mim. — Você nem imagina como eu posso te ferrar. Não me provoca. Vou destruir a sua vida com uma tacada só.

— Por que você é assim, Monica?

— Porque eu posso — declarou ela, levantando uma sobrancelha. — Talvez a gente devesse fazer uma aposta também. O que você acha? Aposto que consigo estragar a sua vida antes da estreia da sua peça idiota.

— Essa eu quero ver.

— Você vai ver, Shay. Não ache que vou ser que nem o Landon e ficar com peninha de você, porque ele pensa mais com o pau do que com o cérebro. A sua vida está oficialmente nas minhas mãos. O cronômetro foi iniciado. Pode ir se preparando.

Ela foi embora, e me virei depressa para o armário, abrindo-o e procurando o que quer que fosse que Monica estivesse tentando encontrar... mas não dei falta de nada. Tudo estava em seu devido lugar, e fiquei ali, confusa e atordoada.

Tomei um susto quando senti uma mão na minha lombar.

— Ei — disse Landon, jogando as mãos para o alto. — Você parece meio assustada.

— Desculpa. Só estou cansada.

— Você teve problemas com seus pais no fim de semana?

— Ah, você nem imagina o quanto, mas valeu a pena. Sem arrependimentos.

Ele sorriu, e, nossa, eu adorava quando ele sorria. Em seguida, ele olhou para o corredor e levantou uma sobrancelha.

— O que você estava falando com a Monica?

— Ah, não foi nada — respondi, fechando o armário e o trancando. — Nada importante, de qualquer forma. — Ele me fitou com um olhar preocupado, mas dei de ombros. — Me leva até a minha sala?

— Claro.

Enquanto seguíamos pelo corredor, ele me fez rir, e esqueci Monica num piscar de olhos.

26

Landon

— O que é isso? — perguntei a Monica, que estava parada na minha varanda com um monte de cadernos.

— É tudo que você precisa saber sobre a sua princesinha linda. Na verdade, tudo que ela sabe sobre *você*.

Ela os esticou para mim, e comecei a folhear as páginas, lendo as palavras que obviamente tinham sido escritas por Shay.

Palavras sobre mim... palavras negativas sobre mim. Ela dizia que eu era fechado, maldoso, um monstro. Ela dizia que eu afastava as pessoas e que não me abria com ninguém. Ela dizia que eu era falso e que minha vida era feita de mentiras.

Ela dizia que me odiava.

Escreveu isso várias vezes.

Eu odeio Landon Harrison.

Sublinhado, destacado, repetido dezenas de vezes.

Mas tudo era datado de antes da aposta. Ela escrevia sobre mim antes de eu ter me aberto, e isso não me incomodava. Sob o ponto de vista de Shay naquela época, tudo aquilo era verdade.

Eu *era* um monstro. Eu *era* maldoso. Eu *era* falso. E minha vida *era* feita de mentiras.

Mas essas todas essas coisas haviam mudado depois que fizemos a aposta. Aquilo fora antes de ela abrir meus olhos e derreter meu coração. Tudo que estava escrito naqueles cadernos tinha se transformado, porque Shay me permitia ser verdadeiro pela primeira vez na vida.

— Cadê o restante? — perguntei.

— O quê?

Fui para o final de um dos cadernos e indiquei a lombada, me referindo ao resto das páginas, que tinham sido arrancadas.

— Cadê as outras páginas?

Ela se remexeu.

— Que diferença faz? Você não leu as merdas que ela escreveu sobre você? Ela acha você horrível.

— *Achava* — corrigi. — Ela *achava* que eu era péssimo e tinha razão. Onde ela está mentindo aqui?

Monica abriu a boca para falar, mas nada saiu.

Pigarreei e ergui o ombro esquerdo.

— A gente precisa parar com isso, Monica. Seja lá o que isso for, chega. A gente nunca vai voltar a ser o que era antes, tá? E, por favor, deixa a Shay em paz. Se muito, ela está melhorando a minha vida.

— Você vai fazer isso mesmo, né? — perguntou Monica. — Você vai mesmo escolher a Shay?

— Vou escolher ela se ela me escolher.

Naquele momento, vi algo em Monica que eu não via fazia muito tempo. Ela não estava irritada. Ela não estava indignada. Ela estava triste — talvez mais triste do que eu.

Sua boca se abriu e um sussurro escapou:

— Então quem vai me escolher?

Eu não sabia o que responder.

Eu não sabia como deixá-la feliz. A verdade era que as pessoas precisavam encontrar o próprio caminho para a felicidade. Essa era uma jornada individual, que eu ainda estava tentando entender.

— Acho que você precisa começar a se escolher primeiro.

Ela passou os braços ao redor do próprio corpo, e lágrimas escorreram por suas bochechas.

— Só não esquece que, quando alguma coisa acontecer comigo, a culpa vai ser sua, porque você se recusou a me ajudar. Você vai destruir ela — afirmou Monica. — Do mesmo jeito que me destruiu.

— Eu não te destruí, Monica. Foi a vida que fez isso com você, não eu. Quer um conselho?

— Um conselho do Landon Harrison? Isso vai ser hilário.

Cruzei os braços e assenti com a cabeça.

— Conversa com alguém sobre o que aconteceu com você. Alguém que possa te ajudar. Um terapeuta, um psicólogo, porra, até a Sra. Levi. Ela me ajudou mais do que você imagina. Só não deixa essas merdas guardadas na sua cabeça. É assim que elas se transformam em algo pior. Fala sobre isso. Procura uma pessoa de confiança e se abre para ela. A verdade é que eu não posso mais fazer isso. Nós não fazemos bem um ao outro, mas você merece ajuda. Você merece mais do que essa vida escrota.

A boca de Monica se abriu, mas nenhuma palavra saiu. Ela secou os olhos, girou nos calcanhares e saiu andando.

Quando Monica foi embora naquela tarde, pela primeira vez, finalmente, senti que nós dois tínhamos encerrado nosso último capítulo. Tinha ficado claro para ela que eu não voltaria para a vida tóxica que nós compartilhávamos.

Quando você para de permitir que a toxicidade entre em seu corpo, é preciso se livrar de certos tipos de pessoa também. Vícios não existiam apenas na forma de álcool ou drogas. Alguns dos piores vícios da vida podem ser pessoas. Eu havia aprendido a ser bem seletivo para selecionar quem entrava no meu mundo. No fim das contas, você não precisa de um expressivo círculo social para ser feliz. Apenas das pessoas certas.

～

Os dias passaram rápido e, quando vi, faltavam poucas semanas para o fim das aulas, o que significava que estava quase na hora de Romeu e Julieta subirem no palco. Na semana antes do fim de semana de estreia, fizemos um evento para os pais assistirem ao espetáculo. Eles seriam as cobaias antes de encenarmos a peça para o público.

Eu nem me dei ao trabalho de avisar aos meus pais. Ainda estava magoado por eles terem perdido o meu aniversário e, levando em consideração o comportamento deles ultimamente, eu duvidava de que fossem aparecer.

Ainda assim, o restante do elenco estava empolgadíssimo em ter uma plateia. Até eu estava contente. Fazia tanto tempo que nos apresentávamos só para o Sr. Thymes que já estava ficando um pouco chato. Entrei no teatro para me arrumar para a apresentação, e todo mundo estava conversando na coxia, o clima cheio de empolgação.

Shay veio correndo até mim com o maior sorriso do mundo.

— Ei! Como você está?

— Bem nervoso — respondi.

O sorriso dela ficou ainda maior.

— Ótimo. Meus pais estão na primeira fileira, e o meu pai queria conhecer o Romeu antes do espetáculo, se você topar. — Ela fez uma careta. — Ele sabe sobre o dia no meu quarto, mas não precisa ter medo. Ele não passa de um mentiroso, e a gente não se importa mais com a opinião dele.

— Tá, beleza.

Fomos até a frente do auditório e, quando chegamos perto dos pais de Shay, meu coração se apertou.

— Mãe, pai, esse é o Landon — disse Shay, nos apresentando.

Eu ia vomitar. Eu ia vomitar na porcaria do teatro todo.

Meus olhos ficaram grudados neles, e eu não conseguiria desviar o olhar nem se quisesse. Bom, eu poderia ter desviado o olhar de Camila, mas não do pai de Shay.

O nome dele era Kurt.

O apelido era KJ, pelo visto.

Eu vi nos seus olhos o pânico que o dominou, o suor que brilhava em sua testa. Podia apostar que suas mãos estavam suadas e que um milhão de pensamentos corriam pela sua cabeça da mesma forma que corriam pela minha.

Não, sério.

Mas que porra era aquela?
Ele pigarreou.
— Landon, né? — Ele esticou sua mão para mim. Sua mão pegajosa, nojenta, cheia de culpa. — Eu sou o Kurt, o pai da Shay.
Você só pode estar de sacanagem, seu babaca.
Apertei sua mão com força.
— Espero que dê tudo certo com a peça hoje. — Ele deu um passo para trás e cruzou os braços. — Fiquei sabendo que vocês estão se dedicando bastante.
Não falei nada, porque minha mente estava a mil por hora. Pensei em todas as conversas que eu já tinha tido com aquele homem, estudando cada palavra das suas falas, e um fato se destacou.
Era a única coisa da qual ele falava sempre que conversava comigo e com meus amigos.
Suas filhas.
Filhas — no plural. Mais de uma.
Até onde Shay sabia, ela era a única filha dele e, agora, lá estava eu, sabendo que seu pai, o homem que ela admirava acima de todos, era um canalha mentiroso que tinha uma vida dupla.
Eu me sentia enjoado. Queria gritar o que eu sabia a plenos pulmões. Queria esclarecer que a situação que se desenrolava ali na minha frente era muito perturbadora. Queria dar uma surra em KJ por estragar a dádiva que tantas pessoas dariam tudo para ter, por estragar sua família.
Família.
Porra, eu daria tudo para ter uma família de verdade.
Shay sorriu e deu um passo para a frente.
— É melhor a gente voltar para a coxia para se arrumar — disse ela, acenando com a cabeça para mim.
Meu olhar continuava grudado em KJ, que sorria como se não tivesse acabado de ser pego na maior mentira do século.
— Landon? — chamou Shay baixinho, sacudindo meu ombro de leve, interrompendo meu transe.

Balancei a cabeça.

— Sim?

— Vamos nos arrumar? — falou ela como se aquilo fosse uma pergunta, inclinando a cabeça com um olhar de preocupação.

Preocupação... Shay sempre se preocupava com todos ao seu redor, era sempre tão carinhosa, tão generosa...

Como ela, a pessoa mais legal e altruísta do mundo, tinha vindo de um monstro como aquele?

Cocei a nuca e dei um passo para trás.

— É, tá. Beleza.

Resmunguei um tchau para os pais de Shay e segui para o camarim. Shay veio correndo atrás de mim e puxou meu braço.

— Ei, você está bem? — perguntou ela com aquele olhar sincero que sempre brilhava em seu rosto.

— Aham, desculpa, só estou meio aéreo.

— Foi por causa do meu pai? Sei que ele pode ser meio intimidante, mas...

Balancei a cabeça.

— Não, não foi ele. É só o nervosismo da primeira apresentação.

Seus lábios se esticaram em um sorriso.

— Ah, nossa, claro. Que idiota eu sou. É a primeira vez que você vai se apresentar para uma plateia. Sei como é esse nervosismo, mas você precisa usá-lo para se motivar no palco. Tá? Usa essa energia para se jogar na sua primeira cena. Absorve isso tudo para que ela te ajude a fazer o melhor trabalho possível. — Ela se inclinou e me deu um beijo na bochecha, então segurou minha mão e a apertou. — Vai dar tudo certo, Landon. Você vai arrasar. Preciso ir me arrumar, mas merda para você.

— Você também vai arrasar. Acho que você merece... — Abri um sorrisinho e assenti. — O dobro de merda.

Pisquei, e as bochechas dela ficaram coradas.

Então ela foi se arrumar, levando sua luz, me deixando nas sombras com aquela informação impossível de lidar. Eu não fazia a menor ideia de como processar o que tinha visto, o que sabia.

KJ, o babaca que vendia drogas para adolescentes, era o pai de Shay. KJ, o babaca que tinha outra filha, o que significava que Shay tinha uma irmã que nem desconfiava que existia.

Shay não sabia, mas seu maior pesadelo havia se tornado realidade, e eu era o único que tinha essa informação.

∽

O show continuou, como sempre acontece com shows. Declamei todas as minhas falas, não errei nenhum tempo e, quando chegou a hora de beijar Shay, meus lábios encontraram os dela. Os pais na plateia deram gritos de incentivo, aplaudiram no fim da peça e levaram flores para os filhos a fim de comemorar a apresentação. Eu só conseguia pensar que precisava sair dali. Que precisava evitar todo mundo e ir para casa, onde eu poderia organizar meus pensamentos.

Quando Shay segurou meu braço no corredor, me impedindo de ir embora correndo, entendi que não teria como fugir.

— Ei, você foi maravilhoso hoje. — Ela sorriu e deu um passo para a frente. — A Mima veio assistir, e nós vamos tomar um sorvete. Você pode vir com a gente se quiser.

Cocei a nuca e dei um passo para trás.

— Não, acho que vou para casa. Quero ensaiar algumas cenas antes da estreia.

— Sério? — Shay riu. — Não dá para ficar muito melhor do que já está. A sua atuação foi perfeita.

Dei de ombros.

— Você sabe o que dizem sobre artistas...

— Nós somos nossos piores críticos — concluiu KJ, se aproximando por trás da filha.

Eu queria dar um soco na cara dele.

— Pois é. Bom, foi ótimo ver todos vocês. — *Menos você, seu babaca.* — Shay, a gente se fala na segunda.

Saí andando depressa, antes que ela conseguisse responder. Não olhei para trás até estar quase chegando ao meu carro. Observei Shay e sua família saindo do auditório com sorrisos enormes. Shay estava toda falante, e seu pai prestava atenção ao que ela dizia, como se não fosse um patife que levava duas vidas.

Eu achava que o meu pai era péssimo, mas, em comparação com KJ, Ralph Harrison parecia um santo.

— Landon — ouvi alguém me chamar e fiquei tenso na mesma hora.

Quando me virei, encontrei minha mãe parada ali, segurando um buquê de flores. Eu achava que minha vida não poderia ficar mais confusa do que já estava naquele dia, porém, lá estava eu, confuso com a porra da vida.

— O que você está fazendo aqui? Você não devia estar em Roma ou sei lá que outro lugar? — disparei, ainda visivelmente magoado por ter sido abandonado por ela no meu aniversário.

— Cheguei hoje, e a Sra. Levi me contou sobre a noite dos pais. A peça... você...

Os olhos dela se encheram de lágrimas, e suas mãos começaram a tremer. Ela parecia arrasada. Triste, até. E apesar de eu estar me esforçando muito para odiá-la, só queria me aproximar e envolvê-la em meus braços para a consolar.

Droga.

Fiquei me perguntando quando isso passaria. Fiquei me perguntando quando eu pararia de ser tão apegado assim à minha mãe e passaria a ser forte o suficiente para odiá-la.

Nunca.

Eu nunca odiaria minha mãe.

— Você foi fantástico — disse ela. — Você estava impressionante no palco, Land. Não dá para descrever. Eu não tinha ideia de que você era capaz de algo assim, mas faz sentido. Eu sempre soube que você seria bom em tudo que quisesse fazer. Estou tão orgulhosa.

Não falei nada, porque minha cabeça continuava girando. Eu ainda queria abraçá-la feito um idiota, ainda queria odiá-la, mas, no momento, estava muito feliz por ouvir que ela sentia orgulho de mim.

— Você perdeu o meu aniversário — falei, torcendo para que meu tom amargurado atingisse seu coração.

— É... eu sei.

— Eu precisava... — Fechei os olhos e respirei fundo. — Eu precisava de você, e você não estava aqui. — Eu nunca admitia que precisava de nada nem de ninguém, porque achava que isso me tornaria fraco. Mas lá estava eu, fraco, arrasado, e, para completar, precisando da porra de um abraço. — Eu precisava de você, mãe, e, mesmo assim, você entrou naquele avião e foi embora. Você não sabia? Não sabia que eu precisava de você?

— Sabia — respondeu ela, baixando a cabeça e olhando para o chão do estacionamento.

— Só isso? É só isso que você tem para me dizer? Porque, sinceramente, vou precisar de bem mais.

— Landon... eu e o seu pai... ele.... nós vamos... — Ela engoliu em seco e voltou a me encarar. — Seu pai quer se separar de mim.

Espere... o quê?

Ela alternou o peso entre os pés em um gesto apreensivo.

— Faz um tempo que estamos mal, desde a morte do Lance. A gente brigou muito por causa da morte do meu irmão, e ele me culpou pelos seus problemas, por ter permitido que o Lance ficasse tanto tempo morando com a gente.

— Mas que monte de merda.

— Às vezes, acho que ele pode ter razão. Às vezes, fico pensando se foi um erro deixar que você convivesse tanto com o meu irmão, sabendo das questões mentais dele.

— O Lance era um homem bom, mãe. Ele me ensinou muita coisa boa. A vida era melhor quando ele estava aqui. Quando vocês dois estavam aqui.

Um suspiro pesado escapou dos lábios dela.

— É bom escutar isso, Landon. Você nem imagina quanto. Só que o seu pai não me ama mais e quer acabar com o casamento. Ele diz que acha que não combinamos mais, então decidiu me abandonar. Já faz um tempo que estamos resolvendo essas coisas. Estou tendo um pouco de dificuldade para me ajustar. Quando me casei com o seu pai, achei que seria para sempre. Então, quando ele me deu o acordo pré-nupcial, assinei sem nem pestanejar. Mas... ele vai ficar com tudo, Landon. Ele vai me deixar sem nada. Foi por isso que precisei ir para o Havaí, para conversar com o advogado do divórcio da Katie. Depois as meninas usaram seus contatos para conseguir trabalhos como estilista para mim. Foi por isso que voltei a trabalhar. Preciso ter uma renda.

— Ele vai ficar com tudo?

— Vai. Cada centavo. Era por isso que eu queria saber se ele está tendo um caso com a April, por causa de uma cláusula do acordo. Se ele tiver me traído, pelo menos eu não ficaria sem nada. Eu receberia um dinheiro que poderia usar para pagar a sua faculdade.

Arqueei uma sobrancelha.

— Minha faculdade?

— É. Sei que você não quer estudar Direito quando terminar a escola, mas o seu pai está convencido de que essa é a única opção, pelos motivos egoístas dele. Só que eu não quero isso para você. Passei muito tempo fazendo as vontades do seu pai, então prefiro que você tenha uma vida diferente. Quero ser capaz de te sustentar e ter dinheiro para que você possa estudar o que quiser na faculdade. É por isso que, quando esses trabalhos aparecem, preciso aceitar. Eu sabia que não podia perder uma quantia tão grande de dinheiro que pode te ajudar.

Ela estava pensando em mim. Depois de eu ter passado tantas semanas com raiva dela, descubro que ela estava pensando em mim o tempo todo. Ela não tinha me abandonado — e sim estava lutando por mim. Ela não estava fazendo viagens luxuosas ao redor do mundo, estava se esforçando para me sustentar.

— Por que você não me contou antes?

— O advogado disse que seria melhor já ter tudo esquematizado antes de te contar. Ele não queria que o seu envolvimento nisso fizesse seu pai ser ainda mais cruel do que já está sendo. Eu queria ter contado antes, Land. Detestei guardar esse segredo. Detestei esconder isso tudo por tanto tempo, mas...

O corpo dela começou a tremer com o ar frio, e tirei meu casaco, agasalhando-a com ele.

Eu não sabia o que dizer, então falei a única coisa em que consegui pensar.

— Sinto muito por meu pai ser um escroto.

Ela riu e começou a chorar.

— Está tudo bem.

Sem pensar duas vezes, eu a abracei e, como sempre, derreti em seus braços.

— Sinto muito — repeti, desta vez me referindo ao sofrimento dela.

Ela chorou no meu ombro, e eu a abracei ainda mais forte.

Ela se afastou um pouco, riu de nervoso e secou as lágrimas.

— Eu não queria chorar, juro.

— Você sempre chora.

— Nem sempre. — Ela riu. — Comprei flores para você — disse ela, me entregando um buquê agora amassado pelo nosso abraço. — Elas estavam mais bonitas antes, juro. Eu não sabia se atores também recebem flores, mas eu sou sua mãe, então você vai ganhar flores.

Sorri.

— Valeu.

— Quer ir para casa e ver uns filmes ruins e se empanturrar de comida? — perguntou ela.

— Claro.

Por enquanto, não estava pensando muito no KJ. Eu sabia que precisaria lidar com isso em um futuro próximo, mas, por enquanto, minha mãe estava em casa e eu não queria desperdiçar nem um minuto do tempo que eu tinha com ela.

— Posso preparar alguma coisa para a gente — ofereceu ela.

— Sem querer ofender, mãe, mas acho melhor você ficar longe da cozinha pelo restante da sua vida, por favor.

Ela sorriu.

— Justo.

Quando chegamos à nossa casa, pedimos comida e fomos para a sala. Nem ligamos a televisão, pois passamos horas conversando.

— Então essa história de ser ator — começou minha mãe, sorrindo de orelha a orelha. — Você está gostando?

— Bom, estou. Falei para o meu pai que estava pensando em estudar teatro na faculdade, mas ele não quer deixar.

— O seu pai não controla as suas escolhas. É por isso que estou trabalhando tanto, para te dar liberdade.

— Não quero colocar esse peso nas suas costas. Você não precisa fazer tudo isso por mim.

— Landon. — Ela balançou a cabeça e segurou meus ombros. — Tudo o que eu faço é por você. Se você quiser estudar teatro na faculdade, então você vai estudar teatro na faculdade e ponto final.

Assenti.

— Eu nem sei se sou bom o suficiente...

— Você é bom o suficiente — interrompeu-me ela —, você sempre foi bom o suficiente em tudo. — Ela comeu uma batata frita. — Mudando de assunto... Tem alguma coisa rolando com a dona Julieta ou foi só atuação?

Eu ri.

— É tão óbvio assim?

— Só para a sua mãe. É o jeito como você olha para ela... Como isso aconteceu?

Ah, se ela soubesse.

— É complicado. Nós estamos tão bem. Ela me faz bem, mãe, mas acabei de descobrir uma coisa que pode mudar a vida dela para sempre. E não sei o que fazer com essa informação. Sei que ela vai ficar chateada, mas também sei que seria errado não falar nada.

— O segredo para um bom relacionamento é a comunicação, Landon. Eu e o seu pai nunca tivemos isso. Nós nunca conversamos, não de verdade. Talvez só sobre coisas bobas, mas nunca sobre os assuntos que realmente importavam. Se a gente tivesse feito isso, nossa relação poderia ter sido mais forte. Ou acabado muito antes. Bom, só sei que não dá para construir uma conexão forte sem conversas difíceis de vez em quando. Você gosta dessa menina?

— Eu amo essa menina — respondi, confiante.

— *Ama.* — Minha mãe arfou, levando uma das mãos ao peito. — O meu bebê está apaixonado.

— Não vai chorar por causa disso — brinquei.

— Vou tentar. Se você a ama, então seja cem por cento sincero. Eu iria querer isso. Todas as garotas querem isso. Honestidade.

Eu sabia que ela tinha razão. Mas era uma droga precisar tomar coragem para contar a Shay algo que partiria seu coração.

— Valeu, mãe.

— De nada. Eu te amo, e eu te amo — disse ela.

— Por que você sempre faz isso? — perguntei. — Por que sempre diz "eu te amo" duas vezes?

Ela sorriu.

— Uma vez para entrar no seu coração. Duas vezes para deixar uma marca.

Assenti.

— Te amo duas vezes. — Os olhos dela ficaram marejados, e eu ri. — Para de chorar tanto, mãe.

— Desculpa. É que isso foi muito fofo, e você nem imagina o quanto eu precisava ouvir isso.

— Vou me esforçar para dizer mais vezes.

— Obrigada, Land.

— Mas como você está? Com tudo o que está acontecendo com o meu pai? — Eu me ajeitei no sofá e peguei emprestada a pergunta de Maria. — Como está o seu coração?

Ela começou a chorar de novo, balançando a cabeça.

— Partido. Já faz um tempo que ele está assim... depois de tudo que aconteceu com o Lance, com o bebê, e agora com esse divórcio, parece que não consigo colocar minha vida nos eixos. Não consigo deixar de me afogar — confessou ela, cobrindo o rosto com as mãos. — Desculpa.

Isso é demais para você. Não quero que você carregue meus fardos. Estou bem. Estou ótima.

— Você pode conversar comigo, mãe — ofereci.

— Eu sei, querido. — Ela secou os olhos e se levantou. Então se aproximou e beijou minha testa. — Preciso descansar, só isso. A gente conversa amanhã. Boa noite.

Ela foi para o quarto e fechou a porta.

Limpei a bagunça que fizemos e, no caminho para o meu quarto, passei pelo da minha mãe e a escutei chorando lá dentro. Parecia que tudo dentro dela estava se partindo naquela noite.

Em vez de me sentar na frente da porta como eu costumava fazer, girei a maçaneta. Entrei no quarto, me deitei na cama e a abracei.

— Landon, eu estou bem. Eu estou bem — choramingou ela, mas eu a silenciei.

Ela não precisava fingir que estava bem para mim. Ela não precisava mentir e dizer que estava tudo ótimo quando estava na cara que aquela era uma das tempestades mais difíceis da sua vida.

Aquele choro todo não indicava fraqueza. Às vezes, a coisa mais forte que uma pessoa podia fazer era desmoronar. Era preciso muita força para se deixar ser tão vulnerável.

— Está tudo bem, mãe. Chora. Não se preocupa. Eu estou aqui.

Ela passou o restante da noite chorando, mas me recusei a soltá-la.

27

Landon

Depois do fim de semana, minha mãe teve outra oportunidade de trabalho. Ela passou um tempão falando que se sentia culpada por me abandonar de novo, mas eu disse que ela estava lutando por algo para nós dois, para nosso futuro. E prometi que ligaria para ela toda noite. Isso pareceu acalmá-la um pouco.

Eu ainda não havia contado para Shay sobre KJ, já que tinha passado o fim de semana inteiro dando atenção à minha mãe, mas sabia que precisaria conversar com ela naquela tarde, depois da aula. Não dava para esconder algo tão importante dela. Aquilo a deixaria arrasada, mas ela tinha todo o direito de saber.

Na manhã de segunda-feira, quando estava saindo para a escola, dei de cara com KJ apoiado na parede da varanda.

— Landon, oi — disse ele, se afastando da parede.

Eu sabia que ele daria as caras em algum momento. Estava na cara. Não tinha como ele fingir que não havia me visto naquela noite.

Não falei nada. Um homem como ele não merecia nem ser cumprimentado.

Ele esfregou o rosto com as mãos e depois as enfiou nos bolsos. A filha não era nem um pouco parecida com ele. Bom, pelo menos Shay não era. Eu não sabia como era a outra garota. Talvez fosse a cara dele. Mas seria uma pena. O pai dela tinha cara de babaca.

— Escuta... — começou ele, mas eu o interrompi.

— Você tem duas filhas — falei. — A Shay sabe disso?

Ele se empertigou. Parecia quase indiferente. Sua calma era assustadoramente estranha.

— Você ainda é novo demais para entender algumas coisas.

— Para mim, isso é uma resposta de merda de uma pessoa de merda.

— Você acha que eu queria que isso acontecesse? Eu jamais imaginaria que você ia participar da peça com a minha filha. Eu jamais imaginaria...

— Que seria pego na mentira.

— Você não pode contar para ninguém — avisou ele.

— Como é que é?

— Você não pode. Landon, se a minha família descobrir, vai ser uma tragédia. Você quer magoar a Shay desse jeito?

— Acho melhor você ir embora — rebati com desprezo, a voz baixa e controlada. — Nós não temos nada para conversar.

Ele esfregou a nuca e balançou a cabeça.

— Só me dá uma semana para contar para elas. Me dá esse tempo para dar a notícia.

Não falei nada, porque ele não merecia as minhas palavras. Além do mais, eu sabia que ele estava mentindo, porque mentir era seu maior talento.

Ele se virou para ir embora, mas então parou e olhou mais uma vez para mim.

— Você ama a minha filha?

A pergunta pareceu machucá-lo ao sair de sua boca. Mas não respondi. De novo, ele não merecia minhas palavras.

KJ suspirou.

— Se você gosta dela, é melhor ficar longe disso. Ela é uma boa garota, a melhor de todas.

— Espero que a sua outra filha não escute isso — rebati.

Mesmo assim, ele mal esboçou uma reação. Apenas pareceu mais tenso.

— Eu te conheço, Landon. Eu te conheço e sei muito bem das merdas que você faz, e não quero a minha filha envolvida nessas coisas.

— Que engraçado ouvir isso de você.

— Não, eu entendo. Eu sou um monstro. Não sou uma boa pessoa, e já fodi demais a vida da minha família. É por isso que estou dizendo para você se afastar. A Shay já tem um monstro na vida dela, não precisa de outro.

— É, poxa, que pena que você não manda em mim.

— Você acha que é melhor do que eu? Melhor do que os meus demônios? Eu sei como você é, vejo seus problemas estampados nos seus olhos. Você nunca vai parar de lutar contra o demônio que habita a sua alma. Não quero você arrastando a minha filha para essa merda. Antes de começar a sair com você, ela era boa. Ela era comportada e obediente.

— Ela não é um bichinho de estimação.

— Não, mas, antes de você, ela era adestrada. Nunca dava respostas malcriadas. Nunca matava aula, nunca mentia, nunca saía escondida. Você está influenciando a minha filha. Você está transformando a Shay em uma pessoa diferente.

Continuei empertigado, com os braços cruzados. Minha mente remoía loucamente as palavras que eu estava ouvindo, e me esforcei ao máximo para não me mexer, porque, se eu me mexesse, daria um soco na cara daquele sujeito.

— Valeu pelo papo.

— É sério, Landon. Fica longe da minha filha.

— Beleza. — Assenti, colocando as mãos nos bolsos. — Mas, só para deixar claro: de qual filha você está falando?

— Você não sabe onde está se metendo, garoto. Já estou nessa Terra há muito mais tempo do que você; sou um monstro há bem mais tempo. Sei como machucar as pessoas. Sei como fazer doer. Não me irrita. Você vai se arrepender, pode acreditar.

Ele fechou a boca e não falou mais nada. Então foi até seu carro, entrou e foi embora. Então eu fui para a escola, para contar a verdade para a filha dele.

Esperei até terminar o ensaio da peça para contar a Shay sobre seu pai. Não quis fazer isso durante o dia, pois não sabia como ela reagiria, e achei melhor não a deixar nervosa antes do ensaio.

Conforme o momento se aproximava, meu estômago ficava cada vez mais embrulhado.

— A estreia vai ser ótima — comentou Shay enquanto pegava suas coisas no auditório. — Você fica melhor a cada ensaio, o que é meio irritante — brincou ela.

— Você é maravilhosa — elogiei, falando sério, me sentindo completamente culpado pelo que estava prestes a lhe contar. — Você sabe disso, não é? Você sabe que é uma pessoa maravilhosa, não?

Suas bochechas coraram ligeiramente.

— Não faz isso.

— O quê?

— Não fica me incentivando a me apaixonar por você. Vamos comer alguma coisa? — perguntou ela.

— Você não está de castigo?

— Estou, mas não importa. Posso falar que o ensaio atrasou.

Ela tinha a intenção de mentir para os pais. Só de saber disso, senti um calafrio. Talvez KJ tivesse razão. Talvez eu fizesse mal à filha dele. Talvez, enquanto ela me tornava melhor, eu a tornasse pior.

— Não faz isso, *chick* — murmurei.

— O quê?

— Não vira uma mentirosa.

Ela arqueou uma sobrancelha para mim.

— Está tudo bem?

Todo mundo já tinha pegado suas coisas para ir embora, nos deixando sozinhos no teatro. Enfiei as mãos nos bolsos.

— Está, mas preciso te contar uma coisa importante e estou nervoso.

Ela se empertigou.

— O que foi? — Ela se aproximou de mim com um olhar preocupado. — Como está o seu coração?

Eu ri.

— Você falou igualzinho à sua avó.

— Landon — disse ela, séria, levando a mão ao meu peito —, como está o seu coração?

Um calafrio percorreu meu corpo.

— Continua batendo.

— Que bom — murmurou ela, assentindo devagar com a cabeça —, que bom.

Eu alternei o peso entre os pés.

— Escuta, não sei como falar isso, então vou ser direto, porque, se eu continuar guardando isso, vou acabar explodindo, e...

— Eu te amo — disse ela, me interrompendo.

Todos os meus pensamentos desapareceram naquele segundo. Todo sentimento ruim na minha mente evaporou. Olhei para sua boca e, por um segundo, pensei que tivesse imaginado aquilo tudo. Eu estava tão delirante nos últimos dias que pensei que havia enlouquecido de verdade. Ela deve ter percebido meu olhar perplexo, porque se aproximou e segurou minhas mãos.

— Desculpa — sussurrou ela. — Eu só queria dizer antes de você. Não ligo de perder a aposta, porque eu te amo. — Ela fez uma pausa e estreitou os olhos. — Era isso que você ia dizer, né? Que me ama?

Fiz uma careta, e ela se retraiu um pouco.

Suas bochechas coraram, então Shay baixou a cabeça.

— Ah...

Merda.

Vi a emoção transbordar em seus olhos.

— Não, não era isso. Mas...

— Tudo bem, Landon, porque eu te amo — repetiu ela. — Eu te amo, eu te amo, eu te amo. E sei que isso significa que perdi a aposta. Sei que isso significa que você ganhou, mas eu não ligo, porque eu te amo, e te amar faz com que eu sinta que venci. Eu só queria te falar isso, porque não conseguia mais guardar isso só para mim. Você nem precisa falar nada. Não me importo. Porque acho que a gente não devia dizer para as pessoas que amamos elas só para ouvir que elas amam a gente também. Acho que devemos dizer para as pessoas que amamos elas porque isso nos dá a sensação de estarmos nas nuvens. O amor se torna tão poderoso que vai se expandindo até você finalmente se sentir obrigado a expressá-lo em palavras. Então é isso. — Ela soltou uma risada nervosa e deu de ombros. — Estou sem graça agora, mas eu te amo, Landon Harrison. Eu te amo na luz e na escuridão. Eu te amo como um sussurro e como um grito. Eu amo seus dias bons e seus dias ruins, e eu... te... amo. Amo você por inteiro. Cada partezinha sua... — Ela começou a brincar com os dedos, e então a gola da camisa foi parar na sua boca. — E cada cicatriz.

Eu me aproximei de Shay e apoiei minha testa na dela. Fechei os olhos e engoli em seco, inalando seu cheiro.

— Por que você amaria alguém como eu? — perguntei.

— Porque é impossível não amar você.

Abri os olhos e olhei no fundo dos olhos dela. Eu queria retribuir, queria dizer que tinha me apaixonado primeiro. Que tinha sentido aquilo primeiro. Que eu havia perdido a aposta no dia do meu aniversário, só que aquele não era o momento.

Antes, eu precisava contar a Shay a verdade mais difícil que ela escutaria na vida.

— Shay... preciso te contar uma coisa sobre o seu pai.

Ela se afastou um pouco, e seus olhos castanhos se fixaram nos meus.

— O que houve? Ele... — Ela se empertigou. — Ele te disse alguma coisa? Ele te ofendeu? Ele...

— Ele mentiu. Ele está mentindo para você, para sua mãe, sobre várias coisas.

— Do que você está falando? — perguntou ela com a voz embargada e trêmula de confusão.

— Shay, ele, hum... — Por que as palavras estavam entalando na minha garganta? Talvez porque eu estava vendo o nervosismo dela. Talvez porque eu soubesse o quanto ela amava o pai, mesmo sem desejar. Talvez porque eu soubesse que minhas palavras iriam partir seu coração. — Ele vende drogas. Ele vende um monte de merda para o pessoal da escola.

A expressão dela mudou um pouco, mas a ausência de surpresa no seu olhar me deixou meio surpreso.

— Eu sei. Era por isso que a Mima ficava tão irritada com ele. Ele costumava vender no passado... mas a gente achava que tinha parado. Nós achamos que ele tinha saído dessa vida. Achamos que ele tinha arrumado empregos de verdade e estava fazendo as coisas da maneira correta. Mas... ele mentiu. Porque é isso que ele faz. Ele mente. E, mesmo assim, minha mãe continua do lado dele.

Levantei uma sobrancelha.

— E ela sabe?

— Aham. Todas nós sabemos.

— Não, eu quis dizer... — Engoli em seco. — Ela sabe sobre a outra filha dele?

Ela riu.

Sem sacanagem, ela riu. E muito.

— Espera, o quê? — perguntou ela entre as risadas. Ela me encarou e foi parando de rir ao notar a seriedade no meu olhar. — Espera. O quê?

Pelo visto, ela não sabia de todos os segredinhos dele.

— Shay, ele tem outra filha.

— Que ridículo. O meu pai é péssimo em muitas coisas, mas ele não... ele não tem... — As palavras foram desaparecendo. — Eu sou a única... — Ela fungou um pouco e se empertigou. — Qual é a piada, Landon? Qual é a graça?

— Não é piada. Ele era meu fornecedor, Shay. E sempre falava da família. Das duas filhas dele...

— Não — rebateu ela. — Não. Eu sou filha única.

— Shay...

— Chega, Landon. Isso já perdeu a graça — repreendeu-me ela, seus olhos se enchendo de lágrimas.

— Não estou tentando ser engraçado, Shay. Ele tem outra filha.

— Chega — repetiu ela, irritada, fechando os olhos. — Já chega, Landon. Não sei por que você está fazendo isso comigo.

— Estou fazendo isso porque você merece que alguém te conte a verdade. Nada de mentiras, só verdades, lembra?

Shay abriu a boca para falar, mas nada saiu. Ela deu alguns passos para trás e olhou para mim como se nunca tivesse me visto antes. Como se eu fosse um desconhecido. Como se eu fosse alguém em quem ela não confiava.

Eu estava fazendo a coisa certa. Eu estava sendo honesto e contando a verdade para ela.

— Não consigo lidar com isso agora — disse ela, se afastando.

— Shay, espera! — chamei, mas ela não se virou.

Ela não olhou para trás. Ela saiu correndo, sem olhar para mim. Nem tive a chance dizer que a amava também.

28

Shay

Meu coração batia descompassado desde que eu deixei Landon sozinho no teatro. Suas palavras ficavam ecoando na minha cabeça, como um pesadelo do qual eu não conseguia acordar.

Outra filha.

Uma outra pessoa.

Um ser humano que tinha parte do meu DNA.

Como isso era possível? Como ele podia ter escondido algo tão grande da gente?

Quando entrei em casa, meus pais estavam sentados no sofá, como se fossem um casal completamente normal. Como se nossa casa não estivesse soterrada de mentiras e mais mentiras. Eles riam enquanto assistiam a um programa juntos, aconchegados, como se dividissem o mesmo coração.

Aquela cena me deixou enojada.

Parei na frente da televisão, bloqueando a tela e interrompendo as risadas.

Minha mãe se empertigou primeiro.

— Shay? O que você está fazendo?

— É verdade? — bradei, cruzando os braços enquanto fulminava meu pai com o olhar.

— O que é verdade? — perguntou minha mãe.

Meu pai ficou tenso enquanto se ajeitava no sofá. Ele entrelaçou as mãos e soltou um suspiro pesado.

Ai, nossa. É verdade.

Meu estômago se revirou ainda mais, e cambaleei para trás.

— Você é um monstro.

— Shay, talvez fosse melhor nós conversarmos a sós no quarto — sugeriu meu pai, mas aquilo parecia uma ameaça.

— Então ela não sabe?

— Não sei? Não sei do quê? — Minha mãe se levantou do sofá, e seu olhar ia de mim para meu pai. — O que está acontecendo?

— Shannon Sofia — alertou meu pai, sua voz baixa e rouca.

Mas eu não estava nem aí. Eu não tinha medo dele. Ele não conseguia me controlar do mesmo jeito que controlava minha mãe.

— Ele tem outra filha — falei com raiva, as palavras queimando na minha garganta.

Minha mãe bufou e balançou a cabeça.

— O quê?

— Ele tem outra filha.

— Não tem, não — argumentou minha mãe, ainda balançando a cabeça. — Que ideia ridícula. Diz para ela, Kurt. Diz para ela que isso é ridículo.

Mas ele não fez isso. Ele ficou quieto enquanto minha mãe empalidecia.

— Ai, nossa — murmurou ela. Seus olhos se encheram de lágrimas, e ela cobriu a boca com uma das mãos. — Ai, nossa...

Meu pai alternou o peso entre os pés e abaixou a cabeça. Era nítido que não havia mentira que pudesse salvá-lo agora, mas eu não duvidaria da cara de pau dele de tentar se safar.

— Isso aconteceu há muitos anos, Camila. Quando eu estava me drogando. Vacilei e fui para a cama com outra mulher. Meses depois, ela apareceu com uma criança, dizendo que era minha filha. Não acreditei, é claro. Aí a gente fez um teste de DNA e...

Ele fitou minha mãe com os olhos marejados, e eu quis lhe dar um tapa por aquelas lágrimas de crocodilo.

Agora é tarde demais para suas emoções falsas, pai.

— Eu fiz merda, Cam, mas ela não significa nada para mim. Só dou dinheiro para a garota, só isso. Não é nada pessoal.

— É isso que você diz para elas sobre mim? — questionei. — Que não é nada pessoal? Ou elas ainda não descobriram o tipo de homem que você é?

— Olha o tom, mocinha.

— Eu não preciso te obedecer — respondi. — Você não é meu pai. Você não é nada para mim. Vamos, mãe — falei, me virando para ela.

Ela estava paralisada, com lágrimas escorrendo pelo rosto.

E continuava encarando meu pai, chocada.

— Não posso ir embora, Shay. Não ainda. Tem muita coisa estranha nessa história. Coisas que não fazem sentido.

— Como assim? Tudo faz sentido. Ele mentiu para você. *De novo.* Ele traiu você. *De novo.* Ele teve outra filha sem você saber e só confessou quando percebeu que não teria como escapar dessa.

— Como foi que você descobriu? — perguntou ela.

— O Landon me contou. Ele descobriu e me falou a verdade.

— E você simplesmente acreditou nele? — questionou ela.

Suas palavras fizeram minha cabeça girar.

— O quê? Mãe. Meu pai acabou de confessar! Ele disse com todas as letras o que aconteceu, e você quer duvidar do Landon? É sério?

— Camila, por favor — implorou meu pai —, fica aqui e me deixa explicar.

— Não tem nada para explicar. Vou pegar minhas coisas. Você deveria fazer o mesmo, mãe.

Fui para o meu quarto e arrumei uma mala. Eu não sabia do que ia precisar ou o que poderia deixar para trás. Simplesmente enfiei o máximo de coisas possível lá dentro e torci para que Mima me ajudasse a buscar o restante qualquer outro dia.

Enquanto eu arrastava a mala para fora do quarto, vi minha mãe parada e meu pai ajoelhado na sua frente, implorando a ela que ficasse. Ele parecia patético no seu papel de mentiroso compulsivo. Despejando todas as suas emoções pesadas em cima da minha mãe, ele tentava manipulá-la a achar que ela estaria errada se fosse embora e deixasse para trás todo aquele ambiente tóxico.

Levantei uma sobrancelha e olhei para minha mãe.

— Anda, mãe. Vamos.

Ela olhava para mim e para meu pai, sem conseguir decidir o que fazer. Eu sabia que boa parte da história dos meus pais era um mistério para mim. Havia muitas memórias e muito sofrimento correndo pelo coração da minha mãe o tempo todo. Eu queria culpá-la por ser fraca. Queria jogar na sua cara que ela nunca se colocava em primeiro lugar, mas ela estava sofrendo. Fazia tantos anos que ela levava rasteiras da vida que não sabia como era não sentir uma dor agonizante o tempo todo.

De certa forma, sofrer já tinha se tornado algo normal para ela. Era algo com que estava acostumada. Se ao menos ela entendesse que havia uma vida inteira esperando do lado de fora da prisão daquele castelo. Se ao menos ela soubesse que poderia ir embora e recomeçar...

— Mãe — eu a chamei de novo —, olha para mim.

Ela se virou na minha direção, e eu sorri. Tudo que eu sabia sobre amor tinha aprendido com minha mãe. Ela havia sido a primeira pessoa no mundo a me amar incondicionalmente. Ela era a primeira que tinha me feito rir, que tinha me feito sorrir, que tinha me feito viver. E seu coração estava partido. Ela estava tão triste e assustada, e eu tinha certeza de que se sentia muito sozinha, então era meu dever mostrar que não era para ser assim.

Fui até ela e segurei suas mãos, me enfiando na frente do meu pai, bloqueando a visão dele.

Ela estava ferida, assim como Landon. Perdida, confusa e insegura. Então eu sabia que devia falar para ela as mesmas verdades que tinha dito para ele.

— Mãe... você é muito mais do que a história que esse homem escreveu para você. Você é mais do que o meu pai. Você é inteligente. Você é engraçada. Você é forte. — Meus olhos se encheram de lágrimas quando senti suas mãos tremerem. — Você é leal. Você é impressionante. Você é linda. E esse não é o fim da sua história; é só o começo. Mas ela começa agora. Com nós duas saindo por aquela porta. Você consegue. Você não precisa caminhar sozinha. Eu estou do seu lado.

— Não escuta ela, Camila. Ela não te conhece como eu — bradou meu pai, se levantando. Suas lágrimas de crocodilo desapareceram, e o olhar frio havia retornado. — Eu sou o seu lar. Eu sou a sua verdade. Você não pode me abandonar.

As mãos dela ainda tremiam, mas eu não a soltei. Eu não sairia daquela casa sem ela. Eu não a abandonaria no meio de uma guerra. Simplesmente a segurei com mais força.

— Mãe, vai ficar tudo bem se você largar ele. Vai ficar tudo bem se você virar as costas para ele. Você merece mais e não vai ficar sozinha. Mas, por favor, vem comigo. Eu vou ser... — Minha voz falhou porque as lágrimas começaram a escorrer pelas minhas bochechas. — Eu vou ser o seu salgueiro.

Foi aí que ela desmoronou, mas eu estava ali para mantê-la de pé.

— Podemos ir para casa agora? — perguntei a ela.

— A casa dela é aqui — argumentou meu pai, mas eu sabia que ele não entenderia.

A verdade era que meu pai nunca tivera um lar na vida. Lar não era um prédio construído; era uma sensação de quentinho no coração. Kurt Gable tinha passado a vida inteira sendo gélido.

Eu o ignorei.

— Mãe?

— Sim — finalmente sussurrou ela, a palavra soando tão pequena e delicada. — Vamos para casa.

— Você quer pegar alguma coisa? — perguntei.

— Não. — Ela balançou a cabeça e apertou minha mão. — Já tenho tudo de que preciso bem aqui.

Nós saímos de casa com meu pai gritando às nossas costas.

— Você está cometendo um grande erro! Você vai voltar para mim, Camila! Você sempre volta! Eu sou tudo o que você tem! Você precisa de mim.

Suas palavras eram duras e cheias de mentiras. Ele estava sendo mesquinho e maldoso. E minha mãe? Ela continuou andando. Ela continuou de pé, apesar dos esforços dele para derrubá-la. Ela continuou seguindo em frente. Cada passo a deixava mais forte. Cada passo a conduzia para um futuro melhor.

E aquele cantinho do meu coração que costumava ser reservado para o meu pai? Dissolveu por completo.

~

Quando chegamos ao apartamento da minha avó, ela abriu a porta de camisola e levantou uma sobrancelha com um ar curioso. Então seu olhar passou pela mala e parou em sua filha.

— Está tudo bem. — Ela abriu um sorriso triste e abraçou minha mãe, que finalmente desmoronou por completo e caiu no choro no ombro de Mima. Os lábios de minha avó se afastando enquanto abraçava a filha. Seu sangue. Seu primeiro amor. Ela sussurrou baixinho no cabelo da minha mãe: — Está tudo bem.

Nós duas dormimos no quarto de hóspedes de Mima naquela noite. Fui a primeira a tomar banho e vestir o pijama. Quando minha mãe entrou no quarto, sorriu para mim. Seu sorriso era triste, mas pelo menos ela ainda conseguia curvar os lábios para cima.

Seu cabelo estava pingando do banho, e ela o enrolou em uma toalha. Ela se aproximou da minha cama e se sentou na beirada do colchão.

— Você deve achar que sou idiota e fraca — comentou ela em um tom tímido.

— Jamais.

— Eu tentei ir embora antes, sabe? Milhões de vezes. Mas ele sempre dava um jeito de me convencer a voltar. Ele acabava tanto com a minha autoestima que eu me sentia imprestável. Sei que parece burrice acreditar em alguém como o seu pai, mas eu era muito nova quando nos conhecemos. Eu era nova e estava confusa, e ele ficou do meu lado durante a fase mais difícil da minha vida. Foi graças a ele que tenho a melhor parte de mim, e ele vivia jogando isso na minha cara... Ele adorava me lembrar que, sem ele, você não existiria.

— Só porque ele faz parte do meu DNA não significa que possa usar isso contra você, mãe.

— Não, mas você não entende... Shay... — Ela engoliu em seco. — Eu tinha dezenove anos quando você nasceu. Eu era uma garota muito problemática. Fugi de casa, passei bastante tempo na rua e me envolvi com drogas. Foi assim que conheci o seu pai. Foi assim que nos apaixonamos.

— Eu não sabia disso.

Ela assentiu.

— Pois é. Quando eu descobri a gravidez, estava na pior. Eu não tinha a menor condição de ter um bebê. Vivia drogada, não comia direito, e minha cabeça estava tão alucinada que achei que não conseguiria... — As lágrimas escorriam por suas bochechas enquanto ela apertava a beirada do colchão. — Achei que eu não conseguiria parar de me drogar. Pelo amor de Deus, eu era só uma garota. Eu não sabia o que estava fazendo, mas seu pai ficou do meu lado. Ele me ajudou a controlar as crises de abstinência. Ele segurou minha mão no momento mais difícil da minha vida, e é por isso que eu tenho você. Então, de certa forma, sempre senti que tinha uma dívida com ele, e isso era algo que ele vivia jogando na minha cara.

— Ele foi abusivo.

— Não. Ele nunca encostou em mim — discordou ela.

— Mãe. — Balancei a cabeça. — Ele foi abusivo. Ele te machucou emocionalmente, mentalmente. Ele passou anos mentindo para você, e isso não é culpa sua. Eu teria acreditado nas mesmas coisas se ouvisse mentiras todos os dias. Você não é fraca por ter ficado com ele por tanto tempo. Isso te fez forte. Mas saiba que estou aqui agora por sua causa. Porque você me criou, não ele. Você foi mãe e pai quando ele não estava presente. Você é a minha heroína, e vai ficar tudo bem.

Ela sorriu e bateu com o ombro no meu.

— Como você ficou tão esperta?
— Culpa das duas mulheres que me criaram.
Mima colocou a cabeça na fresta da porta e levantou uma sobrancelha.
— Vocês duas estão com fome? Já pararam de chorar feito duas bobas? Fiz comida.
— Estou faminta — respondemos eu e minha mãe ao mesmo tempo.
Nós nos levantamos e fomos para a sala de jantar. Quando nos sentamos à mesa, meu telefone apitou com uma mensagem.

Landon: Como está o seu coração?

Sorri ao ler aquelas palavras.

Eu: Continua batendo.

29

Landon

Falei com Shay o tempo todo nas últimas quarenta e oito horas, mandando mensagens, ligando, lembrando-a de continuar respirando. Ela não tinha ido à escola nos últimos dois dias, e dava para entender por quê. Sua vida tinha virado de cabeça para baixo. Fazia sentido que ela e a mãe precisassem de um tempo para se reorganizar.

Eu: Como está o seu coração hoje?

Shay: Continua batendo.

Que bom.
Na tarde de quarta-feira, fiquei surpreso ao ouvir a campainha e dar de cara com a mãe de Shay na minha varanda. Ela estava enrolada em um casaco marrom comprido, com óculos escuros, e seu cabelo estava preso em um coque bagunçado.

— Sra. Gable, oi.

Ela se retraiu ligeiramente ao ouvir o sobrenome, como se ele estivesse amaldiçoado.

Ela tirou os óculos e cruzou os braços, abraçando o próprio corpo.

— Pode me chamar de Camila.

— Tudo bem. Posso ajudar?

Havia olheiras arroxeadas sob seus olhos, como se ela tivesse passado as últimas noites chorando. Aquilo também era compreensível.

Sua vida inteira havia mudado em uma questão de instantes. Tudo por causa das decisões egoístas de um homem.

— Eu queria te agradecer pelo que você fez, por ter contado a verdade sobre o Kurt para a Shay. Dá para imaginar como os últimos dias têm sido um inferno para a gente, mas eu e a Shay nos mudamos, e estou dando entrada no processo de divórcio... — Suas palavras falharam, e ela fungou um pouco, passando a mão embaixo do nariz.

Eu reconhecia Shay em sua mãe. Os mesmos olhos castanhos, o mesmo cabelo escuro, as mesmas ruguinhas ao redor dos lábios. Eu queria abraçá-la e reconfortá-la, mas não parecia correto. De certa forma, eu era o culpado pelo seu sofrimento. Eu era o motivo de toda aquela tristeza. Se ela precisasse ser consolada, eu duvidava muito de que gostaria que isso partisse de mim, o que me fez voltar ao meu primeiro pensamento: o que ela estava fazendo aqui?

Ela se balançou para a frente e para trás sobre os tênis e esfregou os antebraços.

Levantei uma sobrancelha.

— Por que eu tenho a impressão de que você quer dizer mais alguma coisa?

— Bom, porque eu quero. Mas ainda não sei como colocar isso em palavras.

— Pode falar como quiser, e partimos daí.

Ela respirou fundo.

— Preciso que você fique longe da minha filha.

Eita, então tá.

Por essa eu não esperava.

— Espera, o quê?

— Sinto muito, Landon, de verdade, mas eu vejo quem você é. Vejo a tristeza no seu olhar, no seu coração, e não quero que a minha filha se envolva em nada tão complicado. Não depois do que aconteceu. Não depois de tudo o que ela já passou. O coração dela precisa de uma folga.

Trinquei os dentes, me sentindo enjoado.

— Você acha que não faço bem para o coração dela?

Como aquilo era possível? Eu tinha feito a coisa certa. Eu não tinha escondido segredos da Shay nem várias outras coisas, como o marido de Camila fez. Eu tinha sido direto e totalmente sincero sobre a situação. Eu tinha feito a coisa certa.

Mas, aos olhos de Camila, eu ainda não era bom o suficiente para Shay.

— Não é isso, querido — explicou ela. Chamar alguém de querido enquanto dizia para ele ficar longe da sua filha parecia um novo tipo de xingamento. — É só que eu percebo que você tem problemas. Você passou por muitos traumas pessoais, apesar de nada ter sido sua culpa, e a Shay não precisa dessa energia na vida dela.

— Da mesma forma que ela não precisava da sua energia quando passou anos sem acreditar nela e na Maria sobre o merda do seu marido, né? — rebati.

Eu não queria ter sido tão ríspido e com certeza não pretendia soltar um palavrão na frente dela, mas meu peito doía. Minha cabeça estava uma bagunça. Eu tinha feito a coisa certa. Eu tinha contado o que o marido dela estava fazendo. Eu não tinha mentido. Mas, de algum jeito, o problemático era eu.

— Entendo que você esteja chateado. Você se importa com a minha filha. Eu também. Mas, se você se importa de verdade com ela, vai se afastar, Landon. Você vai para a faculdade daqui a alguns meses, né? E a Shay precisa se concentrar no futuro dela.

— Eu posso ser o futuro dela.

— Não. — Ela balançou a cabeça. — Você precisa ser o passado dela. Ela merece um recomeço. Uma nova chance. Por favor — implorou ela. — Estou te pedindo que deixe minha filha em paz. No futuro, você vai se agradecer por não ter colocado todo esse peso nas costas dela.

— Acho melhor você ir embora — falei, meu peito doendo com suas palavras.

Fiquei o mais empertigado possível, e ela franziu a testa ao colocar os óculos escuros.

— Sei que você acha que sou uma mulher ruim, e talvez eu seja mesmo. Talvez a minha cabeça não consiga mais distinguir o certo do errado. Mas me diz uma coisa... você gostaria que a sua filha saísse com um garoto como você?

— Você não me conhece.

— Não... mas conheço o seu tipo. Problemático. Por favor, Landon. Estou implorando. Não traumatize a minha filha do mesmo jeito que o meu marido me traumatizou.

Ela foi embora, me deixando sozinho com meus pensamentos, o que nunca era bom.

Fiquei me perguntando quantas vezes uma pessoa conseguia ouvir que era problemática antes de as palavras se infiltrarem no seu cérebro.

Primeiro tinha sido Monica, depois KJ, agora Camila.

Não consegui dormir depois da conversa com a mãe de Shay. Na manhã seguinte, me arrastei para fora da cama, me sentindo como um zumbi por ter passado a noite toda analisando minunciosamente cada aspecto da minha personalidade.

Cada defeito tinha sido analisado pela minha mente, se repetindo uma vez atrás da outra nos meus pensamentos. Apesar de o pai de Shay ser um grande fracassado, ele achava que eu não era bom o suficiente para sua filha, e a mãe de Shay pensava a mesma coisa. Quando os dois pais achavam que você não servia para a filha deles, era um golpe e tanto.

Talvez eles tivessem razão. Talvez eu não fizesse bem à filha deles. Antes de me conhecer, Shay não fazia besteiras. Mas, no instante em que a aposta começou, uma rebeldia surgira em sua alma. Só que eu tinha minhas dúvidas se isso havia acontecido por minha causa. Talvez tivesse alguma ligação com o fato de que ela era como um passarinho que viveu enjaulado por muito tempo e agora tinha liberdade para voar, mas eu não conseguia me livrar daquela sensação angustiante.

Eu não conseguia impedir minha mente de me dizer que eu era fodido demais da cabeça para ficar com uma pessoa como Shay. Eu não conseguia me impedir de me afogar nas minhas inseguranças.

"*Você é um merda*", dizia minha mente. "*Uma pessoa como a Shay nunca seria capaz de amar alguém problemático como você*", provocava. "*Ela só disse que te amava para acabar com a aposta, e não porque sente alguma coisa de verdade.*" Esse era o problema da ansiedade e da depressão: não seguir a lógica. Quando meu cérebro começava a gerar inseguranças, ele ganhava velocidade, me enrolando em sua teia de mentiras. O pânico no meu peito fazia com que fosse difícil me concentrar nos meus arredores. Quando cheguei à escola, tentei passar na sala da Sra. Levi, buscando seu sorriso e alguma baboseira sobre o fato de eu ter valor e não ser um fracasso total, mas ela estava conversando com outro aluno.

Saí da sua sala e ouvi Shay chamando meu nome, mas, em vez de me virar para encará-la, apertei o passo. Eu não estava com cabeça para conversar com ela. Eu não estava com cabeça para conversar com ninguém.

Segui para o campo de futebol americano e fui direto para as arquibancadas. Agarrei a grade, abaixei a cabeça, fechei os olhos e me esforcei para silenciar as vozes em minha mente.

Às vezes, isso funcionava. Mas, daquela vez, não funcionou.

Matei boa parte das aulas, indo apenas para o ensaio da peça. Quando entrei no auditório, Shay estava lá e me lançou um olhar preocupado.

— Ei. Onde você estava? — perguntou ela.

— Matei aula, só isso.

— Por quê? O que houve?

— Não preciso de motivo para matar aula; só matei.

Ela arqueou uma sobrancelha.

— Landon.

— O quê?
— Qual é o problema?
Eu. Eu sou o problema.
— Nada, está tudo bem. Vamos só ensaiar logo, pode ser? Não estou muito a fim de conversa.

Comecei a me afastar, me sentindo um merda por dispensá-la, mas eu tinha passado as últimas oito horas pensando em todos os motivos pelos quais não era bom o suficiente para ela.

A lista era longa, detalhada e precisa pra cacete.

O que Shay poderia me oferecer se ficássemos juntos?

Felicidade. Alegria. Risadas pra caralho. A sensação de ter um lar. Um lugar seguro para cair. Esperança. Amor. Sua mente, seu corpo, sua alma. Sua luz.

E o que eu lhe daria se ficássemos juntos?

Minhas cicatrizes. Meus ataques de pânico. Meus fardos. Minhas mudanças de humor. Meu sofrimento. Minha depressão. Minha escuridão.

Nosso jogo estava desequilibrado, isso estava nítido. Ela me daria o mundo, e eu o tiraria dela. Todo mundo tinha razão — ela estava muito além do que eu merecia.

— Land, espera. — Ela envolveu meus antebraços com os dedos, e fechei os olhos. Seu calor. Seus toques. Ela me daria isso também.
— Fala comigo.
— Esquece isso, Shay, está bom? Esquece isso e me esquece.

Seus dedos soltaram meu braço, e um calafrio me percorreu. Comecei a sentir falta de seu toque no segundo em que ela me largou.

Ela continuou me encarando, me interpretando, analisando cada pedacinho de mim.

Para, Shay... Para de ler essas páginas. A tinta ainda está fresca, e as palavras não são bonitas.

— Você está mal — falou ela. — Não me afasta de você. Por favor, Landon. Se abre comigo. Seja lá o que for, eu aguento. Estou aqui. Posso te ajudar.

Ela estava sendo a pessoa perfeita por quem eu tinha me apaixonado. Ela estava me tratando com carinho e preocupação. Seus olhos castanhos estavam cheios de amor. Ela não precisava dizer que me amava. Eu via isso na maneira como ela me olhava. Shay Gable olhava para mim como se eu fosse um prêmio. Como se enxergasse em mim algo que eu ainda não havia descoberto. Eu amava o jeito como ela olhava para mim. Eu odiava saber que nunca conseguiria corresponder a suas expectativas.

— Me deixa — avisei pela última vez. — Vamos logo para a merda do ensaio, tá?

Eu me odiava por ser tão frio com ela. Odiava minha mente problemática. Eu... me odiava.

Merda.

Eu me odiava.

Encenamos a peça toda e, quando chegou a hora de Julieta tirar a própria vida, ela chorou lágrimas de verdade pela primeira vez nos ensaios. As gotas pingaram em mim enquanto ela declamava suas últimas falas, transbordando emoção.

Abri os olhos para observá-la e vi seus olhos vermelhos.

Eu tinha feito aquilo com ela. Eu tinha partido seu coração e não tinha a menor ideia de como consertar a situação. Que mal eu não acabaria causando a ela com o tempo?

— Bravo, bravo! — O Sr. Thymes aplaudiu ao fim da interpretação chorosa de Shay. Ele levou a mão ao peito, e seus olhos estavam arregalados de fascínio. — E é por isso que a Shay é a nossa Julieta, pessoal. Shay, o que você acabou de fazer nesse palco foi muito emocionante. O que te inspirou?

Ela abriu um sorriso hesitante e levantou o ombro esquerdo.

— Tristeza?

O Sr. Thymes bateu palmas, fascinado.

— Tristeza. Isso mesmo, eu senti. Ótimo, ótimo. Continue assim nas apresentações do fim de semana. Segura essa tristeza. E Landon?

— Sim, senhor?

— Fica de olhos fechados durante a cena da morte. O Romeu não pode ficar encarando a Julieta enquanto ela se mata.

— Pode deixar.

— Fora isso, vocês dois deviam se orgulhar muito do que estão fazendo. Nunca vi tanta química entre um casal. Vou dormir tranquilo hoje, sabendo que a peça vai ser um sucesso por causa de vocês. Boa noite.

Peguei minhas coisas e saí depressa do teatro, tentando fugir de Shay, mas, infelizmente, ela foi rápida.

— Landon, espera.

Ela me alcançou quando cheguei ao meu carro. Eu abri a porta, mas ela a empurrou para fechá-la e se enfiou na minha frente.

Fiz uma careta.

— Sai da minha frente, Shay.

— Não. Só depois de você me contar o que aconteceu. Por que você está todo esquisito? O que aconteceu hoje?

— Não quero conversar. Sai da minha frente.

— Não. Landon, você está mal, dá para ver. Me diz como eu posso te ajudar.

— Você não pode. Não quero a sua ajuda.

Os olhos de Shay se encheram de lágrimas, e ela colocou a mão no meu peito.

— O que eu fiz de errado?

O que ela havia feito de errado?

Ela estava colocando a culpa em si mesma, apesar de não ter feito nada de errado — além de se apaixonar por um cara como eu.

Vi acontecer, vi minha frieza partir seu coração. Sim, ela podia saber me interpretar desde o primeiro dia, mas, nos últimos meses, eu tinha aprendido a interpretá-la também. Eu estava machucando-a, ferindo seu coração e deixando-o sangrar.

Era melhor terminar tudo agora, antes de nos apaixonarmos ainda mais um pelo outro.

— Escuta, eu não queria falar nada agora, porque você já está tendo que lidar com um monte de merda, mas como você não consegue parar de fazer drama, vou falar logo. Eu ganhei.

— Ganhou? Ganhou o quê?

— A aposta. — Abri um sorriso escroto para ela, e meu coração morreu. — Vai me dizer que você achou mesmo que eu estava me apaixonando por você? Fala sério, *chick*. Isso nunca foi de verdade. Era um jogo... nada mais, nada menos.

Chocada, ela tentou dar um passo para trás, mas bateu no meu carro.

— Do que você está falando?

— Esse lance entre a gente não era de verdade. Nunca foi de verdade. Eu não tinha nada melhor para fazer, e a aposta foi um jeito divertido de passar o tempo. Só que agora acabou, e não quero mais nada com você. Depois que a peça terminar, a gente nunca mais precisa se ver.

— Não — sussurrou ela, balançando a cabeça. — Não. A gente era de verdade. Isso é de verdade. Não sei o que aconteceu com você, Landon. Não sei por que você está falando assim, mas eu te conheço. Eu conheço o seu coração e sei como ele bate. Conheço as suas verdades. Lembra? Só verdades. Nada de mentiras.

Meu coração destruído se despedaçava a cada segundo.

— Foi tudo mentira. Nada entre a gente foi de verdade.

— Você... — Ela fechou os olhos. — Mas você me mostrou as suas cicatrizes. Você me mostrou tudo.

— Isso é o básico para conquistar qualquer garota. É só contar uma historinha triste e inventar um drama. Sempre dá certo.

A boca de Shay se abriu, seus olhos se encheram de lágrimas, mas ela não disse nada. Apenas ajeitou a alça da mochila mais alto em seu ombro e foi embora.

Mais tarde naquela noite, recebi uma mensagem dela.

> **Shay:** Não sei o que aconteceu hoje. Não sei por que você foi grosso comigo nem por que está tentando me afastar da sua vida, mas só quero que saiba que estou pensando em você.

Quero que saiba que você é bom, que merece tudo de bom, que é amado. Não vou parar de te falar essas coisas, Landon. Mesmo que você me afaste da sua vida, vou continuar dizendo que o mundo precisa de você. Quando quiser conversar, estou aqui.

Merda, chick.
Eu não entendia como alguém tão bom podia existir e me querer.
Não respondi.
Apesar de tudo em mim querer dizer que a amava, na esperança de ouvir que ela me amava também.

∼

Shay continuou me mandando mensagens o dia todo, de manhã e à noite. Durante as aulas e os ensaios, ela ainda vinha falar comigo para saber se estava tudo bem. Ela perguntava como meu coração estava, apesar de eu me recusar a responder. Parecia determinada a não deixar que eu me sentisse sozinho e, droga, estava funcionando. Mas eu não podia ficar com ela, e ela não podia ficar comigo — não do jeito como queria, pelo menos. Ela merecia um amor por inteiro, e o meu estava partido em mil pedacinhos.

Então eu sabia que precisaria fazer algo drástico. Ultrapassar um limite do qual seria difícil voltar.

Eu teria que fazer algo que partisse o coração dela de uma vez por todas, para fazê-la parar de me amar.

Mandei uma mensagem para a escola toda.

> **Eu:** Festa da noite de estreia na minha casa hoje. Tragam bebidas e venham com vontade de fazer merda.

Era fascinante a rapidez com que eu sempre me arrependia de dar festas.

A noite de estreia foi maravilhosa. O Sr. Thymes parecia extasiado. Shay chorou. Eu fiquei de olhos fechados. E a plateia aplaudiu de pé.

Teria sido ótimo se eu pudesse comemorar o sucesso com Shay. Se pudesse levá-la para minha casa e mostrar ao corpo dela como eu a amava. Se pudesse rir com ela enquanto assistíamos a *Friends*. Se pudesse amá-la todos os dias pelo restante da minha vida.

É, teria sido ótimo. Mas a vida não funcionava assim.

Minha casa ficou lotada de pessoas, bebendo, fofocando, falando baboseiras que não me interessavam.

Notei a presença de Shay no instante em que ela chegou com Raine e Tracey. Era impressionante a rapidez com que eu conseguia encontrá-la em uma sala lotada. Era como se eu fosse atraído pela sua energia, pela sua luz. Por *ela*.

Ela conversou com as pessoas, presenteando todos com seu sorriso incrível e sua personalidade animada. Ela brilhava entre as pessoas, era capaz de conversar com qualquer um sobre qualquer coisa. Essa era uma das coisas que eu tinha aprendido a amar nela. Seu charme. Sua sagacidade. Seu tudo.

Ela era uma luz muito forte no mundo, e eu estava prestes a destruí-la.

Ela olhou para mim, e o sorriso nos seus lábios desapareceu, dando lugar a um cenho franzido. Ela inclinou a cabeça olhando para mim, parecendo confusa. Então seus lábios se abriram, articulando sem som:

— Oi, Satanás.

Abri um meio sorriso sem querer. Era difícil não sorrir ao olhar para ela.

Olá, olhos castanhos.

Desviei meu olhar de Shay e me concentrei em algo menos interessante: o restante do mundo.

— Garrafa no céu, garrafa no céu! — cantarolaram algumas pessoas.

Parecia ser uma galera do primeiro ano. Talvez do segundo. De toda forma, eu estava a fim de brincar.

Eu me sentei na roda e, quando estava prestes a girar a garrafa, uma voz me distraiu.

— O que você está fazendo? — perguntou Shay, me fazendo virar para encará-la.

— Brincando — respondi, seco.

Ela levantou uma sobrancelha, então se sentou na roda, entrando na brincadeira.

Por que ela estava sendo tão forte? Por que estava aturando minhas babaquices?

Havia algumas garotas risonhas perto dela, com uma bebida barata em seus copos de plástico. Elas eram irritantes pra caralho. O completo oposto de Shay. O completo oposto de tudo que eu queria.

Fui o primeiro a jogar.

Peguei a garrafa e a girei, observando-a rodopiar várias vezes. Os olhos de Shay ficaram grudados na garrafa, enquanto os meus ficaram grudados nela.

— Ai, nossa! — Uma garota riu quando a garrafa parou apontada na direção dela.

Suas amigas deram risadinhas infantis. Shay apenas fechou os olhos. Um suspiro discreto escapou de seus lábios.

Eu me levantei e apontei com a cabeça para a garota.

— Beleza. Vamos acabar logo com isso.

Ela se levantou apressada, ainda rindo e corando como se não tivesse muita experiência na brincadeira.

Entramos no armário, e os outros fecharam a porta.

— Ai, nossa, não acredito que vou pegar o Landon Harrison! Tipo, *o* Landon Harrison.

Ela arfou, mais empolgada do que deveria. Ela falava sobre mim como se eu fosse um artefato antigo — frequentemente estudado, porém nunca tocado.

— Em que ano você está?

— No primeiro. Mas já vou para o segundo! — acrescentou ela, como se isso fosse me deixar mais interessado.

Não deixava. Eu estava pouco me lixando para quem ela era e de onde viera. Eu só precisava saber se ela seguiria meu plano.

— Então... — Ela enrolou uma mecha de cabelo no dedo e, droga, eu queria que ela fosse a Shay. — Vai ser de língua ou...

— Não vou te pegar — eu a interrompi.

— Ah, é?

— Não é nada contra você. Você é linda, mas meu coração meio que já tem dona.

— Então por que você está brincando?

— É complicado. Mas preciso da sua ajuda. Quando sairmos daqui, preciso que você finja que a gente se pegou. E seja convincente. Aí todo mundo sai ganhando. Você pode dizer para as suas amigas que ficou comigo.

— E o que você ganha com isso? — perguntou ela.

— Não te interessa, mas vou conseguir o que eu quero.

Ela arqueou uma sobrancelha.

— Você não sabe nem o meu nome, né?

— Não.

— Por que eu ajudaria um cara que não se dá nem ao trabalho de saber o meu nome?

— Eu não disse que não me daria ao trabalho de saber o seu nome. Só confirmei que não sei qual é. Então me conta.

— Jessie.

— Beleza, Jessie, prazer em te conhecer. Você parece ser uma menina muito maneira. E aí, a gente tem um acordo? Nosso tempo é meio curto aqui.

Ela mordeu o lábio inferior.

— Tá, combinado. Mas... Vou dizer que a gente beijou de língua.

— Pode ficar à vontade.

Antes de sairmos do armário, Jessie beliscou as bochechas para parecer corada. Ela saiu do armário e fez um discurso digno de um Oscar descrevendo como eu tinha enfiado a língua na sua garganta.

Shay estava parada em frente ao armário, completamente pálida.

— É sério isso, Landon? — perguntou ela, chocada com o que havia escutado.

Enfiei as mãos nos bolsos e dei de ombros.

— Eu já falei, o que rolou entre a gente foi só uma aposta. Nada mais, nada menos.

E eu vi o exato momento. O momento em que ela desistiu de mim. Os olhos que estavam cheios de emoção instantes atrás se tornaram gélidos. Ela se empertigou e girou os ombros para trás.

— Beleza. Você queria que eu parasse de gostar de você? Meus parabéns, Landon. Você ganhou.

Naquele momento, eu me odiava mais do que nunca. Principalmente porque a afastaria ainda mais de mim.

— Eu sei que ganhei, raio de sol. Essa era a ideia da aposta.

— Não me chama de raio de sol — sibilou ela.

Então para de ser tão radiante.

— Escuta, já podemos encerrar esse assunto? Eu já consegui o que queria de você, então acho melhor...

Paf!

A mão de Shay acertou minha bochecha em cheio, e sua voz falhou.

— Vai se foder, Landon. — A culpa ficou estampada no seu olhar no exato instante. Shay afastou a mão, ainda meio chocada por ter tido coragem de me dar um tapa na cara. Então diminuiu o tom de voz e baixou a cabeça. — Desculpa — sussurrou ela, dando alguns passos para trás.

Ela se virou e saiu correndo, me deixando parado ali com uma plateia ao meu redor. O segredo para fazer uma mulher parar de gostar de você era simplesmente humilhá-la na frente de uma multidão. Não havia como consertar esse tipo de estrago.

— Vão arrumar o que fazer, porra — murmurei.

— Landon, que diabos foi isso? — perguntou Raine, vindo chocada até mim. — Por que raios você faria algo assim com a Shay?

— Não estou a fim de conversar, Raine — resmunguei, dando as costas para ela.

Ela agarrou meu braço e me puxou para perto.

— Não. Landon. Não estou entendendo... o que você e a Shay têm... é verdadeiro. É a coisa mais verdadeira que já vi desde o Hank e eu, então não estou entendendo por que você quer afastar ela da sua vida.

— Para, Raine.

— Não vou parar. Vocês dois são meus amigos, e eu não...

— Raine, você não consegue cuidar da porcaria da sua vida só um minuto? — falei, irritado.

Ela deu alguns passos para trás, chocada com a raiva nas minhas palavras.

E balançou a cabeça.

— Você não é assim, Landon. Não sei o que está acontecendo, mas você não é assim de verdade. Só que, por enquanto, acho melhor eu ir atrás da Shay.

— Raine?

— O quê?

— Vê se ela está bem? — pedi, minha voz falhando enquanto as palavras saíam da minha boca.

Ela franziu a testa.

— Vejo. Depois vou voltar para ver se você também está bem, Landon. A Shay não é a única amiga que tenho nessa história. Apesar de você ser um babaca, eu ainda te amo.

Raine saiu correndo atrás de Shay, e fiquei feliz por saber que alguém estava cuidando dela. Senti uma mão no meu ombro, e me deparei com Greyson ao me virar.

Ele levantou uma sobrancelha.

— Você está bem?

— Não muito.

— Quer que eu tire esse pessoal todo da sua casa?

— Aham.

Ele assentiu com a cabeça e foi resolver o problema.

Não demorou muito até que todos fossem embora. Greyson tinha talento para expulsar os outros. Eu precisaria lhe agradecer depois. Quando entrei no meu quarto, havia quatro pessoas lá, me encarando.

O Quarteto Fantástico (+ Raine).

— O que vocês tão fazendo aqui? — perguntei.

— Quando você falou para expulsar as pessoas, a gente sabia que isso não incluía as pessoas legais — respondeu Hank.

Cocei a nuca.

— Escutem, eu meio que quero ficar sozinho hoje.

— A gente sabe. — Eric concordou com a cabeça, batendo no espaço vazio ao seu lado na cama. — É por isso que não vamos embora. Nós somos seus amigos, Landon, e sabemos quando você está com a cabeça cheia de merda. Então, mesmo que queira ficar sozinho hoje, você está proibido. Porque você não está sozinho.

Suspirei.

— Não mereço vocês.

— Não merece mesmo. — Raine se aproximou e bateu com o braço no meu. — Agora, cala a boca e deixa eu te dar uma surra no *Mario Kart*.

Ela pegou um controle e o ofereceu para mim.

Eu o aceitei.

— Ei, Raine? Como ela está?

Ela ficou séria.

— De coração partido. Confusa. Arrasada. Como você está?

De coração partido.

Confuso.

Arrasado.

Dei de ombros.

— Estou bem.

Ela abriu um sorriso triste.

— Mentiroso.

∼

Shay parou de falar comigo depois da festa. As únicas palavras que ela me dirigia eram as de Julieta para Romeu. Fora isso, era silêncio total. Dava para entender. Eu faria o mesmo se fosse ela, depois de tudo o que aconteceu.

Eu era o babaca que a magoara devido às minhas próprias inseguranças. Mas era melhor não ficarmos juntos. Pelo menos era isso que meu cérebro ficava repetindo o tempo todo.

O ano letivo terminou, e eu estava formado. Ainda não sabia o que faria da vida nos próximos meses, mas sabia que não queria estudar Direito. Meu pai continuava inflexível sobre o assunto, enquanto minha mãe insistia para que ele me deixasse tomar minhas próprias decisões.

— Você precisa parar de ficar mimando o Landon, Carol. Ele não é mais criança e precisa ter uma carreira de verdade — dizia meu pai.

— O que ele quer é uma carreira de verdade, mesmo que você não ache isso — rebatia minha mãe.

Essas conversas se arrastaram pelo começo do verão.

De qualquer maneira, eu não estava muito preocupado com isso. A faculdade não era o meu foco. Eu não conseguia pensar em nenhuma carreira nem nas matérias nas quais queria me inscrever, porque a única coisa em minha mente era Shay.

Eu sentia saudade dela.

Eu sentia tanta saudade dela e me odiava todas as vezes em que lembrava o que tinha feito e pensava em como a havia afastado de mim. Cheguei à conclusão de que a única forma de parar de pensar nela seria voltando a beber, como nos velhos tempos.

Começou com um gole em uma festa aleatória. Alguns caras estavam virando umas doses, então tomei uma com eles. Assim que senti o gosto da bebida, me vi como um fracassado. Talvez Monica tivesse razão. Talvez as pessoas não mudassem mesmo para melhor, e eu seria sempre um cara complicado, cheio de cicatrizes, por dentro e por fora.

O álcool desceu pela minha garganta queimando, e detestei cada segundo, mas continuei bebendo porque achei que isso me ajudaria a esquecer minhas memórias com Shay. Infelizmente, não foi o que aconteceu. Os pensamentos só ficaram mais intensos.

Encontrei com ela em duas ocasiões. A primeira foi numa festa na casa de Hank. O clima no evento estava tranquilo, e bebi demais. Quando Shay chegou, eu já estava mamado e fiz papel de idiota na frente da prima dela, Eleanor. Falei alguma merda porque estava bêbado e triste e, naquela noite, quando voltei para casa, não consegui parar de remoer o que tinha acontecido.

Na segunda vez que a vi, eu só tinha tomado um copo e a observei de longe enquanto ela ria com Eric. Ela parecia tão feliz e contente sem mim.

Fui para casa e desmoronei no meu quarto.

Minha mente zombava de mim. *Viu? Ela não precisa de você. Ela está melhor sem você. Supere. Você é um imprestável.*

Quem imaginaria que a guerra mais difícil seria contra minha própria mente?

E eu estava perdendo. Estava perdendo o contato com a realidade completamente, dia após dia.

Quando eu achava que as coisas não poderiam piorar, recebi algumas mensagens dos meus amigos que me fizeram querer vomitar.

Hank: Vocês ficaram sabendo da Monica?

Eric: Cara, que loucura!

Eu: O que aconteceu?

Greyson: Ela teve uma overdose ontem, quando estava com o Reggie. Foi internada.

Senti minha cabeça explodindo enquanto lia e relia a palavra *overdose*.

Lampejos de Lance surgiram na minha mente. Ele teve uma overdose, perdeu a vida, e eu não consegui salvá-lo. Então pensei na minha última conversa com Monica, quando ela havia me perguntado quem a escolheria. Ela queria saber quem ficaria ao seu lado, e eu tinha dito com todas as letras que não seria eu.

Porra, Monica. Por quê?

Eu não sabia o que fazer. Não conseguia respirar. Mas, de alguma maneira, consegui me levantar e pegar minhas chaves. Fui para o hospital ficar com ela, porque tinha quase certeza de que ninguém mais estaria ao seu lado.

30

Shay

Raine me contou o que tinha acontecido com Monica, e meu primeiro pensamento foi Landon.

Eu sabia que não devia pensar nele depois do que ele tinha feito comigo no fim de semana da estreia da nossa peça. Eu não devia me preocupar com seu bem-estar, mas era impossível evitar. O amor, quando chegava, não tinha como ser desligado como uma torneira. Ele continuava jorrando, incontrolável, mesmo quando você queria que parasse.

Eu amava Landon, apesar de saber que não deveria. Amava sua luz e suas sombras. Amava aquele sorriso torto. Amava sua testa franzida. Amava seus momentos bons. Amava seus momentos ruins.

Eu o amava. Mesmo quando ele não merecia. Mesmo quando isso acabava comigo.

Meu coração?

Minha alma?

Meu amor?

Ainda eram dele.

Eu sabia que ele devia estar sofrendo com o fato de Monica ter tido uma overdose. Não dava para ignorar o fato de que os dois tinham um passado. Eu sabia que sua cabeça provavelmente o levaria para os cantos mais sombrios de sua alma e, apesar da raiva que sentia dele, sabia que não podia deixá-lo sozinho.

Não agora.

Fui direto para o hospital e dei de cara com Landon sentado na sala de espera, sozinho. Ele estava cabisbaixo, com as mãos entrelaçadas. As juntas de seus dedos estavam vermelhas com a pressão que ele fazia, e cada pedacinho seu parecia estar em cacos. Seus ombros estavam curvados para a frente, e ele tinha as mangas arregaçadas, exibindo as cicatrizes que se esforçava tanto para esconder do mundo.

Ah, Landon.

Onde está a sua mente hoje?

Fui até ele e toquei seu ombro.

Ele levantou o olhar, e vi aqueles olhos azuis injetados, confuso.

— O que você está fazendo aqui? — sussurrou ele, fungando ao inclinar a cabeça.

— Isso — respondi. Puxei uma cadeira e a posicionei bem na frente dele. Então me sentei, depois abri seus punhos e segurei suas mãos. Eu as apertei, sentindo seu tremor. — Estou fazendo isso.

Ele abriu a boca para falar, mas nenhum som saiu.

Apertei suas mãos com mais força ainda quando vi o canto de sua boca se contorcer.

— Shay... — começou ele.

— Está tudo bem. A gente não precisa conversar. Eu só quero ficar aqui do seu lado.

Ele fez uma careta, pigarreou, e algumas lágrimas escorreram por seu rosto.

— Eu te magoei.

— Eu estou bem. Sou mais forte do que pareço.

— Por que você quer ficar aqui comigo? Por que decidiu fazer isso depois do que eu fiz com você?

— Porque ninguém merece ficar sozinho num momento tão difícil. Nem você.

Ele murmurou um agradecimento enquanto puxava uma das mãos para secar as lágrimas. Logo depois, ele pegou a minha, e eu apertei a dele de novo.

— Como ela está? — perguntei.

— Fizeram uma lavagem estomacal nela. Ela ainda não acordou. Não querem me contar nada porque não sou da família. Os pais dela nem deram as caras ainda. Isso é uma escrotice, né? Eles não se deram nem ao trabalho de vir para o hospital ver a filha que teve uma overdose.

— Que coisa horrível. Ela não tem uma relação boa com os pais?

— Tanto quanto possível, em se tratando de pessoas como eles. Os dois só querem saber de dinheiro e status. O pai dela é político. Essa notícia seria um escândalo para a família agora, já que ele quer se candidatar a senador um dia. A imagem dele ficaria suja.

— E a mãe dela?

— Deve estar fazendo limpeza de pele ou qualquer coisa parecida. Ela é bizarra. — Ele soltou um suspiro pesado. — Shay. É sério... por que você está aqui?

— Já falei. Você não merece ficar sozinho. Sei que acha que merece, por algum motivo, mas isso não é verdade, Landon. Apesar de tudo.

Seus olhos estavam desolados quando ele me encarou.

— Sinto falta de você — sussurrou ele. — Sinto falta pra caralho de você, e isso dói todo santo dia.

Senti um aperto no peito.

— Era só uma aposta mesmo, Landon?

— Fala sério, *chick*... — murmurou ele. — Acho que nós dois sabemos a resposta.

Minhas mãos tremiam, ou talvez fossem as dele. Não dava para saber. De toda forma, continuamos de mãos dadas.

— Por que você me afastou da sua vida? — perguntei. — Por que foi que você me afastou?

— Porque tenho que manter as pessoas longe de mim — confessou ele. — Quando elas se aproximam, acabam se machucando. Olha só a Monica.

— O que aconteceu com a Monica não foi culpa sua.

— Claro que foi. É tudo culpa minha.

— Como?

— Ela pediu para eu ficar do lado dela, e falei que não. Falei que não escolheria ela. E aí ela teve uma overdose porque eu não estava lá.

— Não — falei, séria. — Ela teve uma overdose porque escolheu se drogar. Você não tem culpa disso. Você não tem culpa de nada disso.

Ele se retraiu ligeiramente e baixou a cabeça para encarar o chão.

— Eu não beijei aquela garota.

As palavras saíram tão baixo de sua boca que fiquei na dúvida se ele tinha mesmo falado aquilo. Por um milésimo de segundo, achei que estivesse enlouquecendo, torcendo para ele ter falado.

Mas então, sua cabeça se levantou de novo, seus olhos azuis encontraram os meus castanhos, e ele abriu aquele seu sorriso triste.

— Por que você mentiu?

— Porque você merece alguém melhor do que eu. Para você parar de me amar.

— Bom... — Eu ri baixinho e tentei controlar minhas emoções. — Não funcionou.

Ele arrastou sua cadeira para mais perto de mim, apoiou a testa na minha e fechou os olhos. Estávamos tão próximos um do outro que, se eu movesse minha boca um centímetro para cima, beijaria seus lábios. Sua respiração roçava contra minha bochecha e meu coração batia disparado no peito.

— *Chick* — murmurou ele.

— Satanás — falei.

— Diz que você não me ama.

— Não posso.

— Pode, sim. Diz que você não me ama. Por favor — implorou ele.

Seus lábios roçaram contra os meus, e meu corpo se arrepiou.

— Não.

— Então me conta uma mentira — pediu ele.

— Eu te odeio.

Sussurrei as palavras contra seus lábios, e ele as engoliu como se fossem sua força vital.

— Eu também te odeio — mentiu ele para mim, fazendo uma lágrima escorrer pela minha bochecha.

— Só que eu te odeio mais que tudo — jurei.

— Eu te amo — disse ele, beijando minha boca com toda delicadeza.

Seu toque era tão suave que parecia de mentira. Como algo que eu escreveria nas minhas histórias. Como um sonho que finalmente se tornava realidade.

— Eu também te amo.

— Só que eu te amo mais que tudo — jurou ele, e eu senti isso.

Senti seu amor dentro de mim. No meu coração, na minha alma, no meu espírito. Eu também sabia como era difícil para ele admitir aquilo. Eu sabia que Landon estava triste. Tão, tão triste, e tão, tão arrasado. E, mesmo assim, ele me amava. Isso provavelmente o deixava apavorado.

— O que você está fazendo aqui?! — sibilou uma voz, agora direcionada para Landon.

Ele se levantou na mesma hora e pigarreou.

— Sr. e Sra. Cole, oi. — Ele esfregou a testa sem fazer contato visual com os dois. — Fiquei sabendo sobre a sua filha e vim ver se ela estava bem.

Eram os pais de Monica.

Fazia sentido. Ela não se parecia em nada com eles, mas isso não me surpreendia. Eu tinha certeza de que ela devia ser mais parecida com a mãe antes de todas as cirurgias plásticas.

— Isso não é da sua conta — bradou a Sra. Cole. — É bem provável que a Monica esteja nesse estado por sua causa! Você sempre foi uma má influência para a nossa filha, e agora foi a gota d'água. A coitadinha da nossa Monica está aqui por sua causa, por imitar seu comportamento.

— É capaz até de ela ter tido overdose com drogas que você deu para ela. Isso é culpa sua — chiou o Sr. Cole.

Suas palavras estavam carregadas de ódio, o que só me fez detestá-lo ainda mais.

— O quê? Isso não é verdade — comecei, mas Landon colocou a mão na minha frente para me interromper.

Só que aquilo não era justo. Ele estava sendo acusado de coisas que não tinha feito. Ele não era o vilão da história; ele era o herói. Mas parecia que todo mundo estava empunhando suas armas, correndo atrás dele enquanto gritava "Matem a fera!".

O ódio deles era infundado e direcionado para a pessoa errada. Os dois deviam estar se sentindo mal por serem péssimos pais.

— Acho melhor você ir embora daqui — ordenou o Sr. Cole para Landon. — E acho melhor ficar bem longe da nossa filha. Se eu pegar você perto dela de novo, vou fazer a polícia te infernizar tanto que você nunca mais vai conseguir colocar os pés nesta cidade. Sai daqui.

— Qual é o problema de vocês? — gritei, me sentindo indignada por Landon.

Eu não conseguia imaginar como meu cérebro reagiria se dois adultos começassem a berrar comigo dizendo que eu era uma pessoa péssima. Eu queria fazer um escândalo por ele. Queria defendê-lo a todo custo, a cada segundo que um comentário maldoso era feito.

Mas ele não deixou.

Ele não deixou que eu me metesse naquele lamaçal para lutar suas batalhas.

— Não tem problema, Shay. Eu estou bem. Vou embora — sussurrou ele antes de se virar para os pais de Monica. — Sr. e Sra. Cole, sinto muito pelo que estão passando. Espero que a filha de vocês fique bem. De novo, sinto muito... por tudo.

Sua voz falhou, e ele foi andando na direção da saída.

Fiz menção de sair correndo atrás dele, e a mãe de Monica agarrou meu braço, me impedindo.

—Deixa ele ir embora, menina. Não está vendo que ele é encrenca? Não está vendo o mal que ele causou?

Puxei meu braço para me desvencilhar dela.

— E o mal que a senhora causou, Sra. Cole? — Eu me virei para os dois adultos que se comportavam feito crianças. — Os senhores estão errados. Ele não é um monstro, ele não é encrenca... ele é uma pessoa boa. Ele é muito bom, gentil e atencioso. Mas os senhores estão tão apegados à ideia que criaram sobre ele que não conseguem enxergar a verdade.

Saí correndo na direção de Landon e, quando o encontrei, chamei seu nome.

Ele se virou devagar, com as mãos nos bolsos da calça jeans.

— O que você está fazendo? — perguntou ele.

— Vou com você.

— Não, Shay. Não dá. Você não ouviu o que eles falaram? Eu não faço bem para você. Não faço bem para ninguém.

— Para com isso. Não deixa essas bobagens entrarem na sua cabeça, Landon. Eles não sabem o que dizem. Eles estão completamente errados. Não deixa a sua mente se perder nesses pensamentos por causa deles. Me leva com você. Me deixa ficar do seu lado.

Ele se retraiu e esfregou a nuca.

— Não posso, Shay. Mas você pode me fazer um favor?

— O quê?

— Fica aqui e me avisa quando a Monica estiver melhor? Sei que os pais dela não vão ficar muito tempo aqui se tiverem outras coisas para fazer. Mas se você puder ficar de olho nas coisas? Para me dar notícias.

— Mas e você?

— Não se preocupa comigo, *chick*. — Ele abriu um sorrisinho. — Eu estou sempre bem.

Mentiroso.

— Landon...

— Por favor, Shay. *Por favor.*

O jeito que sua boca pediu minha ajuda não era nada perto do jeito que seus olhos imploravam para que eu ficasse.

— Ela não vai querer que eu fique aqui — avisei.

— Confia em mim, já estive no fundo do poço também. Qualquer companhia é melhor do que ficar sozinho. Mas você não precisa ficar aqui, se não quiser.

— Vou ficar por você. Eu faria qualquer coisa por você.

Ele abriu um sorriso que me pareceu verdadeiro.

Eu me aproximei sem permissão e abracei Landon. Eu o apertei mais forte do que nunca, porque precisava que ele me sentisse. Queria fazer com que ele se sentisse próximo de mim, que se sentisse desejado.

— Eu te amo — sussurrei contra seu pescoço enquanto ele me puxava para mais perto.

Eu adorava a forma como nos encaixávamos. Como se fôssemos peças de um quebra-cabeça que finalmente tinham se encontrado.

— Eu te amo — respondeu ele, com a voz bem baixa e cansada.

Ele me soltou e me agradeceu por ficar de olho em Monica. Assim que se afastou, eu quis segui-lo, mas sabia que não podia. Eu tinha feito uma promessa e sabia que não podia decepcioná-lo.

Enquanto voltava para a sala de espera, pensei nas palavras que Mima havia me dito semanas antes:

Sé valiente, sé fuerte, sé amable, y quédate.

Seja corajosa, seja forte, seja gentil e fique.

Foi exatamente isso que eu fiz.

~

Os pais de Monica foram embora assim que souberam que ela estava bem. Eles voltaram para suas vidas, deixando a filha sozinha em uma cama de hospital.

Em um instante em que as enfermeiras se distraíram, entrei escondida no quarto, batendo de leve à porta.

— Entra — resmungou ela.

Assim que entrei, senti meu estômago embrulhar. Ela estava com uma cara péssima. Arrasada de um jeito inconcebível para a maioria das pessoas. Estava pálida, com olheiras profundas, e parecia que toda a energia tinha sido drenada do seu corpo.

Ela se empertigou ligeiramente e prendeu o cabelo atrás da orelha, parecendo meio envergonhada.

— O que você está fazendo aqui? — perguntou ela, evitando meu olhar.

— Eu vim com o Landon para ver como você estava. Seus pais mandaram ele embora assim que deram de cara com ele, e ele pediu para eu ficar, para ter notícias suas.

Ela soltou uma risada que acabou se transformando em tosse.

— Por que ele faria isso? Já entendi que ele está pouco se lixando para mim.

— Acho que nós duas sabemos que isso não é verdade, Monica. O fato do Landon não estar apaixonado por você não quer dizer que ele não te ame.

Ela bufou e revirou os olhos.

— Você deve estar feliz da vida, né? Me vendo desse jeito.

Franzi a testa. Ela acreditava mesmo nisso? Que seu sofrimento me trazia prazer?

— Jamais — respondi. — Estou aliviada por você estar bem.

Ela virou a cabeça para o outro lado e secou algumas lágrimas que escapavam de seus olhos.

— Eu te odeio. Você sabe disso, né?

— Sim, eu sei.

— Mas você sabe por quê?

— Não...

Ela me encarou com lágrimas ainda escorrendo pelo rosto.

— Porque você faz bem a ele. Dá para ver pelo jeito como ele te olha. Tem uma luz que eu nunca consegui arrancar dele. Você está ajudando o Landon a melhorar. Você está fazendo ele voltar ao normal depois de ficar tanto tempo perdido, e eu te odeio por isso. Eu te odeio por conseguir fazer algo que eu nunca fui capaz de fazer.

— Monica...

— Eu te amo por isso também — continuou ela. — Eu te amo por dar essa luz a ele. Faz muito tempo que ele vive na escuridão.

Eu também. Nós dois passamos por uma fase bem ruim juntos. Mas você está tornando as coisas mais fáceis para ele. Pelo menos um de nós merece isso.

— Vocês dois merecem. — Olhei para os folhetos em cima da mesa do quarto e os peguei. — Reabilitação? — perguntei.

Ela revirou os olhos e deu de ombros.

— Acho que esse é o primeiro passo depois de uma overdose. Ficar ouvindo uma ladainha hippie sobre como a minha vida é importante e depois participar de um programa que vai me ajudar a ficar sóbria.

— Isso é bom, Monica. Isso é muito bom. — Alternei o peso entre os pés. — Se você puder receber visita enquanto estiver lá...

— Não começa a confundir as coisas, Gable — rebateu ela. — Nós não somos amigas nem nada.

Dei uma risada. Realmente.

— Bom, então tá, vou deixar você descansar. Eu só vim para dizer que eu e o Landon estamos pensando em você.

— Beleza, tá bom. — Ela se virou e ficou encarando a janela, e comecei a me afastar, mas parei quando ela falou: — Ele está bem?

— Sendo bem sincera? Não sei. Parece que ele está se perdendo de novo.

Ela assentiu com a cabeça, mas continuou de costas para mim.

— Tem uma cópia da chave da minha casa embaixo de uma planta no quintal dos fundos. A que fica perto da porta. Entra lá, vai no meu quarto e pega os papéis que estão na minha escrivaninha. Dá para ele. Acho que podem ajudar.

— Tá, pode deixar.

— Obrigada — murmurou ela. Então Monica se virou para mim e me encarou com o olhar mais sincero que eu já tinha visto nela. — De verdade, Shay. Obrigada.

Assenti.

— Ah... sei lá — resmungou ela —, se você por um acaso quiser dar um pulo na clínica de reabilitação durante o verão, acho que eu não te mandaria embora.

— Então está combinado.
— E, Shay? Eu ainda te odeio.
— Não se preocupa, Monica. — Sorri. — Eu também ainda te odeio.

~

Depois que saí do hospital, fui direto à casa de Monica para pegar os papéis no quarto dela. Quando vi que eram páginas rasgadas do meu caderno, senti uma pontada de raiva, pois ela havia roubado aquilo de mim, mas, por outro lado, Monica agora estava tentando fazer a coisa certa. Além do mais, minha maior preocupação era com Landon.

Eu não fui direto para a casa dele. Antes, dei um pulo no apartamento de Mima e peguei mais alguns cadernos para levar para ele. Eu não sabia se minhas palavras fariam alguma diferença, mas tinha certeza de que ele precisava preencher a mente com mais amor do que ódio naquela noite.

Bati à porta de Landon com os nervos à flor da pele, esperando que ele atendesse. Um suspiro de alívio percorreu meu corpo quando vi a porta abrir e dei de cara com ele.

— Oi. — Sorri. — Posso entrar?

Ele deu um passo para o lado, abrindo espaço para mim.

— A Monica está bem. Ela vai ficar mais quarenta e oito horas no hospital e depois será transferida para uma clínica de reabilitação.

— Reabilitação? — questionou ele, arqueando uma sobrancelha. — Bom. Isso é bom.

— Ela me pediu para te entregar isto — falei, oferecendo as páginas arrancadas do meu caderno. — E achei melhor te dar isto aqui também, para completar.

Entreguei mais três cadernos para ele.

— O que é isso?

— O esboço do personagem mais profundo que já criei. Tenho a sensação de que você já leu a primeira parte, mas, para mim, não existe nada pior do que uma história incompleta, então acho que você devia ler até o final.

Ele passou um dedo embaixo do nariz.

— Você pode ficar comigo enquanto eu leio? É só que... estou com muita merda na cabeça agora e não quero ficar sozinho hoje.

— Não vou a lugar nenhum, Landon. Estou aqui. Estou sempre aqui.

Nós fomos até o sofá e nos sentamos. Puxei meus joelhos para perto do peito e fiquei mordendo a gola da camisa enquanto Landon lia as palavras que eu tinha escrito sobre ele. Alguns parágrafos o faziam cair na gargalhada, outros o deixavam à beira das lágrimas. Cada palavra estava cheia de amor. De vontade. De desejo.

De respeito.

— Você acha que sou isso tudo mesmo? — perguntou ele com a voz trêmula, colocando os cadernos em cima da mesa de centro.

— Não. Acho que você é muito mais. — Cheguei mais perto dele e o abracei. Ele levou as mãos até minha lombar, me mantendo ali. — Sinto muito por você estar tão triste, Landon.

— Estou muito triste. Isso é demais para você.

— Você nunca é demais. Eu amo a sua alegria e amo a sua tristeza. Eu amo a sua luz e amo a sua escuridão. Eu te amo. Todo roteiro, toda página, toda revisão, todo rascunho.

Ele roçou os lábios nos meus e fechou os olhos.

— Eu precisava de você hoje, e você estava lá. Não sei como te agradecer por ter ficado lá comigo, por estar aqui comigo agora. Por ser... você. Você faz as noites mais sombrias parecerem ensolaradas. Eu te amo — arfou ele. — Eu te amo. Eu... te... amo...

Nós éramos apenas dois adolescentes que tinham feito uma aposta idiota meses atrás. Dois adolescentes que implicavam um com o outro. Dois adolescentes que se irritavam mutuamente, que faziam comentários grosseiros a respeito um do outro, que brigavam muito. E aí, em algum lugar no meio do nosso ódio, acabamos nos apaixonando.

— Posso ficar com você hoje, Shay? Posso te levar para o meu quarto e provar cada centímetro seu? — murmurou ele enquanto seus lábios mordiscavam os meus lentamente. — Posso ser seu hoje?

— Pode. Cada pedacinho de mim é seu.

Ele me carregou para o seu quarto, depois tirou minha roupa devagar.

Fizemos amor duas vezes naquela noite. A primeira foi delicada e controlada; ele foi devagar e idolatrou cada parte do meu corpo. Na segunda, pedi a ele que me mostrasse suas cicatrizes, e foi exatamente isso que ele fez. Foi um amor frenético. Seus beijos eram mais intensos, seus movimentos eram mais fortes, e seu amor era mais gritante Ele movia o quadril contra o meu, me pressionando contra a cômoda, contra a cama, contra as batidas do seu coração. Ele fez amor como a fera selvagem que habitava seu interior. Ele gemeu e grunhiu enquanto me comia, mostrando sua dor, seu sofrimento, suas cicatrizes.

E aquele garoto de coração partido? Ele era meu.

Arrasado.

Destruído.

Desordenado.

E meu.

~

Quando a manhã de domingo chegou, ele me acompanhou até a porta da frente e me deu um abraço.

— Obrigado por ter ficado.

— Eu sempre vou ficar.

Ele abriu um sorriso torto.

— Você é tudo de bom nesse mundo. Sabia?

— Você também.

Ele olhou para mim, e tentei interpretá-lo. Havia algo que ele não estava me contando, algo que estava guardando dentro de si, e eu detestava não saber o que era. Odiava não entender essa parte dele. Era como se ele tivesse erguido uma barreira para me impedir de ler seu capítulo atual.

— O que foi? — perguntei.

— O que foi o quê?

— No que você está pensando?

Ele riu e deu uns tapinhas na testa com o dedo.

— Não costuma rolar muita coisa aqui dentro — brincou ele.

— Landon, é sério. O que foi?

— Não se preocupa, *chick*. Estou bem. A gente se fala mais tarde, tá? — Ele me puxou para um abraço e me deu um beijo na testa. — Eu te amo.

— Eu também te amo.

Mas eu não conseguia me livrar daquele embrulho no estômago quando o ouvi pronunciar aquelas palavras. Por que seu "eu te amo" pareceu uma despedida?

31

Landon

Shay foi embora na manhã de domingo, e fiquei grato por Maria ter vindo à tarde.

Eu sabia que não devia ficar sozinho. Mesmo depois de ter passado a noite anterior com Shay, havia um peso sobre meus ombros que não ia embora. Eu estava com medo de ficar sozinho com meus pensamentos. Eu estava com medo de ficar apenas com a minha mente.

— Você está quieto hoje, o que significa que deve estar pensando demais — comentou Maria enquanto jantávamos.

— Só estou com a cabeça cheia — respondi, passando o garfo pelo purê de batata no meu prato.

— Então me conta o que está pensando.

Eu queria conversar com ela. Queria me abrir e mostrar a bagunça no meu cérebro, mas não era assim que as coisas funcionavam. Mesmo quando eu queria conversar, meus pensamentos saíam embolados e confusos da minha cabeça. Eles não fariam sentido para ela, porque mal faziam sentido para mim.

Eu só sabia que estava cansado. Todo dia parecia um fardo, e o peso me sobrecarregava.

Ela entrelaçou os dedos e se inclinou na minha direção.

— Desacelera, Landon. O seu cérebro está agitado demais, você precisa desacelerar. Vai devagar. Não tenha pressa para assimilar seus sentimentos.

Eu queria que fosse simples assim. Queria que a depressão funcionasse como um carro, e eu pudesse simplesmente pisar no freio para diminuir a velocidade da minha mente sempre que precisasse de um descanso. Queria poder desligar o motor e ficar parado por um tempo. Mas, para mim, a depressão era o completo oposto disso. Quando minha cabeça assumia o volante, ela pisava no acelerador e disparava na direção de um muro.

A qualquer momento, eu ia bater.

A qualquer momento, eu ia desmoronar de vez.

Abri um sorriso fraco para Maria.

— Está tudo bem. Eu estou bem.

Ela estreitou os olhos e colocou uma das mãos sobre a minha.

— Você não está bem, e não tem nada de errado nisso. Mas não vá longe demais a ponto de não conseguir voltar. Sei como você está se sentindo. Faz muito tempo que vivo com depressão. Sei como a nossa mente é capaz de nos engolir.

Levantei uma sobrancelha, chocado. Era impossível Maria ter depressão. Ela era a mulher mais feliz que eu já havia conhecido. Ela era igual à neta — a personificação da alegria.

— Impossível... — comecei.

Ela sorriu e, droga, seu sorriso era tão parecido com o de Shay... droga, droga, droga! Eu sentia mais falta do sorriso de Shay do que de qualquer outra coisa. E da sua risada. E dos seus olhos. E do jeito que ela mordiscava balas.

— Passei a vida toda tentando fazer as pazes com a minha depressão. Foi uma longa batalha até encontrar o medicamento certo para mim e conversar com as pessoas certas. Ainda faço terapia uma vez por semana. Parece fazer sentido achar que, se você tem depressão, não merece certas coisas neste mundo, e isso é uma grande mentira, Landon Scott. Você merece mais. Mais do que esses pensamentos mentirosos que anda tendo. Mais do que as dúvidas que você fica alimentando. Mais do que seus receios de nunca ter uma vida normal. Você merece mais.

Baixei a cabeça e me concentrei nos meus dedos.

— Eu estou com medo — confessei.

— Qual é o seu maior medo?

— Ficar sozinho. Tenho medo de não conseguir deixar as pessoas se aproximarem de mim, porque minha cabeça é muito confusa.

— E a minha neta? Você deixou a Shay se aproximar de você. Sei que deixou. Nunca te vi tão feliz quanto na época em que vocês estavam juntos.

Concordei com a cabeça.

— A Shay é maravilhosa. Ela foi a melhor coisa que aconteceu na minha vida. Mas eu não mereço ela. Eu queria muito ser alguém melhor para ela, mas não sou. Eu sou eu.

— E isso já é suficiente — sussurrou Maria, apertando minha mão.

— Mas não foi isso que a sua filha me disse.

Maria levantou uma sobrancelha.

— A Camila falou alguma coisa com você?

— Falou. Ela veio aqui e pediu para eu me afastar da Shay. Alegou que sou problemático demais. Ela disse que não sou bom o suficiente. Que não mereço o amor da Shay.

— Não... — Maria balançou a cabeça, chocada, e se recostou na cadeira. — Não. Não. Não.

Dei de ombros.

— Está tudo bem. Ela não falou mentira nenhuma.

— Sim, Landon. Ela falou, sim. Eu amo a minha filha, mas ela perdeu completamente a noção ao dizer essas coisas para você. A Camila está enfrentando uma tempestade agora. A vida dela está de cabeça para baixo, e tenho certeza de que o mundo dela está girando tão rápido quanto a sua cabeça. Mas ela mirou no alvo errado quando veio falar com você. Teria sido melhor se ela tivesse conversado com o próprio coração. Ela devia ter olhado para si e refletido, mas não foi isso que ela fez. Pessoas machucadas costumam machucar os outros. Não é de propósito, mas acontece. Esse é o problema de tomar decisões durante períodos de tristeza ou de certas dificuldades. Às vezes, você acaba atingindo pessoas que não merecem. Você não merecia isso, Landon.

"Qualquer mulher teria sorte de ser amada por um coração como o seu, inclusive a minha neta. Você não enxerga o presente que é para este mundo, para as pessoas ao seu redor. Mas nós queremos você nas nossas vidas. Nós precisamos de você nas nossas vidas. Então, por favor, para de fugir. Finca esses pés no chão e faz as pazes com os seus demônios. Pare de lutar contra eles. Você tem que ser capaz de controlar isso. Você não é problemático; você só é complexo. As coisas mais lindas do mundo têm o coração mais complexo."

Não falei nada, porque não tinha a menor ideia do que dizer.

Eu estava triste.

Triste de um jeito que não conseguia superar.

— Me faz um favor, meu filho? — pediu Maria.

— Faço.

— Me promete uma coisa? Promete que, quando você achar que está no fundo do poço, que não te resta mais nada... quando você sentir que sua mente está saindo do controle e te engolindo por inteiro... promete que vai falar com alguém. Não precisa ser comigo, mas com alguém em que você confie de olhos fechados. Não se afogue dentro da sua própria cabeça, Landon. Peça ajuda. Porque esse mundo precisa de você. Nós precisamos de você. Eu preciso de você aqui. Então não ouse pensar que você não é importante. Não ouse deixar esses sentimentos te afogarem. Me promete?

Esfreguei o nariz e funguei, concordando com a cabeça.

— Prometo.

— De novo, por favor — implorou ela, com o olhar cravado em mim.

— Prometo.

Depois que terminamos de jantar, arrumamos tudo. Então fui até o meu quarto e peguei uma carta que tinha escrito antes de ela chegar.

— Você pode me fazer um favor? — perguntei. — Será que pode entregar essa carta para a Shay?

— É claro, querido. Faço tudo que você precisar.

— Obrigado.

Ela juntou suas coisas para ir embora e eu a acompanhei até a porta da frente.

— Obrigado por hoje, Maria.

— Obrigada por todos os dias, Landon — respondeu ela. Maria alternou o peso entre os pés e então esticou as mãos na minha direção. — Será que posso rezar com você antes de eu ir? — pediu ela.

Fiz uma careta, mas aceitei. Segurei as mãos dela e senti seu calor. O mesmo calor que irradiava do espírito de Shay. Quando Maria começou a rezar, rezei um pouco também. Eu não sabia se estava fazendo aquilo direito, ou se sequer faria alguma diferença. Mas, desta vez, fiz algo diferente de todas as outras vezes em que ela havia rezado por mim.

Desta vez, fechei os olhos.

∽

Depois que Maria foi embora, fui para a piscina e subi no trampolim de mergulho. Eu me sentei na beirada, me segurando nas laterais com as duas mãos. Olhei para a água que brilhava e ondulava lentamente de um lado para o outro.

As últimas semanas tinham sido difíceis. Mais difíceis do que eu havia imaginado que seriam. Fiquei me perguntando se era assim que Lance havia se sentido antes de tirar a própria vida. Fiquei me perguntando quão perdida sua mente estava antes de ele dar aquele salto.

O medo pesava em meu estômago enquanto eu estava ali, sentado no trampolim. Eu não subia nele desde que Lance havia tirado a própria vida. Fora li, naquele trampolim, que meu tio tivera seus últimos pensamentos, que respirara pela última vez, que desistira.

Eu não ia seguir os passos dele.

Eu não queria desistir.

Mas uma tristeza do caralho invadia meu coração de um jeito que parecia estar tentando abrir um buraco na porcaria do meu peito.

Mesmo assim, eu não queria desistir.

As lágrimas começaram a escorrer pelas minhas bochechas enquanto eu permanecia sentado ali, pensando em Lance, pensando em mim, pensando nas semelhanças entre nossas vidas. Então me lembrei do que Shay havia escrito naqueles cadernos. Ela dizia que eu vivia no meu próprio ritmo. Ela jurava que eu era único e que não precisava seguir os passos dos meus entes queridos.

Então pensei em Maria e na promessa que eu tinha feito para ela.

— Eu não sou ele — falei para mim mesmo. — Não sou o Lance. Eu não sou ele. Eu não sou ele... Eu... não... sou... ele...

Fechei os olhos com força e respirei fundo algumas vezes.

Então os abri, enfiei a mão no bolso e peguei meu celular. Liguei correndo para um número e, ao ouvir o telefone chamar, soltei a respiração.

— Oi, mãe.

— Oi, Landon. Está tudo bem? — perguntou minha mãe na mesma hora.

Como ela questionou isso logo de cara, minha voz devia estar estranha.

— Eu, hum... — Pigarreei e cocei a nuca. — Não. Não estou bem. Eu... eu preciso de você.

A voz dela ficou apreensiva, e comecei a ouvir o som de coisas sendo arrumadas.

— Tá bom, tá bom. Estou indo, querido. Estou indo. Você está em casa?

— Estou.

— Fica aí, meu amor. Estou comprando a passagem de avião agora. Já estou a caminho.

— Valeu, mãe.

— Sempre que você precisar, filho. Sempre, sempre, sempre. Eu te amo, eu te amo — disse ela.

— Eu te amo, eu te amo — falei também.

Minha mãe ligou para Greyson e pediu a ele que ficasse comigo até que ela chegasse. Greyson ligou para Eric. Eric ligou para Hank. Hank apareceu com Raine.

Desci do trampolim, e os quatro me envolveram em um abraço, me apertando com força. Chorei em seus braços feito uma criança idiota, mas ninguém zombou de mim nem riu da minha fraqueza.

Eles apenas me abraçaram mais forte.

Era impressionante ver como pessoas que não tinham qualquer laço de sangue comigo ainda podiam ser meus irmãos. Irmãos de coração. Era muito bom ter amigos que nunca saíam do seu lado, nem mesmo quando a tempestade pela qual eu estava passando era forte o suficiente para abalar a alma deles também.

— Desculpa por eu ser tão fodido da cabeça, gente — funguei, envergonhado pela crise de choro.

— Ah, cara. — Eric deu um tapinha nas minhas costas e deu de ombros. Então falou para mim as palavras que eu tinha lhe dito semanas antes. — Você pode ser o que quiser, não faz diferença para a gente.

Eu não os merecia. Não merecia tanto amor.

Mas, mesmo assim, eles o ofereciam sem pedir nada em troca.

32

Shay

— O Landon me pediu que te entregasse esta carta — disse Mima depois de chegar da casa dele.

Ainda bem que minha avó ia visitá-lo todos os domingos. Eu tinha a sensação de que ele estava precisando muito disso naquela tarde.

Ela me entregou um papel dobrado.

— E só para você saber, eu li a carta, porque sou uma avó enxerida e me preocupo com o coração de vocês dois. Você é tudo para mim, querida, e o Landon também. Ele é um bom menino. Um pouco complicado, mas merece amor mesmo assim.

— Ele está mal de verdade, né, Mima?

— Ah, meu bem... todo mundo fica mal de vez em quando. Se você acha que existe alguém no mundo que não tenha falhas, cicatrizes e uma história, então não está olhando direito. Nós não estamos aqui para sermos perfeitos; estamos aqui para sermos humanos. Para viver. Para sentir. Para sofrer. Para amar. Para chorar. Para existir. E isso deixa a gente mal de vez em quando. Você não precisa ser perfeito para amar ou ser amado. Só precisa ter coragem suficiente para mostrar suas cicatrizes para o mundo e acreditar que elas são lindas.

— Eu amo o Landon.

— Pois é... E, depois que ler essa carta, acho que vai entender que ele também te ama. Vou te dar só um aviso: algumas das palavras que estão aí são difíceis de ler, mas não pare. O final sempre faz a parte difícil do caminho valer a pena.

Ela me deixou sozinha, segurando a carta. Fui até o sofá, me sentei, cruzei as pernas e comecei a ler os pensamentos de Landon.

Chick,

Ler essa palavra já foi o suficiente para fazer meu peito ficar apertado de nervosismo. Eu me obriguei a continuar, apesar de ter medo do que encontraria. Medo do que suas palavras diriam, medo do que suas verdades revelariam.

Eu me odeio, e essa é a minha verdade.
   Todo dia, acordo e me pergunto por que estou aqui. Por que luto diariamente, quando tudo parece inútil. Fico me perguntando qual é o sentido disso, e isso me assusta. Eu me esforço para sair da cama, para existir de um jeito que pareça normal para os outros. Quando fizemos a aposta, você me disse que eu era falso, e essa foi a coisa mais verdadeira que já me falaram.
   Eu sou falso.
   Eu finjo ser popular.
   Eu finjo gostar de festas.
   Eu finjo estar contente com a vida.
   Eu finjo me encaixar.
   Cada centímetro do meu ser é falso, a não ser por um cantinho que é verdadeiro apenas para você.
   Eu me amo quando estou ao seu lado. Todo dia, acordo, penso em você e entendo por que estou aqui. Entendo por que luto diariamente quando tudo parece inútil. Entendo qual é o sentido, e isso me assusta. Fico assustado com o quanto me amo quando estou ao seu lado, porque o que vai acontecer quando você for embora? Vou ter que me esforçar para sair da cama? Vou ter que me esforçar para existir de um jeito que pareça normal para os outros? Vou ficar bem sem a sua companhia?
   Isso acaba comigo, Shay. Fico acabado quando entendo que desmorono, que desabo ao sentir o mínimo de pressão. Fico acabado por perder a calma com tanta facilidade, por ter tanta

raiva dentro de mim que não sei controlar. Fico acabado por ter magoado você.

Eu me odeio por ter magoado você.

Você é a coisa mais verdadeira na minha vida, e eu precisei te afastar, porque acho que não sou aquilo de que você precisa. Aquilo que você merece.

Nunca beijei aquela garota, e espero que você acredite em mim. Eu sabia que teria que passar essa impressão para que você não quisesse mais nada comigo. Mesmo assim, você foi ao hospital de braços abertos. Mesmo assim, você me ama. Então acho que devo te contar minhas verdades mais difíceis.

Quando eu era mais novo, pensei em tirar minha própria vida. Não sei se você lembra, mas teve uma época em que eu era bem feio. Na quinta série, eu sofria muito bullying e voltava para casa chorando todo dia. Minha mãe ficou tão preocupada comigo que pediu demissão do trabalho e parou de viajar para ficar em casa comigo. Mas aquilo tudo foi muito ruim, e eu não sabia como lidar com meus pensamentos e minhas emoções. Tudo parecia tão intenso e frenético na minha cabeça que eu tinha ataques de pânico.

Essa foi a primeira vez que me cortei.

Essa foi a primeira vez que falei para minha mãe que estava cogitando dar um fim na minha vida.

As coisas nunca ficaram mais fáceis; eu só fiquei mais forte. Fisicamente, pelo menos. No sentido emocional e mental, continuei destruído. Malhar passou a ser minha válvula de escape, e meus pais me fizeram tomar antidepressivos. Eles funcionam um pouco. Menos do que eu gostaria, mas pelo menos não tenho mais vontade de me machucar.

Comecei a beber e a usar drogas para acalmar a minha mente. Tentei afastar os pensamentos ruins, precisava esquecer que eles existiam. E deu certo até não dar mais. Aí, depois de perder o Lance por causa de uma overdose, eu percebi que não podia continuar seguindo aquele caminho. Por mais que eu amasse meu tio, não queria que a minha história acabasse como a dele. Eu não queria seguir seus passos.

Então larguei tudo, e aí você apareceu.

Você me pegou desprevenido. Você trouxe luz para um mundo que sempre achei que seria coberto pelas sombras. Você me fez desejar, ter esperança e sonhar com um futuro que eu nunca havia imaginado.

Eu não quero morrer, Shay.

Pela primeira vez na vida, eu quero viver. Quero encontrar um jeito de me sentir vivo sozinho. O jeito como me sinto quando estou ao seu lado é como quero me sentir quando estou sozinho. Quero me sentar na escuridão e ficar bem com o som das batidas do meu coração. Quero não ter que me esforçar para sair da cama. Quero gostar de ficar sozinho.

E então quero ficar com você.

Quero você por inteiro, Shay, mas não assim.

Quero colocar minha cabeça no lugar primeiro, me resolver, para poder ser seu.

Então essa é a minha carta oficial para te dizer que estou me dedicando a parar de ser falso.

Não vou mais fingir que sou popular.

Não vou mais fingir que gosto de festas.

Não vou mais fingir que estou contente com a vida.

Não vou mais fingir que me encaixo.

Serei verdadeiro. Serei verdadeiro primeiro por mim, e depois por você.

Depois que eu terminar aqui, vou pedir para a minha mãe me ajudar. Vou pedir ajuda. Eu quero melhorar. Quero essa vida mais do que eu achava ser possível, e isso tudo é por sua causa.

Você acordou meu espírito depois de tantos pesadelos e, por isso, eu lhe devo o mundo.

Eu te amo.

— Landon

P.S.:
Eu te amo.
Disse uma vez para você me ouvir.
Duas vezes para deixar uma marca.

Eu me recostei no sofá, sentindo uma onda de emoções me dominar. Mesmo assim, o que mais se destacava era o fato de que ele pediria ajuda. Só isso já era o suficiente para me fazer chorar. Era preciso ser forte para admitir que você precisava de ajuda.

Peguei o celular e mandei uma mensagem para ele.

Eu: Como está o seu coração hoje?

Ele demorou algumas horas para responder, mas fui tomada pelo alívio quando meu celular apitou com uma mensagem mais tarde naquela noite.

Landon: Continua batendo.

33

Landon

Shay: Me encontra nos salgueiros.

Reli a mensagem várias vezes. Fazia alguns dias que minha mãe estava em casa resolvendo as coisas para mim. Eu ia tirar um ano para cuidar da minha saúde mental antes de ir para a faculdade. Meu pai fizera um escândalo ao receber a notícia, mas minha mãe ficara do meu lado o tempo todo.

— Vou sair para encontrar uma pessoa rapidinho, se não tiver problema — falei para minha mãe, sentada à mesa de jantar verificando alguns documentos.

Ela andava meio superprotetora desde que tinha voltado e não me deixava muito tempo sozinho. Ela havia chegado ao ponto de colocar seu colchão no meu quarto, para me fazer companhia à noite.

— Aonde? Quem você vai encontrar?

— Só vou no parque encontrar a Shay.

Ela levantou uma sobrancelha e abriu um sorrisinho.

— Shay? Essa é a garota?

Assenti com a cabeça.

Ela mordeu o lábio inferior e estreitou os olhos.

— Tem certeza de que está tudo bem se for sozinho? Posso ir com você e ficar esperando no carro...

— Mãe. Estou bem. Juro.

Mas eu entendia sua preocupação. Os últimos dias tinham sido difíceis. Eu não conseguia imaginar como era cuidar de um filho triste. A culpa que eu colocaria em mim mesmo seria enorme. Mas a verdade era que tê-la por perto já era o suficiente para silenciar as partes que mais gritavam dentro de mim em boa parte do tempo. Eu tinha sorte de ter minha mãe ao meu lado.

Apesar de ela provavelmente ainda pensar o pior do pior sobre minha condição mental.

Então, para deixá-la mais tranquila, dei de ombros.

— Mas, se você quiser me levar, também não tem problema.

Um suspiro escapou de seus lábios.

— Tá, tudo bem. Posso ir. É claro.

Ela pegou as chaves, e nós fomos.

Eu: Já estou indo.

A primeira vez que eu tinha visitado os salgueiros com Shay havia sido em pleno inverno. Agora, todas as flores tinham desabrochado, as árvores estavam cobertas com folhas verdes vibrantes, e o sol beijava tudo ao redor. Tudo parecia tão vivo.

Segui pelo caminho até as duas árvores e sorri ao ver Shay parada lá.

— Oi, *chick*. — Eu sorri.

— Oi, Satanás.

Segundos depois, estávamos nos braços um do outro. Inspirei, sentindo seu cheiro. Não queria soltá-la nunca mais. Sua cabeça descansava no meu pescoço, e sua respiração suave roçava na minha pele.

Eu tinha quase certeza de que passaria o restante da minha vida sorrindo sempre que estivesse perto dela. Ela provocava isso em mim.

Nós nos sentamos bem na frente dos salgueiros, olhando para a história de amor de outras pessoas, nos perguntando o que fazer com a nossa. A verdade era que ainda tínhamos muito o que descobrir sobre nós mesmos. Sobre quem éramos individualmente, e sobre quem éramos como um casal.

— Já li sua carta um milhão de vezes — explicou ela. — Continuo chorando toda vez.

Eu ri.

— Que engraçado, porque também li seus cadernos um milhão de vezes. — Eu me sentei mais empertigado. — Mas não chorei, porque sou muito macho — brinquei, apesar de ter chorado feito um bebê tomando vacina.

— A Mima disse que a sua mãe voltou para casa — comentou ela.

— Aham. Na verdade, ela está me esperando no carro. Ela não desgruda mais de mim.

— Ela parece uma boa mãe.

— Ela é só a melhor de todas.

Olhei para os dois salgueiros, vendo as folhas balançando para a frente e para trás. Entrelacei as mãos.

— Alguns anos atrás, fiz um daqueles passeios idiotas da escola numa fazenda. Eu devia estar completamente alucinado, e a minha cabeça já não era a mais sensata do universo, mas me lembro de ter visto uma galinha com um monte de pintinhos correndo ao seu redor. — *Chicken* e *chicks*, pensei. — Eles eram tão pequenos. Puros e lindos. Alguma coisa neles chamou minha atenção. Alguma coisa neles me fez pensar em você. No dia seguinte na escola, eu te chamei de *chick*, e você detestou, mas eu adorei, porque sempre que te chamava assim, sabia que parte de mim estava dizendo que você era pura e linda.

Ela corou ligeiramente e inclinou a cabeça na minha direção.

— Sabe por que eu te chamava de Satanás? — perguntou ela.

— Não. Por quê?

— Porque eu achava que você era o diabo em pessoa.

Soltei uma gargalhada.

— Faz sentido.

— Então, qual é o plano? O que está rolando com você?

Esta era a parte da conversa que eu mais temia.

— Minha mãe está fazendo planos para que eu receba um tratamento melhor. Vamos mudar meus remédios também, para ver qual se adéqua melhor ao meu caso.

— Que bom, Landon. Que ótimo.

— É. Ela até encontrou uma terapeuta muito boa que deve me atender. Quer dizer, ela não é a Sra. Levi, mas dá para o gasto.

Shay abriu um sorriso de orelha a orelha.

— Estou tão orgulhosa de você por ter pedido ajuda. Por estar aberto a isso. Muita gente tem medo até de admitir que tem algo errado.

— Pois é. Não é fácil, mas estou tentando. — Fiz uma careta e baixei a cabeça enquanto brincava com os dedos. — Só tem um problema.

— Qual?

— Tudo que a minha mãe está planejando é na Califórnia. — Ela ficou meio espantada, e eu me retraí ao vê-la ser tomada pela decepção. Eu me virei totalmente para ela e segurei suas mãos. — Ela tem uma amiga que ofereceu a casa dela para a gente ficar, mas a gente pode procurar algo por aqui, se for o caso. Tem muitos médicos aqui. Posso tentar encontrar um jeito de melhorar e continuar perto de você, Shay. Se você me pedir para eu ficar, eu fico.

Sua boca abriu, e ela balançou a cabeça.

— Eu quero pedir isso. Quero ser egoísta e pedir para você ficar aqui comigo, para podermos continuar juntos, mas não posso. A verdade é que, se você ficar, eu vou te amar. Se você for, vou te amar ainda mais. Porque você estaria fazendo algo por você mesmo. O mais importante agora é você se curar, Landon. Se os melhores médicos estão na Califórnia, então é para lá que você deve ir. E aí você também vai poder passar mais tempo com a sua mãe.

Baixei a cabeça, porque sabia que ela estava certa. Eu precisava da minha mãe naquele momento. Talvez mais do que nunca. E, para eu ser a pessoa que queria ser para Shay, precisava entender minha cabeça. Precisava aprender como eu funcionava.

Shay levou minhas mãos até sua boca e beijou minhas palmas.

— Isso vai ser bom, apesar de parecer meio triste.

— Eu não sabia que coisas boas podiam ser tristes.

— Pois é... — Ela abriu um meio sorriso. — Mas eu sempre soube que coisas tristes podiam ser boas. Você é prova disso. Vamos prometer uma coisa um para o outro? Quando você se encontrar, volta para cá — pediu ela, levando a mão ao coração. — Volta para mim. Mas, por favor, faz as coisas no seu tempo. Eu vou estar aqui, prometo. Quero que você me encontre, mas sem correr o risco de se perder. Vai no seu tempo. Se cura. Se encontra, se perde, depois se encontra de novo. Reflete sobre tudo, Landon. Vai fundo. Você precisa rir, chorar, se descobrir. Analisa bem as coisas, mas não faça nada com pressa. Nem pense em pular nenhuma etapa da sua cura para voltar logo para mim. Eu estou aqui. Eu estou aqui hoje, e vou estar aqui amanhã. Mas, Landon, por favor... — sussurrou ela, levando a mão ao meu rosto. Sua testa encostou na minha, e meus lábios roçaram os seus enquanto ela falava as palavras mais importantes para a minha alma. — *Vai devagar.*

34

Shay

Greyson decidiu dar uma festa de despedida para Landon, que foi bem íntima. Apenas o grupo de amigos mais próximos, o Quarteto Fantástico (+ Raine), e eu fomos. Assim como Mima e a mãe de Landon. De algum jeito, havia amor suficiente lá para encher um estádio.

A festa foi tranquila, cheia de risadas e sorrisos.

Mima preparou a comida e fez uma oração antes de comermos. Então, durante o jantar, Raine se levantou para fazer um discurso.

— Tá bom, tá bom, vou ser breve porque estou maquiada e não estou a fim de borrar meu rímel. Mas eu queria fazer um brinde ao Landon Scott Harrison, um dos garotos mais complexos e interessantes que já conheci. Sei que não somos parentes, mas eu te vejo como meu irmão caçula.

— Eu sou mais velho do que você, Raine — disse Landon.

— É, mas você sempre se comporta como um merdinha — respondeu ela e se virou para Mima e para a mãe de Landon e pediu desculpas pelo que tinha dito. — Mas, enfim, eu queria dizer que estou orgulhosa de você. Todos nós estamos. E apesar de eu não gostar de me meter na vida de ninguém...

— Mentira. Cof! Cof! — tossiu Hank, alto, fazendo todo mundo rir.

Raine revirou os olhos.

— Enfim. Eu só queria te dar umas dicas que podem ser úteis na sua jornada pela Califórnia. Dica número um: não faz nenhuma

plástica, seu maxilar já é superdefinido. Dois: se você encontrar o George Clooney, dá meu número para ele. Eu e o Hank concordamos que ele é meu passe livre. Três: não vira rato de praia. Eu sei como você fica quando pega sol. Você não vai ficar legal. Quatro...
— Raine pigarreou, seus olhos ficaram marejados, e sua expressão, mais séria. — Liga para a sua irmã e para os seus irmãos sempre que você precisar. A qualquer hora. Nós vamos atender. Bom, talvez o Eric não atenda à noite, porque ele tem o sono muito pesado. Cinco: não perde seu jeito de babaca charmoso. É isso que faz você ser... você. Seis, e essa é a mais importante: não esquece que a gente te ama. Sei que a vida pode ficar uma loucura, e todo mundo vai estar ocupado com um monte de bobagens, mas saiba que, não importa o que aconteça, o amor está sempre aqui. Nós estamos sempre aqui. Mesmo que estejamos a quilômetros de distância. — Ela secou as lágrimas e ergueu seu copo. — Um brinde a você, Land. Nós te amamos, estamos orgulhosos, e você vai fazer coisas maravilhosas neste mundo.

Todos nós demos gritos de alegria e secamos as lágrimas que escorriam de nossos olhos.

Depois que os outros foram embora, eu e Landon seguimos para a casa dele, para nos despedir. Passei a tarde inteira com a cabeça a mil, sabendo que aquele momento se aproximava. Antes de entrar na casa, peguei um presente embrulhado no meu carro. Então o encontrei na sala.

Nós nos sentamos no sofá e ficamos nos olhando por um tempo. Sem saber o que dizer, sem saber por onde começar.

— Não quero passar a noite inteira chorando — brinquei, batendo no seu braço com o meu. — Então vamos fazer esse momento ser divertido, tá?

— Tá.

— Aqui.

Entreguei-lhe o presente, e ele levantou uma sobrancelha.

— Não precisava me dar nada.

— Precisava, sim. Abre. — Ele rasgou o papel e encontrou dez cadernos novos. — Tem umas vinte perguntas diferentes em cada caderno. Achei que elas podiam te ajudar a lidar com seus pensamentos quando você não estiver bem.

— É perfeito — disse ele com um sorriso verdadeiro. — Você é perfeita.

Ele me beijou, e eu amei.

Eu o amava.

— Sabe o que eu quero fazer agora? — perguntou ele.

— O quê?

— Assistir a uns episódios de *Friends* com você nos meus braços.

Sorri.

— Perfeito.

Nós nos aconchegamos um no outro, e Landon tirou duas balas do bolso e me deu.

Eram de banana, obviamente.

Assistimos à série, nos apaixonamos ainda mais e, quando chegou a hora de ir embora, eu o apertei num abraço por mais um tempinho.

Ele me levou até meu carro e abriu a porta para mim.

— Não quero me despedir — falei. — Não quero me despedir nunca.

— Então vamos só dizer boa noite. — Um sorrisinho surgiu em seus lábios enquanto ele falava. — Boa noite! Boa noite! A despedida é uma dor tão doce.

Meu sorriso se alargou, e o frio que ele sempre causava na minha barriga veio com tudo.

— Que estaria dizendo "Boa noite" até que chegasse o dia — falei, concluindo a fala de *Romeu e Julieta*.

Ele se inclinou para a frente e me beijou.

— Sem arrependimentos? — sussurrou ele contra os meus lábios.

— Sem arrependimentos.

Voltei para casa com lágrimas escorrendo pelas bochechas, mas não eram lágrimas de tristeza. Eram lágrimas cheias de esperança por Landon. Ele ficaria bem.

Depois, ele voltaria para mim.

~

Landon foi para a Califórnia alguns dias depois. Ele e a mãe fizeram as malas e seguiram para um futuro melhor. Enquanto ele estiver fora, eu também vou me esforçar para melhorar. Eu e minha mãe tínhamos que resolver algumas questões. Nós precisávamos nos aprofundar uma na outra para curar os danos que meu pai havia causado em nossas vidas.

Mas nós duas estávamos dispostas a tentar recuperar nossa conexão, porque nosso amor era mais forte do que nossos problemas.

Landon me fizera prometer que eu também seguiria com a minha vida. E foi isso que fiz. Todos os dias, eu tentava escrever meus roteiros. Comecei a me inscrever em programas de bolsas de estudos para faculdades também, com a ajuda de Eleanor. E todos os dias eu encontrava um motivo para sorrir.

Se os últimos meses tinham me ensinado alguma coisa sobre a vida, era que ela nem sempre era fácil, mas que nós poderíamos encontrar algo lindo em todas as situações.

De vez em quando, eu recebia uma mensagem de Landon perguntando como estava meu coração, e lhe mandava a minha resposta. E ele fazia o mesmo.

Eu me esforcei muito para não ficar triste pelo fato de ele ter ido embora. Tentei não pensar demais sobre quando ele voltaria para mim — se é que isso aconteceria um dia. Parte de mim sabia que nossa história não tinha acabado. Parte de mim sabia que estávamos apenas começando a história de Landon e Shay.

Então, só havia uma coisa a fazer. Fui obrigada a seguir o mesmo conselho que dei para Landon quando nos sentamos na frente dos salgueiros. Segui com calma pela vida, analisando tudo, sem apressar meu crescimento pessoal. Ainda assim, eu sempre pensava em como seria meu reencontro com Landon.

Apesar de não termos entalhado nossos nomes nas árvores, eu sabia que as iniciais dele estariam para sempre marcadas no meu coração. E todas as batidas do meu coração seriam por ele.

Este livro foi composto na tipografia ITC Berkeley
Oldstyle Std, em corpo 11,5/16, e impresso em
papel off-white no Sistema Cameron da
Divisão Gráfica da Distribuidora Record.